AF151631

Delia Konzi

Gen B89 – Teil 1

Du bist stärker, als du denkst

novum 🔖 pro

Dieses Buch ist auch als
e-book
erhältlich.

w w w . n o v u m v e r l a g . c o m

Bibliografische Information
der Deutschen Nationalbibliothek:

Die Deutsche Nationalbibliothek
verzeichnet diese Publikation in
der Deutschen Nationalbibliografie.
Detaillierte bibliografische Daten
sind im Internet über
http://www.d-nb.de abrufbar.

© 2016 novum Verlag

ISBN 978-3-99048-330-5
Lektorat: Dr. Ursula Schneider
Umschlagfoto: Mario Rottweiler
Umschlaggestaltung, Layout & Satz:
novum Verlag

Gedruckt in der Europäischen Union
auf umweltfreundlichem, chlor- und
säurefrei gebleichtem Papier.

www.novumverlag.com

⎯ॐ Kapitel 1 ॐ⎯
Der Eifer der Jugend

Es begann alles mit einer eifrigen, jungen Wissenschaftlerin aus Japan. Ihr Name war Ruri Saiate. Sie arbeitete auf dem Gebiet der Genetik in einem Megakonzern in Tokio, nachdem sie kurz zuvor ihr Studium beendet hatte. Durch ihre überragenden Leistungen hatte sie die gute Stelle bei jenem Konzern bekommen. Dieser Konzern hieß W-Global-Eta Corporation. Dort wurde intensiv Viren- sowie auch Genforschung betrieben. Durch ihren Fleiß und Eifer gelang es Ruri, das Genprojekt B89, an dem sie arbeitete, erfolgreich umzusetzen. Es sollte ein unglaublicher Durchbruch in der Wissenschaft sowie auch in der Medizin sein. Ihre Forschungen bezogen sich auf das Immunsystem, sie suchte nach einer Möglichkeit, es widerstandsfähiger zu machen. Dies belächelten anfangs viele von ihren Wissenschaftskollegen und gaben ihren Forschungen keinerlei Erfolgschancen. Doch trotz aller Skepsis ließ sich Ruri nicht beirren und forschte fleißig weiter. Nach etlichen Rückschlägen gelang ihr schließlich das Unglaubliche und sie hielt den Prototyp des Genprojekts B89 in ihren Händen. Sie wusste da noch nicht, was es auslösen würde, denn das, was sie da in den Händen hielt, bedeutete das Ende aller Krankheiten und körperlichen Leiden. Es wäre auch das Ende von so ziemlich allen Medikamenten gewesen. Das klang zwar im ersten Augenblick echt super, doch höchstwahrscheinlich hätte es unweigerlich zu einer extremen Überbevölkerung geführt sowie zu noch mehr Armut und Hunger, wovon es so schon genügend auf der Welt gab. Dazu kamen die vielen Bösewichte, die es als Kriegswaffe einsetzen wollten und zu anderen schrecklichen Dingen. Doch Ruri dachte nicht an solche Konsequenzen. Sie sah nur das Gute im Menschen und dachte an die armen Kinder in der Dritten Welt. Man könnte damit so viel Leid beenden und es somit für das Gute einsetzen. Also präsentierte die junge Wissenschaftlerin stolz dem Obersten Chef der W-Global-Eta Corporation ihren Prototypen des Genprojekts B89. Anfangs konnte dieser nicht fassen, was die blutjunge Wissenschaftlerin da Unglaubliches erschaffen hatte. Sie hatte tatsächlich ein wissenschaftliches Wunder vollbracht. Mit dem Gen B89 konnte man dem Immunsystem sozusagen einfach ein Upgrade verpassen und ihm dadurch alle Informationen zu den uns bereits bekannten Krankheiten liefern, wobei ihm so eine zusätzliche Abwehr beigefügt wurde. Aber nicht nur das, dieses Gen B89 half dem Immunsystem, vorauszudenken und Neues dazuzulernen. So war es auch gegen neue Krankheiten und Infekte extrem effizient, eine Ansteckung wurde nahezu unmöglich. Auch Verletzungen, seien es Schnitte, Verbrennungen oder anderes in der Art, heilten viel besser und schneller ab. Eine Blutvergiftung schien unmöglich und Tumore wie auch genetische Missbildungen hebelte es einfach aus. Die Voraussetzung dafür war jedoch, dass das Gen B89 schon an den Fötus im Mutterleib abgegeben wurde.

Ruri hatte zwar den Prototypen des Gens B89 und all ihre bisherigen Forschungsergebnisse. Jedoch fehlte noch ein wichtiger Faktor, die korrekte Verknüpfung mit der menschlichen DNS. Diese hielt einfach nicht dauerhaft stand und ein zweites Mal nahm es der Körper nicht an. So musste sie einen Weg finden, dass das Gen B89 nicht mehr vom Organismus abgestoßen würde, sondern dieser es dauerhaft als ein Teil von sich akzeptierte.

Ihrem Chef, Marlon Adam Jones, ging es hingegen nur um den Profit. Er wollte nicht wie Ruri die Welt retten und etwas Gutes tun. Ihn interessierten nur die Patentrechte und wie er sich die am besten zu eigen machen könnte. Dafür musste er die junge Wissenschaftlerin unauffällig aus dem Weg räumen, was ihm jedoch nicht so ganz gelingen sollte. Denn während Ruri an ihren Forschungen arbeitete, um eine konstante Wirksamkeit des Gens B89 zu gewährleisten und somit auch dessen Nebenwirkungen zu beheben, hatten die französische wie auch andere Regierungen Agenten bei der W-Global-Eta Corporation eingeschleust, darunter auch Jérôme Martinez.

Dieser arbeitete beim Persönlichen Sicherheitsdienst der W-Global-Eta Corporation. Man bezeichnete diese Männer auch als „Jungs fürs Grobe", zumindest Marlon Adam Jones nannte sie immer so.

Mr. Jones erteilte dem jungen, verdeckt ermittelnden Agenten Jérôme den Auftrag, die hübsche junge Wissenschaftlerin Ruri schnell und ohne Aufsehen verschwinden zu lassen. (Es sollte wie ein Unfall oder Selbstmord aussehen.)

Da Jérôme den klaren Auftrag seiner Regierung hatte, Informationen über die Forschungen der genetischen Testreihen der W-Global-Eta Corporation zu sammeln, musste er für Mr. Jones auch so manche üblen Jobs erledigen – egal, wie nieder oder widerwärtig diese auch waren. Seine Regierung war nämlich überzeugt davon, dass die W-Global-Eta nicht nur Virenforschung betrieb.

Doch Jérôme konnte so einen unschuldigen und wunderbaren Menschen wie Ruri nicht einfach umbringen. Er war schließlich kein Monster. Sie wollte eigentlich immer nur Gutes mit ihren Forschungen bezwecken und war lediglich ein wenig naiv. Also verstieß er gegen seine Befehle und warnte die junge Wissenschaftlerin. Diese konnte die Wahrheit zuerst gar nicht fassen, da sie an das Gute im Menschen glaubte und sich gar nicht vorstellen konnte, dass jemand so ein Geschenk wie das Gen B89 missbrauchen könnte. Doch der junge Agent schaffte es, sie dennoch wach zu rütteln, und so flohen sie zusammen aus Tokio. Sie tauchten in Paris unter, denn trotz Jérômes Enttarnung und den vielen missachteten Befehlen bekam er noch Unterstützung von seiner Vorgesetzten Marlen Andros. Die Regierung gewährte den beiden Unterschlupf und besorgte Jérôme sogar eine neue Stelle bei der Pariser Polizei. Durch die ganzen Ereignisse entstand zwischen den beiden eine enge Freundschaft, aus der schon bald eine innige Liebe wurde. Ruri arbeitete mittlerweile in einem Pariser Krankenhaus im Blutlabor. Obwohl die junge Wissenschaftlerin ihrem Liebsten Jérôme versprochen hatte, die Forschungen zum Genprojekt B89 komplett einzustellen, arbeitete sie trotzdem heimlich weiter daran. Sie war schon so weit gekommen und es bedeutete einen Riesendurchbruch in der Wissenschaft und der Medizin. Sie konnte es doch nicht einfach verwerfen, sie musste es weiter erforschen. Sie kam auch immer einen kleinen Schritt weiter und es fehlte nun nicht mehr viel, dann hätte man das Gen B89 auch endlich am Menschen einsetzen können. Denn bei den Katzen, bei denen sie heimlich ihre Tests durchführte, zeigte das Gen nun schon eine 82%ige Erfolgsquote. Das zusätzliche Gen wurde problemlos vom Organismus angenommen und zu einem zusätzlichen Teil der DNS. Doch es war nicht vererbbar und musste zuvor jedem einzelnen Organismus genau angepasst werden. Nur so konnte man einen passenden Impfstoff erhalten und es auf weitere gleiche Organismen anwenden. Jérôme wusste nicht, dass Ruri hinter seinem Rücken fleißig weiterforschte. Als Ruri dann auch noch schwanger wurde und die beiden kurz darauf heirateten, dachte er, nun könne es nicht mehr schöner kommen, und war mit vollem Eifer bei der Sache. Als Ruri im sechsten Monat schwanger war und die werdenden Eltern schon voller Vorfreude, holte sie leider die Vergangenheit ein und es klopfte eines Tages unsanft an ihre Tür. Die Männer waren natürlich hinter dem Gen B89 her und wollten es um jeden Preis haben. Doch Ruri konnte dies nicht zulassen und so tat sie etwas, was sie danach ihr ganzes Leben lang bereute. Sie hätte das Gen, wie sie es Jérôme auch versprochen hatte, einfach vernichten sollen.

Gen B89 war zwar ein großer Segen, aber ein noch viel größerer Fluch. Doch die junge Wissenschaftlerin wusste sich in diesem Moment nicht anders zu helfen und machte den allerersten Versuch am Menschen mit dem Gen. Sie war der Wirt und ihr ungeborenes Kind wurde zum Träger. Dies war gleichzeitig die Formel zum Einsatz des Gens B89. An dieser Formel hatte sie die ganzen letzten Jahre gearbeitet und nun musste sie ihre Forschung um jeden Preis schützen. Doch sie konnte das Gen nicht einfach irgendwo bunkern, es musste wirklich sicher sein. Also versteckte sie es dort, wo keiner suchen würde, da keiner davon wissen konnte – bei ihrem ungeborenen Kind. Die Schwangerschaft sah man ihr kaum an und die Leute von W-Global-Eta Corporation ahnten bestimmt nichts davon. Durch ihre Tests an den Katzen wusste sie, dass es so oder so zuerst auf einen Fötus im Mutterleib angewandt werden musste, um das Gen genau auf den Organismus des jeweiligen Lebewesens abzustimmen, wie zum Beispiel auf den des Menschen. Danach konnte man mittels einer Knochenmarksentnahme beim jeweiligen Testobjekt eine mutierte Art des Gens B89 entnehmen und dieses mit dem ersten kreuzen. So erhielt man den Impfstoff des Gens und konnte es problemlos nach Belieben weitergeben. Nachdem sie ihrem ungeborenen Kind das Gen B89 verabreicht hatte, vernichtete sie alles, was ihre Forschungen betraf, und floh mit Jérôme ein weiteres Mal. Die Flucht endete in einem kleinen, russischen Dorf, nahe der mongolisch-chinesischen Grenze.

⟿ Kapitel 2 ⟾
Die ewige Flucht

Dort, in diesem öden Niemandsland, gebar Ruri ihren ersten Sohn. Sie gab ihm den Namen Krys. Niemand außer ihr wusste, dass er das Gen B89 in sich trug, nicht einmal sein Vater Jérôme, und die ersten Jahre ging dies auch gut. Da der kleine Krys anfangs keine auffälligen Veränderungen durch das Gen B89 aufwies und wie jeder andere Säugling zu sein schien, schöpfte auch keiner einen Verdacht. Er hatte allerdings eine Iris-Heterochromie. Diese Pigmentstörung hatte zur Folge, dass er zwei verschiedenfarbige Augen hatte. Das war unübersehbar, denn sein rechtes war saphirgrün und sein linkes dunkelbraun. Nach kurzer Zeit war auch klar, dass er keinen Schmerz empfand, zumindest nicht wie andere Kinder. Er reagierte zwar auf Berührung und teilweise auf Wärmeunterschiede. Doch Schmerz empfand der kleine Knirps nicht. Dies musste auch sein Vater schockiert feststellen, als er seinem kleinen Jungen an einem Abend aus Versehen ein kochend heißes Fläschchen Milch zu trinken gab und dieser die brühend heiße Milch ohne Zögern runternuckelte. Danach musste er sich schnell auf den langen Weg in ein Hospital machen, da der kleine Knirps sich Mund und Kehle mehr als nur verbrüht hatte. Doch auch da dachte keiner an etwas Außergewöhnliches oder Seltsames. Nur seine Mutter wusste, dass beides vom Gen B89 ausgelöst wurde und ungefährliche Nebenwirkungen davon waren. Alle anderen dachten, dass es sich um herkömmliche genetische Anomalien handele und es nichts Besorgniserregendes oder Lebensbeeinträchtigendes sei. Er sei halt einfach ein eher spezieller kleiner Junge und so wurde er auch leider oft genug behandelt.

Die Zeit in Russland war hart und kräftezehrend. Aber die Familie war trotz allem glücklich und sie hielten zusammen. Die Kinder kannten es nicht anders und beklagten sich auch nie, sei es wegen der Temperaturunterschiede oder der Ödnis. Die Eltern jedoch lebten nun nicht mehr in einer Großstadt und mussten sich zuerst anpassen. Dies fiel besonders Ruri sehr schwer, denn die junge Wissenschaftlerin kannte das Leben auf dem Land noch gar nicht und es war ihr eher ein Graus. Das Leben in Borsja in Russland war rückständig und wie aus einem anderen Jahrhundert. Mit seinen letzten Ersparnissen kaufte Jérôme mehrere Hundert Hektar Land und begann mit einer Pferdezucht. Der Franzose war in der Bretagne auf einem großen Gestüt aufgewachsen und hatte viel Ahnung von der Zucht dieser edlen Tiere. Doch in Borsja war auch dies eine große Herausforderung und extrem zeitaufwendig dazu. So mussten alle in der Familie mit anpacken und das Geld wurde immer knapper. Ruri hatte zu großen Respekt vor den kräftigen Tieren und war nie für die Arbeit zu begeistern. Das meiste blieb deswegen an Jérôme allein hängen und er war zu dieser Zeit mehr als nur überlastet.

Als Krys sein zweites Lebensjahr erreicht hatte und langsam wieder ein wenig Ruhe einkehrte, wurde Ruri ein zweites Mal schwanger und gebar Jérôme einen zweiten Sohn. Sie nannten den kleinen Sonnenschein Yoshi. Dieser Name stand im Japanischen für Güte sowie Glück, was auch gut seinen Charakter beschrieb, denn er war stets ausgelassen und positiv gestimmt. Wenn andere Kinder weinten, dann lachte er und deswegen nannten ihn auch alle Sunny. Er hatte nämlich das Gemüt einer strahlenden Sonne und dies stand ihm gut.

Im Gegensatz zu ihrer Mutter liebten die beiden Jungen die Arbeit mit den Pferden. Besonders Krys half seinem Vater gerne und das schon als ganz kleiner Knirps. Er hatte ein gutes Händchen für die sanften Riesen und verbrachte auch seine meiste Zeit mit ihnen. Sein Vater war stolz auf das Talent seines ältesten Sohnes und froh um die Unterstützung bei der vielen Arbeit. Yoshi hingegen hatte mehr Freude daran, seiner Mutter in der Küche zu helfen und Essen zu kochen. Er kam immer nur zu den Pferden, wenn sie Hausarbeiten verrichtete, vor denen er sich liebend gern drückte, und dies blieb auch so. Er war immer ein liebenswerter Chaot und meist ein wenig verträumt. Sein großer Bruder Krys hatte jedoch die Augen steht's weit offen. Auch wenn er nie viel sprach, bekam er trotzdem immer alles mit.

So gingen die Jahre vorbei und die beiden Jungen wuchsen langsam heran. Durch das Gen B89 in seiner DNS wurde Krys nie krank und hatte nicht mal die kleinsten Grippesymptome. Als er nach einem Sturz vom Pferd mit gebrochenem Schienbein und einem Schädelbruch im Krankenhaus lag, meinten die Ärzte, es sei ein Wunder, dass er noch am Leben sei und die Blutung in seinem Gehirn von allein wieder aufgehört habe. Er kam zu aller Erstaunen schon nach zwei Tagen wieder zu Bewusstsein und seine Verletzungen waren schon gut am Verheilen. Die Ärzte waren sprachlos und hatten so etwas zuvor noch nie erlebt. Nach nicht mal ganz drei Wochen waren die schweren Brüche schon so gut verheilt, dass man kaum noch etwas davon sehen konnte. Auch Krys benahm sich, als wäre nie etwas geschehen, und stieg sogleich wieder auf Sibur, sein liebstes Pferd. Sein Vater wurde zwar immer mehr stutzig, doch er hätte seiner Frau nie so etwas zugetraut und kam deshalb gar nicht auf die Idee, dass es am Gen B89 liegen könne, das sein ältester Sohn so anders war.

Als Krys an einem eher kühlen Abend den Unterstand der Pferde reinigte, kam Yoshi angerannt und wollte sich wie üblich vor der ach so gehassten Hausarbeit drücken. Krys hatte nichts dagegen und ließ sich gerne von seinem kleinen Bruder unterhalten. Das konnte der auch wirklich gut, er hatte richtiges Talent darin, jemanden zum Lachen zu bringen. So wurde sogar das Ausmisten zu einem Spaß, auch wenn Yoshi mehr quatschte, als wirklich mit anzupacken. Da ihr Vater an jenem Tag beim Angeln war, stand er abends ausnahmsweise mal in der Küche und die Mutter wusch fleißig Wäsche. Keiner von ihnen hatte es kommen sehen, als auf einmal ein Kastenwagen voller russischer Söldner vor ihrem Haus hielt und gewaltsam in dieses eindrang. Zum Glück waren die beiden Jungen draußen und die Söldner trafen im Haus nur auf das Ehepaar. Sie machten den beiden schnell klar, dass sie nur wegen der Forschungen da seien. Sie wollten um jeden Preis das Gen B89, und um an dieses heranzukommen, würden sie alles tun – was sie dann auch so ziemlich taten. Als sie den Vater aufs Übelste folterten und ihm dabei sogar ein Ohr abschnitten, entdeckte einer der Männer auf dem

Kamin ein Foto, auf dem die beiden Jungen mit den Pferden abgebildet waren. Da fingen sie an, hektisch nach ihnen zu suchen, und schleppten dabei die Eltern mit durchs ganze Haus. Als sie jedoch nirgends fündig wurden und langsam schon durchdrehten, sah einer der Söldner die brennende Fackel und alle machten sich auf den Weg zum Pferdeunterstand. Krys hatte die furchterregenden Männer jedoch zum Glück zuvor gesehen und versteckte sich mit seinem kleinen Bruder in einem großen Heuberg inmitten von Dutzenden Pferde. Die Tiere wurden ganz unruhig und schon fast panisch, als die Männer angetrampelt kamen. Als diese auch beim Unterstand nichts fanden und die Mutter immer noch kein Wort sprechen wollte, drehte der Anführer durch. Er packte sich zwei der gestressten Tiere und nahm sich zwei Stricke dazu. Dann band er dem schon halb toten Vater die Hände und Füße zusammen. Was dann folgte, war einfach nur schrecklich und grausam. Der Anführer der Söldner spannte den Vater zwischen die Hinterläufe der beiden Pferde und schreckte die so schon völlig gestressten Tiere mit einem Schuss aus seinem Revolver auf. Als die Pferde panisch in entgegengesetzte Richtungen losstürmen wollten, rissen sie dabei dem Vater die Gliedmaßen von seinem Korpus. Er schrie und man konnte laut hören, wie seine Knochen barsten unter dem Zug. Während die Mutter hysterisch schrie und panisch um sich schlug, hielt Krys seinem kleinen Bruder instinktiv Augen und Mund fest zu. Als der Anführer danach auch noch über die Mutter herfiel und sie vergewaltigen wollte, spuckte diese ihm furchtlos ins Gesicht und gab ihm noch einen Kopfstoß hinterher. Der Mann zog wutentbrannt seinen Revolver und schob ihn der Mutter in die Kelle, dann drückte er einfach ab. Die Söldner steckten zuerst den Pferdeunterstand in Brand und danach auch noch das Haus der Familie. Krys war zuerst wie paralysiert, als er auf die brennenden Kadaver seiner zuvor aufs Übelste gefolterten Eltern starrte und rund um ihn die Flammen tobten. Als sein kleiner Bruder Yoshi jedoch anfing, wild um sich zu schlagen, und ihn sogar in die Hand biss, begriff er, dass sie da weg mussten, und zwar schnell. Er bahnte sich einen Weg durch das unübersichtliche Flammenlabyrinth, konnte durch den vielen Rauch fast nichts mehr erkennen und tastete sich halb blind voran. Während er vorsichtig vorankroch, zog er seinen kleinen Bruder mit sich mit. Dieser keuchte und hustete stark. Der Kleine war kaum noch bei Bewusstsein und er schleppte ihn nur mühselig mit. Als er es endlich geschafft hatte, sich selbst und seinen kleinen Bruder da herauszubringen, musste er sich zuerst einen Augenblick orientieren und Luft holen. Er hatte viel von dem Rauch eingeatmet und seine Lunge kollabierte fast. Da sein kleiner Bruder Yoshi sich nicht mehr rührte und schon blau anlief, schüttelte er ihn. Doch Yoshi wollte sich einfach nicht bewegen. Also hob er ihn mit letzter Kraft hoch und schleppte ihn weg vom Feuer. Er versuchte, vom Grundstück wegzukommen. Aber er kam in seinem Zustand einfach nicht weit und brach immer wieder zusammen. Nachdem er das fünfte Mal zu Boden gefallen war und kaum noch auf konnte, legte er seinen leblosen Bruder auf den Boden. Dann stand er mühsam auf und pfiff mehrmals laut. Er wollte Sibur, seinen weiß-schwarz gescheckten Hengst anlocken, wusste aber nicht, ob dieser nach all der Hektik überhaupt noch darauf hören würde. Sein Pferd reagierte sonst stets darauf. Sibur konnte das Pfeifen von Krys von dem aller anderen unterscheiden und kam nur bei ihm angetrabt. Es dauerte eine Weile und Krys dachte schon, dass Sibur nicht kommen würde, was er gut verstehen könnte. Er selbst wäre auch um keinen Preis hierher zurückgekommen. Doch dann, auf einmal, sah er den Schatten seines herangaloppierenden Pferdes. Er konnte es nicht fassen, aber Sibur kam tatsächlich zurück, um ihn und seinen kleinen Bruder zu retten. Der Hengst blieb neben den beiden Jungen stehen und Krys mühte sich mit seinem kleinen Bruder auf den Rücken des Pferdes. Sie ritten in die Steppe raus und das Pferd brachte sie zum Rest der Pferdegruppe. Doch sein kleiner Bruder wollte einfach nicht zu sich kommen. Als er verzweifelt vor ihm kniete und hilflos weinte, kam auf einmal Sibur nahe dazu. Er fuhr mit seinen Nüstern durch Yoshis Haare und leckte ihm dann sanft übers Gesicht. Einen Augenblick später öffnete Yoshi benommen seine Augen und kam langsam zu sich. Krys war ungeheuer erleichtert, dass sein kleiner Bruder dies wenigstens halbwegs überstanden hatte. Doch was nun? Sie hatten alles verloren und saßen ganz allein in der Steppe. Die ersten paar Wochen blieb dies auch so und sie wurden zu kleinen Wilden. Aber eines Tages trafen ein paar patrouillierende Soldaten auf die beiden verwilderten Kinder. Diese lebten in Mitte der Pferde und schenkten den Soldaten kein Vertrauen, was nach dem Albtraum, den die beiden erlebt hatten, kein Wunder war. Das wirkliche Wunder war, dass sie so lange alleine in der Steppe überleben konnten. Doch schließlich ergriffen sie die Soldaten und brachten die beiden in das zwei Stunden entfernte Zabaykalsk. Dort wurden sie der Polizei überlassen. Da die beiden Jungen kein Wort sprechen wollten und niemand wusste, wer sie überhaupt waren, musste die Polizei dies zuerst ermitteln. Als diese schließlich herausfand, dass es sich bei den beiden um die vermissten Jungen handelte, deren Eltern im letzten Jahr beim großen Brand auf der Farm so schrecklich ums Leben gekommen waren, steckten sie die Brüder prompt in ein Kinderheim.

～ Kapitel 3 ～
Der Goldfisch im Glas

Dieses sogenannte Kinderheim glich eher einer Fabrik und zugleich einem Knast. Die armen Kinder wurden dort regelrecht zu kleinen Soldaten Stalins ausgebildet und die Nonnen waren die Teufel, die sie erzogen. Sie mussten Schuhe und Hemden nähen und ihre Hände waren meist blutig und aufgerissen vom vielen Nähen. Dies mussten sie zwölf Stunden am Tag tun, und wenn eines der erschöpften Kinder zusammenbrach, gaben sie ihm eine Ladung von irgendwelchen Drogen, die es wieder aufputschten. Krys beschützte seinen jüngeren Bruder und versuchte, für ihn mit stark zu sein. Das Heim war voller Waisenkinder und viele davon hatten schreckliche Dinge erleben müssen. Einige von ihnen sprachen nicht und ließen einfach alles über sich ergehen. Andere waren extrem aggressiv und hatten sich nie unter Kontrolle. Nur wenige schienen noch normal zu sein trotz allem, was ihnen widerfahren war. Krys sprach auch nicht viel und ging auf Distanz zu den anderen Kindern. Sein kleiner Bruder Yoshi folgte ihm blind und sprach mit keinem. Er flüsterte nur Krys manchmal etwas zu und mehr auch nicht.

Die erste Zeit war hart und Krys musste viel Prügel einstecken. Doch darin war er gut und er stand immer wieder auf. So gewann er auch oft, trotz etlicher Prellungen und so mancher Brüche. Er fand sogar eine Freundin. Ihr Name war Cloé. Anfangs wollte er kein Wort mit der hübschen Blondine wechseln. Doch sie saß beim Nähen direkt neben ihm und sprach immerzu. Manchmal sang sie auch leise vor sich hin. Dies mochte er sehr, denn ihre Stimme klang lieblich und warm. Meist sang sie immer dasselbe Lied, und zwar ein französisches Kinderlied. Es hieß Frère Jacques und manchmal, während sie dieses sang, kullerten ihr die Tränen über die Wangen. Dieses Lied schien ihr offensichtlich viel zu bedeuten und eine wichtige Erinnerung für sie zu sein. Dazu kam, dass sie ihn von Anfang an nie Krys nannte, sondern immer nur Giro. Sie meinte immer, er erinnere sie an Giro. Als er sie fragte, wer oder was ein Giro sei, meinte sie nur, der frechste und süßeste Affe, den es gebe. Auch wenn er dies anfangs nicht mochte, gewöhnte er sich mit der Zeit daran und es wurde sein Spitzname in dem Horrorheim. Nach etwa vier Jahren in der Hölle und etlichen zerstörenden Erlebnissen war Krys schon mehr als abgestumpft und fügte sich einfach nur den Anweisungen. Es kamen immerzu weitere Kinder und ersetzten die schwachen, die starben. Aber es wurde nie eines der Kinder adoptiert, denn sie waren billige Arbeiter und standen nicht zum Verkauf. Er gewöhnte sich an fast alles. An das ekelhafte Essen konnte er sich allerdings nie gewöhnen und es gab auch noch jeden verdammten Tag denselben Dreck. Ucha nannte man dieses Gericht und es wurde einmal am Tag an die Kinder gereicht. Ucha war eine klare Fischsuppe, die außer aus Wasser und groben Kartoffelstücken nur noch aus Fisch bestand. Dies waren die Haupt- und auch ziemlich die einzigen Zutaten. Der Fisch war meist schon verdorben und so roch die Brühe auch. Doch sie bekamen nur dies zu essen und so aßen sie alle brav die ekelhafte Brühe. Er pickte sich oft nur die Kartoffeln raus und verschmähte den Rest. Dies ließen sich die strengen Nonnen aber nicht gefallen und zwangen ihn, auch den widerlichen Fisch und dessen abgestandene Brühe zu trinken. Dies brachte ihn immer zum Erbrechen und er fühlte sich hundeelend.

Zu dieser Zeit bekam das Heim einen neuen Leiter mit Namen Petrovic und dieser führte neue Sitten ein. Er veranstaltete Kämpfe und verdiente so noch mehr Geld an den Kindern. Diese Kämpfe waren wie Hahnenkämpfe, nur dass es Kinder waren, die dabei gegeneinander antreten mussten.

Die Kämpfe waren brutal und gingen bis zum K. o. Sie fanden im Keller des alten großen Gemäuers statt. Krys musste oft antreten und war einer der besseren Kämpfer. Deswegen setzten auch viele Zuschauer ihr Geld auf ihn und er war einer der Favoriten. Er wollte dies jedoch gar nicht sein und hasste die schrecklichen Kämpfe. Aber wenn er angegriffen wurde und Schläge abbekam, ging es einfach mit ihm durch. Er konnte sich meist kaum noch kontrollieren und handelte blind im Affekt. Eigentlich hatte er keine Ahnung vom Kampfsport und alles, was er konnte, hatte er sich selbst beigebracht.

So konnte er sein eigenes Leben und das seines kleinen Bruder Yoshi bislang schützen. Schließlich waren die beiden trotz allem noch am Leben und die Hoffnung stirbt bekanntlich zuletzt. Auch die Mädchen mussten an den Kämpfen teilnehmen und Cloé war ein sehr starkes Mädchen. Sogar er hatte Mühe gegen die Kleine und sie lehrte ihn viel über die Abwehr sowie Bodentechniken. Er erfuhr, dass ihre Mutter eine berühmte russische Westlerin war und ihr so manches davon beigebracht hatte, bevor sie starb.

Cloé war im Kampf wie eine wunderschöne, aber unberechenbare Python, die einem zuerst langsam die Luft abschnürte, bevor sie einen, ohne auch nur einmal mit der Wimper zu zucken, mit Haut und Haaren verschlang. Er hatte das Glück, sich gut mit ihr zu verstehen und konnte so manches von ihr lernen. Ein Jahr, nachdem die Kämpfe eingeführt worden waren und zur Regel gehörten, brachten sie wie so oft eine Ladung mit neuen Kindern und füllten die noch leeren Betten mit ihnen. Darunter befand sich auch ein Junge mit dem Namen Maxim. Dieser war ein großer und starker Kerl für sein junges Alter. Er sprach so gut wie kein Wort und starrte jeden immer nur grimmig mit seinen grüngrauen Augen an. Er hatte jedoch eine Schwäche für Cloé. Die blonde Schönheit mit den riesigen, strahlenden, hellblauen Augen und den vollen Lippen, ließ seinen Blick förmlich erstarren. Cloé machte der grimmige Junge jedoch eher Angst und sie mied seine Nähe.

Krys fiel dieser Junge zuerst gar nicht auf, da er sich nicht für die neuen Kinder interessierte. Er kannte ja noch nicht mal die Namen derer, mit denen er nun schon fast fünf Jahre hier festsaß. Ihn interessierten nur das Wohl seines kleinen Bruders und das Überleben. Also bekam er gar nicht mit, dass es Maxim wenig gefiel, dass Cloé immer seine Nähe aufsuchte und dies dann auch noch sichtlich genoss. Als die beiden Jungen eines Tages auch noch gegeneinander kämpfen sollten, ahnte er nicht, dass dieser Maxim einen solchen Hass gegen ihn hegte. Der Kampf war hart und erbarmungslos. Maxim war ihm nicht nur körperlich überlegen, er hatte auch eine Menge Ahnung von Kampfsport und dies bekam Krys hart zu spüren. Da er jedoch keine Schmerzen empfinden konnte, ging der Kampf sehr lange und er stand immer wieder auf.

Sein Kopf war blutüberströmt und er hatte eine Riesenplatzwunde an der Stirn. Er konnte fast nichts mehr wahrnehmen, trotzdem kämpfte er weiter. Doch irgendwann brach er einfach zusammen und der Kampf war endlich vorbei. Es klingt vielleicht seltsam, aber Maxim wurde danach zu einem seiner besten Freunde und sie verstanden sich wirklich gut. Maxim war nämlich sehr beeindruckt von Krys' Zähigkeit und Furchtlosigkeit, die dieser steht's im Kampf an den Tag legte. Krys ließ sich nichts gefallen und wusste sich zu behaupten. Er lernte von Maxim schließlich Muay Thai und sie trainierten fleißig miteinander.

Dieser Maxim war halb Russe und hatte zuvor in den USA gelebt, bis er von seinem Vater mit neun Jahren entführt wurde. Dieser starb jedoch schon drei Jahre später, als ihn Milizen niederschossen. Da die Mutter von Maxim zwei Monate zuvor in den USA an einer Überdosis Heroin verstorben war, wurde er auch ins Heim gesteckt. Maxim war in den USA amtierender Muay Thai Weltmeister bei den Neunjährigen. Er liebte diesen Kampfstil und hatte diesen schon von klein auf von seinem thailändischen Stiefvater beigebracht bekommen.

Irgendwann kam Herr Petrovic auf die tolle Idee, die Kämpfer in Klassen aufzuteilen und so die Stärken der Kinder aufzuzeigen. Diese wurden nun auch noch gebrandmarkt und bekamen entsprechend ihren jeweiligen Stärken eine Bärentatze tätowiert, denn sie nannten die Kämpfe der Kinder Bärenkämpfe. (Warum auch immer, dies verstand Krys wie so vieles in seinem Leben auch nicht.) Die Tätowierungen befanden sich jedenfalls entweder auf einem der jeweils dominanten Knöchel des Beines oder auf dem Handgelenk des jeweils dominierenden Armes. So wussten die zahlenden Zuschauer auch immer, was die Stärke des Kämpfers war und konnten diese Information für ihre zahlreichen Wetten nutzen. Die Stärke von Krys war sein rechtes Bein und er bekam eine Bärentatze auf den rechten Knöchel tätowiert. So ging die Zeit weiter und alles schien kein Ende zu nehmen – das viele Nähen und Tausende von Kämpfen. Dazu kamen die Drogen, die sie regelmäßig verabreicht bekamen. Diese machten die Kinder gefügiger und so hatten die Nonnen sie besser unter Kontrolle.

─❧ Kapitel 4 ❧─
Tag der Erlösung

Eines Tages stand wie aus dem Nichts ein älterer Mann im Empfangs-bereich des Kinderheims. Dieser betrat das Waisenhaus und nach einem kurzen Gespräch mit dem Leiter, Herrn Petrovic, wurden die beiden Brüder von ihren Arbeitsplätzen erlöst und dem älteren Mann übergeben. Krys und sein kleiner Bruder Yoshi wussten nicht, wie ihnen geschah, und traten, ohne zu fragen, zu dem Mann vor. Dieser starrte sie mit großen Augen an, und je näher sie ihm kamen, desto intensiver starrte er. Krys war diese Situation nicht geheuer und er nahm seinen kleinen Bruder fest an die Hand, den alten Mann behielt er dabei die ganze Zeit über fest im Blick. Er hatte ihn noch nie zuvor gesehen. Was sollte das Ganze hier? Er verstand es nicht und trauen tat er der ganzen Sache schon gar nicht. Als sie unmittelbar vor dem älteren Mann standen, wollte dieser die beiden Jungen sogleich herzlich umarmen. Diese Geste blockte Krys jedoch ab und aus der Umarmung wurde schließ-lich nur ein beiderseitiges Schulterklopfen.

Daraufhin meinte eine strenge Nonne zu dem Besucher:

„Ich hab es Ihnen ja gesagt, mein Herr! Die beiden sind kleine Wilde. Der jüngere von beiden hat noch kein einziges Wort ge-sprochen, seitdem er hier ist, und er beißt auch. Der andere ist besessen. Der Teufel haust in seinen Augen und besetzt seine Seele. Ich selbst habe schon versucht, ihm den Teufel auszutreiben. Aber keine Chance! Teufel bleibt nun mal Teufel. Gott sei seiner Seele gnädig und befreie ihn von den Dämonen, die ihn plagen."

Der ältere Mann meinte daraufhin jedoch ruhig zu ihr:

„Lassen Sie dies meine Sorge sein und kümmern Sie sich lieber um Ihre eigenen Dämonen."

Die Nonne sah den Mann pikiert an und schüttelte entsetzt ihr Haupt. Dieser sah jedoch nur gelassen zu den beiden Jungen rüber und meinte dabei ruhig:

„Schon gut. Mein Name ist Dong Long. Wir verlassen diesen schrecklichen Ort. Ich verstehe, dass ihr nach all dem keinem Menschen mehr traut. Das kriegen wir schon hin. Kommt schon, lasst uns gehen." Während Dong Long dies sprach, sah ihn Krys nur unsicher und auf Abstand bedacht an. Der kleine Yoshi hingegen krallte sich nur stumm fest an den Arm seines älteren Bruders und versteckte sich hinter diesem. Sie antworteten Dong Long nicht, sondern folgten ihm nur wortlos nach. Sie waren so viele Jahre nicht mehr draußen gewesen und außer dem kleinen, hässlichen Hof des Heims hatten sie jahrelang nichts anderes gesehen. Dies war eine schreckliche Zeit gewesen und sie konnten es kaum glauben, als sie wirklich vor der großen, schweren Holztür standen. Die schien all die Jahre undurchdringlich und nur als Eingang gedacht zu sein. Doch nun traten sie tatsächlich auf die andere Seite und dies fühlte sich unglaublich befreiend an. Krys fühlte sich in diesem Moment wie ein wilder Mustang, der endlich das Halfter und den Sattel losgeworden war, um frei in die Steppe hinaus zu galoppieren. Er wollte laufen und das so weit, wie seine Beine ihn tragen würden. Aber das konnte er nicht, denn er durfte seinen kleinen Bruder Yoshi nicht vergessen und musste weiter seine kleine Herde beschützen. Als Dong Long die Überforderung der beiden Jungen bemerkte, wurde ihm erst wirklich bewusst, dass sie mehr als nur die Hölle erlebt haben mussten. Er wusste zwar von ihren Eltern und deren schrecklichem Tod. Aber es war noch so vieles unklar und er hatte selbst jahrelang nach den beiden Jungen suchen müssen. Anfangs wusste er nicht mal von ihrer Existenz, und als er davon in Kenntnis gesetzt wurde, hatte er sich natürlich sofort auf die Suche nach den beiden gemacht.

Nachdem sich die beiden Brüder beruhigt und die ersten Eindrücke etwas verarbeitet hatten, begaben sie sich mit Dong Long zu seinem braunen Kia Jeep und setzten sich auf die Rückbank. Dann fuhr Dong Long los und zuerst sprachen sie nichts. Dong Long ließ mongolische Volksmusik laufen. Er sang ab und zu mit und meinte irgendwann zu den beiden Brüdern:

„Ruht euch aus und schlaft ein wenig. Wir haben noch eine lange Reise vor uns und den nächsten Halt machen wir erst in etwa sieben Stunden wieder. Dann sind wir nämlich in Choibalsan und ihr seht endlich eure wahre Heimat. Unter euren Sitzen findet ihr übrigens etwas zu trinken und auch was Leckeres zu essen. Greift ruhig zu, wenn ihr das Bedürfnis dazu habt."

Da Krys sehr hungrig war, sah er neugierig in die Tüte, die sich unter dem Sitz befand. Als er darin eine große Flasche Coca Cola und daneben eine dicke Schweinskeule entdeckte, war er nicht mehr zu halten. Er öffnete zuerst das süße, goldbraun zischende Getränk. Doch bevor er selbst davon probierte, reichte er es Yoshi. Er lachte den Kleinen dabei an und darauf griff dieser sich schließlich die Flasche. Der Kleine hatte noch nie Coca Cola getrunken und nach einem herzhaften Rülpser huschte zum ersten Mal nach all den Jahren wieder mal ein Lächeln über seine kleinen Lippen, wobei seine Augen förmlich strahlten. Das ließ auch Krys wieder ein wenig fühlen und er schöpfte etwas Hoffnung. Er griff nach der Keule und biss herzhaft hinein. Endlich keinen Fisch mehr. Nie mehr, dachte er, lieber verhungern, als noch einmal Fisch essen. Er hasste alles am Fisch. Sei es sein widerlicher Geruch oder seine eklige Konsistenz. Ja, sogar sein Anblick widerte ihn an und allein die Vorstellung machte ihn beinahe krank. Es war Hass, er hasste Fisch. Die beiden Jungen aßen und tranken, als ob es um ihr Leben ginge. Dong Long sah ihnen erfreut über den Rückspiegel dabei zu und meinte dann freundlich:

„Ihr habt mir aber einen Hunger! Da, in der zweiten Tüte, gibt's noch Brot und glaubt mir, damit schmeckt es erst richtig lecker!"

Nach etwa sieben Stunden trafen sie ihn Choibalsan in der Mongolei ein. Dort in der Stadt kaufte Dong Long den beiden Jungs zuerst neue Kleidung, da die beiden mehr als nur dürftig gekleidet waren. Danach betraten sie ein Restaurant, und während sie aßen, meinte Dong Long zu den beiden:

„Ich weiß, ihr kennt mich nicht und habt keinen Grund, mir zu trauen. Aber ich möchte gern versuchen, ein wenig Licht ins

Dunkle zu bringen. Ich war lange, wirklich lange auf der Suche nach euch beiden. Eigentlich seit dem Tag, an dem ich von eurer Existenz erfahren habe, und das ist nun genau viereinhalb Jahre her. Eure Mutter Ruri …"

In diesem Moment musste Dong Long unterbrechen und sich wieder fangen. Es schien ihm alles sehr nahe zu gehen. Dann fuhr er bedrückt fort:

„Yoshi, du hast Ruris Strahlewangen und ihre süße Nase. Ich vermisse eure Mutter so. Sie war mein ganzer Stolz. Auf sie konnte man immer bauen und ihre Güte war unbegrenzt. Dazu kam ihr Genie. Sie war eine unglaublich kluge Frau und hatte alle Kapazitäten. Ich verstehe dies alles nicht."

Er hielt wieder inne und es fiel ihm sichtlich schwer. Doch dann meinte er:

„Ruri war meine Tochter … Und sie musste sterben. Aber ihr beiden, ihr lebt und ihr braucht mich. Ruri hatte mir nie von euch erzählt. Aber sie hatte ihre Gründe. Eure Mutter hatte immer ihre Gründe und tat nichts unbedacht. Als ich jedoch nach dem Tod eurer Eltern benachrichtigt wurde und dann auch noch von euch beiden erfuhr, wollte ich euch sofort zu mir holen. Doch ihr wart verschwunden. Als man euch dann wieder fand, wurdet ihr gleich gegen Geld verkauft und ich musste mich durch ganz Russland kämpfen, um euch zu finden. Ich meine, ich hatte ja nichts außer einem einzigen Foto von euch und euren Namen. Bis zu dem Tag, als ich endlich einen der Soldaten fand, der euch damals in der Steppe gefunden hatte. Dieser nannte mir wiederum viele verschiedene Namen von solchen falschen Kinderheimen wie das eure. Es war ein harter Weg und ich habe schlimme Dinge gesehen. Aber noch lange nicht so hart und schlimm wie euer schrecklicher Marsch. Ihr müsst meinen Worten keinen Glauben schenken oder mir vertrauen. Ich möchte nur, dass ihr wieder leben könnt und dies wie Menschen. Ihr seid meine beiden Enkel und das Einzige, was mir von Ruri geblieben ist. Durch unsere Adern fließt dasselbe Blut."

Zuerst sahen die beiden Jungen ihn nur skeptisch an und es herrschte einen Moment Stille am Tisch. Doch dann auf einmal sprang der kleine Yoshi auf und fiel dem alten Dong Long um den Hals. Der Kleine drückte sich fest an ihn, wobei er freudig meinte: „Großvater! Großvater! Wo warst du so lange? Großvater! Großvater! Mama hat gesagt, du kommst uns besuchen. Großvater! Großvater!"

Der Kleine war ganz außer sich und schien Dong Long auf einmal zu kennen. Doch Krys traute dem Ganzen immer noch nicht. Sein kleiner Bruder wünschte sich dies vielleicht einfach zu sehr und vermisste seine Eltern unendlich. Aber wie sollte er selbst den Worten dieses alten Mannes Glauben schenken und somit auch Vertrauen?

Dies waren schließlich auch nur Worte und denen vertraute Krys schon lange nicht mehr. Obwohl er selbst noch Abstand zu Dong Long hielt und seiner Geschichte misstraute, ließ er seinem kleinen Bruder die Freude und unterband es nicht. Denn er hatte ihn so lange nicht mehr froh gesehen und wollte dies nicht zerstören. Falls dieser Dong Long lügen sollte, müsste er es so oder so früher oder später beenden. Doch bis dahin sollte sein kleiner Bruder nicht schon wieder leiden und jemanden verlieren. Auch wenn sie Dong Long erst ein paar Stunden kannten, der Kleine sah in ihm tatsächlich seinen Großvater und glaubte ihm jedes Wort. Es hätte ihn sicher verstört, wenn man ihm diese Illusion genommen hätte. Doch Krys konnte es einfach nicht glauben und für ihn war es mit großer Wahrscheinlichkeit eine Illusion. Sie übernachteten in einem Hotel in der Stadt und setzten erst am nächsten Morgen ihre Reise fort. Diese endete erst nach weiteren zehn Stunden Fahrt und sie fanden sich inmitten von Ulaanbaatar wieder. Es war schon Abend und stockdunkel. Doch in dieser Riesenstadt war alles voller Lichter und Leben. Die beiden Brüder hatten so eine moderne Stadt zuvor noch nie gesehen, geschweige denn erlebt und es war so ziemlich alles neu. Der kleine Yoshi klebte förmlich an der Scheibe des Jeeps und war auf einmal hellwach. Krys betrachtete das hektische Farbenspiel lieber aus der Distanz und fühlte sich eher erschlagen davon. Dong Long hielt vor einem Chinarestaurant und sie gingen hinein. Er zeigte den beiden Jungen das ganze

Restaurant und oben die Wohnräume. Dong Long hatte jedem ein eigenes Zimmer frei geräumt und mit einem Bett sowie einer Kommode versehen. Die Betten waren frisch bezogen und sogar die Matratzen waren nagelneu. Krys hatte noch nie so gut geschlafen wie in dieser Nacht, auch wenn er das kleine Bett mit seinem knuddelbedürftigen Bruder teilen musste, da dieser noch nicht alleine schlafen wollte und seinen großen Bruder in dieser Situation brauchte. Also teilten die beiden ein Bett zusammen und das blieb auch die erste Zeit so. Am nächsten Morgen schlich sich Krys leise aus dem Bett, denn er wollte seinen kleinen Bruder nicht wecken. Er begab sich in den unteren Bereich des Hauses. Dort saß Dong Long in der Küche, und als er den Jungen sah, winkte er ihn zu sich an den Tisch. Krys ging, ohne etwas zu sagen, zu dem alten Mann und setzte sich schweigend neben ihn. Da legte Dong Long wortlos ein Foto auf den Tisch. Der Junge sah sich das Bild an und erkannte sofort seine Mutter darauf. Sie trug einen weißen Laborkittel und neben ihr standen weitere Leute. Einer davon war Dong Long. Während er das Foto betrachtete, meinte dieser zu ihm:

„Du erkennst bestimmt deine Mutter. Sie war so eine reizende Person und so intelligent. Wie du bestimmt auch erkennst, bin ich ebenfalls auf dem Foto vertreten. Genau wie auch die Schwester deiner Mutter, Cai Li, eure Tante. Sie steht gleich dort neben eurer Mutter auf dem Bild. Du musst wissen, das Foto entstand an einem ganz besonderen Tag. Denn eure Mutter hatte einen Riesendurchbruch in der Genwissenschaft errungen und wurde dafür ausgezeichnet. Ich war noch nie so stolz wie an jenem Tag auf mein Kind."

Krys hörte dem alten Mann aufmerksam zu. Doch als Dong Long diesen Satz sprach, meinte er dann doch leicht verdutzt zu ihm:

„Dein Kind? Was soll das? Wie soll ich das verstehen?"

Dong Long hielt einen Augenblick inne, er schien sichtlich Mühe zu haben, dem Jungen zu antworten. Bis er schließlich meinte:

„Ruri … liebliche, kleine Ruri. Sie war meine Tochter und sie wird immer meine Tochter bleiben."

Da musste er wieder einen Moment innehalten und diesmal liefen ihm sogar die Tränen runter. Er sah Krys mit traurigem Blick an und fuhr dann fort:

„Dein Bruder Yoshi hat viel von Ruri. Sogar ihr wunderbares Lachen. Als ich erfahren habe, das Ruri verstorben ist, und vor allem, wie es dazu kam, brach für mich alles zusammen. Ich wusste nicht, wo mir der Kopf stand. Doch als ich ihrer Schwester Cai die schreckliche Nachricht verkündete, war ihre größte Sorge ihre beiden Neffen. Ich war völlig entsetzt. Denn meine kleine Ruri hatte eigentlich keine Geheimnisse vor ihrem alten Vater. Zumindest dachte ich das immer. Doch nun waren da zwei Enkelsöhne, von denen ich nichts wusste und die nun auch noch spurlos verschwunden waren. Dazu kam die schreckliche Ermordung eurer Eltern, die noch mehr Fragen aufwarf. Es schien auf einmal, als ob ich meine kleine Ruri nie wirklich gekannt hätte. Sie hatte so viele Geheimnisse. Ich hätte nie gedacht, dass es so weit kommen würde. Ich dachte, wir wären sicher. Cai Li und mich haben die ja auch nie gefunden. Wie konnten sie nur Ruri und euch finden? Aber das Gen B89 haben sie nicht gefunden, denn sie suchen noch immer danach. Es ist einfach schrecklich, sie dürfen nie erfahren, dass du und dein Bruder noch leben."

Dong erzählte ihm alles, was er über das Geschehene wusste. Der alte Mann hatte gut recherchiert und konnte ein wenig Klarheit in das ganze Drama bringen. Krys wusste nun von den komischen Forschungen seiner Mutter und den bösen Männern, die dahinterher waren. Doch es blieben immer noch viele offene Fragen, auf die auch Dong keine Antwort hatte. Er wollte jedoch nur eines zu diesem Zeitpunkt, den Kerl erledigen, der für die ganze Scheiße verantwortlich war. Dies war allem Anschein nach Marlon Adam Jones, der Besitzer und Chef von der W-Global-Eta Corporation. Doch an den Kerl kam man nicht einfach ran. Der war eine Art Sensenmann, der zuschlug, ohne dass man ihm wirklich begegnete. Dazu kam, dass er selbst noch ein Kind war, was hätte er schon groß tun können? Doch er schwor sich Rache und die würde er auch bekommen. Nun hieß es, sich vorzubereiten auf den Kampf seines Lebens. Dong half ihm dabei, einen Plan zu schmieden. Yoshi hingegen wusste nichts von den Plänen seines älteren Bruders und auch nichts über das Gen B89 oder von Marlon Adam Jones. Doch so war Yoshi sorgenfreier und im Gegensatz zu seinem Bruder Krys konnte er sogar teilweise Kind sein. Zu ihrem neuen Zuhause bekamen die beiden auch neue Identitäten, was ihrem Schutz dienen sollte. Nun hieß Krys nicht mehr Krys, sondern Giro und Yoshi nannte sich Sunny.

—ઝ Kapitel 5 ઝ—
Die ersten Schritte sind meist schwer

Vor 20 Jahren in einer kleinen Provinz im Norden der Mongolei bei Chowd (Khovd) erblickte ein kleines süßes Mädchen das Licht der Welt. Ihr Name war Naomi und dies ist die Geschichte ihrer ersten Schritte.

Naomi wusste nicht, an welchem Tag oder zu welcher Stunde sie zur Welt kam, nur, dass es 1994 war, und zwar im August. Ihre Mutter brachte sie auf der bloßen Erde neben einer Straße zur Welt. Gleich nach ihren ersten Schreien nahm die junge Mutter ihr Neugeborenes auf den Arm und wickelte es in ihr Halstuch, das sie trug. Dann lief sie ein Stück neben der Straße her. Nach einer Weile blieb sie jedoch stehen und legte das Neugeborene sanft auf den sandigen Boden der Straße. Danach verschwand sie für immer. Auf dem Halstuch stand Naomi, was schließlich der Name des Mädchens wurde.

Tante Mirja meinte stets zu ihr, Naomis Mutter sei so unglücklich mit ihrem eigenen Leben gewesen, dass sie ihrem Kind nicht das gleiche Schicksal habe zumuten wollen. Tante Mirja war sozusagen ihr Schutzengel. Als die Kleine nämlich damals neben der Straße lag, hatte ein Lastwagenfahrer, der mal dringend musste, angehalten und sie kaum noch atmend gefunden. Sie war schon so gut wie tot gewesen. Er brachte sie zu Tante Mirja, die sich um viele Waisenkinder in Chowd kümmerte. Sie päppelte die Kleine wieder auf und sorgte von da an für sie. Sie sagte immer, es sei ein wahrhaftiges Wunder, dass Naomi überhaupt noch lebe.

Diese war aber nicht das einzige Waisenkind, um das sich Tante Mirja kümmerte, sie waren insgesamt acht Kinder. Sie verstanden sich eigentlich gut, außer wenn es ums Essen ging, da benahmen sie sich nämlich wie eine Meute räudiger Hunde. Tante Mirja gab ihnen immer mit einem Suppenlöffel auf den Mund, wenn sie sich wieder schlecht am Tisch benahmen. Das war sehr schmerzhaft. Trotzdem gab es jedes Mal welche, die sich wie die Wilden benahmen. Badma war zum Beispiel so einer. Der konnte nie genug kriegen. Er war nicht mal dick, im Gegenteil, er war sehr schlank und groß und hatte einen schmalen Körperbau. Naomi konnte sich noch gut an seine überdicken Augenbrauen und seinen unnatürlich großen Mund erinnern. Mit diesem konnte er unglaublich schnell essen und sprechen zugleich. Die meisten der Kinder hörten ihm gar nicht zu, wenn er sprach, da meistens nur Beleidigungen seinen Mund verließen. Außer Akai, der rastete oft aus bei dem Schwachsinn, den Badma den ganzen Tag erzählte.

Akai war eigentlich kein Schläger, sondern ein ganz liebenswerter Kerl. Er war für Naomi wie ein großer Bruder, den sie bewunderte. Er setzte sich meist für die Schwächeren ein, selbst wenn er nicht der Stärkere war und selbst einkassierte. Auch wenn er sich mit Badma anlegte, zog er meist den Kürzeren. Aber wegen seiner Hartnäckigkeit war er einer der wenigen, vor denen Badma wenigstens etwas Respekt hatte.

Yelda war Naomis beste Freundin und sie war verrückt nach Akai. Doch das durfte er natürlich nicht wissen. Yelda war ein süßes Mädchen, sie trug immer zwei lange Zöpfe. Diese knüpfte sie jeden Morgen selbst. Ihre Haare waren kohlenschwarz und sie hatte lauter süße Sommersprossen auf den Wangen. Sie war eher schüchtern und zurückhaltend.

Dann gab es noch Tengis, er war der beste Freund von Akai. Die zwei waren unzertrennlich. Tengis war von Geburt an stumm und antwortete über Gebärdensprache. Dazu kam, dass er fast nichts sah, obwohl er eine Brille mit unglaublich dicken Gläsern trug. Er wurde oft wegen seinen körperlichen Einschränkungen ausgeschlossen und gemobbt. Akai nahm ihn immer in Schutz und so war ihre Freundschaft entstanden.

Sharina und Zarina waren Zwillingsschwestern. Die zwei Mädchen sahen genau gleich aus. Sie waren sogar gleich groß. Es gab nur einen Unterschied, Zarina hatte ein schwarzes Muttermal auf der rechten Seite ihres Halses. Beide trugen so gut wie immer eine weiße Spange im Haar und eine weiße Schleife ums Handgelenk. Dazu ein hellblaues Jeanskleid mit weißen Sandalen.

Sie stritten oft, manchmal stundenlang. Doch am Ende fanden die beiden Schwestern immer wieder zusammen. Wenn Sharina und Zarina Streit hatten, ging es meistens um dasselbe Thema: Kaan. Er war auch eines der Waisenkinder. Kaan war aber nicht wie die anderen Kinder schon als Kleinkind zu Tante Mirja gekommen. Er war damals schon siebenjährig. Davor lebte er bei seinen Eltern, zusammen mit seinem älteren Bruder Timur. Bis zu dem schrecklichen Tag, als sein Vater erfuhr, dass nur Timur sein leiblicher Sohn war. Als er das hörte, wurde er so wütend, dass er völlig durchdrehte. Er packte sich Kaans Mutter und schleppte sie auf den Balkon der Wohnung. Dann schlitzte er ihr vor den Augen aller die Kehle auf und fing danach wie ein vollkommen Wahnsinniger an, ihre Leiche in Stücke zu hacken. Diese warf er dann schließlich achtlos aus dem 6. Stock auf die Straße hinunter, als wäre es Müll. Alle in der Umgebung waren geschockt. Es war eine Riesengeschichte. Doch die Nachbarn redeten nur darüber wie so oft und keiner bot Hilfe an außer Tante Mirja.

Kaan war kein übler Junge. Er war nur wie alle anderen auch vom Leben gezeichnet. Er misstraute jedem und dachte immer zuerst an sich. Badma war für Kaan eine Art Lakai, der alles tat, was er wünschte. Kaan wollte immer der Anführer von allem sein, und wenn es mal keinen Anführer brauchte, war er auch nicht dabei. Er war ein großer und starker Junge, der sich behaupten konnte. Alle, die ihn kannten, nannten ihn Ochse, obwohl er dies nicht mochte.

Dies war Naomis Familie und ihr größtes Glück. Da die Kinder keine Möglichkeit hatten, zur Schule zu gehen, brachte Tante Mirja ihnen alles bei, was sie konnte, und das war ziemlich viel. Sie lehrte die Kinder schreiben und lesen. Sogar Mathematik und Geografie standen auf ihrem Lehrplan. Tante Mirja war früher mal Professorin in Kommunikation gewesen und konnte viele Sprachen fließend. Da sie Naomis offensichtliches Sprachtalent um jeden Preis fördern wollte, brachte sie ihr so viele Sprachen wie nur möglich bei. Naomi selbst interessierte sich jedoch mehr für die Geografie und träumte von den großen Städten. Aber

Tante Mirja war sehr streng bei solchen Angelegenheiten und so lernte Naomi von ihr schließlich acht Sprachen. Darunter waren Russisch, Spanisch, Kantonesisch, Mandarin, Japanisch, Englisch, Französisch und Latein, wobei sie Mandarin und Latein nicht fließend beherrschte.

Neben dem Lernen mussten die Kinder auch Geld verdienen. Manchmal gingen sie betteln oder verrichteten für Anwohner kleine Arbeiten. Doch das Geld war oft zu knapp, um alle hungrigen Münder zu stopfen, und Tante Mirja konnte nicht mehr arbeiten. Da sie nur noch ein Bein besaß und oft von Schmerzen geplagt wurde, konnte sie nie lange stehen oder gehen. Das Bein hatte sie bei einem Autounfall verloren. Bei dem schrecklichen Unfall waren ihr Mann und ihre zwei Töchter ums Leben gekommen. Naomi dachte, dies sei sicher mit einer der Hauptgründe, warum Tante Mirja sich immer so selbstlos und aufopfernd um alle armen Kinder kümmerte.

Eines Tages, als Naomi acht Jahre alt war, kamen drei widerliche Männer zu ihnen nach Hause. Einer davon meinte zu Tante Mirja, sie habe noch Schulden bei ihm, und wenn sie nicht bezahlen könne, nehme er sich einfach eins der Mädchen als Pfand. Nach diesem Besuch war Tante Mirja außer sich und weinte nur noch. Als die Kinder sich schließlich danach zusammensetzten, meinte Kaan selbstsicher und ziemlich bestimmend zu den andern, er wüsste einen Weg, um genug Geld zusammenzubekommen. Doch das sei kein Kinderspiel. Sie alle wollten Tante Mirja nur helfen, denn diese hatte ihnen auch immer geholfen. Also stellte ihnen Kaan seinen älteren Bruder Timur vor. Dieser brachte den Mädchen bei, wie sie mit ihren zierlichen Händen und ein wenig Feingefühl Brieftaschen und andere Wertgegenstände stehlen konnten. Den Jungs zeigte er, wie sie Autos kurzschließen konnten, was Akai wiederum später auch Naomi und Yelda beibrachte. Die beiden Mädchen waren sehr geschickte Autodiebinnen, das musste auch Timur zugeben. Aber eins hatten alle Kinder gemein und das waren Träume.

Naomis größter Traum war, eines Tages nach Ulaanbaatar zu reisen. Diese riesige, bunte Stadt musste wunderschön sein. Das stellte sie sich zumindest immer vor. Sie wusste zwar nicht, wie sie dies anstellen sollte, aber es war einfach ihr größter Wunsch. Anfangs lief es wirklich gut mit dem Stehlen. Die Kinder hatten alle verschiedene Talente, um das zu bekommen, was sie gerade brauchten.

Kaan war der Anführer der fleißigen Gruppe und verteilte die Aufgaben. Sein Bruder Timur kümmerte sich um den Verkauf der Hehlerwaren. So hatten die Kinder schnell das Geld zusammen, um die Schulden zu begleichen, und genügend Essen konnten sie sich nun auch leisten. Jetzt mussten sie sich nicht mehr wie Hunde ums letzte Stück Fleisch streiten.

_⸻_ Kapitel 6 _⸻_
Wenn das Schicksal zuschlägt

Eines Tages jedoch stürmte Kaan wie ein Verrückter zur Eingangstür herein. Dabei starrte er alle mit großen Augen an. Sein T-Shirt, das er trug, war blutgetränkt und er zitterte am ganzen Leib. Akai rannte sofort zu ihm hin.

Er packte ihn an seiner Schulter und meinte dann aufgeregt: „Was zum Teufel ist geschehen, Kaan? Verflucht, ist das etwa alles Blut? Was ist bloß los mit dir?!" Der sah Akai nur mit leerem Blick an. Da fing dieser an, ihn zu schütteln, und fragte ihn dabei eindringlich: „Wo ist Badma? Ihr wart doch zusammen unterwegs!? Du, sprich jetzt, und zwar auf der Stelle! Sag endlich was, Kaan!" Dieser griff nach seiner Hand und schob sie wortlos weg. Dann zog Kaan hektisch sein verschmiertes T-Shirt aus und warf dieses in hohem Bogen in die Küchenspüle. Während er sich auf der Spüle abstützte, meinte er stotternd und unverständlich: „Die haben … Ich wollte doch … Badma sollte nichts …"

Das Atmen fiel Kaan dabei sehr schwer und man konnte ihn kaum verstehen. Erst nachdem er sich ein wenig beruhigt hatte, konnte er erzählen, was da wirklich geschehen war.

Kaan berichtete, er habe einen Spezialauftrag von seinem Bruder Timur erhalten. Dies sei nicht sein erster gewesen. Es seien immer nur Botengänge gewesen. Er habe sich nichts dabei gedacht und die Bezahlung sei wirklich gut gewesen. Also seien Kaan und Badma zu dem Treffpunkt in der Steppe geritten. Dort stand wie vereinbart ein schwarzer Wagen. Nur den Fahrer konnten die beiden nirgends entdecken. Da beschlossen sie, trotzdem wie vereinbart die Kiste in den Kofferraum des Fahrzeugs zu legen. Sie vermuteten, der Fahrer habe extra deshalb den Wagen nicht verschlossen. Badma öffnete dann den Kofferraum über den Knopf in der Fahrerzelle. Bevor Kaan den Kofferraum jedoch ganz geöffnet hatte, sah er, dass da jemand drin lag. Als er ihn daraufhin ganz öffnete und erkannte, dass es sich dabei um den Fahrer handelte, erschrak er heftig. Es war derselbe Kerl wie bei den anderen Malen gewesen. Doch jetzt lag er tot im Kofferraum seines Wagens. Schnell begriff Kaan, dass etwas nicht stimmen konnte. Sie mussten sofort weg. Doch da war es schon zu spät. Als Kaan den Kofferraum zuschlug und zu Badma rübersah, entdeckte er erschrocken einen Kerl hinter diesem. Doch bevor er ihn warnen konnte, spaltete der Kerl mit einer Axt Badmas Schädel. Da Kaan immer ein begabter Messerwerfer gewesen war, schleuderte er im Reflex sein Jagdmesser nach dem Schattenmann und traf ihn in die Schulter. Dieser ging daraufhin zu Boden. Dann rannte Kaan zu Badma, dem das Blut nur so aus dem Kopf strömte. Er habe ihn noch gehalten und geschüttelt, doch er sei schon tot gewesen. Einfach tot. Kaan meinte, er habe dann eine Stimme gehört und sei daraufhin davongeritten. Als er nach hinten blickte, habe er einen weißen Mercedes Benz gesehen, der ihn verfolgte. Als er jedoch wieder in der Stadt war, sei dieser weg gewesen. Kaan kam daraufhin sofort nach Hause.

Das war Kaans Geschichte zu den schrecklichen Geschehnissen. Eines war ihnen sofort klar. Badma war tot, und wenn das, was Kaan erzählt hatte, der Wahrheit entsprach, waren sie alle in großen Schwierigkeiten. Sie wussten nicht, was sie nun tun sollten. Während Kaan sich von den Zwillingen die Wunden behandeln ließ, überlegten Naomi und die anderen, was nun auf sie zukommen könnte. Während sie hektisch am Diskutieren waren, betrat auf einmal Tante Mirja den Raum. Als diese nichts ahnend und mehr als nur entsetzt nachhaken wollte, was da los sei, erklang auf einmal ein lauter Knall. Da flog sie auch schon mit Wucht seitlich durch den Raum, wo sie schließlich an die Wand knallte und leblos auf den Boden aufschlug. Es bildete sich langsam eine Blutlache unter ihrem leblosen Körper. Die Zwillinge fingen sogleich an, laut und hysterisch zu schreien. Naomi blieb regungslos und sah nur perplex zur Tür rüber. Dort war der Schuss hergekommen. Sie erblickte einen Mann. Dieser trug einen schweren, breiten Mantel aus hellbraunem Wildleder, der ihm bis über seine Knie reichte und abgenutzt aussah. Seine Schuhe waren voller erdigem Sand, genau wie seine zerrissene Hose. Der Kerl wirkte riesengroß und unglaublich einschüchternd. In seinen Händen hielt er eine Schrotflinte mit abgesägtem Lauf. Ihm folgte ein weiterer Kerl, der nicht weniger beängstigend wirkte. Er war zwar kleiner als der erste und trug keine Schrotflinte in seiner Hand. Dafür hatte er einen schwarzen Cowboyhut auf und eine riesige Narbe zog sich über sein rechtes Auge bis zum Nasenflügel. Dieses Auge war weiß mit einem bläulichen Schimmer, sein linkes Auge wirkte hingegen schwarz und seine Lippen waren ganz schmal. Zu dem schwarzen Cowboyhut trug er passende, schwarze Cowboystiefel. Das dunkle Tuch um seinen Hals komplettierte das Bild. An seinem Gurt befand sich ein ledernes Halfter, darin steckten zwei große Messer. Als Letzter folgte dann ein Mann in teurem Anzug und Mantel, den er offen trug. Er hatte eine perfekt zurechtgemachte Frisur und sein Schnäuzer war auf den Millimeter genau geschnitten. Die teuren, schwarzen Lederschuhe, die er trug, glänzten, so sauber poliert waren sie. Seine Statur war normal, doch seine Präsenz wirkte trotzdem sehr einschüchternd. Dieser Mann war auf jeden Fall der Boss. Dies war ganz klar. Der Mann im teuren Anzug stand in der Mitte vor den beiden anderen und meinte dann bestimmend:

„Gökhan, hole bitte die Kiste her und beeile dich!"

Der Mann mit dem Wildledermantel stampfte sogleich los und kam mit der Kiste wieder. Er platzierte sie vor dem Mann im teuren Anzug. Dann sprach dieser weiter:

„Enis, öffne die Holzkiste bitte und beeile dich!"

Der Mann mit dem schwarzen Cowboyhut hastete sofort los. Er zog eines seiner großen Messer aus seinem Halfter und fing an, die Kiste aufzuhebeln. Auf einmal sprang Tengis auf und rannte zu Tante Mirja hinüber. Diese lag immer noch regungslos und blutüberströmt auf dem Boden. Tengis begann auf einmal, sie wie verrückt zu schütteln. Akai wollte sofort zu Tengis hinüber eilen. Doch bevor er ihn erreichen konnte, ertönte ein weiterer Schuss und traf Tengis in den Kopf. Er sackte sogleich zusammen und lag nun neben Tante Mirja, ebenfalls leblos, auf dem Boden in ihrer Blutlache. Akai sprang zurück. Er hatte sich fürchterlich erschrocken und war perplex. Naomi wusste nicht, warum sie keine Angst empfand. Das Einzige, was sie empfand, war Hilflosigkeit und natürlich Wut. Yelda, die genau neben ihr stand, drückte ganz fest ihre Hand, was sie auch erwiderte. Naomi sah daraufhin wieder nach vorne zu den drei Männern. Dieser zweite Schuss kam nicht aus der Schrotflinte. Es war der Mann im teuren Anzug gewesen, der Tengis mit einem seiner Revolver hingerichtet hatte. In diesem Moment meinte er, während er seinen Revolver scheinbar befriedigt wegsteckte:

„Ach ja, ich vergaß zu erwähnen, keiner rührt sich!" Dabei grinste er widerwärtig.

Als die verdammte Kiste endlich offen war, meinte der Mann wütend und einschüchternd zugleich:

„So, ich werde mich euch nun vorstellen. Mein Name ist Kubilay Salvo und hier ist mein Problem. Du dort in der Ecke, hinter den zwei Mädchen, und dein toter Freund mit der Axt im Kopf, der noch in der Steppe liegt – ihr beiden habt diese Kiste hier transportiert. Ist doch so, oder? Sprich schon, du kleiner Feigling!"

Kaan antwortete dem furchterregenden Mann mit ängstlicher Stimme:

„Ja, Sir, das stimmt."

Da griff Kubilay in die Kiste und zog einen halb verwesten Schädel raus. Es war der eines kleinen Jungen. Mit seiner anderen Hand griff er erneut in die Kiste und zog einen weiteren Schädel heraus. Es war der einer jungen Frau. Dann meinte er mit seiner markanten und eindringlichen Stimme:

„So, dann schaut mal alle gut her! Das in meiner rechten Hand ist der Kopf von Kira, meiner wunderschönen jungen Frau. Der zweite in meiner linken Hand ist der von meinem geliebten Sohn Milazim. Er war erst fünf Jahre alt und hatte noch sein ganzes Leben vor sich."

Dann platzierte er die beiden skalpierten Häupter auf dem Tisch. Deren tote, kalte Augen starrten die Kinder direkt an. Es war einfach widerlich und unglaublich gruselig, wobei Salvo nur erbost meinte:

„Enis, hol mir den Abschaum her, der sich da in der Ecke versteckt."

Er sah Kaan dabei mit finsterem Blick an. Dieser zitterte vor lauter Angst am ganzen Leib und schrie beinahe panisch um sein Leben, während er von Enis nach vorne gezerrt wurde, als wäre er ein geschlagener Hund. Als er geschunden auf allen vieren vor Kubilay kniete, zog dieser ohne ein weiteres Wort eines der großen Messer aus Enis' Halfter und schnitt Kaans Kehle durch. Es geschah alles unglaublich schnell, das Blut spritzte meterweit und nun lag auch Kaan leblos auf dem Boden. Da dachte Naomi, er würde sie nun eiskalt einen nach dem anderen umbringen. Doch dann meinte Kubilay zu seinen Männern, sie sollten Kaan zerteilen und in einer Kiste in der Steppe vergraben. Nun geschah mit Kaan also dasselbe wie einst mit seiner Mutter, in Stücke zerhackt und weggeworfen wie Müll. Die fünf Kinder, die noch übrig waren, ließ er großzügigerweise am Leben. Jedoch waren sie nun das Eigentum von Kubilay und sollten für ihn Geld bringen.

Naomi war zu diesem Zeitpunkt erst 14 Jahre alt. Dies war im Jahr 2004. Yelda war zwei Jahre älter als sie und schon 16 Jahre. Akai hingegen war nur ein Jahr älter als Naomi. Zarina und Sharina, die Zwillingsschwestern, waren ebenfalls 16-jährig, genau wie Yelda.

Die Kinder wurden in einen blauen Lieferwagen verfrachtet. Kubilay hingegen stieg in einen weißen Mercedes Benz ein und fuhr davon. Der Lieferwagen mit den Kindern an Bord fuhr kurz daraufhin auch los. Es war eine schreckliche Fahrt für die Kinder und sie hatten mehr als nur Todesangst. Die Horrorfahrt endete in einem von Kubilays vielen Freudenhäusern. Sie sollten dort wahrscheinlich arbeiten oder vielleicht sogar verkauft werden. Als die Kinder im Vorzimmer des Etablissements warten sollten, konnte Naomi sich von ihren Fesseln befreien. Als sie dann auch Yelda und die anderen befreien wollte, kamen auf einmal die Männer zurück, wobei sie nur noch knapp durch das offene Fenster entkommen konnte. Zum Glück stand gleich gegenüber ein Lastwagen, in dessen Laderaum sie sich verstecken konnte. Sie hörte dabei, wie die Männer draußen hektisch nach ihr suchten. Doch dann ging auf einmal der Motor des Lasters an und er fuhr los. Naomis Gefühle waren in diesem Augenblick gemischter Natur. Einerseits war sie froh, dass sie sich endlich wieder in einer gewissen Sicherheit befand, andererseits hatte sie gerade ihre ganze Familie verloren.

Nun saß sie da, auf dem Metallboden des Lasters, dabei die Tür des Frachtraums fest im Blick. Sie presste sich fest gegen die Kartonkisten hinter ihr und verhielt sich ruhig. Sie hatte keine Ahnung, wie lange sie so verharrte. Aber sie war wie versteinert und begriff einfach nicht, was da gerade geschehen war. Ihr gingen so viele Gedanken durch den Kopf. Dies alles raubte ihr auch das Zeitgefühl, alles wirkte so unwirklich. Irgendwann drangen von draußen erste Sonnenstrahlen durch die Spalten der Frachtraumtür. Da wusste sie, dass es schon Morgen sein musste, und sie beschloss, sich im Frachtraum umzusehen. Hinter den Kartonkisten befanden sich lauter aufeinandergestapelte Matratzen. Die waren ganz neu und noch in Folie verpackt. Da überlegte sie nicht lange und legte sie darauf. Sie war so müde und wusste nicht, wie lange die Fahrt noch dauern würde. Doch trotz der bequemen Matratzen, auf denen sie lag, kam ihr die Fahrt ewig vor.

Als der Laster endlich anhielt, hörte sie, wie der Lastwagenführer ausstieg. Da dieser nichts von der blinden Fracht an Bord wusste, dachte sie, dass es gleich recht problematisch werden würde, wenn der Kerl die Tür öffnete. Doch was sollte sie tun? Sie konnte ja nirgends anders hin. Also wartete sie einfach den Moment ab. Als der Lastwagenführer genau vor der Tür stehen blieb und sie hörte, wie er den Hebel der Tür hochschob, ging diese auch schon ein wenig auf, sodass sie seine Beine sehen konnte und auch die schmutzige, hellblaue Jeans, die er trug. Auf einmal hörte sie jedoch eine Männerstimme, die von weither brüllte:

„Hey, Mani! Hey, Mani! Komm sofort her, Idiot! Was fällt dir ein, mir so einen Dreck zu liefern!? Sieh dir das bloß an! Und ich zahle dir Arschloch auch noch Geld dafür!"

Der Lastwagenfahrer antwortete daraufhin genervt:

„Ach Ilhan! Beruhige dich mal wieder, du alter Widerling! Du gehst mir immer tierisch auf die Nerven! Jedes verdammte

Mal hast du was auszusetzen und beleidigst mich auch noch aufs Übelste! Denkst du, für so eine Scheiße komm ich bis nach Ulaanbaatar! Was willst du bloß immer von mir!? Ich bin's leid!" In diesem Moment begriff Naomi, dass sie in Ulaanbaatar sein musste. Sie dachte zuerst, dass es nur ein Missverständnis wäre. Das konnte einfach nicht wahr sein. Oder? Die zwei Männer vor der Lastwagentür führten ihr Streitgespräch fort. Der wütende alte Mann meinte dann:

„Was willst du damit andeuten? Dass ich mich ohne triftigen Grund bei dir beschwere? Ihr Jungen immer mit euren frechen Mäulern! So Leute wie du gehören weggesperrt! Du kleiner Abzocker. Alte Leute über den Tisch ziehen, ist wohl alles, was du kannst! Du bist so ein kleiner Abzocker …"

Da unterbrach der Lastwagenfahrer den keifenden Mann jedoch und lenkte ein:

„Nun beruhige dich endlich mal. Ich komme ja schon mit dir und sehe mir das mal an. Aber hör auf, immer so ein Theater zu veranstalten und mich auf offener Straße zu demütigen. Schließlich habe ich immerhin 20 Stunden Fahrt hinter mir, wenn ich hier in Ulaanbaatar ankomme, und kann auf den Stress mit dir verzichten."

Da antwortete ihm der andere, überraschenderweise mit scheinbar normaler Stimme:

„Na, geht doch und das sogar freundlich. Komm mit mir. Ich zeig es dir. Ich gebe dir auch gerne was zu trinken und zu essen aus. Komm mit mir, Junge."

Der alte Mann lief daraufhin los und der Lastwagenfahrer schob die Tür wieder zu, bevor er dem Alten folgte. Naomi konnte das Einrasten des Hebels nicht hören. Sie ging langsam auf die Tür zu und stieß sie vorsichtig ein Stück auf. Er hatte tatsächlich vergessen, wieder richtig zuzuschließen. Sie konnte es fast nicht glauben. Sie schob also langsam die Tür auf und konnte endlich den Frachtraum des Lastwagens verlassen.

Sie stand auf einer großen Straße. Um sie herum sah sie lauter hohe Gebäude, grelle Lichter, lärmende Menschen und schnelle Fahrzeuge. Befand sie sich tatsächlich in Ulaanbaatar? Als sie einfach nur dort stand und vollkommen fasziniert war von den vielen neuen Eindrücken, hörte sie auf einmal einen Jungen, der panisch schrie:

„Achtung! Ich kann …!"

Doch noch bevor er fertig war mit seinem Satz, riss er Naomi mit sich und stieß sie zurück in den Frachtraum. Sie wusste nicht, wer oder was sie getroffen hatte, und war zuerst leicht benommen. Zum Glück landete sie auf den Matratzen und nicht auf dem harten Metallboden. Als sie dort lag, vernahm sie von draußen ein lautes Quietschen und ein nachfolgendes Krachen. Also rappelte sie sich wieder auf und verließ den Frachtraum zum zweiten Mal. Sie wollte nachsehen, was da gerade passiert war. Als sie wieder auf der Straße stand und sich umsah, lagen da auf dem Asphalt Reis, Gemüses und Fleisch herum. Ein Stück weiter vorne lag ein blauer Roller mit einer Lieferkiste darauf. Auf ihr sah man ein Rind, das Nudeln aß, und daneben stand: „Hanyu Pinyin! Wir haben die besten Dim Sun in ganz Ulaanbaatar und die liefern wir direkt zu Ihnen nach Hause. 24 Stunden Service." Etwa zwei Meter von dem Roller entfernt, lag auf dem Asphalt ein regungsloser Junge. Dieser trug eine orangefarbene Sportjacke von Adidas und auf dem Kopf einen schwarzen Helm mit einem gelben Smiley drauf. Sie ging langsam auf den Jungen zu. Als sie ihn erreicht hatte und über ihm stand, wollte sie sich gleich zu ihm herunterbücken, um nach ihm zu sehen. Da erklang jedoch auf einmal lautes Hupen eines wartenden Autos, woraufhin der Junge plötzlich aufschreckte. Dabei rempelte er Naomi ein weiteres Mal um. Sie schlug diesmal so stark mit ihrem Hinterkopf auf dem Asphalt auf, dass sie ihr Bewusstsein verlor und danach nur noch schwarz sah.

—⁀ Kapitel 7 ⁀—
Wenn Träume wahr werden

Irgendwann später, als Naomi langsam wieder zu Bewusstsein kam, hörte sie, wie aus dem Hintergrund leise orientalische Musik erklang. Da öffnete sie langsam ihre Augen, konnte zuerst aber nicht viel erkennen. Alles schien so hell und leicht verschwommen. Als sie wieder klarer sehen konnte und nach oben blickte, hing da an der Decke eine rote Lampe und vor ihr an der Wand ein Bild mit einer wirklich hässlichen Ente drauf. Diese hatte bestimmt ein Kind gemalt oder einer, der wirklich kein Talent hatte. Das dachte sie sich zumindest, während sie es ansah. Vor ihr auf dem runden Holztisch, in dessen Lack sich das Licht der Lampe spiegelte, stand ein Krug mit Tee und lagen ein paar alte Zeitschriften. Also setzte sie sich langsam auf. Als sie auf der Holzbank saß und über den Tisch schaute, entdeckte sie vorne am Ende des kleinen Raumes eine Tür. Daneben stand ein großes Regal. Auf dem befanden sich einige Bücher und auch das Radio, aus dem leise die Musik drang. Vor ihr auf dem Tisch neben der Kanne stand eine Tasse. Da sie sehr durstig war und lange nichts mehr getrunken hatte, goss sie sich Tee ein. Doch dieser war noch zu heiß, sodass sie ihn nicht gleich trinken konnte. Also beschloss sie, zuerst aufzustehen und vorzugehen. Als sie an dem großen Regal vorbeikam, erblickte sie ein eingerahmtes Foto im obersten Fach. Es war vom Tisch aus für sie nicht zu sehen gewesen. Darauf waren zwei Jungen abgebildet, etwa im Alter von zehn Jahren. Die beiden standen an einem Seeufer. Hinter ihnen war ein stilles Gewässer und einige treibende Boote zusehen. Der kleinere von den beiden Jungen stand weiter vorne im Bild und sein Lachen überstrahlte sein ganzes Gesicht. Seine Augen schienen zu leuchten vor lauter Freude. Er trug ein grünes Shirt und dazu eine kurze, hellbraune Hose. Der Kleine sah richtig süß und glücklich aus. Auf der rechten Seite hinter ihm stand ein anderer Junge. Dieser war etwa einen Kopf größer und sah nicht sehr glücklich aus. Da er aber seitlich dastand und auf das Gewässer hinausblickte, konnte man ihn nicht gut erkennen. Er trug eine schwarze Kapuzenjacke mit weißen Turnschuhen und einer blauen, verwaschenen Jeanshose. Über sein Gesicht zog sich kein Lächeln – im Gegenteil, er sah äußerst nachdenklich und traurig aus. Er schien irgendwie verloren zu sein. Sie dachte sich jedoch zu diesem Zeitpunkt nichts weiter dabei und wendete sich wieder ab. Da es in diesem kleinen, schmalen Raum nicht mehr zu sehen gab und sie noch immer nicht wusste, wo sie sich befand, ging sie entschlossen auf die Tür zu. Doch noch bevor sie die Türklinke in der Hand hielt, öffnete sich die Tür von außen, woraufhin sie einen Schritt zurücktrat. Für heute hatte sie genug auf den Kopf bekommen, er schmerzte noch immer. Nun betrat ein Junge den Raum. Es schien derselbe Junge von vorhin zu sein – der, der mit dem Roller gestürzt war. Sie hatte sein Gesicht durch den Motorradhelm zwar nicht sehen können, er trug jedoch dieselben Klamotten. Also nahm sie an, dass es der gleiche Junge sein müsste. Als dieser sie erblickte, sah er ein wenig verdutzt aus und kratzte sich scheinbar verlegen am Hinterkopf, dabei seufzte er leise. Dann meinte er zu ihr, mit einem kleinen Grinsen im Gesicht:

„Oh, pass auf, du hast dir den Kopf recht hart angestoßen. Du warst auch ziemlich lange weggetreten. Setz dich lieber wieder hin und trink den Tee, den ich dir gebracht habe."

Dabei griff er sie am Handgelenk und führte sie zurück zum Tisch. Dort setzten sie sich zusammen auf die Bank. Er schob ihr die Tasse mit dem Tee entgegen, wobei er scheinbar besorgt sagte:

„Trink den Tee! Der ist gut für dich. Ich habe ihn extra für dich aufgekocht. Der hilft gegen Kopfschmerzen. Aber du musst ihn trinken, bevor er ganz kalt wird. Das ist wichtig, weißt du?"

Sie sah ihn nur wortlos an. Doch dann griff sie nach einem Moment des Schweigens nach der Tasse und nippte vorsichtig an ihr. Der Junge erwiderte diese Geste von ihr mit einem sehr warmen Lächeln. Er schien ein sehr fröhlicher Mensch zu sein und irgendwie war er Naomi sympathisch. Sie sah ihn an und meinte dann zu ihm mit feiner Stimme:

„Ist ja nett von dir, dass du mir Tee gekocht hast und so. Aber was mich eigentlich interessiert, ist: Wo bin ich hier und wer bist du?"

Der Junge hörte Naomi aufmerksam zu und meinte dann prompt:

„Ja, klar doch, entschuldige. Ich bin manchmal ein Dummkopf. Mein Name ist Sun Long. Aber du kannst mich gerne Sunny nennen wie eigentlich alle Leute, die mich kennen. Ich arbeite hier in diesem Chinarestaurant. Es gehört meinem Großvater. Ich habe dich vorhin, als wir den Zusammenstoß hatten, hierher gebracht. Ich hoffe, dir geht's wieder ein wenig besser."

Dann griff er ihr auf einmal sanft an ihre Stirn. Noch bevor sie darauf reagieren konnte, fing ihr Magen laut an zu knurren. Er sah sie leicht verdutzt an und musste dabei ein wenig grinsen. Fröhlich meinte er:

„Oh, du hast ja Hunger! Da kann ich dir sofort helfen! Ich mache nämlich die besten Dim Sun in ganz Ulaanbaatar, musst du wissen! Die schmecken dir, versprochen!"

Daraufhin lachte er laut und meinte noch:

„Wie ist eigentlich dein Name?"

Sie antwortete nur kurz:

„Naomi."

Er grinste und erwiderte erfreut:

„Naomi – das ist ein hübscher Name. Und wie weiter?"

Doch sie wiederholte nur:

„Naomi."

Er sah sie verdutzt an und meinte:

„Naomi Naomi oder nur Naomi? Du verwirrst mich gerade ein wenig."

Sie erwiderte nichts darauf, worauf er gelassen sagte:

„Na ja, auch egal. Gehen wir essen. Ich hab nämlich auch einen Riesenhunger. Komm mit, Naomi."

Beide standen auf und betraten den vorderen Teil des Restaurants. Dort setzten sie sich an einen runden Tisch, der sich in der Mitte des großen Raumes befand. Der Tisch war schön gedeckt. Auf jedem Teller befand sich eine liebevoll gefaltete Serviette. In der Mitte des Tisches stand eine kleine Kerze in einem Glasbehältnis und daneben eine wunderschöne, lilafarbige Orchidee in einer gläsernen Vase. Während Naomi den Tisch betrachtete, meinte Sunny zu ihr:

„Wegen vorhin … Na ja, der Unfall, der da war, mit mir, der Mauer und na ja, leider auch mit dir …"

Er hielt einen Augenblick inne, bevor er etwas unsicher fortfuhr.

„Ich weiß nicht, wie ich das sagen soll …"

Er biss sich ständig auf die Lippen und fuhr dann zögernd fort: „Zum Ersten möchte ich mich bei dir von ganzem Herzen entschuldigen! Das wollte ich wirklich nicht! Aber zu meiner Verteidigung muss ich sagen, die Bremsen des Rollers haben wieder mal geklemmt und ich habe wie ein Irrer geschrien. Aber du hast einfach nicht darauf reagiert und ich dachte zuerst, du seist taub oder so."

Da Naomi ihm nicht darauf antwortete, meinte er nach einer kleinen Unterbrechung.

„Jedenfalls, dass ich dich danach noch k. o. geschlagen habe, war echt Scheiße! Aber es war eine wirklich dumme Situation."

Dabei sah sie ihn an und merkte, dass er anscheinend eine Reaktion von ihr erwartete, woraufhin sie dann doch zu ihm meinte: „Schon gut. Mach dir doch nicht so viele Gedanken. Mir ist ja nichts Schlimmes passiert. Aber du solltest wirklich vorsichtiger fahren."

Sunny antwortete mit einem verlegenen Grinsen:

„Da hast du wohl recht! Ich bin sehr froh, dass dir nichts passiert ist. Das hätte ich mir nie verziehen. Nun ja, da dir nichts fehlt … kann ich dich ja vielleicht um eine Kleinigkeit bitten."

Sie sah ihn fragend an und meinte:

„Was denn genau?"

Er hob seinen Kopf und sah kurz an die Decke, bevor er ihr darauf eine Antwort gab.

„Also es ist so ich bin erst 14 Jahre alt und hab daher noch keinen Führerausweis. Ich dürfte den Roller also gar nicht fahren und damit das Essen ausliefern. Dies wäre eigentlich auch die Aufgabe meines älteren Bruders. Aber da dieser sich im Augenblick nicht darum kümmern möchte und lieber andere Dinge unternimmt, muss ich es fast immer übernehmen. Wir brauchen nämlich jemanden, der das Essen ausliefert, und sind wirklich darauf angewiesen, nur deshalb mache ich das. Auch wenn ich es eigentlich nicht sollte und schon gar nicht dürfte. Mein Großvater weiß jedoch nichts davon und denkt, dass mein älterer Bruder all die Lieferungen macht. Du musst wissen, mein Großvater würde dies nämlich nie gutheißen. Deshalb bitte ich dich nun darum, meinem Großvater wenn möglich nichts von dem Unfall und meinen Touren zu erzählen."

Nachdem er seine lange Erklärung und die Bitte ausgesprochen hatte, wobei Naomi ihm aufmerksam zuhörte, antwortete sie: „Okay. Das verstehe ich. Alles klar, kein Problem. Ich sage deinem Großvater schon nichts. Was hätte ich schon davon?"

Da lachte er sichtlich erleichtert, wobei er noch meinte.

„Oh, ich danke dir! Du weißt ja nicht, was für eine Erleichterung das gerade für mich ist. Jetzt bin ich dir aber wirklich was schuldig. Du bist ein Engel, oder?"

Woraufhin sie ihm eher verlegen antwortete, während er nur herzlich lachte.

„Ach, schon gut."

Dann meinte sie, auf einmal neugierig geworden:

„Kommt denn dein Großvater auch hierher?"

Er fuhr mit der Hand über den Tisch und sagte verlegen:

„Ja, mein Großvater ist in der Küche. Er kocht gerade eine gute Mahlzeit für uns. Wir essen immer alle zusammen. Großvater weiß schon, dass wir einen Gast haben. Mein älterer Bruder kommt auch bald. Aber er ist nie wirklich pünktlich, das war er noch nie."

Während sie auf das Essen warteten, das schon köstlich aus der Küche roch, unterhielten sie sich ein wenig weiter. Sunny war ein kleiner Witzbold, das gefiel Naomi und nach all den schrecklichen Erlebnissen war seine fröhliche Natur eine angenehme Abwechslung. Sunny erzählte ihr ein wenig über seine Familie. Sie erfuhr, dass er seine Eltern schon im Alter von sechs Jahren verlor. Er und sein zwei Jahre älterer Bruder namens Giro Jian seien dann zu ihrem Großvater Dong Long gekommen. Seit da halfen sie ihrem Großvater in dessen Restaurant aus und lebten hier. Sunny schien seinem Großvater überaus dankbar zu sein und viel von ihm zu halten. Während die beiden sich unterhielten, kam auf einmal ein älterer Mann aus der Küche gelaufen. Dies musste sein Großvater Dong sein, dachte sie. Er hielt das köstlich riechende Essen in den Händen und brachte es ihnen an den Tisch. Als Sunny ihn sah, half er seinem Großvater sogleich beim Servieren der leckeren Speisen. Als all das gute Essen seinen Platz auf dem Tisch gefunden hatte, meinte der ältere Mann neugierig zu ihr:

„Du bist das erste Mädchen, das mein Enkel Sunny hierher einlädt, und wunderhübsch bist du auch noch. Meine Erziehung ist anscheinend doch besser, als ich dachte."

Dann lachte er und fügte noch hinzu:

„Mein Name ist Dong Long. Die meisten Leute nennen mich einfach nur Dong. Und wie darf man dich nennen?"

Sie antwortete kurz und ziemlich schüchtern:

„Naomi."

Dong lachte wieder und meinte amüsiert:

„Das ist gut! Du sprichst nur das Notwendigste. Das ist eine gute Eigenschaft. Warum müssen auch immer alle so viel sprechen? So wie unser lieber Sunny hier."

Dabei warf er einen ironischen Blick zu seinem Enkel rüber und musste erneut herzhaft lachen. Sunny hingegen schien das Ganze ein wenig unangenehm zu sein. Dong fragte Naomi weiter:

„Und wie ist dein Familienname, mein gutes Kind?"

Sie antwortete:

„Hulan. Naomi Hulan."

Das schien Sunny sichtlich zu frustrieren und er wirkte ein wenig beleidigt, als er eher grob zu ihr meinte:

„So, Hulan also. War eigentlich gar nicht so schwer, oder? Egal."

Doch kurz darauf lächelte er sie wieder freundlich an. Da griff Dong zur Reisschale und meinte dabei:

„So, jetzt ist aber gut. Essen wir lieber. Es wurde genug gesprochen."

Also fingen sie an zu essen. Naomi war unglaublich hungrig und das Essen war extrem lecker. Als Dong dem Mädchen zusah, wie es sich den Magen vollschlug, war er sichtlich erstaunt. Sie bemerkte es, stoppte abrupt und sah ihn ein wenig verlegen an. Darauf lachte Dong und meinte zu ihr:

„Ach, du hast Hunger! Das ist doch gut! Ich staune nur über deine Geschwindigkeit, das ist alles. Es freut mich natürlich, dass dir mein Essen allem Anschein nach schmeckt. Also greif ruhig zu und schäme dich nicht."

Naomi sagte dankbar:

„Es schmeckt wunderbar, Sir. Wirklich lecker."

Dies brachte ihn wieder zum Lachen und er sprach sichtlich erfreut zu ihr:

„Du sollst mich doch Dong nennen! Ich komme mir sonst zu wichtig vor, weißt du?"

Bevor sie ihm antworten konnte, sprach auf einmal eine fremde Stimme hinter ihr:

„Du bist auch wichtig, Dong. Finde dich endlich damit ab! Ohne dich gäbe es nämlich keine Dim Sun."

Da musste Dong schwer ausatmen und antwortete hart: „Giro Jian, kommst du also doch noch zum Essen. Dann setze dich doch einfach zu uns und sei nicht immer so unverschämt."

Sunny sah zu seinem älteren Bruder und meinte dann zu ihm:

„Das hier ist übrigens Naomi Hulan, sie ist eine Freundin von mir und isst heute mit uns – falls es dich überhaupt interessiert."

Der Junge setzte sich eher plump und lustlos neben ihr an den Tisch, wobei er frech meinte:

„Eine Freundin. Du meinst, du hast noch andere? Ich denke nicht."

Dabei grinste er Sunny frech ins Gesicht, was diesen leicht zu ärgern schien. Doch er antwortete seinem Bruder nicht, woraufhin dieser sich einfach bei Naomi vorstellte.

Sein Name war Giro. Er trug eine schwarze Trainingsjacke, dazu ein paar dunkelblaue Jeans. Da er anfangs die Kapuze seiner Jacke übergezogen hatte, konnte man sein Gesicht nicht gut erkennen. Als er sich die Kapuze dann vom Kopf streifte und Naomi mit seinem gleichgültig wirkenden Gesichtsausdruck ansah, war sie kurz verdutzt, als sie erkannte, dass er zwei verschiedenfarbige Augen besaß. Sein linkes Auge war dunkelbraun und sein rechtes jadegrün. Sie selbst hatte so was zuvor noch nie gesehen und es sah faszinierend für sie aus.

Da meinte Giro auf einmal zu ihr:

„Und – bist du nun entsetzt? Keine Angst, das ist keine ansteckende Krankheit oder so. Ich bin auch nicht besessen, auch wenn die meisten Leute dies behaupten."

Naomi schien ein wenig verlegen zu sein und meinte eher kleinlaut zu ihm:

„Nein, es ist nur sehr speziell und ich hab so was noch nie zuvor gesehen. Entschuldige, wenn ich dir zu nahe getreten bin mit meiner Reaktion."

Daraufhin wurde sein Tonfall ein wenig freundlicher und er meinte einlenkend:

„Ach, schon gut. Du bist mir nicht zu nahe getreten. Mach dir keinen Kopf! Wenn du es genau wissen willst, es ist eine Anomalie, man nennt sie Heterochromie. Dabei handelt es sich nur um eine Pigmentstörung und diese habe ich schon mein ganzes Leben."

Daraufhin aßen sie in Ruhe weiter und sprachen nicht mehr viel. Als sie jedoch fertig waren mit essen, wollte Dong von dem jungen Mädchen wissen, wo sie herkomme und was sie hier mache. Da sie nicht wusste, was sie ihm erzählen sollte – schließlich kannte sie diese Leute kaum –, fing sie an, eine glaubhafte Geschichte zu erfinden, was gar nicht so leicht war. Sie behauptete, sie sei aus einem Waisenhaus in Chowd weggelaufen und könne dort auf keinen Fall mehr zurück. Dann erzählte sie von ihrer langen, harten Fahrt im Laster und ihrer ungeplanten Reise nach Ulaanbaatar, wo sie dann auf Sunny gestoßen sei, der ihr sogleich geholfen habe. Während Naomi ihre halb wahre Geschichte erzählte, sah sie das Entsetzen in den Augen des alten Mannes. Als sie dann am Ende ihrer Erzählung angekommen war, nahm dieser ihre Hand und meinte bedrückt zu ihr:

„Diese Welt ist so dunkel und erstickt auch das kleinste Licht. Schütze dein Licht, mein Kind."

Sie verstand nicht, was er damit sagen wollte, also antwortete sie auch nicht darauf. Da sprach Dong:

„Du wirst es schon noch verstehen, mein Kind. Bei manchen Dingen muss man zuerst reifen, um sie richtig zu verstehen."

Er verharrte einen Augenblick und hielt inne, dann meinte er noch sorgenvoll:

„Also mein Kind, dann hast du also kein Zuhause und niemanden mehr, der auf dich achtet."

Seine buschigen, grauweißen Augenbrauen unterstrichen seinen besorgten Blick. Während Dong sie mit seinen freundlichen Augen ansah, meinte er nach einem kurzen Räuspern zu ihr:

„Ich habe einen Vorschlag für dich. Wenn du möchtest, kannst du hier bleiben. Wir könnten gut jemanden wie dich brauchen. Du könntest hier das Essen und die Getränke servieren. Sunny zeigt dir das bestimmt gerne und die Gäste sind gewiss auch erfreut, von einer netten, jungen Dame bedient zu werden statt von diesem hyperaktiven und manchmal äußerst unverschämten Frettchen namens Sunny hier."

Sie sah den alten Mann überrascht an. So was hatte sie nun wirklich nicht erwartet. Doch dann antwortete sie noch etwas ungläubig:

„Ich darf hierbleiben und Sie wollen mir sogar noch gute Arbeit geben? Ist das Ihr Ernst?"

Da musste Dong laut lachen und meinte:

„Du bist großartig! Natürlich meine ich das ernst. Sonst würde ich es dir nicht anbieten. Also mein Kind, was hältst du davon?"

Da überlegte sie nicht mehr lange und entschied, dass dies im Augenblick die beste Lösung war. Also nahm sie das Angebot des alten Mannes dankbar an und fand somit einen sicheren Unterschlupf.

Kapitel 8

Wenn sich Wege kreuzen
und neue Freundschaften entstehen

Sie arbeitete von nun an als Servierin im Restaurant. Dieses trug den Namen Kang Dong. Sunny zeigte ihr alles Wichtige zum Thema Servieren, was es zu beachten galt. Er gab ihr sogar Unterricht in der hohen Kunst des Serviettenfaltens. Daran fand sie die meiste Freude. Sie wollte unbedingt schneller und besser als Sunny werden, was ihr jedoch nicht gelang, denn er war einfach zu geschickt mit seinen Fingern. Ansonsten war sie beim Servieren schneller und besser als er. Zum Beispiel bekam sie vom ersten Tag an das Doppelte an Trinkgeldern zusammen. Giro meinte, dies sei auch kein Wunder, bei ihren langen Beine und ihren großen Rehaugen könnten die Männer gar nicht anders, als ihr ein angemessenes Trinkgeld zu geben. Naomi hatte einfach etwas an sich, was faszinierte und sogleich andere Menschen anzog wie etwa Motten das Licht. Auch wenn sie dies schon oft zu ihrem Vorteile nutzen konnte, war es doch mitunter auch ein Fluch, der sie auf Schritt und Tritt verfolgte.

Da sie nun auch im Restaurant mit anpackte, konnte Sunny seiner Leidenschaft, dem Kochen, nachgehen und seinem Großvater Dong in der Küche unter die Arme greifen. Ab und zu, wenn nicht viel los war, kam Sunny jedoch gelangweilt nach vorne an die Theke zu Naomi und brachte sie mit seiner albernen Art zum Lachen. Sunny mochte es nämlich, anderen ein Lachen zu schenken. So war er nun mal. Dies ging immer so lange gut, bis es Großvater Dong mitbekam und ihn, mit einem Handtuch bewaffnet, zurück in die Küche scheuchte.

Während die drei im Restaurant arbeiteten, lieferte Giro das Essen aus. Das lief ziemlich gut und er war oft unterwegs. Dabei hatte er immer seine schwarze, sportliche Kapuzenjacke an, wobei er unter der meist übergezogenen Kapuze seine geliebten schwarz-roten Kopfhörer von Beat trug. Giro stellte die Musik immer so laut an, dass man auch noch in zehn Metern Entfernung wusste, was für ein Titel da lief. Irgendwann würde Giro mächtigen Ärger bekommen wegen dieser Teufelsdinger, so zumindest schimpfte Großvater Dong fast jeden Tag. Wenn Giro das bestellte Essen an der Theke abholte, zog er oft Naomi am Handgelenk mit nach draußen. Dort steckte er sich eine Zigarette an, die sie dann zusammen teilten. Meist sprachen sie nicht viel. Aber Naomi genoss diese Augenblicke und sie mochte Giro sehr. Neben der vielen Arbeit und der Schule hatten sie so gut wie keine Freizeit. Naomi kam in dieselbe Klasse wie Sunny. Er erleichterte ihr den Einstieg und sie wurden sehr gute Freunde. So vergingen die Jahre. Naomi entwickelte mit der Zeit eine innige und starke Freundschaft mit beiden Jungs. Diese gingen mit Naomi um wie mit einer Schwester. Auch Dong Long behandelte sie von Anfang an wie eines seiner Kinder. So nannte Naomi ihn mit der Zeit auch Großvater, denn für sie war er wie einer.

Giro war in vielerlei Hinsicht begabt. Er musste nie viel für die Schule lernen und war trotzdem einer der Besten seines Jahrgangs. Neben der Schule und der Arbeit im Restaurant blieb ihm daher immer noch genügend Freizeit. Diese nutzte er, um seinen Hobbys nachzugehen. Eines davon war Böch, das mongolische Ringen, neben dem Reitsport und dem Bogenschießen die ehrenhafteste Sportart für Männer in der Mongolei. Einmal im Jahr, am Nationalfeiertag Eriin Gurwan Naadam, fanden die Meisterschaften statt. Da Ulaanbaatar das mit Abstand prunkvollste und bekannteste Naadam ausrichtete, war es für die Männer eine große Ehre, hier zu kämpfen. Auch Giro nahm, wie es sich gehörte, jedes Jahr daran teil und bestritt die drei Disziplinen. Neben Ringen, Reiten und Bogenschießen wurden auch Spiele, wie z. B. Schagai, gespielt. Es war schließlich ein Fest und nicht nur eine Art Steppen-Olympiade. Doch dies alles reichte Giro noch nicht. Er hatte zu viel Energie. Also trainierte er auch noch Muay Thai und nahm regelmäßig an Turnieren teil. Sein Bruder Sunny war hingegen weniger begabt in Sachen Sport und hatte, wie man so schön sagt, zwei linke Füße. Dafür konnte er mit seinen Fingern Wunder vollbringen. Neben seiner Begabung, Klavier zu spielen – und das konnte er wirklich gut –, war er auch ein unglaublich guter Koch und hatte einen ausgezeichneten Geschmackssinn. Er liebte es zu kochen und verbrachte viel Zeit in der Küche. Dabei hörte er meist Beethoven, das inspirierte ihn. Giro war oft überfordert mit der extremen Kreativität seines jüngeren Bruders und sie waren oft unterschiedlicher Meinung. Aber trotz all dieser Unterschiede, wenn es darauf ankam, standen die beiden füreinander ein. Naomi mochte beide und sie waren ihr sehr wichtig geworden. Sunny konnte sie immer zum Lachen bringen, egal, wie düster der Tag auch sonst war. Giro hingegen war einfach immer in Aktion und man konnte buchstäblich Pferde mit ihm stehlen, was er und Naomi sogar mehr als einmal taten. Mit den beiden Jungs wurde ihr auf jeden Fall nie langweilig, so viel stand fest. An Giros zwanzigstem Geburtstag veranstalteten sie ein Fest. Man wurde schließlich nur einmal zwanzig und dies war ein besonderer Tag im Leben. Also feierten sie dies auch gebührend. Als Giro jedoch verkündete, dass er bald nach Hongkong gehe und dort auch für eine längere Zeit leben wolle, wussten Naomi und sein Bruder Sunny nicht, wie sie darauf reagieren sollten. Sie brauchten Giro schließlich und es würde bestimmt hart werden ohne ihn. Nur Großvater Dong schien die Situation nicht zu überraschen und er war erstaunlich gefasst. Als hätte er davon Kenntnis gehabt und Giro sogar noch bestärkt. Giro meinte, er wolle versuchen, in Hongkong seine Kampfkünste auszubauen und gutes Geld damit zu verdienen. Er hätte zwar mit seinen Zeugnissen locker studieren können, doch dies wollte er einfach nicht, warum auch immer. Er hatte sich dem immer strikt verweigert. Nun verzog er sich einfach nach Hongkong und das völlig überraschend. Zumindest für Naomi und Sunny war es ein Schock. Und seine Beweggründe verstanden sie auch nicht wirklich. Ihm war das Kämpfen zwar schon immer wichtig gewesen, aber er hatte noch nie davon gesprochen, dass dies sein Berufswunsch sei. Doch Giro erklärte, das sei der eigentliche Grund für seine Abreise und er habe sich dies gut überlegt. Also verließ er Ulaanbaatar und begab sich auf seine Reise nach Hongkong.

—⌒ Kapitel 9 ⌒—
Cai Li und die weißen Tiger

Hongkong – große Stadt der tausend Lügen, dachte Giro, als er aus dem Fenster des Passagierflugzeugs sah. Es war schon spät abends, als die Passagiermaschine über dem Flughafen von Hongkong ihre Kreise zog und auf die Landeerlaubnis wartete. Als sie dann landete und über die Landebahn rollte, war er froh, endlich von seinem unbequemen Sitz befreit zu sein und wieder auf seinen fitten Beinen zu stehen. Als er dann mit den anderen Passagieren aus dem Flugzeug stieg und durch den langen, hellen Flughafen ging, war er ganz in Gedanken versunken. Er dachte an den Grund, warum er nach Hongkong gekommen war, und ihm war klar, dass er hier bestimmt keine leichte Zeit haben würde. Beim Gepäckband angekommen stellte er sich zu den anderen Wartenden und starrte gelangweilt auf die vorbeifahrenden Gepäckstücke. Je länger er starrte, desto mehr fühlte er sich wie ein Zombie, der auf ein Stück rohes Fleisch wartet. Als Giro endlich am Ende des langen Bandes seine schwarze Sporttasche kommen sah, lief er ihr ungeduldig entgegen und griff zielsicher danach. Im selben Moment vibrierte sein Smartphone. Giro griff in seine rechte Hosentasche und stellte fest, dass er eine Nachricht erhalten hatte von einer ihm unbekannten Nummer. Dabei stand nur eine Adresse und darunter C. L. Giro wusste, das dies nur seine Tante Cai Li sein konnte. Also machte er sich auf den Weg und stieg vor dem Flughafen in ein Taxi, das ihn zu der besagten Adresse brachte.

Auf der kurzen Fahrt fiel Giro ein alter Tempel auf. An diesem alten, großen Gemäuer faszinierte ihn irgendetwas. Es handelte sich um den Wong Tai Sin Tempel, wie er schnell feststellte. Als das Taxi vor einem grauen Hochhaus hielt, stieg Giro erschöpft aus. Während er unschlüssig auf der Straße stand, sah er an der Fassade des grauen Riesen hoch. Da sprach ihn auf einmal eine lieblich klingende Frauenstimme von der Seite an.

„Keine Angst, es gibt einen Lift." Ohne die Frau besonders zu beachten, antwortete er gleichgültig:

„Ich nehme lieber die Treppe. Aber danke."

Die junge Frau entgegnete ihm daraufhin mit einem verhaltenen Lächeln:

„Ja, Sie sehen sportlich aus. Aber auch müde. Oder irre ich mich etwa? Sie haben schließlich eine lange Reise hinter sich, Herr Giro Jian Long."

Erst da wandte er sich ihr zu und sah sich die Frau an, die da neben ihm stand. Während er sie fragend musterte, meinte er nur:

„Sie kennen mich also?"

Die junge Frau sah Giro mit großen Puppenaugen an und sagte dabei selbstsicher:

„Sie sind der Neffe meiner großzügigen Herrin Cai Li. Mein Name ist Kasumi Kaori."

Sie nickte höflich, dann fuhr sie fort:

„Ich bringe Sie nun zu Mrs. Li. Folgen Sie mir bitte zum Fahrstuhl. Ihre Tante erwartet Sie schon sehnlichst."

Ohne ein weiteres Wort lief die junge Frau zielstrebig los. Giro folgte ihr schweigend ins Gebäude. Sie trug eine enge, schwarze Jeans und ein ärmelloses, cremefarbenes Top. Dieses hatte hinten einen großen V-Ausschnitt. Ihre langen, schwarzen Haare hatte sie feinsäuberlich zu einem Pferdeschwanz hochgebunden. Giro fiel sofort die Tätowierung auf ihrem Rücken auf, die sich genau zwischen ihren Schulterblättern befand. Es handelte sich um einen kleinen, fliegenden Vogel – einen Spatz, um genau zu sein. Als Giro seinen Blick herabschweifen ließ, sah er neben ihrer sportlichen Figur auch eine Kette an ihrem rechten Handgelenk. Die farbige, feine Muschelkette passte nicht so recht zu ihrer teuren Markenkleidung, die sie stolz trug. Sie schien selbst geknüpft zu sein und keinen Wert zu haben, außer vielleicht einem emotionalen.

Auch als Giro neben Kasumi im Aufzug stand, sprach sie kein Wort. Er sah sie schweigend von der Seite an. Sie sah irgendwie süß und trotzdem kalt aus. Wie eine Puppe aus Porzellan, dachte Giro. Im selben Moment öffnete sich die Fahrstuhltür. Kasumi sah ihn mit ihrem puppenhaften Gesicht an und meinte noch, bevor sie weiterging:

„So, da sind wir schon. Ich mag Fahrstühle und Rolltreppen."

Er antwortete ihr jedoch nur mit einem leeren, nichtssagenden Blick. Am Ende des Ganges bei der letzten Tür blieb Kasumi stehen und flüsterte:

„Mrs. Li mag es gar nicht, wenn man ohne Klopfen eintritt. Da wird sie sehr wütend. Sie legt Wert auf Höflichkeit. Merk dir das lieber."

Erst dann klopfte Kasumi an die Tür und sie betraten die Wohnung. Diese war groß und lichtdurchflutet dank der vielen großen Fensterfronten. Die Einrichtung war sehr modern und gestylt. Es sieht aus wie in einem teuren Möbelhaus, dachte er im Stillen, während er Kasumi in den nächsten Raum folgte. Im Wohnzimmer saß Cai Li zusammen mit zwei Männern an einem langen Glastisch. Er erkannte seine Tante sofort, auch wenn sie auf dem Foto, das ihm Großvater Dong gezeigt hatte, fünfzehn Jahre jünger war. Während Cai Li mit dem einen Mann Ma-Jongg spielte, aß der andere Schweinerippen. Vor der Fensterfront neben dem Tisch standen vier weitere Männer in Anzügen. Kasumi schritt an der Fensterfront und den Männern vorbei zu Cai Li. Dann nickte sie höflich und sprach:

„Herrin, ich möchte Sie ungern unterbrechen, aber Giro Jian ist eingetroffen."

Cai Li legte einen Ma-Jongg-Stein auf den Tisch, bevor sie Kasumi überhaupt ansah, und antwortete dann:

„Ich sehe schon, der junge Herr dort vorne."

Sie blickte dabei zu Giro hinüber, wobei sie meinte:

„Komm her, Junge. Setz dich zu uns an den Tisch und lass dich mal ansehen."

Der Mann, der am Essen war, rückte daraufhin einen Stuhl weiter, sodass Giro neben seiner Tante Platz nehmen konnte. Kasumi blieb regungslos wie eine Puppe stehen.

Cai Li war eine Frau mittleren Alters. Ihre Eitelkeit war unübertroffen und ihr lag viel an guten Manieren. Sie konnte sehr großzügig sein, doch das musste man sich zuerst verdienen.

Ihr Mann hieß Wei Li und besaß ein großes Transportunternehmen beim Hafen. Er verschiffte Waren um die ganze Welt und das Geschäft lief sehr gut. Wei Li transportierte alles für fast jeden in Hongkong. So kam es auch, dass er bei den Triaden gut angesehen war. Er schmuggelte mit seinem Unternehmen Waffen, Drogen und Menschen aus dem Land und in das Land hinein. Manchmal entsorgte er auch Container im Ozean mit, naja, lästigen Dingen darin. Wei Li wurde so zu einem großen, mächtigen Mann und er wurde von allen respektiert. Doch er hatte schon immer eine Schwäche und das war Cai Li. Sie hatte Wei Li und seine sadistische Ader als Einzige im Griff. Während Wei Li sich um das Unternehmen kümmerte, war seine Frau eher zuständig für die Ordnung in den Büchern. Sie kümmerte sich um die Finanzen und das Eintreiben der noch offenen Gelder. Auch für die Drogengeschäfte und Bordelle von Wei Li trug sie Sorge. Sie war für Wei Li nicht nur seine Ehefrau, sondern auch seine rechte Hand und beste Mitarbeiterin. Mit Cai Li wollte man sich nicht anlegen. Auch wenn sie nicht den Anschein machte, war sie doch überaus skrupellos und eiskalt. Dazu kam, dass sie eine sehr berechnende und intelligente Person war, was sie sehr gefährlich machte. Mehr wusste Giro zu diesem Zeitpunkt auch nicht über seine Tante. Er war schließlich erst acht Jahre alt gewesen, als er sie das letzte Mal getroffen hatte, und daran konnte er sich beim besten Willen nicht mehr erinnern. Das, was er bislang über sie wusste, hatte ihm alles sein Großvater erzählt.

Cai Li sah Giro mit einem vornehmen Lächeln an und meinte dabei:

„So sieht also mein Blut aus. Entschuldige meine übermäßige Freude. Aber ich hatte leider nie das Privileg, einen eigenen Sohn zu gebären, und nun darf ich endlich, nach so vielen Jahren, den Sohn meiner Schwester wiedersehen. Ein wahrlich großer Moment für mich."

Dabei griff sie ihn am Kinn und begutachtete sein Gesicht, was er als äußerst unangenehm empfand. Als sie ihn endlich wieder losließ, lachte sie laut und meinte dabei sichtlich stolz:

„Was schaust du denn so? Du bist ein hübscher junger Mann und deine Augen erst – grün und braun. Es gibt sicher kein Mädchen, das dir widerstehen könnte."

Er sah seine Tante nur an und zuckte ein wenig verlegen mit den Schultern. Sie fuhr fort:

„Bist du nun verlegen? Ich bin deine Tante, du kannst offen mit mir sprechen. Wir sind schließlich eine Familie."

Sie stand auf und hob stolz ihr Glas Weißwein. Dann sah Cai Li zu einem der Männer im Anzug hinüber und meinte bestimmend:

„Peng Shi, bringe uns doch bitte noch ein Glas für Giro. Wir müssen auf diesen besonderen Augenblick anstoßen."

Kaum hatte Cai Li ausgesprochen, brüllte ein fetter, schmatzender Kerl laut dazwischen:

„Ja, und bringe auch noch Ketchup und ein Bier mit."

Dann fuchtelte er Peng Shi mit den Armen zu und meinte dabei:

„Los, ab, beweg dich schon, faules Stinktier mit deinem blöden Anzug. Lauf schon. Du weißt, was du zu tun hast, dämlicher Pinguin!"

Peng Shi sah ihn nur mit starrem Blick an und verbeugte sich dann höflich. Dann verließ er, ohne ein Wort zu sagen, den Raum. Cai Li sah nicht erfreut aus. Das Verhalten des fressenden Mannes schien ihr gar nicht zu gefallen. Sie warf ihm einen verächtlichen Blick zu und sagte dabei leicht erzürnt:

„Song Bo! Du bist und bleibst ein alter Eber. Dein unsittliches Verhalten, das du immerzu an den Tag legst. Du wirst einfach nie Manieren lernen."

Song Bo hatte wirklich große Ähnlichkeit mit einem Eber. Er hatte nicht nur dessen Erscheinungsbild, er verhielt sich auch genau wie einer. Er war ein unglaublich fetter, kleiner Mann und hatte ein ordinäres Schweinegesicht. Da er fast den ganzen Fleischmarkt in Hongkong kontrollierte, war er für Cai Li und ihren Gatten sehr wichtig. Außer mit Fleischwaren handelte er auch fleißig mit allen möglichen Arten von Drogen. Diese versteckte er im Fleisch und verschiffte sie so an Großkunden in der ganzen Welt. So verdiente er sein ganzes Vermögen. Natürlich war er auch in Hongkong einer der Hauptverteiler und das sollte auch so bleiben, wenn es nach Song Bo ging. Dafür hatte er immer mit allen Mitteln gesorgt, egal, wie abscheulich diese auch waren. Er war berühmt für seine perverse Freude daran, anderen Gliedmaßen abzutrennen, die er dann als Trophäen aufbewahrte. Er hatte extra ein Kühlhaus, in dem er die Körperteile lagerte. Deswegen fürchteten sich die meisten Menschen vor Song Bo. Auch Cai Li konnte ihn nicht leiden und hielt nicht viel von ihm. Aber sie tolerierte sein Verhalten so gut wie möglich und akzeptierte seine Gegenwart. Song Bo hingegen mochte Cai Li sehr und suchte oft nach Gründen, um in ihrer Nähe zu sein.

Nachdem Cai Li auf die Familienzusammenführung angestoßen hatte, meinte sie zu ihrem Neffen:

„Ich hatte zuerst Zweifel, als ich mit deinem Großvater sprach. Doch nun steht tatsächlich ein kräftiger junger Mann vor mir."

Sie sah ihn dabei erwartungsvoll an.

„Ich werde dir die Möglichkeit geben, dich bei mir und meinem Gatten zu beweisen. Natürlich nur, wenn du daran Interesse hast. Ich bin überzeugt, du kannst es weit bringen. Dein Blut ist stark. Das sehe ich."

Giro sah seine Tante dabei eher emotionslos an.

„Natürlich, Tante Cai! Es wäre mir eine große Ehre."

Dabei nickte er ihr scheinbar dankbar zu. Cai Li reagierte darauf nur mit einem verhaltenen Lächeln, wobei sie wiederum stolz meinte:

„Das ist wunderbar. Ich werde dich aufbauen und du wirst sehen, wie schön es sein kann, Macht und Geld zu haben."

Dabei sah sie zu Kasumi hinüber und meinte dann bestimmend:

„Kasumi, du wirst ab heute mit Giro zusammenarbeiten. Ich bitte dich, ihn über alles Wichtige aufzuklären und ihm euren Aufgabenbereich näherzubringen. Ich denke, er wird dir sicher eine Hilfe sein. Ihr werdet gut zusammenarbeiten. Ich verlasse mich da auf dich, Kasumi."

Diese verneigte sich ehrwürdig vor Cai Li und antwortete mit leiser Stimme:

„Ihr Vertrauen ehrt mich, meine Herrin. Ich werde es bestimmt nicht enttäuschen. Sie werden Herrn Giro Jian Long selbstverständlich bei mir in guten Händen wissen."

Cai Li griff daraufhin Kasumi an der Schulter und meinte:

„Das weiß ich doch. Du hast mir immer gute Dienste erwiesen und bist stets loyal."

Woraufhin sie aufstand, um stolz zu verkünden:

„Also ist dies nun eine beschlossene Sache."

In diesem Moment ergriff jedoch der Mann neben ihr das Wort und meinte überraschend:

„Nicht so hastig, Cai. Immer mit der Ruhe. Ich verstehe ja, er ist dein Neffe. Aber trotzdem muss auch er zuerst beweisen, dass er uns gewachsen ist. Sonst könnte ja jeder Idiot bei uns anfangen und sich eine goldene Nase verdienen."

Dabei sah er zu den vier Männern in den Anzügen rüber und lachte geringschätzig. Cai Li sah ihn mit nachdenklichem Blick an und antwortete dann entschlossen:

„Bao Shi, ich verstehe ja deine Zweifel. Aber ich habe eine Lösung, um diese auszuräumen. Wir haben noch unseren netten Gast drüben im Raum. Wie wäre es, wenn sich Giro anstatt Kasumi um die Formalität kümmert? Dann sehen wir gleich, ob er dem Druck gewachsen ist oder nicht."

Er sah sie mit einem eher harten Blick an und meinte dann:

„Hm. Warum eigentlich nicht. Das hört sich vertretbar an. Wenn er dies schafft, hab ich keine Einwände mehr."

Bao Shi war ein ganz übler Genosse. Er diente früher bei der chinesischen Armee und war dort ein angesehener hoher Offizier einer Spezialeinheit. Bis zu dem Tag, an dem er sich entschloss, seine Beziehungen zu nutzen, und ins Waffengeschäft einstieg. Bao Shi kannte sich aber nicht nur mit Waffen aus. Er war auch im Kampf kaum zu bremsen und viele fürchteten sich vor seinen Schlägen. Er war der selbst ernannte König der Straßenkriege und verteidigte sein Revier wie kein anderer. Neben dem Handel mit Waffen besaß Bao Shi um die 70 Bordelle und Nachtklubs. Diese dienten zugleich als Tarnung. Seine Klubs wurden auch fleißig von Song Bos Männern zum Dealen genutzt. So auch für Treffen unter den Triaden und sogar für die Verhandlungen der Bosse. Song Bo belieferte Bao Shi regelmäßig mit frischen Mädchen für die Bordelle, zu guten Preisen versteht sich. Und so wusch eine Hand die andere. So war das nun mal. Hier gab es keine Nächstenliebe. Hier gab es nur die Starken, die immer alles an sich rissen, und die Schwachen, die immer alles hergeben mussten. Oft sogar ihr Leben. Giro war nicht wohl bei dem Gedanken, einer von ihnen zu werden. Nein, ganz im Gegenteil. Er hatte eigentlich nur Verachtung für solche Leute übrig. Doch hatte er keine andere Wahl, als jenen Weg einzuschlagen. Er musste nun für eine längere Zeit ein skrupelloser, gefühlskalter Wichser sein. Denn nur so würde er sich genügend Einfluss und Respekt verdienen können.

⎯ᴄ Kapitel 10 ᴄ⎯
Der Teufel in dir

Cai Li führte Giro dann bis vor eine Tür, dahinter befand sich der besagten Raum. Dann ließ sie ihn wortlos mit Kasumi stehen und ging zurück ins Wohnzimmer. Giro sah Kasumi an und fragte dann:

„Und was genau soll ich dort drin tun?"

Kasumi verzog keine Miene und antwortete:

„Ach, eigentlich ist es nichts Großartiges. Nur ein Typ, der seine Tochter an Bao Shi verkauft hat. Aber schon zwei Wochen danach hat er sie aus einem von Bao Shis Bordellen wieder entführt. Da er nicht für sie bezahlen kann, muss er sie Bao Shi zurückgeben. Aber er will uns nicht verraten, wo die Kleine steckt. Bringe ihn dazu, dass er verrät, wo er sie versteckt hat. Es ist egal, wie du das anstellst. Du erlöst ihn ja eh danach. Ich warte hier auf dich. Komm einfach wieder zu mir, wenn es erledigt ist."

Giro sah sie nur ausdruckslos an, worauf sie fragte:

„Alles klar so weit? Hast du noch Fragen? Dann stelle sie mir jetzt. Ansonsten wünsche ich dir viel Erfolg."

Giro sammelte kurz seine Gedanken und antwortete:

„Ist gut. Habe verstanden. Bis gleich."

Dann betrat er den Raum. Dabei versuchte er, seine Gedanken weitestgehend auszuschalten und das mulmige Gefühl in seinem Bauch zu ignorieren. Es gab keine Fenster in diesem Raum und Giro stand zuerst komplett im Dunkeln. Während er an der Wand nach dem Lichtschalter tastete, vernahm er ein leises, verstörtes Wimmern, das aus dem Dunkel hinter ihm drang. Als die LED-Leuchten endlich angingen und den weißen Raum in ein helles, bläuliches Licht hüllten, sah sich Giro zuerst in dem Raum um, in dem er sich befand. Auf der rechten Seite stand ein weißes Regal. Dieses zog sich die ganze Wand entlang und reichte etwa bis zur Hüfte. Darauf lagen etliche verschiedene Folterwerkzeuge. In der Mitte des Raums stand eine viereckige, große Wanne. Darüber, genau in der Mitte, hing eine Art Hochdruckreiniger von der Decke. Dahinter stand an der Wand ein Defibrillator auf einem kleinen Tisch und daneben ein Fesselstuhl. Auf der linken Seite befand sich fast nichts, außer einem Stuhl und einer schweren Metallkette, die von der Decke hing – und natürlich der wimmernde Typ an der Wand. Er war bis auf die Unterwäsche ausgezogen und sie hatten ihm schon schwer zugesetzt. Man konnte sein Gesicht nicht sehen, da ein Hanfsack über seinem Kopf es verbarg. Er war dort an den schweren Metallketten aufgehängt worden. Giro sah sofort, dass dem Typen außer etlichen Hämatomen und Schnitten auch noch einige schwere Verbrennungen zugefügt worden waren. Er sah echt schlimm aus.

An der Wand des Eingangs hingen verschiedene Masken an der Wand, von denen Giro sich eine schnappte und überstreifte. Man sah nur noch Giros Augen darunter, wie sie in ihren jeweils unterschiedlichen Farben, braun oder grün, mehr denn je hervorstachen. Es war eine schwarze Hockeymaske, die mit einem weißen Schädelmotiv bedruckt war. Giro zog sich noch die Kapuze seiner schwarzen Trainingsjacke über und begab sich zu dem Gefangenen. Zuerst nahm er ihm den Sack vom Kopf. Als er jedoch das Gesicht sah, wurde ihm kurz übel. Das Bild, das sich ihm bot, war wirklich ekelhaft. Dem Mann hing das rechte Auge wie ein labbriger, weicher Kaugummi aus dem Gesicht. Das war einfach ein unglaublich widerlicher Anblick. Giro ging durch den Kopf, was er dem Typen überhaupt noch antun sollte. Er war ja schon auf alle erdenkliche Arten gefoltert worden. Wie sollte er ihn zum Reden bringen? Er hatte keine Idee.

Während Giro noch überlegte, hob der Typ auf einmal schwermütig seinen Kopf und wimmerte los:

„Ich … Ich … Ah … Mm … Bitte Mm … sie ist … sie ist doch meine Tochter … Bitte Mm … Meine Tochter … Ich … Ah … Fünf … Es waren doch … Mm … Bitte … Nur fünftausend … Bitte …"

Giro hörte zuerst zu und dann dachte er, scheiß drauf! Dieser Typ hat seine Tochter für läppische fünftausend verkauft. Mehr war sie ihm nicht wert. Beim nächsten Angebot würde er sie bestimmt auch wieder verkaufen. Also kann sie auch gleich für Bao Shi anschaffen gehen. Das macht doch keinen Unterschied. In diesem Moment verflog seine Unsicherheit, er packte den Typen entschlossen und meinte mit bedrohlicher Stimme: „Du hörst jetzt genau zu, was ich sage! Ich bin ehrlich zu dir. Im Gegensatz zu den Leuten, die vor mir bei dir waren, macht mir das Quälen von Leuten keinen Spaß. Ich bringe es gern schnell hinter mich und verschwende nicht gern meine Zeit mit solchen Dingen. Also, wo ist das Mädchen?"

Der Typ zitterte nur am ganzen Körper und pisste sich dann ängstlich ein. Da ließ Giro von ihm ab und ging entschlossen zum Tisch rüber mit den Folterwerkzeugen.

Als er davor stand, musste er sich entscheiden. Also sah er sich in Ruhe die vielen Werkzeuge und Waffen an: Jagdmesser, Schraubenzieher, Bunsenbrenner, Metallfeile, Samuraiklinge, Baseballschläger, Edelstahlbeil, Nagelbrett, Dolch, Akkubohrer. Es lagen noch etliche Waffen und Werkzeuge dort, aber er sah sie sich nicht weiter an. Giro streifte sich die schwarzen Handschuhe, die am Ende des Tisches lagen, über, denn er hatte sich entschieden, und griff entschlossen nach dem Edelstahlbeil. Schließlich hatte er im Restaurant andauernd Fleisch in Stücke gehackt und konnte gut damit umgehen. Als er es in der Hand hielt, sah er, wie das Licht an der Decke sich in dem blitzblank polierten Edelstahl des Beiles brach, und als er sich die Klinge genauer ansah, erblickte er sein Spiegelbild darin. Während er zurück zu dem Mann an der Wand ging, haspelte dieser:

„Ist … Ist ja gut … Sie ist gleich … hinter … hinter der Rennbahn in einem Holzschuppen … Mm … Mm … hol mich runter. Ah … bitte … Hinter der Rennbahn … ich schwöre. Bitte …"

Doch Giro antwortete ihm nicht, sondern hackte dem Typen eiskalt beide Hände ab, sodass dieser schreiend zu Boden fiel. Das Blut strömte nur so aus seinen Stümpfen über den Linoleumboden. Der Gefolterte schrie erbärmlich und unverständlich, während er, auf Knien kauernd, das Ergebnis begutachtete. Nachdem Giro ihm einen Moment lang wortlos zugesehen hatte, holte er auf einmal nochmals aus und beendete es. Er hackte mit so viel Kraft auf den Hals des Mannes ein, dass er ihn beinahe enthauptet hätte. Giro legte emotionslos alle Werkzeuge zurück an ihren Platz und hing die Maske wieder an die Wand, bevor er den Raum, ohne sich noch mal umzusehen, verließ. Direkt hinter der Tür stand immer noch Kasumi. Sie sah Giro nur an. Dann ging sie schweigend an ihm vorbei und betrat den Raum, aus dem Giro gerade gekommen war. Einen Augenblick später kam sie wieder zurück und fragte kalt:

„Hat er dir verraten, wo sie ist?"

Giro antwortete kurz:

„Hinter der Rennbahn. In irgendeinem Holzschuppen."

Sie sah Giro mit ernstem Gesichtsausdruck an und sagte:

„Gut. Komm, gehen wir zu Cai Li zurück."

Sie betraten wieder das Wohnzimmer, wo sie mitten in eine hitzige Diskussion platzten, die zwischen Cai Li, Bao Shi und Song Bo stattfand.

Cai Li sagte gerade: „... wenn dies nicht schon geschehen ist. Du hast doch mit ihnen gesprochen, Bao Shi?"

„Ja und ich war wirklich alles andere als freundlich zu ihnen. Aber ich glaube langsam, die kennen einfach keine Angst."

Song Bo unterbrach ihn lachend und meinte:

„Sie kennen vielleicht keine Angst, aber das macht sie noch lange nicht unsterblich! Ich sage schon lange, wir müssen einfach entschlossener vorgehen!"

Bao Shi entgegnete: „Wie – um dann blindlings gegen eine Mauer zu laufen? Nach dem Ableben von Katsu Mazuro sieht es schon so aus, als wären sie angreifbar. Aber das macht nur so den Anschein, glaube mir. Wenn wir handeln, müssen wir bedacht vorgehen, denn die Konsequenzen können verheerend für uns sein."

„Ich stimme dir in diesem Punkt zu, Bao", meinte Cai Li. „Wir sollten uns an die Vereinbarungen halten, auch wen Katsu Mazuro nicht mehr lebt und sie somit ohne Anführer dastehen. Ansonsten bieten wir ihnen damit eine Angriffsfläche und das dürfen wir auf keinen Fall zulassen."

Song Bo schlug wütend mit der Faust auf den Tisch und schüttelte genervt den Kopf.

„Das ist doch eine verdammte Schweinerei!"

Dann stand er auf und trat aufgebracht gegen den Stuhl.

„Egal, was dieser Wichser Bao auch sagt, du bist sowieso immer seiner Meinung, Cai. Auch wenn es nur ein Haufen Scheiße ist. Macht doch, was ihr wollt! Aber am Ende seid ihr beide nur Feiglinge und das wisst ihr ganz genau. Wenn es nach mir ginge, würde ich diese Japse alle in kleine Stücke hacken und mit Freude den Delfinen zum Fraß vorwerfen!"

Dann lachte Song Bo lauthals und verließ den Raum, dabei knallte er die Tür laut hinter sich zu. Cai Li sagte nichts, aber ihr Blick sprach Bände. Ihre Augen waren voller Verachtung für Song Bo. Das merkte auch Bao Shi. Er legte seine Hand auf Cai Li's Schulter und meinte dann, um sie zu beruhigen.

„Er weiß nicht, was er redet. Song ist halt ein sehr impulsiver Mensch und zu dumm, um an Konsequenzen zu denken. Aber er würde nie etwas ohne das Einverständnis deines Gatten unternehmen. Da bin ich mir sicher!"

Cai Li blickte dem Ganzen noch ein wenig skeptischer entgegen und runzelte ihre Stirn.

„Ich hoffe es und danke dir für deine beruhigenden Worte. Aber ich traue Song einfach nicht über den Weg und wir können uns keine solche Last aufbürden. Das könnte unser Untergang sein."

Bao Shi legte seine Hand auf die von Cai Li und sah sie an.

„Ich verspreche dir, ich behalte den alten Eber im Auge und sorge dafür, dass er nichts Dummes anstellt. Mach dir bitte keine unnötigen Sorgen."

Cai Li atmete erleichtert aus und sah ihn dankbar an.

„Was würden mein Gatte und ich nur ohne dich machen, Bao. Du bist ein wahrer Freund."

Als sie ihre Unterhaltung beendet hatten, sah Cai Li zu Kasumi und Giro herüber. „Kasumi, wie hat sich mein Neffe geschlagen?"

Kasumi trat näher und verbeugte sich höflich.

„Meine Herrin, Herr Giro Jian Long hat seine Aufgabe erfüllt."

Cai Li sah erfreut zu Giro. Doch noch bevor sie etwas sagen konnte, stand Bao Shi von seinem Platz auf.

„Cai Li, bei aller Freundschaft – aber ich lege keinen Wert auf das Urteil von einem kleinen japanischen Hausmädchen! Also entschuldige mich bitte, ich muss das selbst überprüfen." Dann verließ er den Raum. Während Bao Shi weg war, erzählte Kasumi ihrer Herrin, was der Mann zum Aufenthaltsort seiner Tochter preisgegeben hatte. Daraufhin lachte Cai Li nur und meinte, dass sie das schon gewusst habe. Sie wollte anscheinend nur wissen, wie weit Giro gehen würde und wo seine Grenzen lagen. Als Bao Shi wieder in den Raum trat, sah er ein wenig überrascht aus und meinte nur:

„Was soll ich sagen? Ich weiß zwar nicht, wie weit er es bringen wird, aber ich denke, man kann ihn brauchen."

Er lachte, bevor er hinzufügte:

„Fast schade, dass Song schon gegangen ist. Er hätte bestimmt Freude an den Händen gehabt und sie als Trophäe mitgenommen, dieser fette, perverse Bastard!"

Von nun an war Giro also ein Mitglied der Triaden. Die Männer, die für Cai Li arbeiteten, nannten sich weiße Tiger und Giro war nun auch einer von ihnen. Seiner Tante Cai Li gehörte das gesamte Hochhaus, in dem sie sich gerade befanden. Sie trug Kasumi auf, Giro seine neue Bleibe im sechsten Stock des Gebäudes zu zeigen, und gab ihr dann die Schlüssel dazu. Nachdem sie sich von Cai Li verabschiedet hatten, machten sie sich gemeinsam auf den Weg und Kasumi führte Giro bis zur Wohnung. Diese war nicht besonders groß. Es war nur ein Zimmer, aber es reichte vollkommen aus. Die Wohnung hatte sogar einen kleinen Balkon und ein Badezimmer mit einer Wanne darin. Sie war auch schon möbliert und Giro musste sich um nichts mehr kümmern.

Als Kasumi ihm die Schlüssel übereichte, meinte sie zu Giro:

„Ich denke, du wirst dich hier sicher wohlfühlen. Ich werde dich morgen um Punkt 9.00 Uhr abholen kommen. Ansonsten wünsche ich dir eine erholsame Nacht und sei morgen zur genannten Zeit bereit. Es gibt nämlich viel zu tun."

Giro antwortete erschöpft: „Habe verstanden! Ich bin auch sehr müde, werde mich gleich hinlegen."

Kasumi verbeugte sich höflich und ging dann in Richtung Tür. Als sie schon fast draußen war, rief Giro ihr hinterher: „Kasumi! Danke!"

Sie verharrte kurz und warf Giro ein kleines Lächeln zu, bevor sie die Tür hinter sich zuzog. Giro war sehr erschöpft. Er holte nur noch seine Kopfhörer aus seiner schwarzen Sporttasche und legte sich dann aufs Bett. Während er der Musik lauschte, fielen ihm die Augen zu und er schlief ein.

∽ Kapitel 11 ∾
Die Zentrale

Am darauffolgenden Morgen stand Kasumi um Punkt 9:00 Uhr vor Giros Tür. Sie trug kurze, schwarze Baumwollshorts mit einer weißen Bluse, dazu schwarze Hosenträger und teure, schwarze Louboutin-Pumps mit roten Sohlen. Ihre langen, schwarzen Haare trug sie heute offen, was ihr wirklich gut stand. Auf der Rückseite ihrer Oberschenkel hatte sie feine Kirschbaumzweige mit wunderschönen rosigen Blüten daran eintätowiert. Doch trotz allem war sie ein sehr sachlicher Mensch. Dies merkte man sofort, wenn man mit ihr umging. Draußen angekommen stiegen sie in ein Kabriolett von Bentley. Das teure Auto gehörte allem Anschein nach Kasumi. Sie verdiente wohl eine Menge mit dem, was sie da so tat. Auf dem Weg zum Hafen sprachen sie nicht viel miteinander. Irgendwann später kamen sie im Stadtteil Aberdeen an, wo sie an einem großen Fischerhafen hielten. Als sie am Hafen an den vielen riesigen Frachtschiffen vorbeigingen, fragte sich Giro, ob diese Schiffe alle Wei Li gehörten. Noch bevor er Kasumi danach fragen konnte, erzählte sie ihm von sich aus, dass dies Frachtschiffe von Wei Li seien, und zwar nur ein Teil von allen. Die meisten hätten den Hafen schon heute früh verlassen und kämen, wenn überhaupt, erst abends wieder. Dann betraten sie ein Gebäude, in dem sich unten ein Fischmarkt befand, durch den sie gehen mussten. Es war laut und von überall hallten Stimmen. Es herrschte ein reges Treiben und man war von hektischen Leuten regelrecht umzingelt. Giro folgte Kasumi die Treppe hoch bis in den zweiten Stock, dort betraten sie einen großen Raum. Diesen nannte Kasumi die Zentrale. In der Zentrale trafen sich alle kleinen Bosse der weißen Tiger, die die Drecksarbeit für die Oberbosse erledigten. Um 10.30 Uhr hielten sie immer eine Versammlung ab, bei der Kasumi jedem auftrug, was er zu tun hatte. Sie selbst bekam diese Instruktionen von Cai Li und gab sie genau so weiter. Dies wussten die Männer und stellten diese auch nicht infrage. Kasumi hatte allem Anschein nach ein hohes Ansehen bei den weißen Tigern und alle respektierten, was sie sagte. Während Kasumi die Aufgaben verteilte, sah Giro aus dem großen Erkerfenster hinter Kasumi auf den Hafen hinab. Dutzende von riesigen Frachtschiffen dominierten das Bild, das sich ihm bot. Als er gedankenversunken dort hinaussah, vernahm er auf einmal seinen Namen, den Kasumi nannte.

„Giro, du wirst dich heute Shiyan Yajie anschließen."

Giro nickte ihr zu und meinte nur: „Ja."

Dann fuhr sie fort.

„Gut. Shiyan, ihr werdet heute einen der Kühllastertransporte übernehmen und danach noch die offenen Stellen abbauen." Was so viel bedeutete wie, die Schulden eintreiben. „Ich hoffe, du hast das verstanden, Shiyan."

Dieser sah Kasumi mit herablassendem Blick an, bevor er antwortete:

„Natürlich wird alles erledigt!" Dann nahm er sich eine Liste mit Namen, die vor ihm auf dem Tisch lag. Er sah Giro an und meinte lustlos: „Na dann, lass uns mal loslegen. Los, beweg dich!"

Giro antwortete nicht und folgte ihm wortlos nach. Bevor sie aus dem Raum waren, meinte Kasumi noch zu ihm:

„Giro! Sei vorsichtig. Die Arbeit kann gefährlich sein."

Shiyan lachte darauf, während er und Giro kommentarlos den Raum verließen. Auf dem Weg zum Kühllaster meinte Shiyan zu Giro:

„Kasumi macht sich Sorgen um dich. Wie kommst du zu dieser Ehre?" Giro sah ihn nur kommentarlos an. Daraufhin steckte Shiyan sich eine Kippe an und meinte herablassend. „Bilde dir nichts darauf ein. Du bist für das kleine Mädchen so oder so nur ein Spielzeugsoldat." Dann lachte er laut und höhnisch. Giro sagte nichts und folgte Shiyan weiter. „Du redest wohl nicht gerne. Na ja, auch kein Stress, solange du zuhörst. Das tust du doch, oder?" Er blieb stehen, nahm die Kippe aus dem Mund und sah Giro mit fragendem Blick von der Seite an. Nach einem Moment meinte dieser grob:

„Ja, das tue ich. Aber auf Blödsinn antworte ich aus Prinzip nicht."

In dem Augenblick warf Shiyan seine Kippe wütend zu Boden und packte Giro am Kragen seiner Jacke.

„Du kleiner Wichser! Was erlaubst du dir? Hast du mich etwa wirklich gerade blödsinnig genannt?!"

Giro antwortete ihm sichtlich unbeeindruckt:

„Wenn das hier zur Einschüchterung sein soll – ich habe keine Angst vor dir! Und zu deinen Fragen: Ja, das hab ich und ich erlaube mir, was mir zusteht. Also fick dich!"

Da rastete Shiyan vollkommen aus und holte mit der Faust aus. Giro machte nicht einmal Anstalten dazu, auszuweichen, im Gegenteil, er sah ihn nur unbeeindruckt und provozierend an. Als Shiyans Faust Giro traf, erklang ein lautes Knacken und Shiyan hielt sich schmerzerfüllt die Hand. Während er eine Art Schmerz-Wut-Tanz vollzog, sah ihm Giro nur unbekümmert dabei zu. Dann spürte er, wie ihm etwas Warmes über die Wange lief. Als er mit dem Finger darüber fuhr und ihn sich daraufhin ansah, stellte er fest, dass er an der Stirn leicht aufgerissen war und daher blutete. Der Scheißkerl Shiyan hatte ihn doch härter getroffen, als zuvor gedacht. Da Giro jedoch keinen wirklichen Schmerz empfinden konnte, was noch nie anders war, fiel es ihm schwer, solche Situationen richtig einzuschätzen. Dies war aber eines seiner Geheimnisse, die er wahren wollte. Deswegen wusste außer ihm selbst und seinem Großvater Dong niemand davon und so sollte es auch bleiben. Nicht mal sein jüngerer Bruder Sunny hatte davon Kenntnis. Also tat Giro so, als würde er etwas spüren, auch wenn da beim besten Willen nichts war. Shiyan sah ihn mit erschrockenem Blick an und meinte mit schmerzerfüllter Stimme:

„Was ... zum Teufel! Bist du der Terminator, oder was? Das hat sich angefühlt, als würde meine Faust auf einen Ambos treffen. Verfluchte Scheiße! Hättest du mich nicht wenigstens warnen können? Die Hand ist im Arsch, Mann! Im Arsch!" Er war ganz außer sich vor Wut, während er sprach. Giro fragte ihn daraufhin genervt:

„Bist du eigentlich immer so?"

Shiyan sah ihn verdutzt an, bevor er meinte:

„Was? Das sollte ich lieber dich fragen, du kleiner Hurensohn. Verfluchte Scheiße! Jetzt verstehe ich auch, warum Kasumi dich mag, du bist noch ein größerer Freak als die Kleine!"

Dann ging Shiyan weiter und murmelte dabei vor sich hin:

„Wo holt sich Cai Li nur immer diese Freaks her ... Unglaublich, ich sollte einen Gefahrenzuschlag erhalten wie die Pfleger im Irrenhaus ... Ich meine, das wäre nur fair ..."

Da Giro trotzdem jedes einzelne seiner Worte verstehen konnte, antwortete er ihm:

„Vielleicht ist Cai Li ja auch ein Freak. Frag sie doch mal. Ich meine, das wäre doch nur fair, oder?"

Dabei grinste er Shiyan schelmisch entgegen. Der räusperte sich und antwortete nur kleinlaut:

„Och, du hörst ziemlich gut ... Ich denke, nein, das tue ich lieber nicht." Dann lachte er und kratzte sich verlegen am Hinterkopf. Als sie kurz darauf beim Kühllaster standen, meinte er noch zu Giro: „Hast mich voll drangekriegt. Die Runde hab ich wohl verloren. Aber jetzt müssen wir uns vertragen, auch wenn ich dich überhaupt nicht leiden kann. Schließlich arbeiten wir von nun an zusammen und das erfordert ein gewisses Maß an Teamwork. Ich hoffe, du verstehst."

Giro sah ihn gleichgültig an und antwortete ihm dann ironisch:

„Klar doch, wir werden bestimmt ein Traumteam."

Shiyan sah ihn genervt an und meinte dann:

„Ich werte das mal als ein Ja. Komm, jetzt steig schon ein! Wir müssen los!"

~⌒ Kapitel 12 ⌒~
Das (leckere) Dosenfleisch

Sie fuhren los in den Stadtteil Tsun Wan, der von Song Bos Leuten regiert wurde. Dann hielten sie vor einem großen Fleischkonzern, wo sie eine große Rampe hochfuhren, die in einen Anlieferbereich führte. Dort standen weitere Kühllaster und Shiyan stellte sich neben die anderen in die Reihe. Dann stiegen die beiden aus. Es kamen sofort Männer mit großen Metallkarren angerannt. Sie trugen durchsichtige, weiße Plastikmäntel über ihrer Kleidung und gelbe Gummistiefel. Shiyan öffnete den Kühlraum und meinte dann:

„Gestern war viel los, Jungs. Der ist randvoll."

Als Giro einen Blick auf den Inhalt warf, erkannte er, dass es sich um lauter Leichenteile sowie auch ganze Leichen handelte, die sich dort im Kühlraum stapelten. Dazwischen lag auch die Leiche des Typen vom Abend zuvor, den Giro selbst erledigt hatte. Er fragte daraufhin Shiyan:

„Was macht ihr eigentlich mit den ganzen Überresten? Was geschieht mit denen?"

Shiyan sah ihn nur überrascht an und antwortete dann mit einem leicht irren Lachen:

„Das weißt du nicht? Ich dachte, du seist so ein Schlauer. Aber ich kläre dich natürlich gerne auf. Das hier ist ein Fleischverarbeitungs-Unternehmen, hier wird die Scheiße aus dem Laster weiterverarbeitet in neue Scheiße. Um ganz genau zu sein – zu Dosenfleisch."

Dann lachte er und fuhr fort. „Dieses spendet Song Bos Firma dann an Arme und Mittellose, was ihn und das Unternehmen wie Helden aussehen lässt. Schon irgendwie übel, findest du nicht? Menschen, die Menschen fressen, echt eklig. Aber was will man tun? Es ist eine wirklich effektive Methode, um die vielen Leichen zu beseitigen. Vom Dosenfleisch lasse ich die Finger weg, so viel ist sicher."

Giro sah ihn mit angewidertem Blick an. „Okay. Echt kranke Scheiße!"

Da lachte Shiyan laut, bevor er meinte:

„Das sag ich doch schon die ganze Zeit. Scheiße, alles eine Riesenscheiße! Aber eines muss man der Scheiße lassen, sie wird verdammt gut bezahlt!"

Giro sagte daraufhin nur skeptisch zu ihm:

„Gab es denn noch nie Lebensmittelkontrollen? Das ist doch gefährlich."

Shiyan steckte sich eine Zigarette an und antwortete:

„Das könnte man denken. Aber die Lebensmittelkontrolleure kosten die Stadt zu viel. Da es sich sowieso nur um ein Produkt handelt, das an Arme und Bedürftige verschenkt wird, sparen sie sich den Aufwand lieber. Was Song Bo wiederum ausnutzt, um die Beseitigung der Leichen zu gewährleisten, womit er auch eine Menge Geld verdient. Auch unser Chef, Herr Li, zahlt Song Bo für die Dienstleistung monatlich einen horrenden Geldbetrag. Natürlich in bar. Ich war schon mehrere Male bei der Übergabe dabei. Deswegen weiß ich auch, dass es sich um eine Menge Kohle handelt. Verdammte Scheiße, dieses fette, hässliche Schwein Song Bo!"

Giro sagte ziemlich herablassend:

„Menschen fressen Menschen und es interessiert kein Schwein!"

Da lachte Shiyan nur schelmisch und meinte seltsam belustigt:

„Du musst das alles anders betrachten. Menschen töten Schweine und Menschen essen Schweine. Das war schon immer so!"

Giro reagierte darauf nicht, und als Shiyan mit der Kippe fertig war, holte er einen Klemmblock mit einem Dokument darauf aus der Fahrerzelle des Kühllasters und sagte:

„So, los geht's! Lass uns die Scheiße schnell hinter uns bringen!"

Dann lief er los in Richtung Eingang des Kühlhauses. Hinter weiß matten Plastikwimpeln verbarg sich das reine Grauen und das nicht nur für Vegetarier, sondern für jeden Menschen, der noch einigermaßen bei Verstand war. Im ersten Bereich, den sie durchquerten, standen zwei Laufbänder, zwischen denen sie hindurchgingen. An den langen Bändern standen mehrere Arbeiter mit blutbeschmierten Arbeitsanzügen. Sie zerteilten die Körper mit großen Beilen und legten die einzelnen Teile auf die Bänder. Der weiße Kachelboden und die Wende waren blutgetränkt. Das Licht der vielen Neonlampen an der Decke umhüllte alles mit einem unangenehmen gelben Schein. Im zweiten Bereich bot sich den beiden Männern ein ähnliches Bild. Wieder die zwei Bänder, die vom ersten in den zweiten Bereich führten. Hier waren die Arbeiter damit beschäftigt, mit Fleischermessern das Fleisch von den Knochen zu trennen und auf den Bändern zu sortieren. Als sie den dritten Bereich betraten, blieb Shiyan mitten im Raum stehen und meinte, während er auf das rechte Band mit den Knochen starrte:

„Sieh dir die Scheiße genau an! Dieser Scheißkerl Song Bo verwendet einfach alles für die Scheiße. Sogar die Gebeine. Dieser widerliche Dreckskerl! Aus denen macht er die Sülze, die alle so lieben. Ich sag dir, leg dich nicht mit den Triaden an, sonst landest du statt in einem gemütlichen Sarg nur in einer beschissenen Dose!"

Er lachte ein wenig verstört und ging dabei weiter voran. Dann begaben sie sich in den vierten Bereich, in dem die ganze üble Scheiße, wie Shiyan sagen würde, von den Arbeitern in die beschissenen Dosen abgepackt wurde. Am Ende dieses Raumes war eine Metalltür, durch die die beiden Männer gingen. Dahinter befand sich ein großer Bereich, der Lager und Büro in einem zu sein schien. Shiyan steuerte zielstrebig zu einem kleinen Büroraum. Dieser befand sich auf der rechten Seite und sie betraten ihn. In dem kleinen Büro saß ein schlaksiger Kerl hinter einem billigen Schreibtisch auf einem noch billigeren Stuhl und rauchte genüsslich eine Kippe. Während er den winzigen Raum ohne Fenster mit Rauch füllte und seine Beine auf dem billigen Bürotisch entspannte, tippte er gelangweilt auf seinem Mobiltelefon herum. Shiyan warf ihm genervt das Klemmbrett entgegen und einen Stift hinterher. Der Kerl reagierte mit einem wütenden Grummeln und einem bösen Blick. Dann nahm er den Stift und unterzeichnete das Dokument. Als Shiyan es sich nehmen wollte, wich der Kerl ihm jedoch aus und meinte:

„Was soll das? Dein Benehmen lässt wirklich zu wünschen übrig, Bruder. Kommst du nun zu meiner Hochzeit oder nicht?"

Er sah Shiyan fragend an, worauf dieser genervt antwortete:

„Ist mir doch egal, ob du die fette, hässliche Kuh Ping heiratest. So eine Scheiße muss ich mir echt nicht geben. Schon allein bei der Vorstellung, dass dieses Weib zu unserer Familie gehört, wird mir kotzspeiübel. Bäh!"

Daraufhin griff sich Shiyan wütend das Klemmbrett und den Stift und sie verließen das Büro wieder. Shiyan sah wirklich wütend aus und steckte sich aufgebracht eine Kippe an. Während er kräftig an ihr zog, schimpfte er auf einmal mit aufgebrachter Stimme:

„Jun, dieser Scheißer! Er ist zwar mein großer Bruder, aber er ist auch ein großer Idiot. Denn Ping, seine Verlobte, ist die Tochter von Song Bo, was man ihr übrigens leider auch ansieht. Ich weiß nur eines, mein Bruder endet mit Sicherheit in einer solchen Dose!"

Dann nahm er eine der Dosen, die sich auf einer Palette befanden, und streckte sie Giro grinsend entgegen. Der griff lustlos danach. Als er sie sich ansah, las er darauf: „Das beste Dosenfleisch kommt vom Schwein! Spende für Waisenhaus Ost." Als er das sah, fragte er Shiyan verdutzt:

„Waisenhaus Ost? Was soll das bedeuten?"

Shiyan zog an seiner Kippe und antwortete mit verrauchter Stimme:

„Was das bedeutet? Na, das ist der Ort, an den Song Bos großzügige Spende geht. Auf jeder Dose steht drauf, für welche wohltätige Organisation sie ist. So fühlen sich die Spender noch mehr geehrt oder so. Keine Ahnung, was der Sinn hinter dem Scheiß ist. Alles kranker Müll!"

Er warf die Kippe genervt auf den Boden. Dann gingen sie zurück zum Kühllaster. Als sie im Laster saßen, sagte Shiyan zu Giro:

„Okay, den Scheiß hätten wir erledigt." Dann zündete er sich erneut eine Kippe an und öffnete das Führerfenster, bevor er Giro grinsend ansah und weitersprach. „So, jetzt bringen wir die Scheißkiste zurück zum Hafen und beginnen dann mit dem spaßigen Teil unserer Arbeit."

Giro antwortete nichts und dachte sich nur: Was du Idiot auch immer mit spaßig meinst!"

~ Kapitel 13 ~
Shiyan und all seine Probleme

Zeit mit Shiyan zu verbringen, hatte für Giro bestimmt nichts mit dem Wort Spaß gemein. Er hielt vom ersten Augenblick an nicht viel von diesem und ließ ihn das auch spüren. Shiyan war ein Großmaul und ein Hitzkopf. Er konnte sich nur schlecht beherrschen, was ihn oft in Schwierigkeiten brachte. Seine ständige Selbstüberschätzung und sein Hang zum Drogenkonsum machten ihn noch unausstehlicher, als er so schon war. Äußerlich war er auch kein Prachtkerl, sondern eher ein Scheißkerl. Im Großen und Ganzen passte sein Inneres perfekt zu seinem Äußeren, mit seiner Elvislocke für Arme, den zu schmal geratenen Koteletten, dem zu engen Hawaiihemd und der gefälschten goldenen Rolex am Handgelenk. Sein übel nach Moschus riechendes Aftershave trug er im Überfluss auf, um den Zigarettengestank zu überdecken, was ihm jedoch nicht gelang. Dazu kamen zahlreiche, wirklich hässliche Bandentätowierungen, die er als Riesengemälde auf seinem Körper trug. Diese zogen sich bis über seinen Hals. Giro machte er zwar keine Angst, aber viele andere Menschen fürchteten Shiyan schon allein wegen seiner Erscheinung. Deswegen war er auch für die Schuldeneintreibung zuständig, was ihm auch sehr zusagte. Er fühlte sich bei dieser Tätigkeit richtig wohl und war wirklich gut darin, den Leuten das Geld aus der Tasche zu ziehen. Er habe die beste Quote, das waren zumindest immer seine eigenen Worte. Nein, Giro mochte ihn überhaupt nicht. Aber er hatte keine andere Wahl, als sich mit Shiyan abzufinden. Also tat er es halt.

Wieder am Hafen angekommen stellten sie den Kühllaster ab und stiegen in Shiyans Fahrzeug. Es war ein weißer, alter, verrosteter Mitsubishi Colt, ein einziger Schrotthaufen. Giro hätte ihn zu Fuß wahrscheinlich locker überholt, diesen Mist. Als die beiden Männer in die kleine, rostige Blechbüchse einstiegen, die Giro ein wenig an die Horrordosen von vorhin erinnerte, roch er nur den Geruch von abgestandenem Zigarettenqualm und dem hässlichen Aftershave von Shiyan, der sich im ganzen Inneren des Wagens festgesetzt hatte. Ja, er hatte sich regelrecht eingenistet, dieser ekelerregende Geruch. Giro konnte ja viel ertragen, aber bei Gerüchen war er sehr empfindlich und konnte dies nur schwer unterdrücken. Er kurbelte das Fenster ganz runter, und da Shiyan eh wieder eine Kippe anzündete, öffnete auch dieser sein Fenster, bevor sie losfuhren, was Giro sehr entgegenkam. Er hing sowieso schon fast wie ein Hund halb mit dem Kopf zum Beifahrerfenster raus und schnappte nach frischer Luft. Während der unangenehmen Fahrt in der rostigen Fleischdose sagte Shiyan auf einmal zu ihm:

„Auch eine Kippe? Oder bist du so ein Gesundheitsfreak?" Dabei streckte er Giro mit einer Hand sein offenes Zigarettenpäckchen entgegen, woraufhin dieser sich eine griff, ansteckte und entgegnete: „Danke." Shiyan lachte und warf das Päckchen aufs Armaturenbrett. Dann meinte er zu Giro:

„Vielleicht verstehen wir uns ja doch irgendwie." Er lachte. „Na ja, ich will mal ehrlich zu dir sein. Die komische Scheiße mit deinen Augen und die Tatsache, dass ich mir vorhin fast die Hand an deinem Gesicht gebrochen hätte, machen mir echt Scheißangst. Und ich finde, du bist echt ein seltsamer Freak. Trotzdem, ich weiß, es klingt vielleicht seltsam, mag ich irgendetwas an dir. Aber frag mich bloß nicht, was."

Er sah Giro kurz seltsam von der Seite an. Der antwortete ihm hart und direkt:

„Ich finde dich auch mehr als nur seltsam. Du gehst mir tierisch auf die Nerven mit deinem Gelaber und deinem mehr als nur übel riechenden Aftershave. Bei dir hab ich nur Angst, dass ich mich übergeben muss. Aber was soll ich tun? Nun bin ich auch noch gefangen in dieser rostigen Dose mit dir, die nicht mehr als zehn Stundenkilometer schafft. Wir haben alle unsere Probleme. Die einen mehr, die andern weniger."

Während er sprach, sah er Shiyan herablassend von der Seite an. Dieser warf ihm daraufhin einen bösen Blick zu und antwortete wie vor den Kopf gestoßen:

„Vergiss, was ich gesagt habe! Ich mag gar nichts an dir. Du bist mehr als nur ein Scheißfreak, du bist ein Riesenarschloch und ein eingebildeter Wichser dazu! Ich hoffe, du erstickst an meinem Geruch!"

Dann grummelte er noch, während er wütend auf die Straße starrte: „Und so einem Arschloch gebe ich auch noch 'ne Zigarette."

Giro zog genüsslich an seiner Zigarette und meinte herablassend:

„Wie kann es nur sein, dass Leute Angst vor einem abgeranzten Kerl wie dir haben. Wahrscheinlich fürchten sie einfach nur deinen Gestank oder vielleicht ist es auch die Angst vor Keimen. Denn du siehst auch ziemlich ungepflegt aus."

Giro sah förmlich, wie der Kopf von Shiyan immer röter wurde vor lauter Wut, und er wusste, dass er eine tickende Bombe neben sich sitzen hatte, die jeden Augenblick hochgehen würde. Es war normalerweise nicht Giros Art, andere extra zu provozieren, aber er wollte Shiyan unbedingt aufs Äußerste reizen, was er natürlich nicht ohne Hintergedanken tat. So gut wie alles, was Giro tat, hatte einen besonderen Grund. Meist diente es auch nicht zu seinem Vergnügen, auch wenn er zugeben musste, dass ihm die Stichelei gegen Shiyan schon ein wenig Vergnügen bereitete. Dieser bremste den Wagen abrupt ab und brüllte dann los:

„Jetzt ist aber genug! Ich lass mich doch nicht von so einem halbstarken Möchtegern wie dir verarschen!" Er stieg aufgebracht aus dem Wagen. Da sie mitten auf einer großen und viel befahrenen Straße standen, fing sogleich das große Hupen an. Während Shiyan da auf der Straße stand, brüllte er Giro wutentbrannt entgegen: „Steig schon aus, du Stück Scheiße! Ich werde dir zeigen, warum mich alle fürchten! Verfluchte Scheiße!"

Giro stieg daraufhin ohne Kommentar aus. Als die beiden Männer voreinander standen, meinte Giro zu Shiyan:

„Und jetzt, du Großmaul?! Möchtest du dir etwa auch noch die andere Hand brechen? Oder was soll der ganze Aufstand?"

Shiyan schnaubte vor lauter Wut und knirschte gestresst mit den Zähnen. Dann brüllte er wieder los.

„Dir Scheißer werde ich jetzt so richtig die Fresse polieren! Du wirst dich auf Knien vor mir winden und um Gnade flehen!"

Während Shiyan lauthals rumbrüllte, schrie auf einmal eine Dame, die in einem der wartenden Fahrzeuge saß, genervt:

„Habt ihr's endlich, ihr zwei elenden Schwuchteln?! Setzt euch wieder in eure hässliche Schrottkarre und macht endlich den Weg frei!"

Während die Dame sprach, hob Shiyan den Finger und meinte mit ernstem Blick zu Giro:

„Nur eine Sekunde!" Dann ging er zum Kofferraum seines Wagens, öffnete ihn und griff sich einen Baseballschläger aus Aluminium. Damit lief er zielstrebig auf den Wagen der Dame zu. Er blieb vor ihrem Fenster stehen, und bevor die Dame aussprechen konnte, schlug er ihr mit einem festen Schlag den Spiegel ab. Die Dame sah ihn schockiert an und fing hysterisch an zu schreien. Da meinte Shiyan völlig gelassen zu ihr:

„Junge Dame, Sie sollten sich wirklich nicht in Angelegenheiten einmischen, die sie nichts angehen. Sonst kann ich Ihnen versprechen, dass Sie keinen Spiegel mehr brauchen, weil ich Ihnen nämlich sonst so lange in Ihre hübsche Visage schlage, bis von ihr nur noch eine matschige, blutige Pampe übrig bleibt."

Während er dies sprach, sah er die Dame mit einem echt irren Blick an. Als er fertig war und ihren Wagen losließ, ging die Frau sofort voll aufs Gas und fuhr panisch über die Gegenspur davon, wobei sie fast mit einem Motorrad kollidierte. Als sie weg war, streckte Shiyan den Schläger in die Luft und sah zu den anderen wartenden Fahrzeugen. Dann brüllte er ihnen laut entgegen: „Hat sonst noch jemand etwas an meiner Parkplatzauswahl auszusetzen?" Er sah fragend auf die Autoschlange, doch keiner sagte was, sogar das nervige Gehupe hörte auf. Also wendete Shiyan sich wieder Giro zu. Während er auf ihn zu ging, meinte er höhnisch. „Dachte ich's mir doch, alles Feiglinge!"

Als er schließlich etwa drei Meter vor Giro stand, blieb er stehen und sah ihn selbstbewusst an. Anscheinend brauchte er die ganze Show, die er gerade abgezogen hatte, um sein Ego künstlich aufzupuschen. Anders konnte Giro sich Shiyans neu gewonnene Selbstüberschätzung nicht erklären. Aber er wusste, dass Shiyan nicht mal mit dem Schläger die geringste Chance hatte. Giro war ihm nämlich mehr als nur körperlich überlegen. Also sah er dem ganzen Showdown eher gelassen entgegen, was man ihm auch ansah. Er machte sich noch nicht mal die Mühe, seine Hände aus den Jackentaschen zu nehmen. Shiyan hingegen stand angespannt dort und brüllte dann, als würde er in eine riesige Schlacht ziehen:

„Nun zu dir! Mal sehen, ob dein Kopf auch meinem Schläger standhält. Du musst nämlich wissen, ich war einer der besten Batter bei den Dragon Flys. Ich mach dich jetzt so was von fertig!"

Giro sah ihn nur unbeeindruckt an und schien schon fast gelangweilt von dem Gelaber zu sein. Shiyan hingegen stürmte auf ihn zu und holte aus. Giro machte keinerlei Anstalten, die Hände aus den Jackentaschen zu nehmen und ihn abzuwehren. Doch dann, kurz bevor Shiyan ihn treffen konnte, trat Giro ihm gekonnt die Beine weg, sodass Shiyan das Gleichgewicht verlor und seitlich gegen seine Schrottkarre knallte. Da er schon ausgeholt hatte, rammte er sich den Schläger beim Aufprall gegen seine Nase, was ein lautes Knacksen nach sich zog. Er kniete und hielt sich mit beiden Händen schmerzerfüllt die Nase. Während er seinen Kopf nach hinten neigte, schoss ihm das Blut nur so aus seinen Nasenlöchern und lief dann über sein ganzes Gesicht. Mit dem hässlichen, gelben Hawaiihemd, das Shiyan trug, versuchte er, die Blutung zu stoppen, was ihm aber nicht wirklich gut gelang. Während er dies versuchte, murmelte er:

„Kleiner, du hast Scheiße noch mal mehr drauf, als man denkt. Verflucht, tut das weh! Ich hab es jetzt kapiert. Du bist keiner von denen, die sich rumschubsen lassen. Du bist einer von denen, die an die Spitze wollen. Hör zu, ich steh dir da echt nicht im Weg. Also lass uns bitte unsere Differenzen beiseitelegen! Was meinst du? Wie hört sich das an?"

Dabei grinste er Giro mit blutverschmiertem Gesicht entgegen und hielt ihm seine zitternde Hand hin. Giro sah in nur von oben herab an und nahm widerwillig seine Hand aus der Jackentasche. Er schlug ein und half Shiyan aufzustehen. Sie setzten sich wieder in den Mitsubishi und fuhren weiter zum ersten Schuldner, wobei Giro diesmal am Steuer des Wagens saß, da Shiyan noch mit seiner blutenden Nase beschäftigt war. Shiyan streckte Giro eine Liste entgegen und meinte zu ihm:

„Schau da, das ist der Erste. Wir müssen in den Stadtteil Fanling. Der Typ heißt Meng Pong. Er wohnt dort in einer Betonblocksiedlung. Dieser Penner schuldet uns inzwischen mehr als 250.000! Er hat ein fettes Spielproblem. Echt übel."

Giro sah sich die Liste kurz an und antwortete dann: „Okay, ist gut."

Shiyan legte den Kopf zurück und steckte sich eine Zigarette an. Dann schloss er die Augen und sagte:

„Dann ist ja gut, wenn du weißt, wo's langgeht. Ich ruh mich einen Moment aus. Ich habe nämlich das Gefühl, mein Schädel platzt gleich. Ich bin einfach zu alt für diese Scheiße!"

Während Shiyan sich also ausruhte, fuhr Giro an den Ort, wo der Kerl namens Meng Pong wohnte. Als er vor der Betonblocksiedlung hielt, war Shiyan neben ihm am Schnarchen, denn er war vor zwanzig Minuten eingenickt. Giro hatte gerade noch die Zigarette, die aus Shiyans Mund fiel, vom Sitz nehmen können, bevor diese ein weiteres Loch einbrennen konnte. Er konnte sich das Verhalten von Shiyan nicht erklären und nahm an, dass es vielleicht vom Drogenkonsum kommen könnte. Giro wusste es nicht und es war ihm eigentlich auch egal. Schließlich diente Shiyan nur als Mittel zum Zweck.

~ Kapitel 14 ~

Deins, dann meins, aber sicher nie unsers

Giro weckte Shiyan mit einem Tippen auf die Schulter und teilte ihm mit, dass sie angekommen seien. Shiyan wischte sich zuerst den Sabber vom Mund. Dann klappte er die Blende runter und öffnete das Handschuhfach. Er griff sich eine Flasche Wasser und begutachtete sich im Spiegel der Blende. Dann fing er an, sich das eingetrocknete Blut abzuwischen. Während er dies tat, meinte er zu Giro:

„Ich muss schon sagen, so scheiße hat mein Gesicht schon lange nicht mehr ausgesehen."

Dann legte er die Flasche zurück und schloss das Handschuhfach wieder. Er griff in seine rechte Hosentasche und zog ein Säckchen raus. Es handelte sich um ein weißes Pulver. Giro dachte sofort, dass es aller Wahrscheinlichkeit nach Kokain sein müsste. Shiyan hielt das Säckchen mit dem weißen Zeug drin vor sich und sah es an. Er lachte und meinte dann zu Giro:

„Da dank dir meine Nase im Arsch ist, wird das wohl nix mit easy durchziehen."

Er leckte seine Fingerspitzen ab und streute ein wenig von dem Pulver darauf. Dann strich er damit über sein Zahnfleisch und legte den Kopf zurück. Giro sah ihm nur genervt dabei zu, bis Shiyan auf einmal sagte:

„Song Bo hat einfach das beste Zeug. Ich meine, die Scheiße haut sogar so rein wie eine Bombe. Willst du auch? Hier, komm! Tob dich ruhig aus, mein Freund!"

Giro meinte jedoch nur ablehnend und sichtlich angewidert:

„Nein danke! Darauf verzichte ich gerne. Aber es erklärt gerade so einiges, was dich betrifft. Und bitte, nenne mich nicht Freund!"

Shiyan lachte und meinte dann großspurig:

„War ja klar! So ein tougher Kerl wie du hält die Scheiße auch ohne Drogen aus und ich bin der Idiot."

Giro antwortete ihm nicht darauf. Da lachte Shiyan laut und brüllte fast:

„Schon gut! Also lass uns unsere Arbeit machen! Komm, wir steigen aus."

Als die beiden Männer sich zur Außentreppe des Betonblockes begaben, standen dort schon zwei Jungs davor. Giro hatte die beiden schon mal gesehen, und zwar heute Morgen unten beim Fischmarkt. Er war sich ganz sicher, dass es dieselben Jungs waren, denn sie sahen recht auffällig aus mit ihren bunt gefärbten Haaren, den vielen Piercings im Gesicht und den zerrissenen Klamotten. Sie waren wahrscheinlich nicht älter als zwanzig und sahen aus wie richtige Punks. Vielleicht waren es auch Hooligans, die sahen fast gleich aus, oder sogar Hipster. War ja auch egal. Als die beiden Shiyan kommen sahen, waren sie erfreut und der eine rief ihm entgegen:

„Hey, alter Mann, kommst du auch mal! Wir dachten schon, wir müssten den Mist hier alleine schmeißen!"

Shiyan lachte und erwiderte dann ziemlich laut:

„Das hättest du wohl gerne, Mike. Aber den Gefallen mach ich dir ganz sicher nicht. Ihr zwei elenden Nichtsnutze! Kein Wunder, dass sich eure Eltern für euch schämen. Nur Scheiße in der Birne!"

Dabei schlug er dem Jungen auf den Hinterkopf. Der zweite Junge entgegnete Shiyan daraufhin leicht unterwürfig:

„Du bist der Boss, Shiyan! Du kennst doch Mike, er macht nur Spaß."

Shiyan lachte laut und meinte dann locker:

„Ach, mach dich nicht ein! Ich mach doch auch nur Spaß. Scheiße, bin ich weg. Aber jetzt mal ohne Witz. Seht ihr den Kerl da neben mir? Er heißt Giro. Er ist sozusagen meine rechte Hand. Also hört gefälligst auch auf ihn! Verstanden?"

Die beiden Jungs nickten und der eine mit den grünen Haaren, der anfangs so eine große Klappe hatte, meinte dann:

„Natürlich, Boss, alles, was du sagst!"

Da schlug ihm der andere Junge mit den blauen Haaren auf den Hinterkopf und schimpfte:

„Du bist so ein Idiot! Der Boss mag es doch nicht, wenn man ihm in den Arsch kriecht. Also wirklich!" Dann sah er zu Giro und sagte freundlich: „Mein Name ist Moon und der Idiot neben mir heißt Mike."

Giro sah die beiden nur gelangweilt an und gab keinen Kommentar ab. Er hatte nichts gegen die beiden Jungs, sie schienen nicht so übel zu sein wie ihr Geschmack für Mode, der nun wirklich zu wünschen übrig ließ. Da sie nun komplett waren, begaben sich die Männer in den zweiten Stock des Betonblocks, allen voran Shiyan. Er blieb vor einer Wohnungstür stehen und trat mit dem Fuß mehrfach stark dagegen. Als sie sich nicht öffnete, brüllte Shiyan laut:

„Meng, ich weiß, dass du da drin hockst, du arbeitsloser Penner. Sei ein Mann und öffne die Tür!" Als nach einem Augenblick immer noch nichts geschah, brüllte er noch energischer, während er mit dem Fuß gegen die Tür trat.

„Okay, du kleine Pussy! Dann bekommt es halt deine ganze Nachbarschaft mit. Bezahle deine verfickten Schulden, und zwar jetzt! Sonst hacke ich dir persönlich den Kopf ab, das verspreche ich dir. Ich gebe dir jetzt genau fünf Minuten Zeit, um dich der Sache zu stellen. Dann öffne ich die Tür selbst. Aber glaube mir, das möchtest du lieber nicht erleben, mein Freund!"

Dann sah Shiyan auf das goldene Rolex-Imitat an seinem Handgelenk und lehnte sich gegen das Geländer des Vorbaus, auf dem sie sich befanden. Während sie warteten, steckte er sich eine Kippe an und meinte auf einmal:

„Seht ihr den Sportwagen dort hinter mir auf dem Parkplatz? Dieser Penner schuldet uns mehr als 250 000 und letzte Woche erzählt mir ein Freund, dass Meng sich diesen Nissan GT-R gekauft hat. Dieser Idiot lässt den teuren Wagen einfach so rumstehen, sodass jeder sehen kann, dass er ihn besitzt." Da wurde er wieder wütend und trat auf die Tür ein. „Du verdammter Penner gibst uns jetzt die Schlüssel für den Wagen! Das kann doch nicht so schwer sein! Oder ist dir der Scheißwagen wichtiger als dein Leben? Öffne endlich die Scheißtür!"

Während Shiyan vor der Tür einen Anfall schob, ging Giro zum Parkplatz runter. Als er die Kamera sah, zog er sich die

Kapuze über, denn er wollte ja nicht erwischt werden. Er stellte sich auf die Fahrerseite des Nissan GT-R. Man konnte immer noch laut und deutlich das Gefluche von Shiyan aus dem zweiten Stock hören. Giro überlegte nicht lange und schlug mit dem Ellbogen das Fenster der Fahrerseite ein. Schon bevor die Scheibe zerbrach, ging der Alarm los. Was Giro nicht groß störte, denn Meng sollte es ruhig mitbekommen. Er stieg gemütlich in den Wagen ein und fing sogleich an, ihn kurzzuschließen. Während er dabei war, rief ihm Shiyan zu: „Du Irrer! Was tust du da?"

Giro antwortete gelassen: „Na, was denkst du wohl? Ich beschaffe uns den Wagen. Oder möchtest du dich lieber noch länger mit der Tür streiten?"

Aber anstatt Shiyans verrauchter Stimme antwortete Giro überraschenderweise eine feine Mädchenstimme.

„Ach, so kommt man also an teure Autos ran. Und ich Dummerchen dachte immer, man müsse dafür hart arbeiten."

Da das Mädchen sich schon halb in den Wagen gelehnt hatte, erschreckte sich Giro ein wenig, als er hochblickte und direkt in ihr Gesicht starrte. Sie trug eine Schuluniform mit einem blauen Karofaltenrock und weißen Strümpfen. Über ihre beiden Schultern hingen ihre langen, schwarzen Haare, die sie sich zu zwei Zöpfen zusammengebunden hatte. Auf dem Rücken trug sie eine Schultasche. Sie sah Giro mit großen Augen und unschuldigem Blick an. Giro antwortete ihr dann ein wenig verhalten:

„Warum? Meinst du etwa, es war leicht, die Scheibe einzuschlagen? Dann denkst du wohl auch, es sei ein Kinderspiel, ihn kurzzuschließen."

Das Mädchen lachte verlegen und meinte:

„Wenn du es so sagst, klingt es ja wirklich nach harter Arbeit."

Im selben Moment ging der Motor an. Giro hatte es geschafft. Er sah das Mädchen an und meinte mit einem Lächeln im Gesicht:

„Nein, Quatsch, das ist keine harte Arbeit. Lass dich doch nicht verarschen."

Das Mädchen wurde ein wenig rot und sagte dann:

„Na ja, du warst halt sehr überzeugend." Dann griff sie in ihre Schultasche und zog einen Schlüssel raus. Sie streckte ihn

Giro entgegen und erklärte dann schüchtern: „Der gehört zum Wagen. Ich bin Mia und Meng ist leider mein Vater. Ich weiß, dass er viele Schulden hat, und er hat diesen Wagen gar nicht verdient. Also greif ruhig zu."

Giro griff verdutzt nach dem Schlüssel. Dann ging Mia ohne ein weiteres Wort davon. Bevor Giro fertig war mit Denken, kam auch schon Shiyan von der anderen Seite an und meinte:

„Hör auf zu flirten, dafür kommst du in den Knast. Die ist ja noch ein Kind!" Giro antwortete ihm nur mit einem genervten Blick, worauf Shiyan schnell das Thema wechselte. „Krasse Scheiße! Du hast es echt geschafft. Wie sagt man so schön – ich ziehe die Zigarette vor dir."

Dann lachte er laut und hielt ihm eine Zigarette hin. Giro griff sie sich und steckte sie an. Bevor er jedoch richtig an ihr ziehen konnte, sah er, wie ein kleiner, aufgebrachter Kerl mit einem Hammer in der Hand auf den Wagen zu stürmte und dabei wutentbrannt schrie:

„Das gehört mir! Mir ganz allein! Was fällt euch ein!"

Shiyan meinte nur: „Ah, Meng. War ja klar. Jetzt kommst du, kleiner Wichser!"

Giro überlegte nicht lange und stieg aus dem Wagen. Dann rannte er auf den Kerl zu. Mit einem gezielten Sprungkick trat er ihn zu Boden. Er packte sich den Hammer und mit zwei weiteren gezielten Schlägen zertrümmerte er ihm die Knie. Dann warf er den Hammer hin und setzte sich wieder in den Wagen. Der Kerl schrie natürlich wie am Spieß und Shiyan meinte aufgeregt zu Giro:

„Oh, Fuck, war das eine krasse Scheiße! Du bist so irre! Aber jetzt gib Stoff, bevor noch die Bullen hier auftauchen und uns einpacken!"

Auch die beiden Jungs auf dem Rücksitz waren mehr als beeindruckt von dem, was Giro da gerade abgezogen hatte. Nur Giro selbst gefiel das ganz und gar nicht, denn er hatte in dem Augenblick nicht das Gefühl, die Kontrolle zu haben, und das war nicht gut.

⎯ᴄ Kapitel 15 ᴄ⎯
Chi und sein MMA Klub

Man konnte schon deutlich die Sirenen der eintreffenden Polizeiwagen hören und sie mussten dort weg, was sie auch taten. Doch dieses Mal nicht in der Schrottkiste von Shiyan. Dieser Nissan GT-R Nismo hatte einen V6-Bi-Turbo-Motor mit 600 PS Leistung und konnte eine Spitzengeschwindigkeit von über 330 km/h erreichen. Das war eine Rakete auf vier Rädern, was Giro sehr entgegenkam, denn er liebte es, an die Grenzen zu gehen, und mit diesem Wagen konnte er ganz neue setzen, was er auch tat. Auf der Fahrt zum nächsten Schuldner kostete er das voll aus, was nicht jedem gut bekam, besonders Shiyan sah man an, dass er sich gar nicht wohlfühlte. Er krallte sich regelrecht am Sitz fest und kam nicht einmal dazu, sich eine Zigarette anzuzünden, während die beiden Jungs Giro noch antrieben und die Fahrt genossen. Shiyans Gesicht war kreidebleich und er sprach ausnahmsweise mal keinen Ton, was Giro wiederum sehr entgegenkam, da er schon Kopfschmerzen hatte von dessen ständigem Rumgelaber. Sie fuhren in den Stadtteil Sheung Shui, der am Grenzfluss zu Shenzhen lag. Er hatte noch einen recht altertümlichen Charme und bestand nicht nur aus Beton wie der Rest in dieser riesigen Stadt. Sie hielten vor dem Eingang eines Martial Arts Club, zumindest stand das über der Eingangstür. Er hieß Blue Fighters Club. Noch bevor der Wagen richtig stand, stieß Shiyan die Tür auf und sprang mit einem großen Satz heraus, wobei er fast über seine eigenen Füße gestolpert wäre. Er stützte sich an der Wand ab und kotzte drauflos. Es war einfach widerlich, aber es passte zu ihm. Eine Dame ging gerade an ihm vorbei. Sie trug traditionelle Kleidung, und als sie unter ihrem großen, schwarzen Hut hervorsah, schien sie völlig entsetzt zu sein. Sie sah Shiyan einen Moment lang geschockt dabei zu, wie er sich die Seele aus dem Leibe kotzte, bevor sie tadelnd zu ihm meinte:

„Ich glaube es nicht. Ihr jungen Leute habt keinen Respekt mehr vor dem Leben. Ihr richtet euren eigenen Körper zugrunde und gebt dann dem Staat und allen anderen die Schuld für euer sogenanntes Leid. Dabei räumen die sogar noch den Dreck weg, den ihr zur Genüge hinterlasst. Schäm dich! Du hast es mehr als nur verdient, dich schlecht zu fühlen."

Als die Dame Shiyan diese Predigt hielt, war dieser nicht in der Lage, sich zu verteidigen. Da stürmte Mike aus dem Wagen und mischte sich ein:

„Hey, hören Sie auf damit! Sie sehen doch, dass es ihm mehr als nur übel geht. Vor allem hören Sie auf, so zu sprechen, als wären sie eine alte Schachtel! Sie sehen höchstens wie 40 aus und der Kerl, den Sie so beschimpfen, ist wahrscheinlich sogar älter als Sie!"

Die Dame sah ihn erschrocken an. Bevor sie jedoch darauf reagieren konnte, stand Moon schon neben ihr und brüllte ihr ins Ohr:

„Sonst setzt es was! Bitch!"

Die Dame erschrak dermaßen, dass sie gleich panisch Reiß-aus nahm. Die beiden Jungs jubelten und schlugen ein. Sie waren halt noch grün hinter den Ohren und hatten ihre Freude an solchen Späßen. Giro begab sich daraufhin auch zu den dreien, und als Shiyan endlich ausgekotzt hatte, gingen sie in den Fight Club. Drinnen begab sich Shiyan zuerst auf die Toilette. Unterdessen wartete Giro mit den Jungs im Vorraum, und während er dort so stand, sah er in den Trainingsraum. Dieser war groß und sehr gut ausgestattet. An mehreren Boxsäcken und auch auf Matten waren viele Männer fleißig am Trainieren. In der Mitte des Raumes befand sich ein Boxring, in dem zwei recht durchtrainierte Männer standen, die sich mitten in einem Trainingskampf befanden. Giro sah ihnen dabei zu, während die beiden Jungs nur Augen für das süße Mädchen am Empfang hatten, das sich aber nicht wirklich darüber freute und eher ablehnend auf deren Annäherungsversuche reagierte. Da Giro sich jedoch den Kampf ansah, bekam er davon nicht viel mit. Shiyan kam erst nach etwa zwanzig Minuten von der Toilette wieder. Als Giro ihn ansah, wusste er auch, warum. Denn Shiyan war aufgepuscht und rieb sich unkontrolliert die Nase. Er stand definitiv unter Drogen und nicht gerade wenig. Das gefiel Giro gar nicht und er fragte ihn:

„Wie viel hast du von dem Dreck genommen? Du siehst mehr als nur scheiße aus!"

Shiyan lachte nur dämlich. Sein Gesicht war rot wie eine verdammte Tomate und irgendwie aufgebläht. Seine Stirn glänzte und der Schweiß tropfte nur so runter. Er antwortete hektisch:

„Mir geht's wunderbar! Du liebst schnelle Autos, ich liebe schnelle Trips. Also du siehst, die Welt ist in Ordnung." Dann lachte er und meinte: „Also los, holen wir uns die Kohle zurück! Mike und Moon sind beschäftigt, wie ich sehe. Aber das regeln wir auch alleine. Komm!"

Also folgte Giro ihm, wenn auch nur widerwillig, in den Trainingsraum. Shiyan begab sich nervös zum Boxring, wo ein Kerl stand, der anscheinend der Trainer war und den Kampf koordinierte. Giro hatte diesen Kerl schon mal gesehen, und zwar im Fernsehen bei einem Mixed Martial Arts Turnier. Er wusste, der Kerl sah zwar nicht danach aus, aber er hatte was auf dem Kasten und beherrschte viele verschiedene Kampfstile, die er auch gut kombinieren konnte. Der Mann trug ein weißes Tanktop und eine schwarze Trainerhose. Seine Arme waren voller Banden-Tätowierungen. Doch Giro stach nur eine von den vielen Tätowierungen ins Auge. Sie befand sich auf seinem rechten Handrücken und war nicht sehr groß. Es war eine Tatze, aber nicht nur irgendeine, sondern die eines Bären. Giro kannte diese Tatze ganz genau, denn er hatte genau dieselbe Tätowierung auf seinem rechten, oberen Sprunggelenk und das schon, seit er 14 Jahre alt war. Das bedeutete, der Kerl hatte dieselbe schreckliche Ausbildung wie Giro genossen und war auch in einem der Kinderheime aufgewachsen. Es wies auch darauf hin, dass seine größte Stärke die Fäuste waren. Besonders seine rechte. Nur deshalb befand sich die Tätowierung an dieser Stelle an seinem rechten Handgelenk. Shiyan stellte sich unruhig neben den Kerl, der ihm und Giro nicht einen Moment Beachtung schenkte. Da sprach Shiyan ihn zögerlich an.

„Und – wie läuft's, Chi? Sind ja fleißig dabei, deine Jungs!"

Chi ignorierte Shiyan zuerst einen Moment lang, bevor er ihn mit einem unfreundlichen Blick ansah und antwortete:

„Shiyan, wie unglaublich uninteressant, dich zu sehen und das jedes Mal. Lass mich raten – du möchtest Geld kassieren. Was sollte es sonst sein? Verschwinde lieber – oder möchtest du wieder in der Tonne landen?"

Shiyan zappelte nervös herum und haspelte dann:

„Alles klar, man sieht sich."

Als er an Giro vorbeihastete, griff er diesen am Oberarm und zog ihn mit. Während sie den Fight Club verließen, fragte Giro verwirrt: „Warte mal, sollten wir nicht Geld eintreiben?!"

Shiyan blieb daraufhin stehen und meinte nur nervös: „Hör zu, es gibt Leute, mit denen man sich besser nicht anlegt, und Chi gehört definitiv dazu. Wir bitten ihn darum, er lehnt ab und wir gehen. So ist das nun mal einfach. Man kann nicht alles haben."

Shiyan wollte weitergehen, doch Giro blieb stehen. „Vielleicht sollte ich mal mit Chi sprechen."

Da riss Shiyan die Augen beängstigend weit auf und meinte zynisch: „Du denkst tatsächlich, du seist unzerstörbar. Hab ich nicht recht? Du hast ja keine Ahnung, was Chi für ein Monsterkämpfer ist!"

Giro antwortete gelassen. „Ich weiß noch nicht mal, warum ich dir überhaupt zuhöre. Du bist sowieso voll auf Drogen."

Dann lief er davon in Richtung Boxring. Shiyan murmelte ihm hinterher: „Mach doch, was du willst. Wenigstens bin ich dann nicht mehr der Einzige, der heute auf die Fresse bekommen hat."

Giro ging daraufhin zurück an den Boxring. Chi gab dort immer noch den Ton an und war höchst konzentriert. Giro sah sich den Trainingskampf zuerst eine Weile an, bevor er beiläufig meinte: „Gute Faustarbeit, aber die Beinarbeit lässt mehr als zu wünschen übrig. Vor allem beim rechten Kämpfer."

Da hatte Giro voll ins Schwarze getroffen, denn Chi sah ihn mit einem leicht verärgerten Blick von der Seite an und sagte dann selbstbewusst: „Wenn deine Beine gebrochen sind, sind deine Fäuste das Einzige, was dir noch bleibt."

Dann wandte er sich wieder von Giro ab. Doch der ließ sich nicht beirren und antwortete: „Fixier dich nicht auf dein Talent, sondern kreiere neue. Ich stehe nicht auf Sprüche, aber der war gut, oder? Hab ich gerade selbst erfunden. Aber jetzt mal im Ernst. Der Kerl bricht sich ja schon fast die Beine, wenn er nur geht, und das kannst du nicht abstreiten."

Zuerst sah Chi ihn nur ernst an. Doch dann lachte er. „Ich steh auch nicht auf Sprüche, eher auf Fakten. Also wenn deine Beinarbeit wirklich besser ist als seine, dann liefere mir Fakten und keine Sprüche!"

Das ließ sich Giro nicht zweimal sagen und stieg zu den Männern in den Boxring. Der breite, lange Kerl mit der Irokesen-Frisur und den zwei linken Füßen bekam die erste Lektion in Muay Thai. Giro traf ihn mit einem starken Hook Kick an die Schläfe und einem gezielten Sidekick in die Leber. Dann war es schon vorbei, denn der Kerl klappte einfach zusammen. Da rannte auch schon der zweite los. Der war zwar nicht so breit wie der erste, aber dafür schneller und vor allem wesentlich besser. Was ihm aber nicht groß half, denn auch er lag nach zwei gezielten Tritten von Giro am Boden. Giro hatte ihn zuerst gezielt mit einem Front-Kick abgewehrt, den er mit einem starken Axe Kick kombinierte, woraufhin der Mann zusammen-geklappt war. Chi fing nur an zu klatschen und sah Giro ein wenig überrascht an. „Muay Thai. Das waren einfache Tritte, aber sehr gezielt und effektiv eingesetzt. Du beherrschst Muay Thai sehr gut."

Giro antwortete gelassen: „Ich beherrsche nicht nur Muay Thai. Aber ich wende es gerne an und finde, es eignet sich hervor-ragend für eine Lektion in Beinarbeit."

Chi lachte. „Hast du schon mal an einem Underground Mixed Martial Art's Turnier teilgenommen?"

Giro sah ihn fragend an. „Nein. Was soll das sein?"

Chi erklärte: „Na, ein Kampf im Käfig, bei dem jeder Kampf-stil erlaubt ist und bis zum K. o. gekämpft wird. Damit kann man, wenn man sich ein wenig geschickt anstellt, eine Menge Kohle machen. Ich dachte, das wäre vielleicht etwas für dich."

Giro sah ihn nachdenklich an und meinte dann: „Warum eigentlich nicht? Hört sich gut an. Wo und wann?"

Chi meinte lächelnd: „Ich sehe schon, am liebsten würdest du gleich loslegen. Aber das geht so nicht. Wenn du wirklich Interesse daran hast, dann gib mir deinen Namen und deine Nummer und ich melde mich bei dir, wenn ich weiß, wo und wann der nächste Kampf stattfindet. Denn die Orte, an denen die Kämpfe stattfinden, sind streng geheim und werden erst kurz vor dem Kampf preisgegeben."

Giro sah ihn an und meinte: „Okay. Aber eine Frage hätte ich noch. Was ist eigentlich mit dem ganzen Geld, das du Herrn Li für die Renovierung deines Fight Clubs schuldest? Wenn es so gut läuft, kannst du es ihm ja zurückzahlen. Ich meine, das ist doch nur fair, oder?"

Chi sah ihn überrascht an. „Ach, du gehörst auch zu Li's Leuten und ich dachte, außer der kleinen Japanerin arbeiten nur inkompetente Idioten für ihn. Weißt du, ich hätte es ihm schon lange zurückgezahlt. Ich meine, ich und Li sind schließlich Freunde. Aber ich finde es eine Beleidigung, dass er mir immer diesen Idioten Shiyan herschickt. Ich gebe doch so einem drogenverseuchten Individuum nicht mein Geld in die Hand. Was denkt sich Li nur dabei?"

Nachdem sie das geklärt hatten, begab sich Chi ins Hinterzimmer und kam mit einem dicken Umschlag zurück. Er gab ihn Giro und meinte dabei: „Da sind fünftausend drin. Das ist doppelt so viel, wie ich mit Li vereinbart hatte. Sag Li, er soll es als Zinsen nehmen."

Giro nahm den Umschlag an sich und antwortete: „Mache ich."

Er gab Chi noch seine Nummer und verabschiedete sich dann. Giro begab sich zurück zum Nissan und setzte sich wieder ans Steuer. Neben ihm auf dem Beifahrersitz saß Shiyan, der gestresst an einer Kippe zog. Er war noch voll auf irgendeinem Zeug. Auf dem Rücksitz hockten die beiden Jungs und tippten gelangweilt auf ihren Mobiltelefonen rum. Giro warf den Umschlag aufs Armaturenbrett, woraufhin Shiyan nervös meinte: „Das kann nicht wahr sein, das muss ein Schlächter-Trip sein. Warum siehst du immer noch so verdammt gut aus? Und ist das etwa ein Umschlag voller Geld?"

Er sah Giro mit aufgerissenen Augen und fragendem Blick an, worauf der antwortete: „Ja. Fünftausend, um genau zu sein."

Shiyan griff ungläubig nach dem Umschlag auf dem Armaturenbrett und sah hinein. Dann legte er den Umschlag zurück und zog genervt an der Kippe. „So eine Scheiße! Du warst sicher unbeliebt in der Schule. Denn neben dir fühlt man sich wirklich wie der letzte Loser. Als wäre es nicht schon genug, dass du ohne einen Kratzer zurückkommst. Nein, natürlich hast du auch noch einen Umschlag voll Geld dabei und zur Krönung der Krönung mit mehr Inhalt als nötig."

Shiyan sah genervt zum Beifahrerfenster raus und zog weiter gestresst an seiner Kippe. Giro antwortete ruhig: „Nein, eigentlich hatte ich viele Schulfreunde. Chi mag dich einfach nicht, darum hat er dir das Geld nicht gegeben. Das hatte nichts mit mir zu tun. Auch die Zinsen hätte er so oder so an Li gezahlt, da sie Freunde sind. Also komm wieder runter."

Da schlug Shiyan wütend aufs Armaturenbrett und fluchte. „Dieser Scheißkerl Chi hat also nur was gegen mich persönlich! Das wird ja immer besser hier. Was zum Teufel hab ich dem Arschloch denn getan, dass er mich so verachtet und mich dauernd bloßstellen muss?"

Kapitel 16

Das großzügige Geschenk und die nervige Klette

Während der weiteren Fahrt ging es so weiter, und obwohl Giro sich alle Mühe gab, Shiyan nicht zuzuhören, trieb es ihn innerlich fast in den Wahnsinn. Sie besuchten noch vier weitere Schuldner, die alle ohne große Gegenwehr bezahlten. Danach fuhren sie wieder an den Hafen und begaben sich zurück in die Zentrale. Es war schon acht Uhr abends, als sie diese betraten. Giro folgte Shiyan in ein Büro, das sich am anderen Ende des Raumes befand. Im Büro saß Kasumi an einem großen, hellen Schreibtisch und bot wie immer einen reizenden Anblick. Shiyan gab ihr sofort das einkassierte Geld in die Hand, woraufhin Kasumi es in einen Banknotenzähler legte und dann wortlos in einen Safe packte. Erst als sie fertig war, wandte sie sich den Männern zu und meinte: „Das war gut. Anscheinend war meine Wahl richtig, euch zusammen loszuschicken. So viel hast du sonst noch nie mitgebracht, Shiyan. Ich hoffe, das bleibt von nun an so."

Shiyan war ein wenig vor den Kopf gestoßen. „Ja, Kasumi, ich werde mein Bestes geben."

Bevor sie den Raum verließen, legte Giro den Autoschlüssel auf die Kante des Schreibtischs und sagte zu Kasumi: „Hier ist noch der Schlüssel des Nissan, den wir Meng abgenommen haben."

Sie sah Giro mit ihrem Puppengesicht an und antwortete: „Wenn du mir versprichst, dass du weiterhin Shiyan bei der Arbeit so gut in den Arsch trittst, dann darfst du den Wagen gerne behalten."

Giro nickte ihr dankbar zu und entgegnete mit einem freudigen Grinsen im Gesicht: „Wie großzügig, Kasumi! Ich danke dir. Natürlich werde ich mir stets Mühe geben, gute Arbeit abzuliefern. Du kannst dich auf mich verlassen."

Da kam ein Lachen über das sonst so ernste Gesicht von Kasumi. „Herrin Cai Li hatte recht, in dir steckt Großes und ich bin wirklich sehr angetan von deinem Eifer."

Nachdem sie sich von Kasumi verabschiedet hatten, begab Giro sich zu seinem neuen Fahrzeug und setzte sich ans Steuer. Doch bevor er losfahren konnte, setzte sich Shiyan auf einmal neben ihn auf den Beifahrersitz. Giro sah ihn nur fragend an, woraufhin Shiyan frech meinte: „Was schaust du so? Schon vergessen? Mein Wagen steht immer noch vor Mengs Block und das nur, weil du diese blöde Kiste unbedingt haben musstest."

Dabei steckte er sich genüsslich eine Kippe an und öffnete das Beifahrerfenster. Giro atmete genervt aus und antwortete: „Nein, verdammt einfach nicht! Du steigst jetzt auf der Stelle wieder aus! Sonst helf ich dir persönlich dabei!"

Shiyan antwortete darauf: „Hey, sei doch nicht so hart zu mir. Ich meine, wie soll ich denn nach Hause kommen? Weißt du, wie weit das ist?"

Dann sah er Giro mit einer Art Hundeblick an. Doch Giro konterte nur ärgerlich: „Ist mir doch so scheißegal, wie du nach Hause kommst. Nimm ein Taxi, den Bus oder lauf am besten, das schont die Umwelt. Und jetzt verpiss dich aus meinem Wagen!"

Shiyan machte jedoch keinerlei Anstalten, sich zu verpissen, sondern sagte nur: „Du bist wirklich wie ein Eispickel. Aber wie es aussieht, sind wir jetzt so was wie Partner und ich denke, damit solltest auch du dich jetzt langsam, aber sicher anfreunden. Du musst nicht denken, dass mir das leicht fehlt. Aber wir sollten versuchen, zusammen klarzukommen."

Giro schloss genervt die Augen und meinte dann widerwillig: „Das ist wohl wahr. Aber ich weiß noch nicht, wie ich das ertragen soll."

Da lachte Shiyan. „Na schau, da haben wir ja was gemein. Aber weißt du was, ich zeig dir jetzt, wie man das ertragen kann. Da kenn ich ein gutes Mittel dagegen."

Giro sah ihn wütend an. „Ich nehme keine von deinen Scheißdrogen! Wie oft muss ich das eigentlich noch sagen?"

Da erklang wieder Shiyans dämliches Lachen, das Giro nicht ausstehen konnte wie so vieles an dem Kerl. „Ja, ich weiß schon. Keine Angst! Es geht nicht um Drogen. Es geht um andere Vergnügen. Lass dich doch einfach überraschen! Wenn es dir nicht gefällt, lässt du mich einfach dort und bist mich los! Das ist doch ein Kompromiss. Es ist auch nicht weit weg von hier, sondern nur ungefähr fünfzehn Minuten."

Giro sah ihn lustlos an und meinte dann: „Und dann bin ich dich los? Echt? Versprochen?"

Er sah Shiyan mit fragendem Blick an und der antwortete: „Ja. Echt. Versprochen! Mann, bist du mir vielleicht ein unfreundlicher Genosse."

Giro fuhr daraufhin widerwillig mit seinem unerwünschten Fahrgast los. Während der Fahrt, die natürlich länger als fünfzehn Minuten dauerte – vielleicht kam es Giro auch nur so vor –, vibrierte auf einmal das Smartphone in seiner Jackentasche. Es war die Nummer vom Chinarestaurant. Doch Giro konnte jetzt nicht mit seiner Familie sprechen, auch wenn er nichts lieber getan hätte. In diesem Moment stellte er sich vor, wie schön es wäre, jetzt mit den dreien am Tisch zu sitzen und Sunnys leckere Dim Sun zu essen. Dann dachte er an Naomis warmes und süßes Lächeln, das er so liebte. Doch bevor er weiter in den schönen Gedanken schwelgen konnte, waren sie schon am Ziel angelangt.

—ᢒ Kapitel 17 ᢒ—
Bandentratsch und (echte) Männerprobleme

Es war der Eingang einer Kneipe. Giro dachte, war ja klar, was denn sonst, wenn nicht Kneipe oder Bordell. Aber zum Glück war es nur eine Kneipe. Eine dunkle und rauchige Kneipe. Doch Giro fand den Gedanken zu saufen gar nicht mal so übel. Er hätte es zwar lieber allein getan, aber er kannte schließlich noch keine anderen Kneipen in Hongkong und hatte auch keine Lust, auf die Suche zu gehen. Also nahm er die Gesellschaft von Shiyan in Kauf und betrat mit ihm zusammen die Kneipe. Sie setzten sich an einen der hinteren Tische und Shiyan steckte sich wie gewohnt eine Kippe an. Er bot Giro auch eine an, woraufhin der zugriff. Er steckte sie an und zog genüsslich an ihr. Er war so müde und irgendwie extrem hungrig. Er hatte heute noch nichts gegessen und so viel getan. Kein Wunder, dass er sich so schlapp fühlte. Er hätte alles gegeben für eine knusprige Schweinskeule. Als er daran dachte, wurde er ganz zappelig. Er musste unbedingt was essen, so viel stand fest. Während Giro in Gedanken schwelgte, begrüßte Shiyan auf einmal lauthals drei Männer, die zielstrebig auf den Tisch zukamen. „Hey, Sangwau Chong! Chao Wu! Kuan Lok! Meine Freunde! Kommt schon, bewegt euch. Ihr seid heute spät dran."

Sangwau Chong, 38 Jahre alt, war der beste Freund von Shiyan und das schon seit ihrer Kindheit. Die beiden Männer ergänzten sich perfekt und hatten viele Gemeinsamkeiten, nicht nur ihr Alter. Zwar sahen sie sich äußerlich überhaupt nicht ähnlich, denn Sangwau war im Gegensatz zu Shiyan ein echt fetter Kerl. Doch die Schwäche für hässliche, farbige Hemden und die Leidenschaft für billigen Poser Goldschmuck teilten die beiden definitiv. Sangwau benutzte sogar dasselbe, nach Moschus stinkende Aftershave wie Shiyan, das Giro so zum Kotzen fand und überhaupt nicht leiden konnte. Die hässlichen, farbigen Hemden, die Sangwau immer ungefähr drei Größen zu klein kaufte und sich um seinen dicken Bierbauch schnürte, trug er mit Stolz. Dazu trug er immer weiße Hosen und gefälschte Krokodillederschuhe. Mit der dicken Goldkette um seinen fetten, faltigen Hals und den zahlreichen goldenen Ringen, die sich um seine fetten Stummelfinger würgten, sah er wirklich wie ein Widerling aus, was er auch war. Er hatte ein richtig großes Schweißproblem und schwitzte immer wie ein Schwein. Dann strich er sich den Schweiß von der Stirn nach hinten durch seine Haare, die durch die Tonnen an Gel, die Sangwau immer auftrug, sowieso schon mehr als nur glänzten. Er hatte auch einen Sprachfehler und stotterte. Wegen seines niedrigen IQ und seiner Sucht nach Pferderennen verlor er andauernd sein ganzes Geld, was ihn zu einem schlechten Ehemann und Vater machte. Doch seine Frau Fen-Fang war eine sehr liebe Ehefrau und blieb trotz allem bei ihm. Die drei Kinder, die er hatte, waren grundverschieden. Gong, sein Sohn, war der Jüngste und erst 14 Jahre alt. Er war ein echter Frechdachs und hatte seinen ganz eigenen Kopf. Er neigte stark dazu, Mist zu bauen und sich mit den falschen Leuten abzugeben. Seine Tochter Hui war die Mittlere und erst süße sechzehn. So benahm die Kleine sich auch und tat, was Teenager halt so tun. Womit Sangwau so seine Probleme hatte, da sie doch seine kleine Prinzessin bleiben sollte. Der Älteste war sein Sohn Ping, der schon 19 Jahre alt war. Im Gegensatz zu seinem Vater war er sehr fleißig und wissbegierig. Er studierte Germanistik und arbeitete nebenbei als Kartenverkäufer bei der Pferderennbahn, womit er sich das Studium finanzierte und auch seine Mutter unterstützte. Er hielt nicht viel von seinem Vater Sangwau, was er ihn auch spüren ließ. Sangwau arbeitete wie Shiyan als Schuldeneintreiber und das schon so gut wie sein ganzes Leben lang. Die beiden Männer kannten nur diese Arbeit und würden nie etwas anderes tun, so viel stand fest.

Chao Wu, 32 Jahre alt, war ein Riesenkerl und hatte Fäuste wie Ambosse. Er war ein Beacker Freak und liebte nichts mehr als schnelle Motorräder. Er trug so gut wie immer seine Beacker Klamotten und war voller skurriler Tätowierungen, die meisten davon waren nackte Weiber. Frauen waren auch seine größte Schwäche. Er war, was das Thema Frauen anging, blind und dumm zugleich. Dies brachte ihm oft Schwierigkeiten. Eine Frau mit dem Namen Li-Yu hatte es ihm besonders angetan. Die 26-Jährige arbeitete als Prostituierte und so hatte Chao sie auch kennen- und lieben gelernt. Doch er war nicht nur verliebt in die junge Hure, nein, er war regelrecht besessen von ihr, was sie schamlos ausnutzte und ihm dauernd Probleme brachte. Chao arbeitete als Eintreiber und war auch eine Art Vollstrecker. Mit seiner Riesenstatur, der Glatze und seinem Vollbart kam er vielen beängstigend vor. Sein größter Traum war immer gewesen, nach Amerika zu reisen und mit seinem geliebten Motorrad über die Route 66 zu fahren. Was er sich aber nie leisten konnte, da er sein Geld immer für Frauen und Alkohol verbraten hatte.

Kuan Lok war erst 24 Jahre alt, also nur vier Jahre älter als Giro. Er war sehr intelligent und hatte einen Abschluss in Naturwissenschaften. Da eines seiner größten Hobbys neben Videospielen das Kiffen war, nutzte er sein Wissen und baute so ziemlich den besten Cannabis an. Er war aber auch ein begnadeter Hacker und verdiente sich auch mit diesem Talent gut was dazu. Seine Hauptarbeit bestand jedoch im Transport von Drogen und Schmuggelwaren. Er brachte alles von einem Ort zum andern und stellte keine Fragen. Er war ein großer Basketballfan und trug so ziemlich alles von der Marke Air Jordan. In diese Marke war er regelrecht vernarrt und natürlich auch in den Spieler Michael Jordan. Dieser war sein größtes Idol. Bei den Mädchen war er ziemlich beliebt, obwohl er nie viel dafür getan hatte, denn er war einfach zu faul, was von dem vielen Kiffen kam. Die Hosen waren ihm immer zu weit und auf dem Kopf trug er stets ein cooles NY Käppi. Von denen besaß er eine ganze Sammlung. Er war eben nicht nur ein bekennender Kiffer, sondern auch durch und durch ein Hip-Hopper. Kuan hatte aber auch reichlich Humor und war irgendwie ein guter Kerl, zumindest Giro mochte ihn und seine Art.

Die vier Männer trafen sich so gut wie jeden Abend in einer Kneipe und tranken was zusammen. Meist tauschten sie sich über die Arbeit aus und erzählten sich den neusten Bandentratsch. So auch an diesem Abend. Nur dass heute außer den vieren auch noch Giro mit am Tisch saß. Als die drei Männer sich zu Shiyan und Giro an den Tisch setzten, sahen sie Giro zuerst etwas komisch an. Doch Giro war das ziemlich egal. Er war viel zu müde und hungrig, um sich darüber Gedanken zu machen. Shiyan fing gleich an, lauthals rumzulabern, und meinte zu ihnen: „Wo wart ihr so lange?! Sangwau, hast du wieder dein ganzes Geld auf der Pferderennbahn liegen lassen? Deine süße Fen-Fang reißt dir wieder den Kopf ab!"

Dann lachte Shiyan wieder mal laut los und Sangwau antwortete angestrengt: „S-S-Shiyan, was d-d- denkst du von mir? Die hat nur in der K-K-Küche was zu s-s-sagen. Ich bin doch keine kleine P-P-Pusssy!"

Während er dies mühsam stotterte, tropfte dem Fettsack der Schweiß nur so von der Stirn. Anscheinend kam das Sprechen für ihn einem Marathon gleich, so wie der Kerl dabei atmete und nach Luft rang. Es war schon fast ein Wunder, dass er dabei nicht abkratzte. Als er endlich den Satz ausgesprochen hatte, meinte Kuan locker von der Seite: „Mann, überanstreng dich doch nicht! Ich übernehme das für dich. Sonst schlafen wir noch alle ein bei deinem Tempo!"

Er sah Sangwau dabei genervt an und meinte zu Shiyan: „Wir hingen nur wieder wegen Chao hier, diesem Sturkopf, fest. Er wollte einmal mehr das Bordell auseinandernehmen und das nur wegen dieser Hure Li-Yu. Es ist doch immer das gleiche Spiel zwischen den beiden!"

Shiyan lachte, doch bevor er antworten konnte, grummelte Chao: „Pass auf deine Worte auf, Kuan! Du bist sowieso mit deinen 24 Jahren noch ein Kind im Kopf. Du kannst gar nicht wissen, was wahre Liebe ist, und hast keinerlei Recht, darüber ein Urteil zu fällen."

Kuan sah ihn nur gleichgültig an. Da meinte Shiyan auf einmal hektisch: „Schon gut! Hört jetzt auf damit! Wir treffen uns schließlich nicht, um zu streiten. Das können wir den ganzen Tag über tun."

Dann packte er Giro an der Schulter und dieser erschrak ein wenig. Shiyan tönte daraufhin in die Runde: „Er hier ist übrigens seit heute ein neues Mitglied der weißen Tiger und ich habe die Aufgabe erhalten, ihn einzuarbeiten. Unsere reizende Kasumi hält viel von ihm. Also seid lieber nett zu ihm. Sein Name ist Giro Long."

Alle drei Männer sahen Giro neugierig an und ihre Blicke überforderten ihn förmlich. Denn durch die Müdigkeit und den Hunger konnte er sich kaum konzentrieren. Als er in die verschwommenen Gesichter sah und sich herzlich bemühte, die Augen offen zu halten, meinte Chao mit grimmiger Stimme: „Na super, noch so ein junger Bursche. Als ob wir nicht schon genügend Kinder bei den weißen Tigern haben. Schließlich betreiben wir keine Tagesstätte."

Dann sah er Giro mit finsterem Blick an und fuhr fort: „Du siehst aus wie ein kleiner Player, dem die Fotzen nur so nachlaufen!"

Er fixierte Giro dabei mit einem leicht pervers wirkenden Blick und sagte auf einmal erschrocken: „Was ist mit deinen Augen los? Damit stimmt etwas nicht!"

Bevor Giro ihm darauf antworten konnte, meinte Kuan cool von der Seite: „Du Idiot! Benimmst dich wie eine Axt im Wald! Das ist nur eine Pigmentstörung und nennt sich Iris-Heterochromie. Wärst du zum Biounterricht gegangen, wüsstest du solche Dinge auch. Übrigens, ich finde das voll cool! Das ist mal was anderes und nicht so Nullachtfünfzehn-Standard. Vor allem das Grüne finde ich krass. Ich liebe Grün einfach. Sogar, wenn man es nicht rauchen kann."

Dann grinste er und driftete in Gedanken ab, zumindest sah er so aus. Da Giro denn vier Männern nicht den Eindruck vermittelte, irgendetwas zum Gespräch beitragen zu wollen, sondern eher den, gleich einzupennen, meinte Shiyan zu ihm: „Was hast du? Du siehst müde aus. Hast du deine Supermannkräfte etwa schon verbraucht?"

Dann lachte er schäbig und sah Giro dabei fragend an. Dieser antwortete lustlos: „Hör endlich auf! Du mit deinen blöden Scherzen! Sag mir lieber, ob es hier was zu essen gibt?"

Shiyan lachte wieder. „Oh, du scheinst ja wirklich sehr hungrig zu sein. Kein Grund, mich gleich so anzugehen. Wir sind hier in Hongkong. Hier gibt es überall was zu essen. Sag mir, was dein Herz begehrt, und ich hol es dir. Das ist keine Sache. Wir sind jetzt ja ein Team oder zumindest so was in der Art."

Giro sah ihn skeptisch an und meinte dann trotzdem: „Eine knusprig gebratene Schweinskeule. Da würde ich gleich reinbeißen."

Shiyan lachte erneut. „Du scheinst nicht wirklich große Ansprüche zu haben, dafür einen umso größeren Hunger. Schweinskeule kommt sofort!"

Dann stand er auf und sah Giro wartend an, worauf ihm dieser etwas Geld entgegenstreckte. Dieses nahm Shiyan schnell an sich, blieb aber immer noch wie angewurzelt stehen und glotzte auf Giro hinunter. Der fragte ungeduldig: „Was ist denn noch?"

Shiyan erwiderte nur frech: „Autoschlüssel!"

Giro händigte ihm den Schlüssel widerwillig aus. Erst dann machte sich Shiyan endlich auf den Weg.

⌒⟶ Kapitel 18 ⟵⌒
Der Riese und die Gans

Während Shiyan weg war, laberte Giro ein wenig mit den andern dreien. Als die Bedienung endlich an ihren Tisch kam, fing diese prompt an, mit Giro zu flirten. Darauf hatte er aber nun wirklich keine Lust. Die Männer bestellten alle Bier außer Giro, er wollte Wodka und nicht irgendeinen, sondern Stolichnaya. Die Bedienung musste zuerst hinter der Bar nachsehen und kam dann mit einer Flasche zurück. Als sie jedoch einschenken wollte, griff sich Giro schnell die Flasche. Er brauchte kein Glas. Er brauchte nur die Flasche, denn er liebte diesen russischen Wodka und nahm einen kräftigen Schluck. Die Bedienung, die sowieso schon auf Giro stand, sah ihn ganz beeindruckt an. Als Chao dies mitbekam, riss er Giro die Flasche aus der Hand und nahm auch einen großen Schluck, was ihm aber gar nicht gut bekam. Denn der hatte 40 % Alkohol, allem Anschein nach zu starkes Feuerwasser für den ach so harten Beacker. Seine Glatze wurde feuerrot und er bekam einen grauenhaften Hustenanfall. Auch das Nachspülen mit Bier half nicht viel. Statt dem beeindruckten Gesicht, das er sich von der Bedienung erhofft hatte, bekam er nur ein belustigtes Lachen und einen dummen Spruch an den Kopf geworfen. Chao war ein richtiger Draufgänger, zumindest sollten das alle von ihm denken. In Wirklichkeit war er aber eine Memme und zog den Schwanz ein, wenn es drauf ankam. Sein Verhalten ähnelte dem eines räudigen Köters, der alles zum Selbstschutz anbellte und dann seinen Schwanz einzog. Denn nur im Rudel war Chao wirklich stark. Nach diesem für Chao sehr demütigenden Vorfall war er sichtlich übel gelaunt und ließ dies auch gleich an der Bedienung aus. Er pöbelte sie aufs Übelste an und nannte sie alle eine Schande. Kuan versuchte, ihn zu beruhigen, doch ohne Erfolg. Als Chao ihr dann auch noch an den Arsch packte, war es vorbei. Die Bedienung rannte entsetzt hinter die Theke und dann in die Küche. Giro hätte was tun können, tat es aber nicht.

Er hatte einfach keine Lust und irgendwie war es auch amüsant, dem ganzen Treiben zuzuschauen. Langsam fühlte Giro sich richtig wohl in der Kneipe. Es war schon fast wie zu Hause in der Mongolei, wo zu jedem guten Kneipenbesuch ein pöbelnder Idiot und eine Kneipenschlägerei dazugehörten. Also sah er der ganzen Sache gelassen zu und nippte genüsslich an seiner Wodkaflasche. Sangwau hingegen war sichtlich genervt von dem Spektakel und stand wütend vom Tisch auf. Da er unglaubliche Mühe hatte, sich auszudrücken, was hauptsächlich von seinem Sprachfehler kam, und Chao ihm sowieso nicht zugehört hätte, begab er sich wortlos an die Bar rüber und setzte sich mit seinem fetten Arsch gemütlich an die Theke, direkt vor einem Spielautomaten. Als die Bedienung in der Küche verschwunden war, meinte Kuan verhackstückend zu Chao: „Alter, das kann nicht dein Ernst sein! Einfach nicht! Vor nicht mal einer Stunde im Bordell war die gleiche Scheiße. Kannst du dich nicht ein einziges Mal wie ein zivilisierter Mensch benehmen? Bei deinem Verhalten fühlt man sich wie in die Steinzeit zurückversetzt. Als würde man einem bärtigen Neandertaler in seiner Paarungszeit zusehen."

Noch bevor Kuan ausgesprochen hatte, kam ein wirklich großer, unglaublich breiter Kerl aus der Küche gestampft. Der sah aus wie ein Bulldozer und sein Kopf war die Abrissbirne. Als Giro sah, dass der Kerl angetrampelt kam, musste er ein wenig schmunzeln, denn er konnte sich gut vorstellen, was gleich geschehen würde. Während der Bulldozer auf den Tisch zurollte, flüsterte Kuan spitzzüngig zu Chao: „Die Dreihundert-Kilo-Dogge stemmst du Knochen bestimmt auch gut alleine. Mir drückt das Bier auf einmal ganz schön auf die Blase. Ich geh mal dezent auf die Toilette."

Dann zog Kuan sich feinsäuberlich aus der Affäre und verduftete aufs Klo. Als der Bulldozer an der Baustelle mit dem Namen Chao ankam, war er schon ziemlich heißgelaufen und die Birne stand zum Abriss bereit. Chao fluchte noch ein paar halbe Sätze, bevor ihn der Bulldozer an den Schultern krallte und hoch in die Luft hob. Oben angekommen traf ihn auch schon die Abrissbirne mit voller Wucht auf den Dachstock, was unweigerlich zu einem sofortigen Knock-out führte. Der Bulldozer brachte dann nur noch den Bauschutt vor die Tür und somit war die Sache vom Tisch. Das dachte Giro zumindest. Aber nein. Der Bulldozer kam natürlich zurück und wollte nun auch noch Giro einreißen. Doch Giro hatte wirklich keine Lust, sich zu prügeln. Vor allem hatte er doch gerade erst angefangen zu saufen und fühlte sich hier in der Kneipe das erste Mal, seitdem er in Hongkong gelandet war, ein wenig wohl. Also wollte er versuchten, den Bulldozer zu beruhigen, und sah zu der Bedienung rüber. Diese stand nun hinter der Bar und sah sich von dort das Ganze mit an. Als sie Giros Blick erwiderte, zwinkerte er ihr zu und schenkte ihr das Lächeln, das sie sich zuvor noch gewünscht hatte. Sie erwiderte es auch mit einem schüchternen Lächeln. Giro dachte sich nämlich, wenn jemand den Bulldozer abkühlen könne, dann wäre sie es. Schließlich war der Streit zwischen ihr und Chao der Grund, warum der Bulldozer so heißlief. Also ließ Giro seinen Charme spielen und nutzte die Tatsache, dass sie auf ihn abfuhr. Er stand zwar überhaupt nicht auf die Kleine, aber in der Not frisst der Teufel bekanntlich auch Fliegen. Als der Bulldozer sich vor Giro aufbaute, kam die Kleine brav von hinten angetrippelt und meinte hasplig: „Nein, Go! Das ist nicht nötig! Er hatte doch gar nichts damit zu tun. Es war nur der eine Widerling mit der Glatze!"

Der Bulldozer antwortete zuerst nicht und starrte nur beängstigend auf Giro herab. Doch dann meinte er entschieden: „Keiner nennt meine kleine Schwester eine Hure! Ihr Name ist Tui und auf Anfassen steht die Todesstrafe! Aber so was von!"

Dabei blickte er weiterhin drohend auf Giro herab. Dieser antwortete ihm ruhig: „So was wäre mir auch nie in den Sinn gekommen. Ich möchte hier nur meinen Wodka genießen und sonst nichts weiter."

Es dauerte einen Moment, bis der Bulldozer ausgestarrt hatte und dann wortlos zurück in die Küche abdampfte. Doch da stand noch die Bedienung Tui rum. Auf ihre Gesellschaft hatte Giro nun wirklich keine Lust und das nicht nur, weil ihr Bulldozer von Bruder ihn dafür platt gewalzt hätte. Obwohl sie äußerlich keine unattraktive Frau war, hatte sie für Giros Geschmack zu wenig

Ausstrahlung und benahm sich zu sehr wie ein kleines Mädchen. Er stand aber nicht auf kleine Mädchen. Er musste sie auf nette Weise loswerden. Also meinte er zu ihr: „Zum Glück konntest du deinen Bruder beruhigen. Ich mag die Kneipe. Hier gibt's sogar meinen liebsten russischen Wodka. Den hätte ich ungern hergegeben."

Sie sah ihn verlegen an und meinte: „Das verstehe ich natürlich. Ich entschuldige mich für das Verhalten meines Bruders. Er ist immer sehr aufbrausend, wenn es um mich geht. Ich hoffe, du genießt trotz allem noch den Abend und zur Wiedergutmachung geht die nächste Flasche von deinem liebsten Wodka aufs Haus. Komm später einfach zu mir an die Bar, wenn du Nachschub brauchst."

Dann sah sie Giro mit einem netten Lachen an und begab sich wieder hinter die Theke. Giro lehnte sich zurück und schloss ein wenig seine müden Augen. Doch bevor er die Augen überhaupt richtig geschlossen hatte, kam auch schon Kuan vom Klo zurück und fragte gleich neugierig: „Und – ist der Idiot tot oder hatte er wieder mehr Glück als Verstand?"

Giro sah ihn mit müdem Blick an und antwortete: „Keine Ahnung. Der Riese hat ihn k. o. geschlagen und dann rausgeschleppt. Gut denkbar, dass er draußen eine Bohnenranke hochgeklettert ist und Chao in sein Verlies gebracht hat. Aber weißt du was, es ist mir so was von Latte."

Kuan musste daraufhin heftig lachen und sagte belustigt: „Ja, Chao neigt wirklich stark dazu, sich mit den falschen Gänsen anzulegen, und bekommt meistens blaue statt goldene Eier ab. Aber das ist er ja schon gewöhnt."

Während Kuan sprach, schloss Giro müde seine Augen. Da meinte Kuan zu ihm: „Die Kerle nerven dich, oder? Ist anstrengend, mit solchen Leuten zu arbeiten. Aber wenn du dich erst mal an die Dummköpfe gewöhnt hast, siehst du der ganzen Sache gelassener entgegen. Es kann sogar witzig sein, wenn man ihnen beim Scheitern zusieht."

Kuan grinste und zog einen Joint aus seiner Jackentasche. „Und mit der richtigen Medizin macht das ganze Theater doppelt so viel Spaß."

Dann steckte er sich die Tüte relaxt an und zog genüsslich daran. Giro sah ihn nur müde an und nahm einen großen Schluck aus der Wodkaflasche. Erst dann antwortete er: „Riecht gar nicht mal übel, deine Medizin. Aber ich muss zuerst etwas essen. Sonst penn ich hier wirklich noch ein. Es nervt mich, dass ich dem Idioten Shiyan mein Auto gegeben habe. Als ob er mir wirklich etwas zu essen bringen würde."

Kuan gab sich entspannt. „Ach, da würde ich mir keine Sorgen machen, der kommt schon zurück."

Giro sah ihn ungläubig an und sagte dann zynisch: „Ja klar! Deswegen ist er auch schon seit über einer Stunde unterwegs. Weil er wiederkommt! Könnte es nicht eher sein, dass er den Wagen verhökert hat, um sich neuen Stoff zu besorgen? Schließlich ist er nur ein Junkie."

Kuan lachte und war überrascht. „Echt, schon über eine Stunde ist vergangen, seit Shiyan weg ist? Kam mir gar nicht so lange vor. Ich kenne Shiyan gut, er würde den Wagen sicher nicht verkaufen. Aber ich weiß genau, wo er hin ist damit. Wenn du nicht bis nach Mitternacht auf ihn warten möchtest, dann kann ich dich gerne dorthin bringen. Kein Stress, echt. Hab eh keine Lust, alleine mit Sangwau hier festzukleben. Der fette, alte Wichser geht mir echt übelst auf die Eier."

Dabei verdrehte Kuan seine Augen. Dann streckte er Giro mit einem Lachen im Gesicht den Joint entgegen. Giro sah ihm in sein verrauchtes Gesicht und griff dann danach. Er zog kräftig an der Tüte und meinte dann zu Kuan mit einer leicht verrauchten Stimme: „Woher willst du wissen, wo der Blödmann steckt und dass er frühestens um Mitternacht wiederkommt?"

Kuan grinste Giro an. „Na, dein Wagen war doch der Nissan GT-R Nismo. Das geile Teil, das da auf der Straße gleich vor der Bar stand. Dazu kommt, dass nicht mal fünf Minuten von hier gleich um die Ecke ein Imbiss steht, der auch Schweinskeulen anbietet. Also hab ich zwei und zwei zusammengezählt und bin zu dem Schluss gekommen. Und nun halt dich fest. Shiyan hatte es von Anfang an nur auf deinen Wagen abgesehen. Doch nicht, um ihn zu verkaufen. Shiyan würde niemals ein Mitglied der weißen Tiger so hintergehen. Wir sind alle für ihn wie Familienmitglieder, musst du wissen. Nein. Shiyan ist zum Ming-Ming Massagesalon gefahren und das ganz bestimmt sogar. Denn dort arbeitet Xing und er will immer vor der Kleinen protzen. Da kam ihm dein Rennwagen gerade recht. Denn die Kleine steht auf alles, was teuer ist. Nur, dass Shiyan selten teure Dinge besitzt. Also ja! Ich weiß sicher, wo er ist, und aus mir wäre ein verdammt guter Ermittler geworden, stelle ich gerade fest. Aber ich drifte wieder mal vom Thema ab. Diese ständigen Selbstanalysen kommen vom vielen Kiffen. Sorry. So eine Art Nebenwirkung und da schon wieder."

Giro musste sich redlich Mühe geben, um Kuans Vortrag zu folgen. Denn er war nicht nur müde, hungrig und ein wenig angetrunken. Nein! Nun war er auch noch zugekifft. Denn das Zeug, das Kuan ihm da gegeben hatte, war echt stark und haute ziemlich heftig rein. Giro antwortete nur müde: „Dann lass uns aufbrechen, Sherlock Hanf! Wenn du dir deiner Sache schon so sicher bist. Ich hab nämlich keinen Bock, noch länger auf den Blödmann zu warten."

Giro gab ihm den Joint zurück und leerte mit einem großen Schluck noch die Wodkaflasche. Kuan antwortete ihm: „Klar. Gehen wir! Hier ist's eh stinklangweilig. Sonst enden wir noch wie dieser fette Langweiler Sangwau und verlieben uns in einen Spielautomaten!"

Er lachte schäbig und zog an der Tüte. Dann standen die beiden Männer vom Tisch auf. Doch bevor sie die Kneipe verließen, begab sich Giro noch an die Bar und sprach die Bedienung an. „Hey, wegen deinem Angebot von vorhin. Gilt das auch zum Mitnehmen? Ich muss jetzt nämlich schon los und habe noch Durst."

Tui, die gerade hinter der Bar Gläser polierte, sah Giro mit großen Augen an und lächelte, bevor sie liebäugelnd zu ihm meinte: „Wenn du mir versprichst, dass du bald mal wieder herkommst, geb ich sie dir sogar mit Handkuss."

Bevor Giro ihr darauf eine Antwort geben konnte, meinte Kuan frech: „Damit deine Dogge von Bruder ihm danach die Hand abhauen kann. Nein, ich denke, besser ohne Handkuss, Kleine."

Da musste auch Giro grinsen. Irgendwie hatte der kleine Kiffer ja recht mit dem, was er da von sich gab, auch wenn es oft ein wenig zu viel Ehrlichkeit enthielt. Denn im Gegensatz zu Giro fand Tui seinen Kommentar nicht amüsant, sondern sah Kuan mit einem pikierten Blick an. Da intervenierte Giro und meinte zu ihr: „Ich werde sicher wieder mal herkommen. Versprochen. Aber jetzt muss ich wirklich los."

Sie sah Giro wieder mit verträumtem Blick an und griff dabei unter die Theke, wo sie eine Flasche herauszog, die sie dann vor Giro auf die Theke stellte mit den Worten: „Es war mir jedenfalls eine Freude, dich kennenzulernen, und ich kann es kaum erwarten, deinen Namen zu erfahren. Aber noch nicht heute, erst wenn du wiederkommst. Sonst bin ich umso trauriger, wenn du nicht kommst."

Dann warf sie Giro mit der Hand einen Kuss zu. Er empfand das Rumgeturtel von der Kleinen echt als eine Nummer zu viel des Guten und ihm wurde schon fast übel davon. Deshalb war er auch froh, als dieses schreckliche Gespräch endlich ein Ende fand und er sich die Pulle schnappen konnte. Während Giro das Gespräch mit Tui geführt hatte, war nebenan Kuan mit Sangwau beschäftigt. Na ja, er hat ihn eher genervt. Denn er sagte zu Sangwau, nachdem er sich von Tui achtlos abgewendet hatte: „Hey, mein Dickerchen! Alles gut im Schweißland? Siehst ein wenig hungrig aus. Hast du abgenommen? Ach nein, vergiss das wieder. War nur eine optische Täuschung. Aber mal was anderes. Ich verpiss mich jetzt von hier. Ich hab nämlich jemand Jüngeres und Fitteres als dich schwitzenden Langweiler gefunden. Um den Kerl versammeln sich sogar die Weiber und nicht nur die Fliegen. Und weißt du, was das Beste an der Sache ist, man kann mit ihm sprechen und bekommt von ihm eine klare und flüssige Antwort."

Sangwau sah ihn wütend an und wollte ihm stotternd antworten. Doch Kuan unterbrach in abrupt. „Schon gut, Sangwau. Spare deinen Atem lieber. Ich habe sowieso keine Zeit, um dir bis zum Ende zuzuhören. Denn wie schon gesagt, hab ich noch was vor. Grüße deine Frau und Kinder von mir und verspiel nicht wieder dein ganzes Geld."

Sangwau wendete sich wieder grimmig dem Spielautomaten zu und spielte wortlos weiter. Als die beiden Männer endlich aus der Kneipe waren und auf der Straße standen, meinte Kuan: „Nehmen wir meinen Wagen. Ich denke, er wird dir gefallen. Er steht gleich dort. Hinter der Kneipe auf dem Parkplatz."

Also folgte ihm Giro auf den Parkplatz, wo die beiden in einen schwarzen Tesla S Performance einstiegen. Als sie in dem Luxuswagen saßen und Kuan losfuhr, sagte der stolz zu Giro: „Ich liebe ihn einfach. Er beschleunigt mit seinen 421 PS in weniger als 4,4 Sekunden auf 100 km/h. Seine Höchstgeschwindigkeit beträgt zwar nur 210 km/h, aber für einen Elektrowagen ist das doch beachtlich. Ich meine, hast du dich schon mal mit über 100 km/h auf dem Tacho an jemanden rangeschlichen? Mit dem Schätzchen kannst du das ohne Problem machen, denn der Motor ist so gut wie lautlos. Dazu kommt, dass der Wagen die Umwelt echt schont und mir liegt die Natur am Herzen. Auch wenn man mir das vielleicht nicht auf den ersten Blick ansieht."

Auch wenn Kuan dazu neigte, viel zu quatschen, hörte ihm Giro doch gern zu. Er fand seine Ansichten nämlich gar nicht mal so übel und empfand ihn als angenehmen Zeitgenossen. Giro antwortete dann eher kurz auf Kuans lange Erzählung. „Ja, echt cooles Teil, muss ich schon sagen. Aber ich dachte, du seist nur ein Transporter. Der Spaß hier kostet um die achtzigtausend. Wie kannst du dir so ein teures Vergnügen überhaupt leisten mit dem winzigen Gehalt? Das ist unmöglich."

Da lachte Kuan. „Denkst du wirklich, ein Ass wie ich gibt sich mit diesem Babygehalt zufrieden, das die weißen Tiger für die Arbeit bezahlen? Ich habe schließlich studiert und mache nebenbei meine ganz eigenen Geschäfte, mit denen ich wirklich mehr als nur gutes Geld verdiene. Eines davon ist das Gras, das du vorhin von mir bekommen hast. Das baue ich nämlich selbst an und das im großen Stil. Ich arbeite nur für die weißen Tiger, weil sie mir dann bei meinen anderen Geschäften nicht im Weg stehen. Ansonsten würden sie mich aus dem Geschäft drängen. Aber solange ich ihnen angehöre und gute Arbeit abliefere, lassen sie mich meine Geschäfte machen und schützen mich sogar vor anderen Banden. Natürlich sind die weißen Tiger auch, was mein Grasbusiness angeht, so ziemlich die besten Großkunden, die ich habe. Aber was fragst du mich eigentlich? Dein Nissan GT-R Nismo ist noch eine Stange teurer als mein Schätzchen, wenn ich mich nicht irre. Wie kommst denn du zu deinem Glück, wenn ich fragen darf?"

„War ein Geschenk von einer Freundin. Ich hatte ihr einen Gefallen erwiesen und der Wagen war der Dank dafür. Du musst wissen, ich bin erst zwanzig Jahre alt und komme aus Ulaanbaatar. Bin gestern erst hier angekommen. Aber na ja, man braucht auch noch Geld zum Leben und da kamen mir die weißen Tiger gerade recht", erklärte Giro.

Kuan riss seine roten Augen auf, sah Giro an und meinte überrascht: „Du bist erst zwanzig? Echt jetzt? Hätte ich nie gedacht."

Dann musste er lachen. „Aber das erinnert mich an jemanden, und zwar an mich. Das ist noch nicht mal vier Jahre her. Nur hatte ich nicht das Glück, eine Braut zu treffen, die mir einen teuren Wagen schenkt. Musst ja echt einen Stein im Brett haben bei den Weibern. Genieße es, solange sie dir nachrennen, und nutz es aus. Sonst machen die Weiber das immer mit uns Männern. Also tust du es auch im Namen aller armen und gekränkten Männerseelen, die hier auf Erden wandeln. Somit wärst du dann ein moderner Robin Hood für die Männerwelt und würdest für die Ehre kämpfen. Denk mal drüber nach. Wäre echt cool, oder?"

Kuan driftete mitten im Gespräch ab, was Giro aber ganz recht war. Denn so musste er keine Geschichte erfinden. Giro mochte es nicht, zu lügen, und sprach lieber nichts als das Falsche. Doch in der Lage, in der er sich befand, hatte er keine andere Wahl. Aber das ständige Versteckspiel und die Lügen waren nun schon so lange ein Teil seines Lebens. Es fing förmlich an, sich in seine Seele zu ätzen und ein ungewollter Teil von ihm selbst zu werden. Giro hasste das. Denn wer kannte ihn schon wirklich? Niemand. Nicht einmal er selbst wusste wirklich, wer er war, und vor allem nicht, warum er anders war. Seine Mutter wusste als Einzige die ganze Wahrheit, doch sie war schon lange verstorben. Um genau zu sein, sie wurde grausam ermordet und das vor seinen Augen. Da war er gerade mal acht Jahre alt gewesen. Die Männer, die sie folterten und ihr dann den Schädel wegschossen, waren auf der Suche nach etwas. Sie wurden jedoch nicht fündig. Doch Giro war nicht hinter diesen Männern her, denn die waren nur Auftragsmörder und Menschenschmuggler, die von jemandem für sehr viel Geld engagiert wurden und das, weil Giros Mutter etwas hatte, das unbedingt ein anderer haben musste. Giro musste das finden. Egal, um was es sich dabei auch handeln mochte, es war der Grund für alles und auch die Person, die danach gesucht hatte, stand auf seiner Aufgabenliste ganz oben. Er würde tief in der Scheiße wühlen müssen, um an das Herz der ganzen Kloake ranzukommen. Das war ihm aber egal. Nun hatte er ja schon mal den Fuß in der Tür und musste sich nur noch mit genug Druck vorkämpfen. Und wenn es etwas gab, das Giro wirklich gut konnte, dann war es, zu überleben, und das machte ihn zu einem sehr starken und zähen Gegner. Er kannte das Wort „aufgeben" nicht und auch Furcht war für ihn schon lange zu einem Fremdwort geworden. Denn eins wusste er ganz genau, das Schlimmste, das ihn ereilen könnte, war der Tod und dieser kleine Hurensohn machte ihm beim besten Willen keine Angst mehr. Die einzige Angst, die er noch kannte, war die, sich selbst und seine Liebsten zu verlieren – aber nicht an den Tod, sondern an die Menschheit und ihre Lügen.

Auf der restlichen Fahrt erzählte Kuan ihm noch von seinen tausend guten Ideen, die ihm so durch den Kopf schwirrten, was teilweise ein wenig wirres Zeug war und nicht immer Sinn ergab. Kuan war einfach zu fantasievoll und laberte auch so. Er erinnerte Giro dabei an einen Marder, der fälschlicherweise in ein Stromkabel gebissen hat und nun vollgeladen abdrehte. Als er sich das vorstellte, musste er schmunzeln, denn er war ja selbst auch breiter als die Chinesische Mauer lang ist.

◦ Kapitel 19 ◦
Ming-Ming Massagesalon

Nach etwa einer halben Stunde erreichten die beiden das Vergnügungsviertel Wanchai. Dort hielt Kuan gleich neben dem Ming-Ming Massagesalon, wo auch Giros Nissan an der Straße stand. Bevor die Männer den Wagen verließen, meinte Kuan ein wenig nervös: „Hey, wenn wir gleich da reingehen, lass mich mit den Ladys quatschen. Ach – fast hätte ich's vergessen. Kein Wort über den Köter, der da rum … na ja, du wirst schon sehen. Aber wenn er dich erschrecken sollte, überspiel es bitte einfach."

Giro verstand zwar nicht ganz, was Kuan da gerade zu erklären versuchte. Aber er dachte, es wird schon nichts Schlimmes sein. Dann begaben sich die beiden in den Massagesalon Ming-Ming, der eher einem Bordell glich, was es natürlich auch war. Dort drin war es noch dunkler als im Arsch einer Kuh und der viele dunkelrote Satin machte Giro regelrecht depressiv. Es hatte so einen Touch von Menstruation und Schlüpfrigkeit. Diese beiden Worte beschrieben den Raum am besten. In der Mitte stand die Fleischtheke, bereit zur Schau mit – na ja – eher wenig Frischfleisch. Das meiste davon sah schon ziemlich gammlig aus und so standen sie einfach nur dort wie eine Terrakotta-Armee aus traurigen Huren. Kuan ging direkt zur sogenannten Empfangsdame, besser gesagt zur Puffmutter. So sah die alte, ausgelutschte Schachtel auch aus. Sie hatte noch nicht mal mehr Schneidezähne, worüber sie auch noch froh war, denn nun musste sie den Mund nicht mehr so weit aufmachen. Sie war klein, hatte die Figur einer fauligen Birne und war geschminkt bis auf die Zähne, von denen sie wie schon erwähnt nicht mehr viele besaß. Im Gegensatz zu Geschlechtskrankheiten, die sie unter ihrem immer feuchten Höschen regelrecht züchtete und mit denen sie regen Handel betrieb. Ihre Haare hatte sie zu einem filzigen Turm hoch toupiert und sie roch unglaublich stark nach Rosenwasser. So, als hätte sie einen Brunnen voller Katzenpisse gefunden und dann ein langes Bad darin genommen. Dies würde auch erklären, warum ihre Haut so trocken und schrumpelig wie eine Dünenlandschaft war. Aber es kam wahrscheinlich doch nur vom ständigen Übernachten im Solarium. Wie es den Anschein machte, war die Strahlung davon so stark, dass es der Alten glatt das Hirn weggebrannt hat. Anders konnte sich Giro die Dummheit, die die Alte an den Tag legte, nicht erklären. In ihrem weißen Latexfetzen, den sie trug, sahen ihre Brüste aus wie ein Paar alte, labbrige Socken, die sich mühsam den Weg zurück zu ihren Hühneraugen bahnten. Sie war einfach eine widerliche, alte, verbrauchte Legehenne, die sich um die Vermarktung der Küken kümmerte und nur noch selten ein Ei legte. Giro blieb hinter Kuan und hielt sich wie besprochen ein wenig bedeckt, was ihm angesichts der Lage auch sehr entgegenkam. Kuan meinte dann zu der alten Falttitte: „Pretty Lu! Du siehst heute wie die Schneekönigin höchstpersönlich aus! Wie geht es dir und deinen Mädels so?"

Dabei grinste er ihr frech zu, woraufhin die alte Falttitte laut und gequält antwortete: „Ach Kuan! Wie oft muss ich dir noch sagen, dass kleine Jungs wie du hier nichts verloren haben? Aber ich kann mir schon vorstellen, warum du kleiner Arsch dich wieder mal hierher verlaufen hast. Du suchst sicher deinen Nichtsnutz von Freund Shiyan. Aber da bist du zu spät. Der ist gerade vor zehn Minuten mit der kleinen Xing aufs Zimmer verschwunden. Die waren voll heiß aufeinander nach der kleinen Spritztour in Shiyans neuer Sportkarre. Der Loser hat die Karre auf jeden Fall geklaut und ganz bestimmt nicht bezahlt! Aber Xing interessiert das nicht. Für die Kleine zählt eben nur der Moment und glaub mir, der kann heute länger andauern."

Dann lachte sie und ihre riesige, schleimige Zahnlücke kam hervor. Bevor Kuan ihr antworten konnte, griff sie nach einer Papiertüte, streckte sie Kuan entgegen und meinte genervt: „Und nimm den Scheiß hier, den hat Shiyan einfach hier hat liegen lassen! Ich bin doch hier keine verfluchte Garderobe! Der Nichtsnutz soll seinen Scheiß gefälligst selbst aufbewahren!"

Kuan griff die Tüte und entgegnete: „Alles klar! Wir warten dann solange in der Sitzecke. Ist ja eh kein Schwein hier!"

Die alte Falttitte sah ihn mit grimmigem Blick an und meinte dann herablassend: „Ach ja? Und was steht denn bitte gerade vor mir, wenn nicht ein Schwein? Ich sag dir eins, Kuan! Finger weg von meinen Mädchen! Ansonsten bezahlst du. Hier gibt's nichts umsonst."

Kuan grinste nur frech und sagte zu Giro: „Komm, lass uns rübergehen, bevor die Alte mir noch eine Predigt hält. Das ist für die Alte wie Schwänze lutschen. Das macht die am laufenden Band und das läuft endlos."

Dabei verdrehte er genervt die Augen. Doch die alte Falttitte war nicht schwerhörig und bekam alles mit. Sie drohte wütend: „Noch solch ein Ding, Kuan, und ich sorge höchstpersönlich dafür, dass dich bestimmt nie wieder in deinem, sowieso zum Scheitern verurteilten Leben eine Frau befriedigen kann. Ich hoffe, das ist klar und deutlich bei dir in deinem ach so winzigen Fliegenhirn angekommen. Kiffender Vollidiot!"

Kuan war ein wenig beschämt und meinte dann vorlaut: „Raste doch nicht gleich wieder so aus! Immerhin sind deine Mädchen die, die mir immer an die Wäsche wollen, und nicht um gekehrt. Vielleicht sollte ich auch einfach Geld dafür einkassieren, wenn das schon so leicht verdient ist. Und dass du Schwänze lutschst, das ist nun wirklich nichts Neues. Also komm mal wieder runter, du weiße Hexe!"

Woraufhin die beiden Männer sich zur Sitzecke begaben. Die Alte warf währenddessen Kuan aufgebracht einige Boshaftigkeiten hinterher. Doch der ignorierte das gekonnt und schien es schon von ihr gewohnt zu sein. Die Männer setzten sich auf die rotsamtige, völlig durchgesessene und mit undefinierbaren Flecken übersäte Couchecke, die einen nun wirklich nicht dazu einlud, Platz zu nehmen – außer man war vielleicht eine Wanze oder ein Floh. Giro war verärgert. „Ich hab echt keinen Bock auf das Gruselkabinett hier. Ich werde mir jetzt sofort die Autoschlüssel von Shiyan zurückholen. Mir egal, was der Idiot gerade Ekelhaftes treibt!"

Als er jedoch aufstehen wollte, hielt Kuan ihn am Arm fest. „Oh, glaub mir! Es ist dir nicht egal und da spreche ich aus eigener

Erfahrung. Hör zu, die alte Schachtel redet nur Stuss. Darauf darfst du nichts geben. Ich wette mit dir, dass Shiyan dort in weniger als zwanzig Minuten – natürlich fluchend – ausgepresst kommt. Das ist doch immer das gleiche Szenario und auch heute wird das nicht anders sein als sonst. Der Mensch ist nun mal ein Gewohnheitstier."

Kuan lachte. Giro hingegen lehnte sich sichtlich genervt zurück und zeigte keine weitere Reaktion darauf. Da meinte Kuan neugierig: „Lass uns lieber mal einen Blick in die Papiertüte werfen. Die ist nämlich ziemlich schwer. Obwohl es aller Wahrscheinlichkeit nach eh nur Müll ist."

Er warf einen Blick in die Tüte, woraufhin er Giro angrinste und überrascht sagte: „Ach, sieh mal einer an! Doch kein Müll! Ich denke, das wird besonders dir gefallen."

Kuan griff in die Papiertüte und zog, wer hätte das gedacht, eine Schweinskeule heraus, die Giro gerne annahm und mit großer Freude anbiss. Während Kuan zusah, wie Giro das Fleisch der Riesenkeule regelrecht verschlang, lachte er amüsiert: „Du bist der Einzige, den ich kenne, der in einem Bordell lieber an einer Schweinskeule rumnagt als an einer Hurenkeule."

Noch bevor Kuan ausgesprochen hatte, kamen auch schon ein paar Huren angetänzelt. Um genau zu sein, waren es drei. Sie setzten sich natürlich prompt dazu und gingen gleich ziemlich auf Tuchfühlung, was Giro sichtlich unangenehm war. Denn wenn er etwas auf den Tod nicht ausstehen konnte, dann waren es Fremde, die ihn einfach antatschten. Also zeigte er dies auch. Aber die Kleine war echt ein stures Ding und meinte, während sie ihm über die Schultern strich: „Du hast mir einen Hunger! Gibt's dort, wo ihr herkommt, nichts zu essen?"

Dabei lächelte sie und sah ihn verführerisch an, was ihn jedoch kalt ließ. Er gab ihr noch nicht mal eine Antwort, sondern ignorierte sie vollends. Kuan hingegen, dem die beiden anderen Huren schon auf dem Schoß saßen, zeigte sich erfreut: „Jung, frisch und knackig, so muss das sein. Das ist wie beim Blattsalat. Ich weiß, die Alte vorhin, die ist der blanke Horror, sogar wenn man keinerlei Sinne hat. Aber die süßen Schnitten hier … Die sind doch echt heiß? Sei nicht so verklemmt! Wenn du schon das Glück hast und

Miko abbekommst. Das musst du auskosten. Die Kleine hat nämlich magische Hände, vom Rest mal ganz abgesehen. Also greif zu und das nicht nur bei deiner ach so leckeren Schweinskeule!"

Kuan lachte und flirtete weiter sichtlich angetan mit den beiden Huren, wobei Miko auf einmal zu Giro sagte: „Dein Freund ist immer so ein witziger Zeitgenosse. Aber du wirkst eher still und zurückhaltend. Das mag ich. Das macht mich immer so neugierig und dann möchte ich mehr erfahren. Denn stille Wasser sind bekanntlich tief. Ich möchte dir heute Abend etwas Gutes tun. Darf ich das?"

Sie fuhr ihm dabei mit der Hand über den Oberschenkel und sah ihn verführerisch an. Giro schob ihre Hand zur Seite und antwortete uninteressiert: „Was dich angeht, da hält sich mein Interesse mehr als nur in Grenzen. Wie du mit deinen übertuschten Augen vielleicht sehen kannst, liegt mein Hauptinteresse darin, die Pulle Wodka auf dem grässlichen Tisch leer zu saufen und die Keule hier zu fressen. Also zu deiner Frage: Nein danke! Ich bin vollends zufrieden."

Allem Anschein nach hatte die Kleine eine große Portion Selbstbewusstsein und eine dicke Haut. Denn sie machte nichts dergleichen und griff sich die Wodkaflasche vom Tisch. Sie sah sich die Flasche an und meinte daraufhin: „Russischer Wodka. Ich liebe ihn! Besonders den hier. Obwohl der eigentlich hauptsächlich von den Russen selbst getrunken wird und die meisten anderen ihn nicht so gerne trinken. Darf ich einen Schluck nehmen?"

Da sah Giro sich Miko das erste Mal richtig an und antwortete ihr: „Nur zu! Bedien dich ruhig!"

Miko lächelte daraufhin und nahm genüsslich einen großen Schluck direkt aus der Flasche. Giro staunte nicht schlecht, als die Kleine sich das starke Zeug ohne mit ihren Wimpern zu klimpern runterkippte, als wäre es nur eine erfrischende Brause und nicht ein 40%iger Wodka. Die Kleine hätte locker mit einem russischen Söldner mithalten können mit dem Zug, den sie draufhatte. Nachdem sie etwa ein Viertel der Flasche geleert hatte, was schon nach dem sechsten Ansetzen der Fall war, sah sie Giro mit verträumtem Blick an und meinte glücklich: „Hab ich dich! Du bist gar kein wirklicher Arsch! Du spielst es nur, um die Leute auf Abstand zu halten. Das Problem ist nur, die Masche zieht bei Mädchen nicht und wird es auch nie. Denn dafür bist du einfach ein zu hübscher Junge. Es bewirkt sogar das komplette Gegenteil und du erregst Aufmerksamkeit. Denn wir Frauen lieben nichts mehr als Herausforderungen. Besonders welche, die so lecker aussehen wie du."

Giro sah sie nur gleichgültig an und griff dann nach der Pulle. Während er einen großen Schluck nahm, sagte Miko: „Du siehst verspannt und müde aus. Hattest wohl einen anstrengenden Tag. Was dein Kumpel Kuan da vorhin gesagt hat, stimmt. Ich habe unglaublich begabte Finger und meine Massagekünste sind legender. Also, da du deinen Wodka mit mir teilst, möchte ich mich gerne bei dir bedanken. Wie wäre eine entspannende Massage? Natürlich kostenlos und du darfst dabei sogar in Ruhe weiteressen."

Zuerst dachte Giro, nein danke. Doch sein Rücken war vom langen Sitzen gestern im Flugzeug schon sehr verspannt. Er empfand zwar nicht den Schmerz, den jeder andere Mensch gespürt hätte. Nein, es fühlte sich für ihn nur wie eine ständige schwere Last auf den Schultern an. Diese schien ihn immer mehr nach unten in den Boden zu drücken. Nach einem kurzen Moment der Überlegung beschloss er, dieses Angebot doch anzunehmen, und antwortete: „Ja, warum eigentlich nicht. Hört sich gar nicht mal so schlecht an."

Miko lächelte erfreut. Doch als sie sich plötzlich auf den Knien an Giros Hose zu schaffen machte, bremste er sie abrupt ab. „Ich sprach von meinem Rücken und das ausschließlich. Es ist bestimmt nett gemeint und so. Aber das ist mir zu viel des Guten. Okay?"

Miko sah ihn mit großen Augen an. „Du bist eine kleine Spaßbremse, weißt du das? Aber gut, wenn es nur dein Rücken sein soll … Du verpasst den Höhepunkt deines Abends und nicht ich."

Dann wendete sie sich, ein wenig beleidigt, seinem Rücken zu. Giro aß währenddessen gemütlich seine Keule und trank Wodka. Kuan war immer noch mit den andern zwei Huren zugange und so verging die Zeit dann doch schneller, als Giro zuerst gedacht hatte. Irgendwann hatte er dann auch das allerletzte Stückchen

Fleisch abgenagt und legte den großen, kahlen Knochen auf den Tisch. Miko beendete noch die Massage und saß dann wieder neben ihm. Die beiden führten ein relativ lockeres Gespräch und tranken Wodka zusammen. Giro erfuhr, dass sie halb Russin war und auch in Russland aufwuchs, bis sie von ihrem eigenen Bruder an Mädchenhändler verkauft wurde und so hier gelandet war. Doch hier gehe es ihr gar nicht so schlecht. Sie sei zuvor an einem viel schrecklicheren Ort gewesen und froh, nun hier zu arbeiten. So erfuhr Giro ein wenig über Miko, die im Grunde ein nettes Mädchen war, das sich an ihr ziemlich hartes Leben gewöhnt hatte und nicht mehr dagegen ankämpfte, sondern einfach das Gute darin sah. Egal, wie klein und unscheinbar es auch sein mochte. Während sie alle relativ entspannt auf der Couch saßen und sich unterhielten, kam auf einmal wie eine Rakete Shiyan in den Raum gepprescht und brüllte dabei lauthals: „Du verfluchte Scheißhure! Du würdest sogar einen Gockel ficken, wenn er dich dafür bezahlen würde! Du geldgieriges Miststück!"

Aus dem Hinterzimmer hörte man eine Frau laut weinen und schluchzen. Da intervenierte die Falttitte prompt. Sie stand vor eine Art Schranktür und sagte mit energischer Stimme zu Shiyan: „So, du hast es wieder mal zu weit getrieben! Du weißt, was dich jetzt erwartet. Nimm lieber die Beine in die Hand und lauf so schnell du kannst. Ich gebe dir gnädigerweise 30 Sekunden Vorsprung!"

Sie sah Shiyan mit einem stechenden, durchdringenden Blick an. Als dieser daraufhin wie von der Tarantel gestochen losrannte, packte Giro sich schnell den Knochen vom Tisch und fing Shiyan gekonnt ab. Dann hielt er ihn fest und forderte wütend: „Du gibst mir jetzt meine Autoschlüssel, und zwar sofort! Ansonsten lass ich dich Pisskopf bestimmt nicht gehen!"

Shiyan antwortete ihm hastig und voller Angst: „Kleiner, echt! Lass mich los! Verfluchte Scheiße!"

Doch bevor Shiyan weitersprechen konnte, tönte auf einmal die Falttitte laut: „Zeit vorbei! Jetzt kommt Polly!"

Dann riss sie die Schranktür auf und aus dem dunklen Innern des Schrankes kam auf einmal ein großer Pitbull rausgekracht. Das Ungeheuer war breiter als hoch und sein Kopf war doppelt so groß wie eine Bowlingkugel. Der Monsterköter rannte mit vollem Tempo und Schaummatte vor dem Mund direkt auf die beiden Männer zu. Kurz bevor er die beiden erreicht hatte, zuckte Shiyan ängstlich zusammen und schloss hilflos die Augen. Giro ließ Shiyan los und fokussierte sich auf den Köter, der immer näher kam. Als dieser einen Satz machte, um Shiyans Gesicht in tausend Fetzen zu zerreißen, holte Giro aus und schlug dem Köter mit dem großen Knochen mitten in seine Fresse. Der knallte mit voller Wucht zu Boden und jaulte jämmerlich. Giro hatte ihn genau auf die Nase geschlagen und das mit sehr viel Power. Als der Köter sich wieder aufgerappelt hatte, schlich er niedergeschlagen und mit eingezogenem Schwanz zurück in die Dunkelheit des Schranks, aus der er zuvor so entschlossen herausgekommen war. Da schrie die Falttitte entsetzt und hysterisch: „Du Monster! Wie kannst du so etwas nur tun? Meine arme kleine Polly! Verschwinde sofort aus meinem Laden, du verfluchter kleiner Psycho. Tierschänder! Monster! Teufel!"

Giro antwortete nur: „Ja, gleich, du alte Falttitte! Shiyan – Schlüssel!"

Shiyan sah Giro nur völlig paralysiert und mit weit aufgerissenem Mund an. Er sah aus wie der König der Volldeppen, der er in Giros Augen definitiv auch war. Shiyan übereichte ihm wortlos den Schlüssel und Giro griff ungeduldig danach. Da Shiyan immer noch den Mund weit offen stehen hatte, stieß Giro ihm den Knochen zwischen seine gelben Zähne. Man soll doch brave Hunde stets belohnen, mit diesem Gedanken verließ Giro das Horrorkabinett und begab sich zu seinem Fahrzeug. Es war nun schon 1.00 Uhr morgens und er hatte keine Lust mehr. Er war nur noch müde und wollte nichts lieber, als unter einer warmen Decke schlafen. Als er schon vor dem Nissan stand, rief ihm auf einmal Kuan hinterher: „Hey, halt! Lauf doch nicht einfach weg! Du hast sogar deine Flasche Wodka stehen lassen. Hier, nimm!"

Giro griff sich die Flasche und antwortete: „Danke für die Pulle! Sorry, aber irgendwann ist eine Grenze erreicht und Shiyan erreicht meine andauernd. Ich kann so jemanden wie ihn einfach nicht mit Respekt behandeln."

Kuan grinste ein wenig verschämt. „Ach, wegen dem Idioten! Mach dir doch keinen Kopf! Du hast ihm eben seinen hässlichen Arsch gerettet, würde ich mal eher behaupten. Denn der Köter hatte es definitiv nur auf Siyans Arsch abgesehen und sonst auf keinen. War echt mutig von dir und nun wirklich keine Selbstverständlichkeit. Ich finde es perfekt, wenn endlich mal jemand Shiyan in die Schranken weist. Ich fand es übrigens eine grandiose Show. So viel Action gab's in dem Schuppen schon lange nicht mehr!"

Giro wollte währenddessen in seinen Wagen steigen. Da hielt ihn Kuan jedoch fest und meinte besorgt: „Hey, immer langsam! Ich will ja wirklich keine Spaßbremse sein und Reisende sollte man sowieso nicht aufhalten. Aber du kannst doch nicht nach der ganzen Menge Alkohol ans Steuer. Es grenzt ja schon fast an ein Wunder, dass du noch so gerade stehen und gehen kannst."

Giro atmete genervt aus und war sichtlich verärgert. Dann schloss er jedoch die Wagentür und lehnte sich an die Seite. Er nahm einen großen Schluck Wodka und meinte dann müde: „Ich hab so keine Lust mehr. Ich möchte eigentlich nur in mein Bett. Warum zum Teufel muss alles immer so kompliziert sein?"

Giro sprach in jenem Moment nicht nur von diesem Scheißabend, sondern von seinem gesamten Leben, das mehr und mehr außer Kontrolle geriet. Er hatte nie den weißen Tigern angehören wollen, aber er musste. Er wollte nie anderen Menschen Leid zufügen, aber er tat es. Er wollte nie ein Einzelgänger sein, aber er war es. Er wollte nie in eine Schlacht ziehen, aber er hatte keine Wahl. Es gab so viele Dinge, die er tun musste. Aber nie viele, die er wirklich wollte. Er wusste schon gar nicht mehr, was er wirklich wollte. Außer endlich seine Ruhe und ein wenig Geborgenheit. Er war erst 20 Jahre alt und wollte auch so leben. Aber nein, er führte einen ständigen Kampf und das nicht aus freien Stücken. Kuan lachte und meinte. „Lass den Kopf nicht hängen. Ich setz mich in meinem Zustand auch nicht mehr an ein Steuer. So viel steht schon mal fest. Wo wohnst du eigentlich?"

Giro antwortete: „Wong Tai Sin. In der Nähe des Tempels. Ist das weit von hier?"

Dabei sah er Kuan fragend an. Dieser wirkte ein wenig nervös. Giro nahm deswegen an, dass Kuans Antwort ihm gar nicht gefallen würde. Kuan sagte: „Ähm … da kommst du heute Abend ganz bestimmt nicht mehr hin. Sorry, aber wenn der Wagen nicht schwimmen kann, dann ist es leider so. Die Fähre fährt nämlich um diese Zeit nicht mehr."

Giro konnte es nicht fassen und das ließ er Kuan auch spüren. Er setzte sich in den Wagen, denn wo sollte er sonst schlafen? Auf der Straße etwa? Nein, darauf hatte er nun wirklich keine Lust. Kuan setzte sich auf den Beifahrersitz und fragte: „Warum läufst du immer gleich weg? Ich war noch gar nicht fertig. Du bist schlimmer als ein Weib!"

Giro nahm währenddessen einen weiteren Schluck Wodka und meinte ermüdet: „Was hätte es denn gebracht? Ich höre nun schon den ganzen Tag Leuten zu. Die wollen mich allem Anschein nach zu Tode quatschen. Nur darum bin ich doch jetzt in dieser blöden Situation."

Dann lachte er und nahm gleich noch einen weiteren Schluck Wodka. Kuan sagte: „Okay! Das verstehe ich ja. Aber in diesem Fall lohnt sich das Zuhören wirklich. Ich wollte dir nämlich vorschlagen, dass du mit zu mir kommst. Ich hab eine echt riesige Loft. Mit einem gemütlichen Gästezimmer. Und das Beste ist, ich wohne gleich in Happy Valley, und zwar bei der Pferderennbahn. Das ist nicht mal zwanzig Minuten Fußmarsch von hier entfernt. Na, wie hört sich das für deine ach so müden Ohren an?"

Giro sah Kuan in sein grinsendes Gesicht und antwortete ernüchternd: „Die Kurzfassung hätte auch gereicht. Aber das hört sich okay an. Zumindest besser als schwimmen oder hierbleiben."

Kuan lachte und meinte zuversichtlich: „Es wird dir gefallen. Ist eine krasse Bude! Wenn schon festhängen, dann dort."

—᎐ Kapitel 20 ᎐—

Die Feuertaufe

Nun machten die beiden Männer sich also auf den Weg nach Happy Valley. Giro trank dabei gemütlich weiter Wodka. Kuan hingegen steckte sich einen Joint an und rauchte genüsslich. Die große Straße war menschenleer und es herrschte eine Totenstille. Der Wind war kalt und es nieselte leicht. Kuan war ziemlich gesprächig und erzählte eine Menge. Doch Giro hörte ihm gar nicht richtig zu und ging nur mit der Pulle in der Hand lustlos nebenher. Ab und an fuhr ein Wagen vorbei. Aber diese konnte man an einer Hand abzählen. Der gelbe Schein der hohen Straßenlaternen brach sich auf der Oberfläche des nassen Asphalts. Es war Neumond an jenem Abend und außer den gelben Riesen, die den beiden grell den Weg wiesen, herrschte Dunkelheit. Nach einer Weile erreichten die beiden Männer eine Überbrückung. Während sie unter ihr durchgingen, unterbrach Giro auf einmal das Gelaber von Kuan und meinte: „Das Pisswetter drückt mir auf die Blase. Ich geh mal schnell da rüber."

Kuan sagte relaxt: „Klar, lass dir ruhig Zeit. Der Pfeiler sieht durstig aus und schreit förmlich danach, angepisst zu werden."

Giro sah ihn seltsam an und meinte nur: „Okay, was auch immer."

Er entfernte sich von Kuan und ging an den Gitterzaun. Dieser befand sich neben dem besagten Pfeiler. Auf dem Weg dorthin herrschte plötzlich wirkliche Stille. Denn ohne Kuan, der ihm das Ohr abkaute, war es totenstill. Doch Giro hatte ja zum Glück seine Kopfhörer um seinen Hals hängen, die sozusagen zu seiner Standardausrüstung gehörten. Sie waren seine einzigen treuen Begleiter und hatten ihm schon durch so manche unangenehme Zeit geholfen. Er konnte vielleicht keine körperlichen Schmerzen spüren und schien furchtlos zu sein, doch die Wahrheit war, dass er sehr wohl Angst hatte und das ständig. Aber nicht um sich selbst, sondern um die wenigen Menschen, die ihm geblieben waren und einen Platz in seinem Herzen hatten. Denn sie waren leider alle in großer Gefahr und eins stand fest: Giro würde alles tun, um nicht abzukratzen. Zumindest bis er sicher sein konnte, dass ihnen nichts mehr geschehen könnte. Das war alles, was Giro zu diesem Zeitpunkt erreichen wollte, und der Rest war ihm scheißegal. Er streifte sich die Kopfhörer über und dann noch die Kapuze dazu. Es war flauschig warm darunter. Er nahm sich einen Augenblick Zeit und ließ die Mucke laufen. Er entschied sich führ Dance Hall, das mochte er. Es holte ihn runter und gab ihm ein gelassenes Gefühl, das er sonst nicht oft empfand und deswegen sehr begrüßte. Er urinierte also an den Gitterzaun, während er der Musik lauschte. Kuan, der auf Giro wartete, schob derweil eine ruhige Kugel. Zumindest für eine kurze Zeit. Denn während er dort gemütlich und mit relativ heiterer Laune am Abqualmen war, fuhr ein Pick-up geradewegs auf ihn zu. Dieser hielt neben ihm und es stieg eine Gruppe Jugendlicher aus. Sie waren nicht älter als zwanzig und hatten alle zu viel getrunken. Wahrscheinlich kamen sie gerade aus einem Klub und waren zuvor groß feiern gewesen. Nun wollten die drei Jungs den beiden Mädels imponieren und suchten deshalb Stress. Also nahmen sie sich Kuan vor. Einer von denen meinte respektlos zu Kuan: „Alter, was qualmst du da? Gib her, das Teil! Lass testen!"

Er riss Kuan daraufhin den Joint aus der Hand. Kuan war nicht dumm und wollte nichts unnötig provozieren, denn ihm war klar, dass diese Jungs nur auf Stress aus waren. Aber da wollte er definitiv nicht mitmischen und versuchte, ruhig zu bleiben. Er war sowieso kein besonders guter Kämpfer. Mit einem von ihnen hätte er es bestimmt locker aufnehmen können. Aber alle drei zusammen waren zu viel für den Kiffer. Sie hätten Kuan gnadenlos verprügelt und ihm alles genommen, vor allem seine Würde. Während er mit gebrochenen Knochen und verletztem Stolz im Krankenhaus läge, würden die Arschlöcher bestimmt mit Freude sein Geld verprassen und sein Gras rauchen. Also meinte er nur gelassen: „Klar, bediene dich ruhig. Wollt ihr andern auch was? Ich hab noch eine weitere Tüte hier."

Er zog die Tüte aus der Jackentasche. „Hier, nehmt. Braucht ihr vielleicht noch Feuer?"

Das eine Mädchen griff hastig nach der Tüte und meinte frech: „Ja, gib her!"

Kuan zog daraufhin sein Feuerzeug hervor. Dieses sah aus wie ein Minibunsenbrenner. Irgendwie witzig, nützliche Dinge in Miniaturgröße. Damit fühlte man sich immer so groß. Zumindest mochte Kuan solche Dinge und war regelrecht vernarrt in sie. Er hatte sogar einen Miniaturelektroschocker. Diesen trug er so gut wie immer bei sich. Das kleine Schmuckstück hatte schon oft seinen Arsch gerettet. Mit seiner einen Hand, die Kuan in der Hosentasche hatte, hielt er den Schocker schon bereit. Dies ließ er sich aber nicht anmerken und gab dem Mädchen Feuer. Dabei lächelte er sie freundlich an. Da meinte einer der Jungs aggressiv: „Wir suchen keine neuen Freunde! Also lass das Arschkriechen! Gib mir all dein Zeug, und wenn du schon dabei bist, auch die Wertsachen! Ich denke, du hast bestimmt ein paar nette Sachen bei dir. Deine Halskette zum Beispiel."

Kuan sah ihn überrascht an. „Was soll das werden? Wollt ihr mich etwa ausrauben? Im Ernst jetzt! Ich dachte mir schon, dass ihr auf Stress aus seid. Aber ein Überfall? Ihr solltet alle lieber ein wenig freundlicher zu mir sein. Ihr habt anscheinend keine Ahnung, was ihr hier gerade macht. Oder seid ihr einfach nur lebensmüde und strohdumm dazu? Ich gehöre zu den weißen Tigern. Also zeigt ein wenig Respekt, ihr Hosenscheißer!"

Kuan schob seinen rechten Ärmel hoch und zeigte ihnen seine Bandentätowierung. Diese befand sich auf der Innenseite seines rechten Handgelenks. Der eine Junge sah sie an und meinte nervös: „Hey, Dun, der ist echt bei den weißen Tigern. Mit denen sollten wir uns lieber nicht anlegen. Komm, lass uns jetzt verschwinden!"

Doch der Junge lachte nur und schlug Kuan eine Faust ins Gesicht. Dieser fiel daraufhin zurück und schlug hart auf dem Asphalt auf. Kuan fühlte sich ein wenig benommen, und bevor er sich aufrappeln konnte, sprang der Junge auf ihn drauf und drückte ihn mit aller Kraft zu Boden. Dann holte er aus und schlug Kuan mehrmals mit der Faust voll ins Gesicht. Die Mädchen schrien und trieben den Jungen regelrecht an, noch mehr zuzuschlagen. Kuan brauchte währenddessen einen Moment, bevor er an seinen

Minielektroschocker rankam. Mit letzter Kraft griff er nach dem kleinen Glücksbringer in seiner Jackentasche und verpasste dem Arschloch den Schock seines Lebens. Er erwischte den Jungen am Hals. Dieser ließ sogleich von ihm ab. Doch Kuan hatte zuvor sehr viele Schläge einstecken müssen und war nicht in der Verfassung, gleich aufzustehen. Der Junge schrie währenddessen und hielt sich den Hals. Dabei zappelte er unkontrolliert und einer der anderen Jungen meinte leicht panisch: „Was sollen wir tun? Beruhige dich doch! Was ist bloß los mit dir?"

Der Verletzte antwortete schreiend und voller Wut: „Dieser Wichser hat mir einen Elektroschock verpasst! Das ist los mit mir! Weißt du, wie das gefetzt hat? Nimm dem Scheißkerl alles weg! Sogar seine Klamotten! Aber pass wegen dem Scheißelektroschocker auf!"

Da die Gruppe Jugendlicher abgelenkt war, bekamen sie nicht mit, dass währenddessen Giro zurückgekommen war. Er hatte jedoch nichts mitbekommen von dem ganzen Theater, da er laut Musik hörte und bis vor Kurzem noch mit dem Rücken zu ihnen stand. Als Giro jedoch Kuan da liegen sah, nahm er die Kopfhörer ab und ging zu ihm. Ihm fielen natürlich auch sofort die aufgeregten Jugendlichen auf. Aber zuerst wollte er nach Kuan sehen. Als er bei ihm war und ihm wieder auf die Beine helfen wollte, fragte er: „Was ist hier los? Ich nehme mal schwer an, das waren die in der Gruppe da. Du hast wohl ihre Freundschaftsanfrage bei Facebook abgelehnt."

Kuan war gar nicht zum Lachen zumute und er antwortete wütend: „Das ist gar nicht witzig! Das kleine Arschloch hat voll in mein Gesicht geprügelt! Als wäre mein Kopf ein verdammter Boxsack − und das einfach so, ohne einen einzigen Grund. Die Schulkinder wollten mich zuerst sogar noch abzocken."

Während Kuan niedergeschlagen erzählte, wurde die Gruppe auf einmal auf den Neuzugang aufmerksam. Als eines der Mädchen Giro mit Kuan sprechen sah, schrie sie lauthals: „Hey, dort! Schaut doch! Da ist noch einer! Die sind zu zweit!"

Dabei zeigte sie beunruhigt mit dem Finger auf Giro und auf einmal fielen alle Blicke auf ihn. Der Junge, der zuvor den

Schock abbekommen hatte, brüllte: „Was soll die Scheiße? Wo kommt der denn jetzt auf einmal her? Auch egal. Ich mache auch den platt! Der Schock hat mich nur auf gepuscht."

Während der Junge brüllend auf Giro losrannte, meinte dieser nur ruhig zu Kuan: „Der kleine Idiot erinnert mich stark an Shiyan und ich kann den Kerl gar nicht leiden!"

Kuan sah ein wenig verdutzt aus. Schließlich rannte da gerade ein echt wütender Junge unkontrolliert und mit geballten Fäusten auf Giro zu. Aber der zeigte kein großes Interesse und schien eher genervt zu sein. Er sah dem blöden Jungen nur dabei zu, wie der, wie ein Irrer brüllend, angestürmt kam, und nahm sogar noch relaxt einen Schluck Wodka. Als der Blödmann endlich ankam und Giro von oben einen Hammer geben wollte, hielt er einfach die Flasche zwischen die Faust und sein Gesicht. Was sehr effektiv war, denn das Glas der russischen Wodkaflasche hatte es echt in sich. Das waren sehr stabile Glasflaschen und das wusste der blöde Junge nun auch, denn er brach sich den Mittel- und den Zeigefinger bei seinem heldenhaften Schlag dagegen. Der Junge schrie vor Schmerzen und Wut zugleich. Als Giro sah, dass sich nun auch die andern beiden Jungs auf den Weg zu ihnen machten, sagte er zu Kuan: „Gib mir dein Feuerzeug!"

Kuan sah ihn immer noch verdutzt an und antwortete: „Was? Mein Feuerzeug? Klar, hier! Aber ich glaube, die kommen nicht, weil sie Feuer wollen!"

Während er das sprach, überreichte er Giro das Gewünschte. Dieser meinte nur selbstsicher: „Ich gebe den Spastikern gerne Feuer und das sogar allen gleichzeitig. Pass gut auf!"

Giro grinste und nahm noch einen großen Schluck Wodka, bevor er aufstand und sich den Angreifern zuwendete. Der eine half dem ersten Jungen, der schmerzgeplagt seine Hand hielt. Der andere wollte sich nun wie erwartet mit Giro anlegen. Er zögerte zwar zuerst, doch nach viel gutem Zureden vonseiten der beiden Mädchen griff der Hohlkopf schließlich an. Darauf hatte Giro nur gewartet. Da er den Wodka von eben im Mund behalten hatte, nahm er nun das Feuerzeug und es lief alles wie in Zeitlupe ab. Giro realisierte erst danach, was er da gerade getan hatte. Denn

eine Riesenflamme verließ seinen Mund und laute, hysterische
Schreie hallten sogleich um ihn herum. Giro hatte schon oft Feuer
gespuckt, sein Großvater Dong selbst hatte es ihm beigebracht.
Es war etwas, was er unglaublich gerne machte und womit er oft
auch vor dem Chinarestaurant Kunden anlockte. Doch nun hatte
Giro einen der Jungen in Brand gesteckt. Und als ob das nicht
genug gewesen wäre, nahm Giro eine Kippe und steckte sie an.
Dann lief er ein paar Schritte vor zu der hysterischen Gruppe.
Alle zusammen versuchten, das Feuer an dem einen Jungen zu
löschen, der sich wie eine harpunierte Babyrobbe auf dem Boden
hin und her wälzte. Dabei war er hysterisch am Schreien. Giro
sah dem unruhigen Treiben nur zu und nahm gemütlich einen
weiteren Schluck Wodka. Da stieß Kuan dazu und meinte geschockt: „Verdammt, was war das? Der eine Kerl brennt! Fuck!"

Dann sah er Giro mit großen Augen an und brüllte: „Fuck!
Wir müssen verschwinden und das sofort!"

Giro lächelte und meinte aufgeputscht: „Das sollte eigentlich
auch nicht passieren. Aber der Dummkopf gibt eine gute Fackel
ab. Meinst du, der Pick-up brennt auch so gut?"

Während Giro dies sprach, warf er seine Flasche Wodka im
hohen Bogen auf die Ladefläche des Wagens. Die Flasche zer-
sprang in tausend Glassplitter und der Wodka verteilte sich sogleich auf der Ladefläche. Danach folgte nur noch eine lockere
Handbewegung und Giros Kippe flog hinterher. Der Pick-up
ähnelte einer brennenden Mülltonne. Giro bekam fast Lust auf
Marshmallows. Doch bevor er sein Teufelswerk richtig betrachten
konnte, packte Kuan ihn am Arm und zog ihn hektisch weg. Dann
war Rennen angesagt. Giro verstand zwar nicht, warum Kuan es
so eilig hatte, denn außer ihnen beiden und der Gruppe Jugendlicher war dort weit und breit kein Schwein. Aber er folgte ihm
einfach und nach etwa drei Minuten Spurt standen die beiden
vor einem Lagerhaus. Zumindest sah es von außen so aus. Kuan
schloss sofort die Tür auf und sie traten ein.

—⁊ Kapitel 21 ⁊—
Kuan und seine vielen Geschäfte

Giro staunte nicht schlecht, als er das erste Mal in Kuans riesigem Loft stand. Denn die Lagerhalle war komplett saniert und zu einem wirklich stilvollen Loft umfunktioniert worden. Kuan schien es finanziell sehr gut zu gehen. Schon fast zu gut. Er hatte sogar ein riesiges Aquarium, das als protziger Raumteiler diente. In dem übergroßen Teil schwammen alle möglichen Meerestiere rum. Sogar ein paar kleine Haifische, deren Fratzen Giro echt gruselig fand. Der große, offene Raum wurde durch das Aquarium in zwei gleich große Hälften geteilt. So befand sich auf der rechten Seite der Essbereich und auf der linken der Wohnbereich. Da es dennoch ein Lagerhaus war, hatte es entsprechend hohe Decken, dafür aber keine Fenster, außer dem großen Dachfenster. Dieses zog sich über das ganze Loft hinweg. Es war äußerst speziell. Dennoch hatte es seinen ganz eigenen Charme. Nur das Reinigen könnte sich als etwas kompliziert erweisen – außer natürlich man steht auf Klettertouren. Aber Kuan wirkte eher wie ein verträumter Sternengucker, der lieber jemanden bezahlte, um sauber zu machen. Doch das fand Giro okay. Man konnte nicht in jedem Bereich ein Genie sein. Ja, den meisten Menschen fiel es ja schon schwer, nur in etwas überragend zu sein und sie mussten sich den Arsch dafür anders aufreißen. Kuan hingegen war in wirklich vielen Punkten schon fast ein Genie und hatte schon von klein auf so manches Talent. Aber Hausarbeiten und Ordnung gehörten nun wirklich nicht zu seinen Stärken. Kuan konnte zwar ein Auto mit seinem Smartphone hacken und komplett bedienen. Aber in der Küche fand er sich nicht mal mit dem Toaster zurecht und seine Toasts sahen meist aus wie Brikettstücke, die dazu noch ungenießbar waren. Doch Kuan erfand daraufhin einfach über Nacht eine App fürs Smartphone. Mit dieser App konnte er den Toaster sowie so ziemlich alle anderen Haushaltsgeräte bedienen. So bekam sogar er einen relativ genießbaren Toast hin. Da sich herausstellte, dass es noch andere hilflose Smartphone Junkies gab, die alle so ihre eigenen kleinen Probleme mit den bösen Haushaltsgeräten hatten, verdiente Kuan mit dem Verkauf der App knapp fünfzig Millionen Dollar und hatte eigentlich schon ausgesorgt. Zu der Zeit war er gerade mal zwanzig Jahre alt gewesen. Nun war er vierundzwanzig und immer noch stinkreich. Aber trotzdem machte er all diese krummen Geschäfte und umgab sich mit diesen schrecklichen Menschen. Giro wusste nicht, warum Kuan das tat, denn nötig hatte er es definitiv nicht. Aber zurzeit hatte dies keine Wichtigkeit für ihn, und wenn doch, dann würde er es bestimmt früh genug erfahren. Im Moment mochte er Kuan gut leiden und es war nicht relevant für ihn, mehr über ihn zu wissen. Giro musste sich schon seit seiner Ankunft in Hongkong mit komischen und teilweise echt irren Leuten rumschlagen. Er wurde schon nach der kurzen Zeit hier selbst bald irre. Er tat so viele beschissene Dinge und es machte ihm teilweise sogar Spaß. Denn seiner Wut Luft zu machen, fühlte sich richtig angenehm an und Giro trug sehr viel Wut in sich. Diese wurde durch den Umgang, den er nun pflegte, auch nicht geringer, sondern eher noch größer. Er musste aufpassen, dass er seine Wut nicht an den Falschen ausließ. Denn da war noch so was wie ein Gewissen, das Giro im Gegensatz zu den anderen noch hatte. Dieses plagte ihn nach den schrecklichen Dingen, die er tat, und hielt ihn zum Glück davon ab, die Kontrolle völlig zu verlieren. Doch heute Abend hatte er es zu weit kommen lassen und er war nicht mehr er selbst. Das kam auch nicht vom Alkohol oder dem Gras. Das war ganz allein eine dunkle Seite von ihm, die er so von sich noch nicht kannte. Denn es war vorhin nicht um sein Überleben gegangen, um das er sonst immer kämpfte. Nein, die blöden Jungs hätten auch so keine Chance gegen ihn gehabt. Er wusste nicht, warum, aber in dem Moment fand er es eine witzige Idee und wollte sie eigentlich nur heftig erschrecken. Der dumme Junge rannte aber genau in die Flamme und seine billigen Klamotten fingen dann halt Feuer. Wäre er nicht reingerannt, hätte er sogar gratis eine Feuershow erhalten. Aber so stank es nur nach verbrannten Haaren und laute Schreie hallten durch die Straße.

Eigentlich auch keine üble Show. Irgendwie waren die ja auch selbst schuld. Aber Giro wünschte dem Jungen deshalb nicht gleich den Tod. Das wäre ja krank. Oder? Nein, das hatte der Dummkopf auch wieder nicht verdient. Denn jeder hat mehr als eine Chance verdient. Auch wenn einem das nicht immer leichtfällt, sollte man es trotzdem wenigstens versuchen. Es wäre eigentlich eine Sache von ein paar Sekunden gewesen, ihn wieder zu löschen. Natürlich nur, wenn man wusste, wie. Was Giro ganz genau wusste, aber absichtlich nicht angewandt, sondern noch einen draufgesetzt hatte mit dem Pick-up. Was war bloß Böses in ihn gefahren? Wurde er nun zu demselben Teufel, den er eigentlich jagte? War denn dies wirklich der einzige Weg, um nahe genug an das Monster heranzukommen? Selbst zu einem werden? Giro hätte alles getan für einen anderen Weg. Doch egal wie er sich drehte und wendete, es gab nur diesen einen Weg. Er war jedoch blutrot und schien endlos.

Kuans Geschmack, was die Einrichtung betraf, war wie bei seinem Klamottenstil eine Mischung aus teuer, gemütlich, bunt und sportlich. In der Bude waren so ziemlich alle Farben vertreten. Dazu kam das Chaos an Gegenständen, die überall verteilt herumlagen. Es war nicht schmutzig, da all zwei Tage eine Putze vorbeischaute. Aber Kuan ließ sonst so ziemlich alles kreuz und quer im Raum rumliegen. Ob Klamotten oder CDs, überall lag was. Im Wohnbereich war eine gemütliche Sitzecke und an der Wand davor hing ein unglaublich großer Flachbildfernseher. Giro hatte so einen riesigen Apparat noch nie gesehen. Er war fast noch krasser als das übertrieben große Aquarium mit den langweiligen Fischen drin. Giro mochte keine Fische. Egal ob lebendig oder auf dem Teller, sei es zur Betrachtung oder für den Genuss. Diese schuppigen Dinger waren schon immer langweilig für ihn und das würden sie auch immer bleiben. Dazu kam, dass es fast nichts anderes auf der Welt gab, was übler roch als ein faulender Fisch. Da kam nicht mal der ekelerregende Geruch von Shiyans Aftershave ran oder der Geruch der halb fauligen Leichen am Morgen. Für Giro gab es keinen schlimmeren Geruch als der von fauligem Fisch und essen konnte er die glupschäugigen Dinger schon gar nicht. Sie konnten noch so frisch sein. Er hatte regelrecht einen Ekel davor und konnte sich null für das übergroße Aquarium begeistern. Er hoffte nur, dass das dicke Glas hielt und die Fische irgendwann aufhörten zu glotzen, denn das taten sie mit ihren klaren Glupschaugen. Dabei drehten sie sinnlos ihre Runden und kackten ins Wasser. Doch als Giro sich in Gedanken eine kleine Katze vorstellte, die in einem niedlichen Taucheranzug und mit einer Harpune bewaffnet mit einem Salto ins Becken hüpfte und tauchend auf Fischfang ging, musste er lachen. Giro wusste, dass er mehr als nur betrunken war. Er war total voll. Da konnte nur noch schlafen helfen, wenn überhaupt. Während Giro voll verhängt mit Kuan im Wohnbereich saß, stellte dieser am TV einen Musiksender ein, natürlich Rappmusik, und griff dann gestresst wirkend nach einem Kunststoffbehälter, der wie ein großer, süßer Pandabär aussah. Kuan schraubte dem süßen Kerlchen hastig seinen runden, großen Kopf ab. Da stieg sofort der extrem starke Geruch von Cannabis hoch und verteilte sich im gesamten Raum, der nun wirklich riesig war. Giro sah mit seinen kleinen, müden Augen zu Kuan. Im Kugelbauch des süßen Pandas war viel Platz und er war randvoll mit dem Zeug. Kuan nahm ein wenig heraus und fing an zu drehen. Zuerst dachte Giro, er drehe eine Tüte, doch Kuan hörte gar nicht mehr auf zu basteln. Also fragte Giro wie nebenbei: „Haben wir etwa Bastelstunde? Oder brauchst du das Feuerzeug? Hier."

Er zog das Feuerzeug, das ihm Kuan zuvor gegeben hatte, aus seiner Jackentasche und legte es auf den Couchtisch. Kuan hörte kurz auf zu basteln, und während er das Feuerzeug betrachtete, antwortete er: „Mann, Alter, was war das gerade für eine Freakshow? Bist du ein Hooligan?"

Giro erwiderte ein wenig vor den Kopf gestoßen: „Ein Hooligan? So ein Blödsinn! Warum nennt mich eigentlich hier jeder Arsch eine Freakshow!"

Kuan lachte: „Na, ja, wenn du immer solch krasse Nummern abziehst, musst du dich auch nicht wundern, wenn das Wort Freakshow fällt. Ich meine, du hast gerade einen Kerl abgefackelt. Das ist dir schon bewusst, oder? Ich analysiere gerne und Hooligans sind so ziemlich die größten Pyromanen. Die fackeln gerne mal was ab. Natürlich könntest du auch ein herkömmlicher Pyromane sein und nur ein psychosomatisches Problem haben. Doch du siehst nicht wie ein Psycho aus und bis vorhin hast du dich auch nicht so verhalten. Also, was war das?"

Giro antwortete sogleich: „Hör auf damit, du bist echt ein beschissener Analyst. Ich bin bestimmt nichts von alledem. Ist halt ein wenig außer Kontrolle geraten, das Ganze. Aber das ist auch schon alles."

Auf einmal fing Kuan laut an zu lachen und meinte dann aufgeputscht: „Ich verarsche dich doch nur! Der kleine Wichser hat nichts Besseres verdient. Ich hoffe, ihm wachsen nie wieder Haare auf dem Kopf. Wenn ich ehrlich bin, war das eben eine der geilsten Aktionen, die ich je miterleben durfte. Die legen sich mit Sicherheit kein zweites Mal mit den weißen Tigern an."

Da lächelte Giro selbstsicher. „Mit mir legt sich nie jemand mehr als einmal an. Außer ich gestatte es."

Kuan lachte laut und antwortete: „Ich denke, mit dir legt man sich am besten gar nicht an. Das ist wie mit einer heißen Herdplatte, die sollte man auch nicht anfassen, das endet meist böse."

Die beiden Männer führten ihr lockeres Gespräch noch ein wenig weiter und blödelten ein bisschen herum. Dann bezog Giro endlich das Gästezimmer und legte sich sogleich aufs Bett. Es ging auch nicht lange, da schlief er tief und fest. Er hatte schreckliche Träume wie so oft. Deshalb schlief er nie länger als fünf Stunden am Stück. Meistens wachte er abrupt auf und war schon fast froh, dass es endlich wieder vorbei war. Aber ohne Schlaf funktionierte man halt auch nicht.

‿ Kapitel 22 ᖗ
Die Pferderennbahn

Am darauffolgenden Morgen stand Giro wie gewohnt um 6.00 Uhr auf und machte sich sogleich startklar. Als er frisch geduscht und angezogen im Wohnzimmer von Kuan saß, schlurfte der gerade aus seinem Zimmer heraus. Er war noch im Pyjama und sah ziemlich verpennt aus. Nun war es schon 7.00 Uhr morgens und für Giro hatte der Tag bereits vor einer guten Stunde begonnen. Aber Kuan schien da anders zu ticken und eher ein Langschläfer zu sein. Während Kuan sich verschlafen die Wendeltreppe herunterquälte und dann zur Kaffeemaschine taumelte, sah Giro sich die Nachrichten auf seinem Smartphone an. Er hatte eine Mitteilung von Kasumi erhalten und dies vor nicht mal einer Viertelstunde. In dieser eher sachlichen Mitteilung stand: „Guten Morgen, Herr Long. Wie ich vernahm, hatten Sie noch einen langen und äußerst amüsanten Abend. Das ist so weit kein Problem, solange Sie weiterhin so überragend arbeiten wie gestern. Sie werden heute Morgen eine Lieferung übernehmen, wobei Sie nicht mehr tun müssen, als Kuan unter die Arme zu greifen. Dies wäre auch schon alles von meiner Seite aus. Wenn Sie noch Fragen haben, wenden Sie sich an Kuan. Er hat alle Instruktionen erhalten. Ansonsten bis heute Abend in der Zentrale. Kasumi Kaori."

Die war wirklich wie eine seltsame Maschine, dachte sich Giro, während er diese Mitteilung las. Aber woher wusste sie dies alles? Hatte ihr Kuan alles erzählt oder spionierte sie ihm nach? Na ja, er wusste nun wenigstens, was Sache war, und so begab er sich zu Kuan in die Küche. Dieser kämpfte immer noch eifrig gegen den Sandmann. Da er zuvor Toast zubereitet hatte, griff Giro sich eine der knusprigen Scheiben und biss hinein. Dann meinte er zu Kuan, der lustlos seinen Kaffee schlürfte: „Siehst ein wenig im Arsch aus. War gestern schon ein wenig zu viel des Guten. Ich meine, sogar mir geht's bescheiden und ich brauch nun wirklich nicht viel Schlaf."

Kuan sah ihn mit seinen aufgequollenen Augen an und meinte dann: „Na ja, sagen wir mal so. Ein paar Stunden mehr Schlaf hätten mir bestimmt nicht geschadet. Aber wenn Kasumi ruft, wird auch gespurt. Zumindest, wenn man den nächsten Tag noch erleben möchte und dies mit all seinen Gliedmaßen. Dazu kommt, die Kleine ist echt heiß, wenn sie einen nicht gerade in Todesangst versetzt, und da ich glaube, dass sie auf zuverlässige Kerle steht, versuche ich halt, als ein solcher durchzugehen."

Es schien Kuan gutzutun, ein wenig zu plaudern. Er wurde langsam wacher und Giro meinte daraufhin zu ihm: „Du stehst also auf Kasumi. Na dann ‚Good Luck‘. Die Kleine ist komprimierter als eine Festplatte von Apple. Aber wenn du auf Cyborgs stehst …"

Da musste Kuan lachen und sagte amüsiert: „So gut wurde ihr Wesen noch nie dargelegt und das in gerade mal zwei Sätzen. Das gibt einem wirklich zu denken. Aber natürlich nicht über mich, sondern über Kasumi. Wenigstens braucht man bei der null Gefühle. Gefühle sind so oder so für den Arsch gedacht. Dies ist ein riesiger Pluspunkt und dann natürlich der Hammer-Body. Ja, ich steh wohl ein wenig auf den süßen Cyborgs."

Giro grinste. „Wenn man sie von dieser Seite betrachtet, ist sie wirklich gar nicht mal so übel. Halt einfach simple and smart. Aber keine Angst. Ich würde trotzdem meinen Memory-Stick niemals in ihren Steckplatz schieben. Also peace, mein Freund."

Da lachte Kuan laut los und konterte: „Du würdest dir wahrscheinlich eh nur einen Trojaner holen. Da muss schon ein Computer-Ass wie ich dran. Du musst wissen, ich hack einfach alles."

Da sah Kuan plötzlich zur Küchenuhr rüber und meinte leicht nervös: „Oh Mann! Schon fast 8.00 Uhr. Ich mach mich mal lieber schnell startklar und dann müssen wir auch schon los. Ach ja, ich vergaß. Wir sind heute zusammen unterwegs. Gestern Abend ist noch eine wichtige Lieferung angekommen und die muss schnellstmöglich abgeholt werden. Als ich Kasumi vorhin, ohne nachzudenken, noch im Halbschlaf von dem Abend gestern berichtete, meinte sie, es sei gar nicht mal so schlecht, dass du bei mir seist. Sie meinte, das wäre ein guter Job und sie verlasse sich auf dich. Also begleitest du mich heute und Shiyan kann sich mit dem fetten, nervenden Sangwau rumschlagen. Obwohl die beiden Idioten eh die besten Freunde sind. Ich finde es auf jeden Fall großartig, dass ich mir heute die Zeit mit dir totschlagen darf."

Giro grinste: „Das hört sich wirklich gut an. Für mich war das mit Shiyan auch eine reine Qual und es war nur ein einziger Tag. Aber ich bin echt erleichtert, dass ich ihn heute los bin. Es hatte also doch noch etwas Gutes, dass ich dem Idioten gestern im Dusel meine Wagenschlüssel ausgehändigt habe."

Kuan sah ihn nur mit großen Augen an und meinte: „Das ist Karma, mein Freund. Karma."

Dann lachte er, und während er ins Bad eilte, sagte er noch: „Gib mir nur zehn Minuten. Dann können wir auch schon los. Falls du hungrig bist, bediene dich ruhig am Kühlschrank und fühle dich wie zu Hause."

Also tat Giro dies und nahm sich ein Glas O-Saft. Er trank nämlich keinen Kaffee. Der schmeckte ihm einfach nicht und da war auch egal, wie die braune Brühe zubereitet war, er trank sie einfach nicht. Da genoss er lieber sein Glas O-Saft am Morgen. Als er mit dem Saft endlich den sandigen Toast runtergespült hatte, stand auch schon Kuan bereit und die beiden machten sich sogleich auf den Weg zur Pferderennbahn. Dafür nahmen sie Kuans Suzuki Hayabusa, wobei es sich um ein wirklich heißes Sportmotorrad handelte. Eins musste man Kuan einfach lassen, wenn es um Fahrzeuge ging, hatte er einen ausgezeichneten Geschmack. Die Pferderennbahn befand sich nicht mal zehn Minuten von Kuans Loft entfernt. So fiel die Spritztour auf dem genialen Teil eher kurz aus und dann standen die beiden Männer auch schon vor dem Eingang der Pferderennbahn. Sie begaben sich sogleich zur Tribüne C. Diese war gut besetzt und es lief gerade ein Rennen. Kuan setzte sich unauffällig zu einem der Zuschauer. Dieser saß in der letzten Reihe rechts und sah wie ein seltsamer Tourist aus. Giro setzte sich auf der gleichen Höhe eine Reihe weiter unten hin. Kuan sah den Kerl kein einziges Mal an und meinte dann nur zu ihm: „24.06.1988, Nummer 23 gewinnt in den letzten drei Sekunden und bricht den Rekord."

Da griff der Kerl in seine teure Lederjacke und zog einen Schlüssel raus. Diesen reichte er ohne ein Wort Kuan. Dann stand der seltsame Tourist auf und ging davon. Kuan steckte den Schlüssel ein und meinte dann zu Giro: „Ich hasse diese Japse. Die meinen immer, sie wären was Besseres. Aber egal. Dann lass uns mal runtergehen."

Sie machten sich auf den Weg und betraten die Stallungen. Dort standen mehrere Pferdeanhänger. Aber nur einer davon war an einen Range Rover gekoppelt. Kuan ging zielstrebig auf diesen zu und öffnete dessen Anhänger. Die beiden Männer begaben sich in den Anhänger und Kuan schloss die Klappe wieder. Als sie in dem eher engen Anhänger standen, hob Kuan eine der Bodenplatten, wobei ihm Giro helfen musste, da sie echt schwer und lang war. Im ersten Augenblick, als er die versteckte Fracht sah, war er sichtlich überrascht. Er hatte ja mit vielem gerechnet, aber das war echt ziemlich krass und dann die Menge erst. Er fand es erstaunlich, wie viel da reinging. Dutzende von russischen AN-94 Sturmgewehren und Kalaschnikows waren dort verstaut. Kuan sah ihn mit einem fetten Grinsen an und meinte: „Überrascht? Direkt aus Russland. Die Dinger sind einfach zu krass, besonders die AN-94."

Dann griff er sich eine große Metallkiste. Diese befand sich direkt neben all den vollautomatischen Handfeuerwaffen. Sie hatte ein Zahlenschloss und Kuan öffnete dieses sogleich. Als er den Deckel hob, war Giro kurz geblendet von dem Anblick. In der Kiste befanden sich weitere Waffen. Nur waren diese vergoldet und schon mehr Schmuckstücke als Handfeuerwaffen. Während die beiden Männer sich die übertriebenen Dinger ansahen, meinte Kuan entspannt: „Na, geht doch. Auf die haben wir echt lange gewartet. Scheißjapse."

Da griff sich Giro eine der goldenen Colt M1911, und während er sie sich ansah, meinte er herablassend: „Auf die schwule Scheiße. Dein Ernst jetzt?"

Kuan sah Giro nur an und nahm ihm dabei die überaus goldene Knarre aus der Hand. Dann sagte er mit einem Lachen im Gesicht: „Na ja, die Jungs der Yakuza sind verrückt nach den Dingern.

Also absolut schwule Scheiße. Aber um die Knarren geht es nicht, sondern um die süßen Dinger auf den hässlichen Knarren."

Damit meinte Kuan die vielen eingelassenen Edelsteine, die anscheinend von großem Wert waren. Zumindest meinte Kuan, sie seien unbezahlbar und dass es sich dabei um echte Diamanten handele. Während Kuan dies erzählte, öffnete jemand die Klappe des Pferdeanhängers. Kuan schloss sogleich die Metallkiste und steckte die Knarre weg. Aber da standen schon zwei düstere Gestalten vor dem Einstieg. Sie sahen aus wie zwei versoffene Russen und so sprachen sie auch. Einer von ihnen trug ein billiges Anzugimitat von Hugo Boss und dazu viel Goldschmuck. Der andere hatte einen silbernen Dreitagebart und Glatze. Dieser zielte schon im Voraus mit einer vollautomatischen MPX-P auf die beiden Männer im Anhänger. Kuan zog daraufhin die goldene Poser-Knarre und so standen sie nun da. Bis der Russe im billigen Anzug bestimmend meinte: „Her mit der Kiste, und zwar zack."

Kuan sah den Kerl nur grimmig an und sagte dann mit vorgezogener Knarre: „Finger weg, ihr ungepflegten Kasachen. Kriecht zurück in den Dreck, aus dem ihr kommt."

Doch der Russe lachte nur unverschämt und meinte dann mit seinem russischen Akzent: „Was sonst? Erschießt du mich oder meinen Freund? Versuche es doch. Nur, ich verspreche dir, dies endet übler für euch beide als für uns."

In diesem Augenblick trat Giro mit dem Fuß die Metallkiste zu dem Russen im billigen Anzug. Dieser fing sie sogleich ab und sagte amüsiert zu Kuan: „Wusste ich's doch! Dein Freund ist kein dummer Chinamann wie du!"

Kuan sah Giro wütend und aufgebracht an. „Was soll der Scheiß? Warum tust du das? Die töten uns so oder so!"

Da meinte Giro nur ruhig: „Beruhige dich. Die werden uns nichts tun. Gib ihnen einfach die scheiß goldene Knarre und dann ist auch gut. Du weißt schon, dass da gar kein Magazin drin ist. Oder?"

Giro sah ihn fragend an. Da meinte Kuan, ein wenig verdutzt wirkend: „Echt jetzt?"

Da sah Giro ihn mit großen, erstaunten Augen an und sagte: „Die ist viel zu leicht. Dachtest du wirklich, die sei geladen? Ich dachte, du bluffst nur, um die beiden Idioten in Schach zu halten. Okay, mein Fehler, und was nun?"

Kuan wirkte verwirrt: „Ach ja. Hmm. Schon gut. Im Nachhinein betrachtet war mein Plan nicht wirklich gut durchdacht. Also nehmen wir deinen. Soll ich ihnen wirklich die Knarre geben? Du weißt schon, dass die beiden Idioten uns dann höchstwahrscheinlich durchsieben?"

Giro schüttelte seinen Kopf: „Nein, die erschießen uns nicht. Sonst hätten sie es schon getan. Schließlich wollen sie nur den Inhalt der Kiste und keinen Krieg mit den Triaden. Also gib ihnen einfach das schwule Ding."

Da meinte der Russe im billigen Anzug: „Hör auf deinen Freund, Chinamann. Er hat recht. Wir sind nur am Inhalt der Kiste interessiert. Sonst hätte ich euch schon beim ersten Mal, als das Wort Idiot fiel, erschossen. Also her damit. Denn du überstrapazierst meine Nerven und das ist gar nicht gut. Dann weiß ich nicht mehr, was ich mache, und dies endet meist übel."

Kuan sah Giro erschlagen an und händigte dem Kerl dann die goldene Knarre aus. Als die Kerle verschwunden waren, trat er wütend gegen den Anhänger. Doch Giro meinte nur: „Komm runter. Schließlich lebst du noch."

Kuan sah ihn nur verständnislos an. „Ja super, wir leben noch. Zumindest für den Augenblick und dies ist auch alles. So etwas hätte nicht passieren dürfen. Die Scheißkasachen haben uns gerade 200 Millionen Dollar gestohlen. Ich weiß ja nicht, was dein Leben wert ist. Aber meins ist sicher keine 100 Millionen Dollar wert, und wenn ich es Cai Li nicht zurückzahlen kann, rollt mein Haupt. So viel ist sicher. Fuck!"

Giro hielt dagegen. „Wir hatten halt keine andere Wahl. Jetzt holen wir uns die Kiste einfach wieder zurück. Nur, diesmal geben wir den Ton an. Was hältst du davon?"

Kuan sah ihn etwas ratlos an. „Ja klar. Scheiße, wir wissen noch nicht mal, wer die waren. Okay, es waren sicher Kasachen, so versoffen, wie die aussahen. Aber waren die nun aus Usbekistan,

Russland oder aus dem Iran. Keine Ahnung, die haben alle in etwa denselben hässlichen Akzent und dieselben zerschlagenen Visagen. Also haben wir keine Ahnung, wo die Kiste sich befinden könnte."

Dies schien Kuan sichtlich zu beschäftigen und der sonst so coole Kiffer gab sich äußerst gestresst. Giro sagte jedoch: „Das waren hundert pro Russen. Ich weiß zwar nicht, wer ihr Boss ist und wo die sich aufhalten. Aber du weißt es bestimmt, oder?"

Da hatte er Kuans Aufmerksamkeit erregt. „Du meinst, das waren echt Russen?"

Dann überlegte er einen Augenblick, bevor er sagte: „Na ja, wenn du dir sicher bist, dann waren dies Kubilay Salvos Männer. Das würde wiederum einiges erklären."

Er sah Giro mit großen Augen und einem nachdenklichen Blick an. Dieser schlug vor: „Also lass uns die hässlichen Knarren zurückholen und natürlich deine Würde."

Kuan schien überrascht zu sein. „Du hast zwar null Ahnung. Aber auch null Angst. Ob dies ein gutes Ende nehmen wird? Aber egal. Wir haben so oder so nicht wirklich eine Wahl."

Giro zuckte nur mit den Schultern. „Okay, und wo hängen Salvos Männer ab?"

Kuan atmete bedrückt aus und meinte dann: „Zinn Ho. Das ist ein riesiger Nachtklub und zugleich ein Spielkasino. Die sind berühmt für ihren Strip-Poker. Asiaten stehen einfach auf Glücksspiel und Erotik. Kombiniert man beides, erhält man eine perfekte Sucht und das Konzept rentiert dauerhaft. Wie bei allem, was großen Erfolg feiert."

Als Kuan ausgesprochen hatte, meinte Giro entschlossen: „Gut, dann besuchen wir den Pokerschuppen mal und schauen uns da um."

Kuan lachte daraufhin ein wenig zynisch. „Aber dir ist hoffentlich klar, dass, wenn wir da reingehen und die Knarren nicht dort sind, alles noch viel schlimmer wird. Also bete lieber zu all deinen Göttern, dass dies wirklich die Russen waren."

Giro sah ihn unbekümmert an. „Das waren Russen und ich brauche keine Götter. Wenn überhaupt, dann brauchen die mich und meinen Glauben. Für solche Traumgedanken hab ich nun wirklich keine Zeit. Lass uns lieber deine Suzuki in den Anhänger verfrachten und uns aufmachen."

Da sagte Kuan nur noch: „Na dann, Good Luck! Das wird bestimmt ein witziger Ausflug. Wir sind so am Arsch. Aber egal. Lass uns loslegen."

Also luden die beiden Männer das Sportmotorrad in den Pferdeanhänger und verließen die Pferderennbahn. Was Giro jedoch verschwiegen hatte, war, dass er den einen der beiden Russen kannte, und zwar den mit der vollautomatischen MPX-P in der Hand. Er war einer der Söldner, die vor nun schon über sieben Jahren Giros Eltern ermordet und dann die Farm abgebrannt hatten. Giro hatte als Kind oft an Rache gedacht. Aber als ihm sein Großvater Dong Long die wahren Gründe für den schrecklichen Überfall nannte, war Giro klar geworden, dass es hier um Wichtigeres als nur Rache ging und er weiter reichen musste als nur bis zur Tischkante. Aber als er dem Kerl vorhin genau gegenüberstand, war ihm auch klar: Heute war erst mal Rache angesagt und dies nicht zu knapp. Ihm kam die Situation gerade sehr gelegen und sie würde sicher bei der Verarbeitung des Erlebten helfen. Wenn Giro nur ein wenig Glück hatte, würde der Kerl ihn vielleicht sogar auf die Spur der anderen Söldner bringen. Wahrscheinlich arbeiteten die sogar alle für diesen Salvo.

⟶ Kapitel 23 ⟵
Zinn Ho und die nackte Rache

Die Strip-Pokerhölle befand sich in einem Fabrikgebäude in einem Industriegebiet. Auf dem Vorplatz standen mehrere Luxuskarossen. Das alte Fabrikgebäude war ziemlich groß und aus ihm drang laute Musik. Da drin schien für die frühe Uhrzeit schon einiges los zu sein. Bevor die zwei Männer das Fabrikgebäude betraten, wollte Kuan sich eine der vollautomatischen Handfeuerwaffen aus dem Anhänger schnappen. Doch Giro hielt ihn auf und meinte: „Die Dinger brauchen wir nicht. Du gehst ja auch nicht mit Süßigkeiten in der Tasche in einen Laden mit Süßigkeiten."

Nachdem er Kuan überzeugen konnte, dass es ohne besser wäre, betraten die beiden jungen Männer das Fabrikgebäude. Hinter der riesigen Industrietür, die als Eingangspforte diente, befand sich etwas zwischen Hölle und Irrsinn. In der Bude stank es nach überschüssigem Testosteron und zugleich abgestandenem Zigarettenqualm. An Dutzenden von Spieltischen saßen zahlreiche düstere Gestalten. Sie soffen und qualmten im Überfluss. Dazu wurde fleißig Poker gespielt. In der Mitte tanzten die hübschen Mädchen. Sie schmiegten lustvoll ihre Körper um die Stangen und verdrehten den heiteren Männern ihre Köpfe. Als die Industrietür hinter den beiden Männern zufiel und sie inmitten dieses verqualmten Szenarios standen, zogen sie sogleich alle Blicke auf sich und es herrschte ein Augenblick Stillstand. Sie hatten mit ihrem Auftritt eine Art Flashmob ausgelöst und dieser hörte so abrupt auf, wie er angefangen hatte. Kuan meinte dabei leise zu Giro: „Die haben noch nie so reagiert. Die wissen was. Das ist gerade alles eine Nummer zu kamikazemäßig für meinen Geschmack. Hast du das echt gut durchdacht?"

Kuan schien nicht sehr überzeugt von der Idee, sich mit den Russen anzulegen, was gut nachvollziehbar war angesichts ihrer momentanen Lage. Denn sie waren wie Lachse, die einen engen, flachen Flussteil auf ihrer vorgegebenen Route passieren mussten und dabei von Grizzlybären umzingelt waren. Doch Giro antwortete nur: „Die wissen nicht nur, wer wir sind, die haben auch unsere Kiste, und zwar irgendwo hier."

Dabei sah er zu einem der besetzten Tische rüber, und als Kuan seinem Blick folgte, musste er mit Schrecken feststellen, dass einer der Männer, die ihnen zuvor die Kiste abgeknöpft hatten, dort saß. Unsicher sagte er: „Oh, das wird ja immer besser und gesehen hat der Arsch uns auch. Aber warum toleriert er unsere Gegenwart?"

Giro grinste nur. „Weil wir zwei nun wirklich keine Bedrohung darstellen und es ein unnötiger Aufwand wäre."

Während die beiden die Halle durchquerten, sah sich Giro all die miesen Visagen an. Doch außer dem Söldner, den er zuvor schon erkannt hatte, war kein weiterer darunter. Aber das wäre auch zu schön gewesen, dachte er. Auf der anderen Seite angekommen, befand sich dort eine lange Bar und hinter dieser, in deren Mitte, eine große Pendeltür. Giro war sich sicher, dass die Kiste hinter dieser Tür sein musste. Also setzte er sich an die Bar und orderte zuerst ein Glas Hochprozentigen. Mit diesem spülte er seine Kehle und sah einer der Tänzerinnen zu, wobei er zu Kuan raunte: „Was, denkst du, befindet sich hinter der Tür dort?"

Kuan zog eine seiner Augenbrauen hoch und meinte: „Ich nehme an, dass sich dort eine Küche und wahrscheinlich ein Hinterzimmer oder Büro befinden könnte. Keine Ahnung, was meinst du?"

Doch bevor Giro ihm eine Antwort geben konnte, erblickte er eine Tänzerin, die auf sie zu schlenderte. Er traute seinen Augen nicht. Die junge Frau war niemand anderes als Cloé. Sie sah wunderschön aus, wenn auch nur spärlich bekleidet. Ihr goldblondes Haar, das bis zu ihren Hüften reichte und dabei wie das Meer Wellen schlug, glitzerte wie tausend Diamanten im Mondschein. Die hellblaue Spitzenunterwäsche unterstrich ihre großen, blauen Augen und ihre langen, vollen Wimpern. Da fühlte man sich gleich wie in ein Märchen versetzt. Als die hübsche Frau bei den beiden Männern ankam, fiel sie Giro sogleich um den Hals und sagte: „Dacht ich's mir doch, dass du es bist! Dass ich dich noch mal wieder sehe!"

Giro sah sie ein wenig perplex an und meinte dann verdutzt: „Hey, Cloé. Du hier? Wie kommt's?"

Während er sie immer noch erstaunt ansah, meinte sie frech wie eh und je: „Na, das könnte ich dich Witzbold auch fragen. Gehörst du nun etwa der Russenmafia an oder bist du etwa ein Bulle? Denn außer mir scheint hier niemand erfreut über deine Anwesenheit zu sein."

Da grinste Giro und erwiderte entspannt: „Ich bin zum Glück keines von beidem. Wie sieht's eigentlich bei dir aus, Nutte oder nur Stripperin?"

Noch bevor er ausgesprochen hatte, sah er, wie sie erbost zum Schlag ausholte. Doch kurz bevor ihre Hand seine Wange strich, fing er sie ab und hielt ihr zierliches Handgelenk. Die beiden sahen sich einen Augenblick lang nur an, bevor sie sich wieder von ihm losriss und dann einen großen Schluck von seinem Glas nahm. Da flüsterte auf einmal Kuan leise von der Seite: „Du hast Freunde hier? Das hättest du ruhig eher erwähnen können. Und, verflucht, ist die Kleine heiß!"

Da antwortete ihm Giro nur: „Ich hatte keine Ahnung, dass die Kleine hier arbeitet. Aber sie könnte wirklich nützlich sein."

Während er sprach, warf Cloé auf einmal frech in die Runde: „Wobei könnte ich nützlich sein?"

Das brachte Giro zum Lachen. „Wie kann man nur so bezaubernd und schlagfertig zugleich sein? Einfach unglaublich!"

Dann griff er nach dem Glas und nahm einen herzhaften Schluck von dem starken Gesöff. Nach einer kurzen Unterbrechung fuhr er fort: „Ich dachte nur, du kennst dich hier vielleicht ein wenig besser aus als ich und mein Kollege hier."

Während sie Giro mit ihren großen, blauen Augen fixierte und sich dabei auf ihre vollen Lippen biss, meinte sie: „Ich wusste es! Du hast Mist gebaut. Stimmt's?"

Sie sah ihn an. Doch bevor er antworten konnte, fügte sie hinzu: „Nein, erzähl es mir lieber nicht. Wenn ich etwas ihn meinem Leben gelernt habe, dann, dass es selten ratsam ist, die wahren Gründe zu kennen. Besonders, wenn es sich dabei um Mafiaangelegenheiten handelt."

Während sie sich verführerisch durch die Haare fuhr, was Giro scheinbar unbeeindruckt ließ, meinte dieser verständnisvoll: „Ja, die Wahrheit kann manchmal sehr zerstörerisch sein."

Das brachte Cloé zum Lachen und sie erwiderte unerwartet: „Aber trotzdem werde ich dir und dem Chinamann helfen. Schließlich bist du einer meiner Heimbrüder. Also egal was, schieß einfach los und ich helfe, so gut ich kann."

Bevor Giro darauf antworten konnte, meinte Kuan genervt von der Seite: „Wen nennst du hier Chinamann? Hör auf mit dem Scheiß! Ich bin kein verdammter Chinamann! Wie kommt ihr bloß alle auf den Scheiß? Ich bin Filipino!"

Da griff ihn Giro an der Schulter und meinte locker: „Wow, beruhige dich. Du kannst deinem Ärger noch genug früh Luft machen. Die hübsche Cloé möchte uns schließlich helfen."

Diese sah Kuan dabei mit ihren großen Augen und unschuldigem Blick an. „Ja! Das möchte ich wirklich und ich entschuldige mich für den Chinamann. Bist ja eigentlich ganz niedlich."

Dabei machte sie Kuan schöne Augen und das konnte sie echt gut. So schien dieser wieder versöhnt. „Schon gut, Engelsgesichtchen! Aber mehr als ein Dankeschön bekommst du für deine Hilfe nicht. Ich hoffe, das ist dir klar."

Da lächelte Cloé und meinte frech: „Ach, zerbrich dir darüber mal nicht den Kopf. Ich bin ein großes Mädchen und mein Hauptanliegen ist es, einem Bruder zu helfen. Das ist auch schon alles. Aber danke, dass du deine Bedenken so offen äußerst."

Besser hätte es für die beiden Männer nicht kommen können. Denn Cloé kannte sich in dieser Szene gut aus und hatte bei ihrer Arbeit hier so einiges aufgeschnappt. Nach dem, was sie erzählte, war der Überfall von langer Hand geplant und der eine der beiden Kerle, der mit dem billigen Anzug, war anscheinend ein echtes Großmaul. Cloé, so berichtete sie, habe bis heute geglaubt, dass der nur Schwachsinn erzähle, und habe sich nichts weiter gedacht. Aber sie sei sich sicher, dass es der Kerl im billigen Anzug gewesen wäre. Dieser sei auch vorhin mit einer Kiste hinter der Pendeltür verschwunden und habe dabei ziemlich erfreut ausgesehen. Während sie den beiden Männern die Situation erklärte, wusste

Giro schon, wie er an die Knarren rankommen könnte – sogar ohne es gleich mit all den Arschlöchern aufnehmen zu müssen. Dies wäre angesichts der Situation auch utopisch gewesen und hätte zu nichts Gutem geführt. Nein, sie mussten vorsichtig und bedacht vorgehen. Die Möglichkeit, die sich Giro heute bot, war eher ein Zufall und seine Rache wäre nur ein süßer Nachgeschmack. Giro hatte sowieso das Gefühl, dass er seit seiner Ankunft in Hongkong wie ein Magnet fungiere und ihm schon fast alles zuflöge. Er fragte sich, wie lange dies noch so bleiben würde. Stand für einmal wirklich alles auf seiner Seite oder sollte er sich nur sicher fühlen? Er wusste nur eins, er durfte keine Fehler machen und musste sachlich bleiben, auch wenn dies mehr als nur schwierig war. Denn es gab nichts Schwereres, als seine Gefühle zu kontrollieren. Dies war meist ein Ding der Unmöglichkeit und konnte einen auch leicht die Liebsten kosten. Doch Giro war entschlossen und musste den Kerl jetzt einfach drankriegen. Anscheinend wollte das Schicksal dies auch. Nun konnte er einfach nicht mehr anders, und nachdem er die Kiste wiederhaben würde, wäre der Kerl so was von fällig. Aber eins nach dem anderen. Zuerst war die Kiste dran und alles andere kam nach. Mit Cloés Hilfe hatten sie nun ein Ass im Ärmel und dies würde das Ganze sehr erleichtern. Sein Plan war simpel und ziemlich gut durchdacht. Das musste auch Kuan zugeben, auch wenn er zuvor noch Bedenken äußerte. Also legten sie los und Cloé schien sichtlich Freude an dem falschen Spiel zu haben. Während die hübsche Blondine sich an den Tisch des Söldners begab und sich gekonnt in Szene setzte, wobei sie mit einer weiteren Tänzerin auf dem Tisch eine heiße Lesbennummer abzog, schienen die Trunkenbolde am Tisch sichtlich begeistert. Doch dann trat Cloé geschickt nach einer der Wodkaflaschen auf dem Tisch, die prompt auf dem Schoß des russischen Ex-Söldners landete. Der brüllte daraufhin wie erwartet wütend und packte die hübsche junge Blondine am Arm. Nachdem er ihre Ungeschicklichkeit mehr als nur klar bemängelt hatte, begab er sich aufgebracht aufs Herrenklo. Dieses befand sich gleich rechts neben der Bar. Als der Kerl aufgebracht an den beiden Männern vorbeiging und das

Klo betrat, war die Falle zugeschnappt. Denn nun folgten ihm die beiden unauffällig nach. Als sie das Klo betraten, stand der Kerl gerade vor dem Handtrockner und versuchte wütend, seine Klamotten zu trocknen. Da der Handtrockner einen fürchterlichen Lärm verursachte, bekam der Mann gar nicht mit, dass er nun nicht mehr alleine war. Giro sah Kuan nur an und hielt sich den Finger vor den Mund, was so viel heißen sollte wie, sei leise. Während Kuan dann bei der Tür Wache hielt, schlich sich Giro an den Waschbecken vorbei an sein Opfer ran. Als er so nahe an dem Scheißkerl dran war, dass er dessen widerlichen Schweiß riechen konnte, packte er ihn von hinten und drückte ihm ein Springmesser gegen seine Kehle. Der Söldner wusste nicht, wie ihm geschah, und noch bevor er was sagen konnte, zischte Giro ihm zu: „Ein falsches Wort und ich stech dich ab!"

Dabei nahm er dem Ex-Söldner seine beiden Knarren ab und legte sie neben sich auf die Armatur der Waschbecken. Dann öffnete er eine der Toilettenkabinen und befahl dem Kerl: „Setz dich auf die Schüssel."

Er stieß den Kerl vor und dieser setzte sich widerwillig auf die Schüssel. Als der Mann sah, wer ihn da überrumpelt hatte, fing er spöttisch zu lachen an und meinte belustigt: „Oh! Einer der kleinen Jungs von vorhin! Hat dir jemand die Süßigkeiten geklaut? Dann heul deine Mami voll und verpiss dich wieder!"

Als er dann auch noch aufstehen wollte, beförderte Giro ihn mit einem gezielten Tritt in den Magen zurück auf seinen Platz. Dann hielt er ihm wieder die Klinge an die Kehle und meinte drohend: „Mami ist tot, schon vergessen? Also halt die Fresse und mach dich unten rum frei! Aber bleib dabei ja auf der Schüssel sitzen!"

Giro drückte dem Kerl die Klinge so fest gegen dessen Kehle, dass er ihn dabei schon halb aufschlitzte. Während dem Mann das Blut über den Nacken lief, zog er unterwürfig seine Hose aus und fragte dabei: „Wer bist du?"

Erst als der Kerl auf seinem blanken Arsch saß, ließ Giro von ihm ab und meinte dann: „Das tut nichts zur Sache! Zumindest noch nicht. Jetzt geht's um die Kiste von vorhin und deinen Kameraden. Du hast ihm vorhin unter die Arme gegriffen und jetzt greifst du mir unter die Arme. Das ist eigentlich ein ganz einfaches Prinzip. Also bring mich zur Kiste und dann sehen wir weiter. Dein weiteres Überleben hängt ganz von meiner Laune ab und im Augenblick sieht's ziemlich düster aus."

Der Russe lachte nur wieder: „Ich sitze hier mit nacktem Arsch vor dir und du denkst, deine Laune ist düster. Willst du mich etwa so vor meinen Kameraden bloßstellen und mit heruntergelassener Hose auf dem Scheißhaus abstechen? Dann leg mal los, du Held!"

Da hielt ihm Giro die Klinge unangenehm ihn Richtung Genitalbereich und meinte: „Nein, nein! So leicht mach ich's dir schon nicht! Es ist eher wie ein Spiel und dieses hat Regeln. Erste Regel: Du sagst mir alles, was ich wissen will. Zweite Regel: Du tust, was ich verlange. Dritte und letzte Regel: Für jede Missachtung der Regeln schneide ich dir ein Körperteil ab und füge dir schreckliche Schmerzen zu. Angefangen bei deinem Khvost (Schwanz auf Russisch). Hast du das kapiert?"

Der Ex-Söldner sah ein wenig verwirrt aus. „Ein Spiel? Regeln? Was soll der Blödsinn?"

Da rammte ihm Giro die Klinge seines Springmessers in den rechten Oberschenkel und meinte dabei: „Ich spiel halt gerne Spiele! Aber ich halt mich an die Regeln – im Gegensatz zu dir."

Als Giro die Klinge wieder aus dessen Schenkel zog und dem Mann dabei in sein schmerzerfülltes Gesicht sah, durchdrang ihn ein angenehmes Gefühl der Befreiung. Dieser Kerl hatte die schlimmsten Qualen verdient in Giros Augen. Doch nun brauchte er zuerst Infos von dem Widerling. Also fragte er ihn: „Wo ist dein Freund mit der Kiste hin?"

Der Russe rotzte auf den Boden und sagte dann: „Du meinst Bashko! Na, der ist beim Boss im Büro."

Giro hakte nach. „Und wo finde ich das Büro?"

Der Russe antwortete ihm nicht gleich. Also rammte Giro ihm die Klinge auch noch in den linken Oberschenkel. Noch während das Messer in seinem Fleisch steckte, stöhnte der Kerl unter Schmerzen: „Gleich nebenan. Man muss durch die Tür, hinter der Bar. Dies ist der einzige Weg. Aber da kommt man nicht durch, ohne dass man gesehen wird. Dazu kommt, dass nur die Bardame einen Schlüssel besitzt."

Giro sah ihn kurz an und meinte: „Okay, gut!"

Der Russe zitterte vor Schmerzen, wobei er sich mit seiner linken Hand an der Toilettenwand abstützte. Giro musterte ihn nur eiskalt und stieß ihm dann das Messer durch seine Hand. Während der Kerl seine Hand hielt, aus der das Blut nur so herausströmte, und unverständlich auf Russisch fluchte, riet ihm Giro: „Das solltest du verbinden, bevor du alles vollsaust!"

Er griff nach der Rolle Toilettenpapier und warf sie dem Ex-Söldner zu. Dieser sah ihn nur verdutzt an. Giro begab sich dann zu den Waschbecken und griff sich die Knarren. Während er die Magazine überprüfte, meinte er zu Kuan, der immer noch an der Tür Wache hielt: „Hey, Kuan, wir können loslegen! Hier, nimm diesen Colt, das ist eine M1911 mit neun Schuss."

Kuan griff sich die Knarre, steckte sie ein und sagte überrascht: „Also ist die Kiste wirklich hier! Und wie sieht nun unser nächster Spielzug aus?"

Giro antwortete mit ernster Stimme und starrem Blick: „Unser nächster Spielzug ist eigentlich ganz leicht. Wir schleichen uns von verschiedenen Seiten an und überrumpeln sie dann. Ich hoffe nur, du hast keine Platzangst!"

Kuan runzelte fragend die Stirn. „Was? Platzangst? Was meinst du damit?"

Giro blickte nur zur Lüftung hoch. Sie befand sich direkt über den Toilettenkabinen. Da sah ihn Kuan verdutzt an und fragte: „Du meinst, wir müssen durch die Lüftung kriechen, um an die Kiste heranzukommen?"

„Nein, nur du! Ich geh mithilfe von dem Arschloch da durch die Tür rein. Während ich direkt von vorne reinspaziere, bist du für den Überraschungseffekt zuständig", erklärte Giro.

Kuan sah ihn immer noch mit großen Augen an und meinte dann: „Hört sich gar nicht mal so dumm an. Da hab ich schon bei aussichtsloseren Plänen mitgewirkt. Also lass uns loslegen!"

Die beiden machten sich ans Werk, und nachdem Giro die Schrauben des Lüftungsgitters gelöst hatte, kroch Kuan los. Während er sich durch die enge Lüftung quetschte und sich auf die Suche nach dem Büroraum machte, nahm sich Giro wieder den Kerl auf der Toilette vor und meinte zu ihm: „So, hast du deine Hand eingepackt?! Wir beiden Hübschen machen jetzt Folgendes. Wir gehen jetzt zur Bardame und du sorgst dafür, dass sie uns die Tür öffnet. Lass dir einfach was Nettes einfallen! Ach übrigens, du fühlst sicher die Klinge, die sich in deinen Rücken bohrt. Ein Fehler von dir und ich stech dir genau durch deine Lunge. Glaube mir, so willst du nicht draufgehen …"

Während Giro sprach, betrat auf einmal ein weiterer Kerl die Toilette. Bevor dieser jedoch sah, was da vor sich ging, zog Giro ein zweites Springmesser und warf es zielgenau. Das Messer traf den unerwünschten Besucher mitten in den Kopf, genau zwischen seine Augen, und er klappte sogleich zusammen. Dem Ex-Söldner stand nur noch die Luke offen. Da stieß ihm Giro mit der Klinge in den Rücken und befahl: „Mach den Mund zu und beweg dich! Du kennst die Spielregeln!"

Er hätte den Kerl am liebsten wie einen Fisch ausgenommen und es fiel ihm schwer, sich zu beherrschen. Aber er musste einfach an das Ganze denken und durfte nicht unüberlegte Entscheidungen treffen. Er konnte sich auch noch später in Ruhe seiner Rache widmen. Also zügelte er seine Gefühle und versuchte wie so oft, konzentriert bei der Sache zu bleiben. Er begab sich mit dem Russen zurück nach vorne an die Bar. Dort sagte der Kerl ruppig zu der Bardame: „Hey, Ana! Lass mich sofort zum Boss!"

Ana sah aus wie eine Domina. Mit ihrem harten russischen Akzent gab sie zurück: „Was willst du? Der Boss hat keine Zeit für Slaboumiye (Schwachsinn auf Russisch)! Also verpiss dich!"

Als sie sich daraufhin verziehen wollte, packte der Ex-Söldner sie hart am Handgelenk und meinte dann ziemlich grob zu ihr: „Das war gerade keine Frage, Suka (Schlampe auf Russisch)! Davay (mach schon auf Russisch)!"

Da antwortete sie nur kleinlaut: „Da! Da! (Jaja auf Russisch)"

Während sie ihm die Tür öffnete, murmelte sie wütend. „Takiye Zadnitsy (So ein Arsch auf Russisch)."

Die Tür führte in eine leere, kalte Küche. Dort drin war schon lange kein Essen mehr zubereitet worden, sie diente nur als Durchgang. Als sie vor der Tür zum Büro standen, hielt Giro an: „Warte! Wie viele Spieler außer deinem Boss sind da drin?"

Der Ex-Söldner meinte sogleich: „Sie sollten zu sechst sein. Aber was weiß ich schon?"

Giro sah ihn nur genervt an. „Zu wenig für meinen Geschmack und jetzt beweg dich!"

Giro wusste, dass es gleich richtig zur Sache gehen würde, und er war voll konzentriert. Hinter dieser Tür warteten schließlich ein paar schwer bewaffnete, schießwütige, höchstwahrscheinlich besoffene und – zum Glück – noch ahnungslose Russen. Aber er hatte keine Angst. In dieser Hinsicht schien er eine Art Störung zu haben und dies war bei Weitem nicht seine einzige Fehlfunktion. Das war ihm durchaus bewusst. Aber er hatte sich schon lange damit abgefunden. Er war einfach anders und betrachtete daher die Welt auch aus einem anderen Blickwinkel. Das betraf auch seine Augen. Denn abgesehen von der Iris-Heterochromie konnte er etwas ganz Besonderes, und zwar mit seinem rechten Auge. Mit diesem konnte er bis zu 40 Bilder pro Sekunde wahrnehmen, was ihn alles langsamer erleben ließ. Als er noch ein Kind war, hatte er oft schlimme Schwindelanfälle gehabt und konnte es nicht kontrollieren. Doch als er älter wurde, verschwanden die Schwindelanfälle und er hatte es immer besser unter Kontrolle. Diese Eigenschaft machte ihn zu einem unglaublich schnellen und genauen Schützen. Aber auch im Nahkampf war sie äußerst hilfreich. Dies und seine Schmerzunempfindlichkeit waren mitunter Gründe für seinen Mangel an Furcht. Dazu kam, dass er die Hölle schon als Kind durchschritten hatte und die Welt schon früh von ihrer schrecklichsten Seite kennenlernen durfte. Als er mit diesen Attributen und dem Ex-Söldner als Schutzschild durch die Tür trat, war Showtime angesagt. Während Giro seine Waffe zog, scannte er im Schnelldurchlauf die Drecksvisagen. Diese saßen allesamt um einen Pokertisch und waren eifrig am Setzen. Es waren, wie der Russe zuvor angedeutet hatte, sechs Männer, der Boss mitgezählt. Dieser war der Erste, auf den Giros

Blick fiel, als er den Raum betrat. Als er den riesigen, behaarten Muskelprotz im Armani-Anzug und mit Holzfällerbart erblickte, traute er seinen Augen nicht. Da saß tatsächlich der Mann, der das Massaker auf seine Familie anführte. In seiner Hand befand sich die Magnum und in dieser genau sechs Schüsse. Natürlich war da auch noch irgendwo Kuan in der Lüftung. Doch so schnell, wie alles vonstattenging, wussten noch nicht mal die Russen, wie ihnen geschah. Denn Giro stellte keine Fragen. Er zielte und schoss sie allesamt sauber über den Haufen. So sackte einer nach dem anderen wie ein Taschentuch zusammen und saute mit seinem Blut den teuren Samtbezug des Spieltisches voll. Giro hatte auf jeden der Männer einen sauberen Hals- oder Kopfschuss abgegeben – bis auf einen, den Boss. Als dieser nämlich wie alle am Tisch seine Knarre ziehen wollte, schoss ihm Giro gezielt in die rechte Schulter, wobei er zu Boden ging. Als Giro alle sechs Kugeln verteilt hatte, ließ er die leere Magnum fallen. Dann rammte er dem Ex-Söldner gnadenlos das Messer in den Rücken und durchstach dabei seine Lunge, was zu einem äußerst schmerzhaften Erstickungstod führte. Doch der Dreckskerl hatte keinen angenehmeren Tod verdient. Er ging auf die Knie und sackte dann langsam zusammen. Doch das bekam Giro nicht mit, denn er hatte keine Zeit, um dem Abschaum beim Abkratzen zuzusehen. Er wandte sich lieber dem bärtigen Wichser zu. Dieser versuchte, eine Pumpgun zu erreichen, und blutete bei seiner armseligen Kriecherei den ganzen handgeknüpften Perserteppich voll. Giro nahm sich eine der Knarren vom blutüberschwemmten Spieltisch. Diese drückte er dem kriechenden Kerl in den Nacken und spannte den Hahn. Dabei sagte er entschlossen: „Dreh dich sofort um oder du kriechst direkt in die Hölle!"

Der bärtige Risse lachte, was ihm jedoch sichtlich Schmerzen bereitete, und während er sich Giro zuwandte, meinte er: „Warum willst du mich schon nach Hause schicken? Die Party hat doch gerade erst angefangen."

Giro drückte ihm die Knarre in sein haariges Gesicht. „Ach spiel dich nicht so auf! Du bist noch nicht mal die Scheiße vom Teufel! Aber du hast dir trotzdem einen besonders schrecklichen

Tod verdient und ich sorge dafür, dass du ihn auch bekommst. Und jetzt steh auf! Ich hab dir schließlich in die Schulter und nicht in die Beine geschossen. Oder leidest du an Altersschwäche?"

Doch da grinste der Kerl nur fies, und bevor Giro etwas sagen konnte, spürte er den Lauf einer Waffe an seinem Kopf. Dann entsicherte sie jemand und eine Männerstimme zischte: „Lass sofort die Waffe fallen, du Hurensohn! Boss – alles klar bei dir?!"

Anscheinend hatte Giro doch nicht alle so genau getroffen wie zuvor gedacht und unachtsamerweise hatte er nicht noch mal nachgesehen. Wie konnte ihm nur so ein großer Fehler unterlaufen? Das konnte ihn nun alles kosten und das nur wegen seiner Gefühle. Kuan hatte so recht, Gefühle waren für den Arsch gedacht. Als Giro dies durch den Kopf ging, erklang ein lautes Krachen. Dieses erschreckte nicht nur Giro, sondern auch die andern beiden Männer. Als dann auch noch ein paar Sekunden später ein Schuss fiel, dachte Giro, das war's jetzt. Doch da sackte der Kerl hinter ihm einfach zusammen und knallte auf den Boden. Als Giro den Mann verdutzt ansah, erklang auf einmal Kuans aufgedrehte Stimme: „Uh, Fuck! Voll in die Mitte! Der steht bestimmt nicht mehr auf. Sorry, dass ich so lange gebraucht habe. Aber die verdammte Lüftung ist wie ein riesiges Labyrinth voller Ratten …"

Da entdeckte Kuan die Kiste mit den Knarren. Er riss sie sogleich an sich und meinte überaus erleichtert: „Juhu, besser kann's gar nicht mehr kommen! Die konnten den Koffer gar nicht öffnen ohne den Geheimcode. Solche Vollidioten! Also leg den Arsch um und lass uns dann von hier verschwinden! Wir haben ja jetzt unsere wertvolle Lieferung zurück."

Als Kuan sich dann auf den Weg zur Tür machte, hielt Giro ihn zurück. „Warte! Wir können nicht einfach dort rausspazieren! Die würden uns sofort über den Haufen schießen. Deswegen gehen wir durchs Fenster dort. Aber ich verschwinde nicht ohne den Kerl hier. Der Wichser kommt auf jeden Fall mit. Ach – und greif dir noch die Tasche mit dem vielen Bargeld! Gleich dort, neben dem Kerl mit dem Loch im Kopf und dem hässlichen, braunkarierten Hemd unter dem Spieltisch."

Als Kuan die Tasche sah, lachte er vor Freude und sagte belustigt: „Ja, ein wenig Trinkgeld hat noch nie geschadet. Obwohl du dir, so wie es hier aussieht, den größten Teil davon verdient hast."

Kuan fragte nicht nach Giros Gründen und so stahlen sich die beiden jungen Männer mit der Geisel sowie der Beute im Gepäck durchs Fenster hinaus. Auf ihrem Weg zum Anhänger fragte Kuan: „Was hast du mit dem Kerl vor?"

Giro antwortete nicht sofort und meinte dann: „Wie gesagt, wir kennen uns von früher und er hat noch eine Rechnung bei mir offen. Dazu möchte ich ihm ein paar Fragen stellen. Ich hab da nämlich noch ein anderes Problem und ich denke, er weiß was!"

Kuan erwiderte nur: „Okay, du musst mir nicht sagen, um was es genau geht. Du wirst schon gute Gründe haben. Aber zuerst müssen wir die Ware ausliefern. Wir sind nämlich schon mehr als nur im Verzug. Sorry!"

„Kein Stress! Der Arsch kann warten. Aber wo soll ich ihn aufbewahren? Wie gesagt, ich brauch den lebend", erklärte Giro.

Kuan schlug vor, den Kerl mit Klebeband und Handschellen im Kofferraum des Jeeps zu bunkern, was die beiden dann auch taten. Kurz bevor sie aufbrechen wollten, fing sie noch die hübsche Cloé ab. Sie warf einen Zettel mit ihrer Nummer durchs Beifahrerfenster. Während Giro wortlos den Zettel einsteckte, meinte Kuan nur: „Pass bloß auf bei der Kleinen! Die ist der Engel des Todes!"

Giro belächelte dies nur und sagte ironisch: „Was weißt du schon! Deine Traumfrau ist ein Killercyborg!"

Auf ihrer Fahrt zur Übergabe informierte Kuan Kasumi über den Stand der Dinge, wobei er absichtlich ein paar Kleinigkeiten ausließ. Giro verstand nicht, warum er dies tat. Aber es war ihm gerade recht, denn so konnte er sich nachher in Ruhe um das Problem im Kofferraum kümmern. Doch nun musste er zuerst diesen Job abschließen. Als sie an dem vereinbarten Treffpunkt ankamen, staunte Giro nicht schlecht, denn sie befanden sich in einem Villenviertel voller teurer Anwesen. Eines davon war die Villa von Cai Li, wie sich herausstellen sollte. Giro wusste nicht, dass seine Tante in diesem riesigen Anwesen lebte, und war daher ziemlich erstaunt, sie anzutreffen. Sie blieb äußerst sachlich und bemängelte die Verspätung. Sie meinte so was wie: Pünktlichkeit sei das A und O, oder so.

Giro war dies ziemlich gleichgültig und er stellte auf Durchzug. Er war schließlich nicht hier, um seiner Tante zu gefallen und nach ihrer Nase zu tanzen. Cai Li schien sichtlich gereizt wegen Giros mangelnder Aufmerksamkeit und sagte erbost zu ihm: „Was soll dieses Verhalten? Hör gefälligst zu, wenn ich mit dir spreche! Ich bin wirklich enttäuscht über deinen Mangel an Respekt!"

Dann atmete sie tief durch und meinte: „Aber was soll's. Nun seid ihr hier und auch die Lieferung ist komplett vorhanden."

Während ein paar weitere Männer von Cai Li den Anhänger entluden, begaben sie sich mit dem Metallkoffer ins große Wohnatelier und Cai Li öffnete ihn gespannt. Dann nahm sie eine der Knarren in die Hand und legte sie achtlos zur Seite. Nachdem sie alle acht aus der Kiste geräumt hatte, zog sie noch etwas raus. Dabei handelte es sich um eine kleine, weiße Box. Als sie diese öffnete und hineinsah, konnte Giro einen Blick auf den Inhalt werfen. Es handelte sich dabei um vier gläserne Fläschchen mit einer durchsichtigen Flüssigkeit drin. Giro wusste nicht, um was es sich dabei handelte. Doch es schien Cai Li äußerst wichtig zu sein. Sie sagte: „Unglaublich, was so ein kleines Ding alles auslösen kann. Zum Glück ist es nicht in die falschen Hände gelangt."

Kuan sah ziemlich verdutzt aus. „Mrs. Li, ich verstehe nicht ganz, es ging doch um die Diamanten auf den Waffen, oder?"

Doch Cai Li antwortete ernüchternd: „Hat Kasumi dir das etwa erzählt? Sie ist wirklich ein schlaues Kind. Aber nein, die Waffen sind mir gänzlich egal. Es ging nur um den Inhalt der Box, die dich nun wirklich nichts angeht."

Kuan neigte sein Haupt. „Natürlich, Mrs. Li. Verzeihen Sie meine unangebrachte Neugier."

Sie sah ihn nur mit einem strengen Blick an und meinte dann: „Dir sei vergeben und nun geht."

Bevor die beiden Männer jedoch zur Tür raus waren, sagte sie: „Einen Moment noch."

Dann stand sie auf und griff sich zwei der vergoldeten Knarren. Sie stellte sich damit vor die beiden. „Hier, für eure Arbeit. Die sind natürlich nicht registriert. Also viel Spaß damit. Ach – und Giro, dich sehe ich Freitag um 10 Uhr zum Brunch. Sei bitte pünktlich und kaufe dir anständige Kleidung."

Sie nahmen die Waffen und Giro sagte zu seiner Tante: „Vielen Dank. Ich werde selbstverständlich pünktlich erscheinen und dies in angemessener Kleidung."

Dann verließen die beiden Männer das großzügige Anwesen und stiegen wieder ins Fahrzeug. Dort meinte Kuan: „Die Frau macht mir eine schreckliche Angst und das jedes Mal. Wie kommst du zu der Ehre, mit ihr zu speisen? Ich meine, ich beneide dich nun wirklich nicht darum."

Giro sagte nur: „Weil sie meine Tante ist."

Das schien Kuan sehr zu überraschen und er entgegnete verwirrt: „Sie ist was?! Erzähl keinen Scheiß! Das … Echt jetzt?"

Giro meinte ruhig: „Ja, echt. Sie ist die Schwester meiner Mutter. Also auch meine Tante."

Da sah ihn Kuan mit großen Augen an. „Wow. Deine Tante ist eines der Oberhäupter der Triaden. Warum hast du das verschwiegen?"

Giro grinste. „Es tut nichts zur Sache!"

ᜒ Kapitel 24 ᜒ
Der zweite Anlauf

Die beiden Männer brachten den Anhänger zurück zur Pferderennbahn und Kuan lud sein Motorrad ab. Dabei fragte Giro:
„Gibt es hier irgendwo einen ruhigen Ort? Ich muss mich noch
um den Russen im Kofferraum kümmern."

Kuan überlegte und sagte dann: „Du meinst es echt ernst und
willst ihn dir vornehmen?"

Giro sah ihn nur entschlossen an. „Ja."

Kuan sah auf seine Uhr. „Na dann, legen wir mal los. Bringen
wir den Russen runter zu den Privatstallungen. Dort ist um diese
Uhrzeit niemand außer meinem Freud Chuck. Wir geben ihm
ein wenig Trinkgeld und dann sind wir auch schon ungestört."

Dies fand Giro eine gute Idee und so schleppten sie den ver-
schnürten Kerl nach unten. Nachdem Kuan seinem leicht be-
schränkten Kumpel Chuck ein nettes Trinkgeld zugesteckt und
sich dieser daraufhin verzogen hatte, waren sie ungestört. Doch
bevor sich Giro dem geknebelten Russen zuwandte, fragte er
Kuan: „Bleibst du etwa?!"

Dieser sah ihn nur verdutzt an und meinte dann: „Nein, ich
denke nicht. Ich geh nach draußen und stehe Wache. Vielleicht
hol ich mir noch einen Hotdog. Hab langsam echt Kohldampf.
Möchtest du auch was?"

„Nein danke", erwiderte Giro.

Dann verzog sich Kuan und Giro war allein mit dem Russen.
Dieser lag zusammengerollt wie ein Fötus auf dem sandigen
Boden der Stallungen. Da sie ihn mit Handschellen sowie eine
Menge Klebeband zusammengebunden hatten, konnte er sich
nicht mehr bewegen und lief nun rot an. Giro griff nach einem
seiner Springmesser und machte sich nach einem Moment des
Durchatmens entschlossen ans Werk. Er schnitt mit der Klinge
das Klebeband ab und setzte den Russen auf. Dieser fing sogleich
an zu fluchen und spuckte mehrmals nach ihm. Doch Giro blieb

sichtlich unbeeindruckt und trat ihm ein Mal mitten in den Plexus. Dann sagte er, während er mit dem Springmesser in seiner Hand jonglierte: „Borsja, 22.6.2000. Erinnerst du dich an diesen Tag? Ich schon. Es war ein Donnerstag und die Sonne schien bis spät abends. Als sie unterging, tauchte sie den Himmel in Blutrot."

Der Russe schien nichts zu verstehen und verstummte kurz, bevor er wütend erwiderte: „Was zum Teufel weiß ich? Du bist so was von erledigt! Du und dein kleiner Chinafreund, ihr habt ja keine Ahnung, mit wem ihr euch hier anlegt! Ihr seid so was von fällig! Wenn ich euch wäre, würde ich mir lieber gleich selbst eine Kugel verpassen. Die werden euch kriegen und auf schreckliche Weise foltern!"

Während der Russe seine Drohungen ausstieß, hockte Giro sich nur neben ihn und packte fest mit einer Hand sein Gesicht. Während er den Russen emotionslos ansah, hielt er mit der anderen Hand die Klinge bedrohlich nah an dessen Ohr. Der Russe zitterte und Giro meinte dabei genervt: „Der Gehörgang des Menschen ist höchstens 2,5 cm lang. Die Klinge meines Springmessers hingegen ist genau 8,5 cm lang. Ich sag's mal so. Wenn du vermeiden möchtest, dass ich dir die Erinnerungen in Form deines Hirns aus dem Kopf pule, dann sei ein wenig kooperativer!"

Der Russe sah ihn erschrocken an. „Dada! Aber ich weiß wirklich nicht, auf was du raus wolltest! 22.6.2000 – ich hab keine Ahnung!"

Da ließ Giro von ihm ab und meinte: „Okay! Ich helf dir mal auf die Sprünge. Du und deine Männer habt in Borsja eine Familie überfallen. Ihr seid einfach in deren Haus eingedrungen und habt die beiden Eheleute aufs Schlimmste gequält, bevor ihr sie hingerichtet habt. Dies geschah alles unter deiner Leitung, und weißt du was? Ich hab alles mit angesehen. Ja, einfach alles! Denn dies war meine Familie. Aber weißt du, ich gebe nicht nur dir die Schuld an meiner mehr als nur schrecklichen Kindheit. Ich weiß, dass es um mehr bei der Sache ging, und du sagst mir jetzt alles, was du darüber weißt. Dafür verspreche ich dir einen relativ schnellen Tod. Ansonsten spann ich dich zwischen zwei

Pferde und schrecke sie auf – so wie du einst bei meinem Vater! Wie war das? Die Arme reißen immer zuerst! Das waren doch deine Worte?!"

Der Russe schien den Ernst der Lage nun langsam zu begreifen und wirkte eher ein wenig ängstlich. Zuerst herrschte ein Moment Stille. Doch dann sagte er, überraschend kleinlaut: „Du bist also einer der beiden Jungen! Ihr wart also tatsächlich auf dem Grundstück! Der'mo (Scheiße auf Russisch)!"

Nach einer kurzen Unterbrechung begann er wieder: „Hör zu, ich habe nur einen Job ausgeführt! Ich war ein Söldner und musste meine Familie ernähren. Die Bezahlung war einfach zu gut und hätte ich den Job nicht ausgeführt, dann hätte es jemand anderes getan. Die kleine Wissenschaftlerin und ihr Gatte hatten sich anscheinend mit den falschen Leuten angelegt und die wollten unbedingt irgend so einen Impfstoff, den die Kleine entwickelt hatte. Aber sie wollte ihn einfach nicht rausrücken und wir bekamen dann nur den halben Sold ausbezahlt, trotz unserer ganzen Arbeit. Dieses reiche Arschloch sagte nur: ‚Das Geld oder eine Kugel. Eine andere Alternative gibt es nicht.‘ Also nahm ich den halben Sold und stellte keine Fragen mehr. Wenn du dabei warst, kennst du den Rest ja. Also los, beende es und töte den Mann deiner Albträume."

Giro hatte ihm aufmerksam zugehört und hielt einen Augenblick inne. Es fiel ihm äußerst schwer, sich zu beherrschen und dem Russen auch noch Gehör zu schenken. Er hätte es nur zu gerne beendet, und zwar schon beim ersten Mal, als er auf ihn traf. Doch er hatte immer noch ein paar Fragen. „Ja, den Rest kenne ich leider allzu gut und die Bilder davon werden mich ein Leben lang verfolgen. Genau wie deine Scheißvisage! Aber damit ist heute endgültig Schluss. Doch zuerst will ich einen Namen wissen und den Grund. Also sprich!"

Der Russe sah zu Giro hoch und sagte mit einem bedrückten Lachen: „Kubilay Salvo! Salvo! Er hat mir immer alle Aufträge vermittelt. Ich weiß nicht, was die wollten. Wie schon gesagt, es ging um einen Impfstoff oder so was und irgendwelche Forschungen. Der Impfstoff hieß … Ich … Es ist schon so lange her … Irgendwas mit 89 und Gen … Keine Ahnung. War und ist mir auch scheißegal!"

Giro ging sofort das Erzählte von Großvater Dong durch den Kopf und er fragte: „Du meinst Gen B89?! Ist es das, nach dem sie suchten?"

Der Mann sah Giro nur an und antwortete, während er auf den Boden rotzte: „Da! Genau so nannte Salvo den Scheiß und er wollte ihn um jeden Preis. Dieser verfluchte Kubilay Salvo!"

Nun hatte Giro alles erfahren, was er wollte, und der Russe hatte seinen Zweck erfüllt, zumindest was den informativen Teil betraf. Nun war noch die Verarbeitung dran und Giro hatte eine Menge zu verarbeiten. Er wusste genau, wie er es beenden würde, und seine Tante Cai Li hatte ihm das Mittel dazu in die Hände gelegt. Als Giro nach der schrecklich goldenen Knarre in seiner Hose griff und sie ziehen wollte, meinte der Russe überraschend: „Hör zu! Salvo und alle anderen denken, du seist tot. Da ich Salvo dies versicherte, weiß keiner von deiner Existenz. Also lass es lieber gut sein! Ansonsten endest du noch wie deine Eltern. Sei einfach froh, dass du davongekommen bist! Wenn du mich gehen lässt, kann ich dich vor Salvo schützen und ihn für dich erledigen. Was meinst du? Umsonst!"

Dabei grinste er Giro irre an und nickte ihm immer wieder zu. Dieser zog seine Knarre und kniete sich auf dessen Höhe. Er sah ihn einen Moment lang an und sagte dann zu ihm: „Nein, du wirst Salvos Tod nicht mehr miterleben. Ich schon – und jetzt Mund auf!"

Der Russe sah ihn mit ängstlichem Blick an, während er auf Russisch fluchte und zugleich um sein Leben flehte. Doch Giro packte nur seinen Kiffer und schob gewaltsam den Lauf seiner Knarre in dessen Rachen. Der Mann würgte und ihm liefen die Tränen über seine rot angeschwollenen Wangen. Da meinte Giro nur: „Umsonst!", und drückte ab. Die Kugel zertrümmerte den Hinterkopf und die blutige Hirnmasse spritzte wie eine Welle aus roter Kotze durch den Raum und marmorierte den Boden. Als Giro von dem Russen abließ und dessen lebloser Korpus auf den Boden sackte, war es endlich vorbei. Doch Giro war wie versteinert und sein Blick schien ins Leere zu gehen. Durch seinen Kopf schwirrten hundert Gedanken. Da war sein Hauptziel mit dem Namen Marlon Adam Jones, der wahrlich ein Geist war und zurzeit noch unerreichbar. Dieser stellte auch die größte Gefahr dar und Giro musste sich vorsehen. Dazu kam nun auch noch dieser Kubilay Salvo. Von ihm hatte Giro bis heute noch nie gehört. Vielleicht wusste der ja auch etwas über Marlon Adam Jones. Zumindest standen die Chancen ziemlich gut. Eins war sicher, alles hatte mit diesem Gen B89 zu tun. Doch um was handelte es sich dabei überhaupt? Giro musste es herausfinden und das so schnell wie möglich. Denn er hatte das Gefühl, dass er so an Marlon Adam Jones und das tödliche Geheimnis näher herankommen könnte. Während Giro in Gedanken versunken vor dem Leichnam stand, versuchte er, seine neuen Erkenntnisse logisch zu ordnen. Da kam überraschend Kuan hinein. Er sah sich das ganze Bild an, biss dabei genüsslich in seinen Hotdog und schien nur etwas überrascht. Dann griff er Giro an die Schulter und meinte: „War anscheinend eine größere Sache. Aber du konntest abschließen und das ist alles, was zählt!"

Giro sah ihn nur mit leerem Blick an und sagte dann ernüchternd: „Sie ist riesig und noch lange nicht abgeschlossen. Das war nur der Anfang."

Da meinte Kuan nur: „Hm, kommt mir irgendwie sehr bekannt vor. Aber nun müssen wir den Arsch recyceln, und zwar so, dass ihn keiner mehr findet. Ich weiß auch schon, wie wir das anstellen."

Kuan fing sofort an, sauber zu machen, und kehrte die Hirnmasse zusammen. Dann wickelten die beiden den Russen in eine Pferdedecke und brachten ihn mit einer Schubkarre zum Fahrzeug. Sie verluden ihn und machten sich sogleich auf den Weg. Giro wusste nicht, was genau Kuan vorhatte und wo er die Leiche verschwinden lassen wollte. Doch er misstraute Kuan nicht und das war eine Seltenheit. In seinem Leben gab es jedoch keinen Platz für Freunde. Vor allem durfte er nicht leichtsinnig jemandem vertrauen und zu viel Nähe zulassen. Kuan wusste schon fast zu viel für Giros Geschmack und er musste ihn nun im Auge behalten, auch wenn er schon fast eine Art Sympathie für ihn empfand. Während der Fahrt steckte Kuan eine Tüte an und meinte relaxt: „Wir gehen jetzt in mein Loft. Dort hab ich noch ein paar Fässer mit Flusssäure. Jaja, ich weiß, das hört sich etwas seltsam an. Aber wie ich schon sagte, ich habe auch ein paar Altlasten. Wie auch immer. Wir entsorgen ihn in einem der Fässer und dann vergraben wir ihn auf einer Baustelle. So bekommt auch deine Tante Cai Li nichts mit."

So machten sie es dann auch und vergruben das Fass auf einer der tausend Baustellen in der Stadt unter einer großen Ladung Erde und Beton. Damit war wenigstens dieses Kapitel in Giros Leben endlich abgeschlossen. Doch obwohl er jahrelang auf diesen Moment gewartet hatte, war er nun mehr als nur ernüchtert. Denn dies war allem Anschein nach erst der Anfang gewesen und das Ende schien unerreichbar. Doch Giro hatte Blut geleckt und war entschlossener denn je.

‿ᕲ Kapitel 25 ᕲ‿

Was weiß Tante Cai Li?

Seit dem Vorfall mit den Russen waren nun schon einige Tage vergangen. Salvos Männer waren auf der Suche nach einem bereits Toten und hielten ihn für einen feigen Verräter. So hatte Giro auch dieses Problem vom Hals und konzentrierte sich weiterhin auf die Hauptsache. Doch dies stellte sich als schwieriger dar als zuvor gedacht. Denn dieser Salvo war anscheinend auch untergetaucht und hielt sich gut bedeckt. Was hatten diese Mafiabosse nur alle, dass sie untertauchten? Das war doch nicht normal und musste einen Grund haben, dachte Giro. Es waren nun mit Salvo schon vier bekannte Bosse von der Bildfläche verschwunden, darunter auch der Gatte von Cai Li. Diesen hatte Giro bis heute noch nicht angetroffen, Cai Li führte die Geschäfte allein. Dies tat sie nun schon länger als ein Jahr. Giro erfuhr, das alle drei Bosse in einem Abstand von jeweils sechs Monaten verschwunden waren. Doch wohin und vor allem, warum? Das ergab für Giro alles keinen Sinn und er wusste nicht, wie das Puzzle zusammenpasste. Aber er spürte, dass alles miteinander verbunden war und am Ende zusammenführte. Besonders nach dem Bruch mit seiner Tante Cai Li und dem eher kühlen Gespräch wurde er noch argwöhnischer.

Das war so verlaufen:

Cai Li: „Guten Morgen, Giro."

Giro: „Guten Morgen, Tante."

Cai Li: „Wie ich sehe, hast du dir einen Anzug besorgt. Steht dir wirklich gut. Solltest du dir angewöhnen zu tragen."

Giro: „Da würde ich dir gerne zustimmen, aber das wäre eine Lüge."

Cai Li: „Du scheinst aber eher den rauen Charakter deines Vaters geerbt zu haben. Meine Schwester war eher eine Frohnatur."

Giro: „Kann schon sein."

Cai Li: „Hm, ich wollte eigentlich mit dir über deine Mutter sprechen."

Giro: „Ja?"

Cai Li: „Du weißt ja schon einiges von Dong, nehme ich an."

Giro: „Ja. Aber es ist alles lückenhaft und nichts konkret."

Cai Li: „Das ist kein Wunder, unser Vater wusste noch nie alles. Außer natürlich, dass seine Jüngste eine renommierte Wissenschaftlerin war, denn damit konnte er sich brüsten."

Giro: „Dong hat ein gutes Herz."

Cai Li: „Nur scheint ihn dieses auch blind zu machen!"

Giro: „Wie meinst du das?"

Cai Li: „Ich meine die Forschungen deiner Mutter! Vater dachte und denkt noch immer, sie sei ein reiner Engel."

Giro: „Was soll das nun wieder bedeuten? Geht's hier um dieses seltsame Gen B89?"

Cai Li: „Du kennst die Arbeit deiner Mutter?"

Giro: „Außer dem Namen weiß ich nur, dass es sich um einen Impfstoff handeln soll."

Cai Li: „Das ist nicht einfach nur ein Impfstoff. Dabei handelt es sich um eine genetische Immunisierung. Eine Art genetisches Update. Dieses immunisiert den Organismus und macht ihn unangreifbar für Krankheiten jeglicher Art. Dazu kommen noch andere nette Nebenwirkungen."

Giro: „Das klingt aber nicht wie etwas Übles."

Cai Li griff nach einer dicken Akte in ihrer Ledertasche und knallte sie auf den Tisch.

Cai Li: „Was könnte das wohl sein?"

Giro: „Eine wirklich dicke Akte."

Cai Li: „Das hier ist eine CIA-Akte, und zwar über deine Mutter."

Giro: „Was?!"

Cai Li: „Du hast richtig gehört – CIA!"

Giro: „Darf ich mal sehen?"

Cai Li: „Natürlich! Aber nicht hier! Pack sie ein und nimm dir in Ruhe Zeit dafür."

Giro: „Danke."

Cai Li: „Schon gut, mein Junge. Ich muss jetzt auch wieder an die Arbeit."

Giro: „Viel zu tun?"

Cai Li: „Seit mein Gatte Li auf Reisen ist, bleibt alles an mir hängen. Aber ich schaukele das Schiff auch gut alleine."

Giro: „Verstehe. Ich hab heute zum Glück frei."

Cai Li: „Dann schau in die Akte und faulenz nicht rum! Es gibt nichts Abstoßenderes als einen faulen Mann."

Nach diesem Gespräch wusste er nicht, was nun wirklich Sache war. Seine Tante Cai Li war mehr als nur seltsam. Aber er konnte sie schlecht einschätzen und war sich bei ihr einfach nicht sicher. Doch die Akte könnte ihm vielleicht Klarheit verschaffen. Wo seine Tante diese Akte aufgetrieben hatte, war ihm auch völlig unklar, sie schien mehr zu wissen, als sie preisgab. Er hatte schon fast das Gefühl, sie wolle ihn manipulieren und gebe nur gerade das preis, was ihr nutzte. Er musste Klarheit schaffen und somit Licht ins Dunkel bringen. Also begab er sich in sein Apartment und sah dort in Ruhe die dicke Akte durch.

Kapitel 26
Die CIA-Akte

Die CIA-Akte hatte es wirklich in sich. Sie enthielt etliche Informationen über das Genprojekt B89 und die Forschungen dazu. An diesem riesigen Projekt hatte scheinbar ein ganzes Team an renommierten Wissenschaftlern gearbeitet und Ruri, seine Mutter, hatte wohl die Leitung von allem. Die detaillierten Aufzeichnungen zu den Testobjekten und deren Entwicklung brachten Giro ziemlich ins Grübeln. Die Symptome, die die Testobjekte aufwiesen, entsprachen nämlich eins zu eins seinen eigenen Symptomen. Doch anscheinend war das Projekt 1989 nach mehreren Fehlschlägen am menschlichen Organismus eingestellt und als zu großes Sicherheitsrisiko eingestuft worden. Dies wurde von einem der obersten Sicherheitsleute der W-Global Eta Corporation unterzeichnet und somit galt dieses Projekt als Fehlschlag. Was hatte dies alles zu bedeuten? Bestand sein ganzes Leben wirklich nur aus einer Riesenlüge?

Am Ende der umfangreichen Akte fiel Giro ein original CIA-Dokument in die Hände. Darin ging es um den Agenten, der diese Akte zusammengetragen hatte und somit gegen den Konzern W-Global Eta Corporation ermittelte. Anscheinend dachte die CIA, dass er abtrünnig und zu einem Verräter geworden sei. Die Akte enthielt auch ein Foto des jungen Agenten. Als Giro sich das Bild ansah, stellte er mit Schrecken fest, dass es sich dabei um seinen Vater handelte. Was zum Teufel hatte dies alles zu bedeuten und wie passte das bloß zusammen?

Die Akte war zwischen dem Jahr 1987und 1989 entstanden. Giro war aber erst 1992 geboren worden und da lagen ganze drei Jahre dazwischen. Was war bloß in den drei Jahren geschehen und wie waren seine Eltern von Tokio in Japan nach Borshja in Russland gelangt?

Dies ergab doch alles keinen Sinn. Aber eines erkannte er. Dieses Gen B89 hatte etwas mit ihm zu tun und seinen Symptomen.

War er etwa drei Jahre nach dem Ende der Forschungen doch noch zu einem Testobjekt seiner eigenen Mutter geworden? Und wenn ja, warum hatte sie so etwas bloß getan und was spielte sein Vater für eine Rolle in dem ganzen Chaos?

Giro beschloss, nach den Namen der weiteren Personen aus der CIA-Akte zu forschen. Also recherchierte er einfach im Internet und begann dort seine Nachforschungen. Dabei musste er feststellen, dass anscheinend jeder, der mit dem Gen B89 zu tun hatte, den Tod fand – bis auf einen, Adam Marlon Jones, den Chef der W-Global Eta Corporation. Dieser war zwar spurlos von der Bildfläche verschwunden und hielt sich gut bedeckt, aber so, wie es gerade aussah, war dieser Adam Marlon Jones hinter jedem her, der mit dem Gen B89 zu tun hatte. Doch warum war er das?

Anscheinend suchte er danach und wollte es um jeden Preis haben. Da ergab das, was Giro von dem Russen erfahren hatte, auch mehr Sinn. Sie waren beauftragt worden, das Gen B89 zu beschaffen, und deshalb überfielen sie auch seine Familie. Doch war seine Mutter überhaupt im Besitz des Gesuchten, und wenn ja, wo hatte sie ihre Arbeit versteckt?

Diese Frage stellte sich bestimmt auch dieser Adam Marlon Jones. Denn der Russe hatte auch gemeint, sie hätten das Gen B89 nicht gefunden. Giro ging gleichzeitig durch den Kopf: Wenn seine Mutter tatsächlich das Gen B89 an ihm getestet hatte und er dies nun in sich trug, wäre dieser Adam Marlon Jones bestimmt auch hinter ihm her, sofern er davon überhaupt Kenntnis hatte. Nichtsdestotrotz, Giro musste nun herausfinden, was dieser Kerl vorhatte. So viel, wie er nun über das Gen B89 wusste, handelte es sich dabei um eine Art Wundermittel. Aber anscheinend war dieser Adam Marlon Jones an mehr als nur einem bahnbrechenden Durchbruch in der Medizin und Genetik interessiert, auch wenn man Tausenden von Menschen damit hätte das Leben retten können. Denn sonst hätte er nicht alle beseitigen müssen, die davon wussten. Also was hatte er vor und warum war es so wichtig für ihn?

Anscheinend musste es um jeden Preis geheim gehalten werden. Giro dachte an seine Tante Cai Li. Sie schien mehr damit zu tun zu haben als zuvor gedacht. Wenn sie im Besitz der streng geheimen CIA-Akte war und anscheinend sehr viel darüber wusste, konnte sie nur auch mit drinstecken. Doch was war ihre Rolle?

Da Giro nicht wusste, auf welcher Seite seine Tante stand, und er das Gefühl hatte, dass sie ihn manipulieren wollte, blieb er lieber vorsichtig. Er beschloss, ihr nur das Notwendigste zu erzählen und so Distanz zu wahren. Vielleicht hoffte sie, dass er sie auf die Spur des Gens B89 bringen könnte, und war selbst auf der Suche danach. Doch warum sollte sie so etwas wollen?

Vielleicht arbeitete sie ja auch für diesen Adam Marlon Jones. Giro konnte schließlich in dieser Sache keinem trauen. Jeder hätte für diesen Adam Marlon Jones arbeiten können, falls dies überhaupt sein echter Name war, denn im Augenblick war er nur ein Geist.

Die Tage vergingen und die ganze Scheiße ging Giro einfach nicht mehr aus dem Kopf. Es machte ihn nahezu wahnsinnig und er wollte Antworten. Besonders auf die Frage, ob er dieses Gen B89 wirklich in sich trug. Vielleicht war alles nur Zufall und er irrte sich. Doch wie sollte er das bloß herausfinden? Er konnte schließlich schlecht zu einem Arzt gehen und einen Bluttest anfordern. Er wusste ja noch nicht mal, ob sich das Gen in seinem Blut nachweisen ließ, und falls ja, was hätten sie dann gefunden?

Etwas, das noch nie zuvor entdeckt wurde und keiner kannte. Mal ganz abgesehen von der Tatsache, dass jemand anscheinend verzweifelt auf der Suche nach der Scheiße war. Aber ansonsten wäre es wahrscheinlich der einfachste Weg, um Klarheit zu schaffen. Doch Giro konnte nicht so ein großes Risiko eingehen. Also musste er es auf eine andere Weise feststellen. Aber wie?

Egal, wie lange er darüber auch nachdachte, ihm fiel einfach nichts Schlaues ein. Es herrschte Stillstand und das nagte an ihm.

Als Giro eines Abends einen Kneipenbesuch mit Kuan unternahm, um dabei seinen Kopf ein wenig zu lüften, versuchte er, sich den Kummer wegzusaufen. Dabei führte er ein heiteres Gespräch mit Kuan, bei dem beide Männer schon ziemlich einen sitzen hatten. Im Verlauf dieses Gespräches brachte ihn Kuan jedoch auf eine Idee.

Und so verlief dieses Gespräch:

Kuan: „Ich hab keine Ahnung, wie du das schaffst. Ich wäre nach der Menge Alkohol wahrscheinlich schon scheintot."Giro: „Das ist eine Übungssache!"

Kuan: „Ich denke, das liegt eher an deiner genetischen Veranlagung."

Giro: „Was?! Was meinst du damit?"

Kuan: „Erschrick doch nicht gleich so! Ich meinte nur, dass du deinen Eltern die gute Arbeit deiner Leber verdankst. Denn solche Dinge vererbt man über die Gene, die sich wiederum in der DNS jedes Lebewesens befinden. Dies sind sozusagen Infos, wobei aus etwas bereits Vorhandenem etwas ganz Neues entsteht und aus dessen vorhandenen Informationen neue zusammengefügt werden. Meist werden die stärksten und besten Gene weitergereicht – falls überhaupt welche vorhanden sind, was leider nicht immer der Fall ist. Wie zum Beispiel bei meinem Freund Chuck, diesem armen Mongo."

Giro: „Ja, ich weiß schon Bescheid über Gene und wie das Ganze in etwa funktioniert. Aber ich danke dir für die Auffrischung in Biologie und dass du den unangenehmen Teil mit der Fortpflanzung netterweise weggelassen hast. So war es nur halb so schlimm, Ihnen zuzuhören, Herr Doktor!"

Kuan: „Herr Doktor! Du hast meine geheime Identität gelüftet und nun ist meine Tarnung als kiffender Nichtsnutz endgültig aufgeflogen!"

Giro: „Was? Du hast einen Doktor?! Und in was, wenn ich fragen darf? Oder nein, lass mich raten. Alternativmedizin, Schwerpunkt Medizinalhanf. Falls so etwas überhaupt existiert."

Kuan: „Hey, machst du dich etwa gerade über mich lustig?"

Giro: „Nein! Sorry! Erzähl ruhig weiter! In was genau hast du einen Doktor? Das nimmt mich jetzt echt Wunder!"

Kuan: „Na, ich bin Chirurg, und zwar einer der besten für mein junges Alter. Aber als jemand durch meine Hände sterben musste …"

Giro: „Oh! Klingt etwas hart! Gut, dass du nun so einen humanen Job hast! Aber krass, dass du ein Chirurg sein könntest, darauf wäre ich nun wirklich niemals gekommen."

Kuan: „Was dachtest du denn?"

Giro: „Zahnarzt oder Nasen-Ohren-Arzt vielleicht noch. Aber Chirurg! Nein, das hätt ich wirklich nie gedacht. Grenzt für mich schon fast an ein Wunder."

Kuan: „Wow, wie nett von dir! Aber da siehst du mal!"

Giro: „Und wie lange arbeitest du nicht mehr als Chirurg?"

Kuan: „Seit … lass mich überlegen! Wann war das noch gleich … Ah ja, jetzt habe ich es. Seit immer! Ja, das trifft es am besten."

Giro: „Was jetzt?! Du bist doch kein Chirurg oder was? Verarscht du mich etwa gerade?"

Kuan: „Wow! Beruhige dich! War doch nur ein Spaß! Du hast schließlich angefangen mit dem Fies-Sein und ich bin besser im Verarschen als im Runterputzen. Sorry!"

Giro: „Ja, das wird mir auch gerade bewusst. Was soll der Mist? Lass so einen Blödsinn! Ich dachte wirklich für einen Augenblick, dass du ein Arzt seist."

Kuan: „Ach komm schon, sei nicht so! Warum regt dich das so auf? Was würde die Tatsache überhaupt ändern, ob ich nun ein beschissener Chirurg bin oder nicht? Was ändert das schon? Oder bist du etwa mit deinem Aussehen unzufrieden und wolltest daraus Profit schlagen? Da kann ich dich beruhigen. Du siehst unglaublich gut aus und die Mädels stehen mehr als nur auf dich! Also … was ist wirklich gerade dein Problem?"

Giro: „Ich mag es einfach nicht, wenn man mich anlügt. Aber du hast schon recht. Ich bin selbst schuld, wenn ich dir blindlings vertraue. Danke, dass du mich daran erinnert hast!"

Kuan: „Okay, vielleicht besänftigt dich das ja ein wenig: Ich habe nicht ganz gelogen, sondern das Ganze einfach ein wenig aufgespielt. Ich bin kein Arzt und schon gar kein Chirurg. Aber ich habe eine Uni besucht und ein Studium absolviert. Da meine Eltern unbedingt einen Chirurgen aus mir machen wollten, was mein Vater übrigens auch wirklich ist, und ich ihrem Wunsch

Folge leisten wollte, zog ich dies drei Semester lang durch, bis ich schließlich zusammenbrach und zu den Pflanzen fand. Ich bin einfach nicht dazu gemacht, um Leben zu retten. Auch wenn ich einen IQ von über 160 besitze, ist dieser eher bei anderen Aspekten überdurchschnittlich hilfreich."

Giro: „Okay! Aber es war trotzdem eine fette Lüge."

Kuan: „Also gut! Aber es tut mir leid und ich mache es nie wieder. Versprochen!"

Giro: „Jaja, schon gut!"

Kuan: „Da bin ich froh! Du bist schließlich zu einem Freund für mich geworden. Aber wegen meines hohen IQ hab ich eine Stärke, und zwar Leuten ihre Gefühle anzusehen und wichtige Kleinigkeiten aus Gesprächen zu filtern. Was mich noch mal auf die Sache mit dem Arzt zurückbringt – brauchst du vielleicht einen Arzt? Mein Vater ist ein echter Arzt und ich kann da schon was machen, falls du wirklich Hilfe brauchst. Ich meine, ich kenne auch die Probleme mit den Versicherungen. Alles kein Stress!"

Giro: „Nein! Was redest du da? Ich brauch keinen Arzt und bin auch nicht krank. War ich eigentlich auch noch nie. Aber egal!"

Kuan: „Okay! Okay! Ich verstehe! War ja nur ein Angebot. Aber wenn du echt nie krank bist, liegt es wahrscheinlich am Wodka. Der tötet jeden außer dir!"

Giro: „Das hat was! Aber nein, daran liegt es nicht."

Kuan: „Du meinst das im Ernst? Du warst noch nie krank?! Nicht mal ein bisschen? Aber du weißt schon, dass jeder mal eine Grippe hat?"

Giro: „Außer mir!"

Kuan: „Findest du es nicht gerade ein wenig zu offensichtlich, wie du versuchst, mich zu verarschen? Aber ich verstehe, du willst mir nur die Lüge mit dem Chirurgen heimzahlen. Ich hab es ja schon kapiert, lügen gehört sich nicht!"

Giro: „Nein! Mit solchem Blödsinn verschwende ich meine Zeit nicht. Das überlass ich gerne dir. Ich hab es ernst gemeint!"

Kuan: „Okay! Das soll heißen, du verlangst, ich soll dir abkaufen, dass du noch nie irgendeine Art von Grippe oder sonst eine Krankheit erwischt hast."

Giro: „Ja! Na ja, vielleicht hab ich ja schon Viren erwischt. Doch ich hatte bis heute noch nie Symptome irgendeiner Krankheit."

Kuan: „Das kann nicht sein! Das ist doch ein echt übler Scherz!"

Giro: „Nein! Ich hab keine Ahnung, wie sich Kranksein anfühlt! Aber ich denke, das ist eher ziemlich unangenehm und schmerzhaft. Na ja, zumindest sah es bei meinem jüngeren Bruder und meinen Bekannten immer danach aus."

Kuan: „Nein, einfach nicht! Sorry, aber das kauf ich dir nicht ab!"

Giro: „Na dann! Aber es ist nun mal einfach eine Tatsache."

Kuan: „Nein, Mann, das kann einfach nicht sein. Außer natürlich, du beweist es. Aber ohne Beweis … nein!"

Giro: „Du bist ein Witzbold! Und wie soll ich das anstellen? Möchtest du vielleicht dabei zusehen, wie ich jemanden mit Herpes küsse oder einem Kleinkind mit Masern den Lolli stehle, um dann daran zu lecken? Was stellst du dir vor?"

Kuan: „Nicht ganz, aber nahe dran. Ich dachte an so was wie: Du spritzt dir den Ebolavirus oder so was in der Art, und wenn du dann nicht daran erkrankst, glaube ich dir jedes deiner Worte."

Giro: „Und wo treibt man bitte eine Spritze mit einem solchen Virus auf? Das ist doch schwachsinnig!"

Kuan: „Das ist nun wirklich kein Stress. Da gehst du ins Krankenhaus und suchst dir einen isolierten Patienten aus. Dann zapfst du sein Blut ab und verabreichst es dir. Ich denke nicht, dass dich dafür jemand drankriegt. Ist ja schließlich nur eine Art Suizidversuch, da das, was du erzählst, nur Schwachsinn sein kann und du wahrscheinlich einfach nie bemerkt hast, wenn du krank warst. Dazu hast du vielleicht noch ein starkes Immunsystem und Glück natürlich. Aber das solltest du nicht auf die Probe stellen!"

Giro: „Auf deine Forderungen wäre ich auch nie im Leben eingegangen. Eigentlich ist es mir egal, ob du es glaubst oder nicht. Ich hab auch keinen Bock mehr! Ich geh dann mal und du genieß den Abend noch!"

Kuan: „Okay, es ist zwar noch nicht spät, aber Reisende soll man nicht aufhalten, also bitte! Ich melde mich bei dir. Und mach keinen Blödsinn!"

∼ Kapitel 27 ∽

Der kleine Park und das große Opfer

Nach dem Gespräch mit Kuan schlenderte Giro durch die Straßen Hongkongs, um ein wenig frische Luft zu schnappen. Er hatte viel zu viel getrunken und innerlich fraßen die Gedanken ihn förmlich auf. Also irrte er planlos durch die Nacht und vergaß gänzlich die Zeit. Diese macht jedoch niemals Pause und läuft ständig weiter. Wenn alles im Leben so zuverlässig wie die Zeit wäre, dann gäbe es keine Überraschungen mehr. Doch Giro hatte genug von schlechten Überraschungen, die sich zurzeit wie eine Riesenlawine über ihm entluden und alles mit sich rissen, was er bisher kannte. Was hatten ihm seine Eltern bloß für eine Bürde hinterlassen und das ohne Vorahnung? Denn was ließen sie für Giro und seinen jüngeren Bruder schon zurück außer einem Haufen Lügen? Ungewissheit und Verzweiflung vielleicht noch. Waren sie überhaupt seine leiblichen Eltern? Da ja auch die Möglichkeit bestand, dass er nur ein Testobjekt war und somit ein weiterer Teil von Ruris Forschungen, wäre auch denkbar, dass sie gar nicht seine leiblichen Eltern waren. Giro konnte sich einfach nicht vorstellen, dass eine Mutter ihrem eigenen Fleisch und Blut so etwas antun könnte. Er musste Klarheit schaffen und dies bei vielen Aspekten seines Lebens. Während ihm all diese Gedanken durch den Kopf schwirrten, durchquerte er gerade einen kleinen Park. Da erklangen auf einmal zwei Schüsse und in Folge davon hysterische Schreie. Giro schreckte auf und folgte dann der hysterischen Frauenstimme. Diese kam von einem kleinen, versteckten Spielplatz, der sich ein Stück weiter unten hinter ein paar großen Gebüschen verbarg. Als er den Spielplatz fast erreicht hatte und nur noch etwa zwanzig Meter vom Geschehen entfernt war, bot sich ihm folgendes Bild: Ein Mann lag regungslos auf einer Parkbank, unter der sich eine Lache bildete. Ein paar Meter daneben fiel gerade ein Kerl über eine junge Frau her. Der Angreifer drückte die junge Frau gewaltsam zu Boden, während sie sich mit all ihrer Kraft gegen ihn wehrte. Da überlegte Giro nicht lange und zückte eines seiner Springmesser. Als er jedoch entschlossen an der Parkbank vorbeiging, um der jungen Frau zu helfen, packte ihn eine Hand und hielt ihn zurück. Es war die Hand des Mannes auf der Bank und er schien Giro um Hilfe zu bitten. Beim näheren Betrachten stellte Giro fest, dass die beiden Schüsse anscheinend auf den Mann abgegeben wurden. Die Lache unter der Parkbank war sein Blut und zwei Einschusslöcher befanden sich in seinem Bauch, aus dem schon fast die Gedärme herausfielen. Doch Giro konnte sich nicht um beides kümmern und musste Prioritäten setzen. Also riss er sich von dem Verwundeten los und schlich sich wieder an den Kerl ran. Da vernahm er noch, wie der Verletzte auf der Parkbank murmelte: „Stich das Schwein ab!"

Doch leider konnte auch der Angreifer dies hören und drehte sich daraufhin gewarnt um. Als er Giro erblickte, zog er seine Knarre und hielt sie der jungen Frau an den Kopf. Giro blieb sogleich stehen und starrte ihn nur an. Da sagte der Mann drohend, wobei er unkontrolliert mit seiner Knarre am Kopf der verängstigten Frau herumjonglierte: „Messer her, oder ich spreng der Kleinen den Schädel! Ich schwöre bei Gott!"

Der Kerl sah total zugedröhnt aus und schien heute die falschen Drogen erwischt zu haben. Er hatte was von Shiyan, war nur noch unkontrollierter und irrer. Da Giro nun schon seit über einem halben Jahr mit Shiyan zusammenarbeiten musste und ihn so gut wie fünf Tage in der Woche an der Backe hatte, wusste er nun wirklich, wie er mit solchen Idioten umgehen musste. Also warf er dem Angreifer sogleich das Springmesser extra neben dessen Füße und sagte: „Hier, nimm!"

Der Angreifer sah das Springmesser, dessen Klinge neben ihm in der Erde steckte, einen Moment lang an und zögerte zuerst. Doch dann duckte er sich und griff danach. Der Junkie hatte wirklich was von Shiyan. Die Masche, gib ihm zuerst, was er will, und nimm es dir dann einfach wieder zurück, zog immer bei Shiyan und anscheinend tat sie es auch bei anderen Junkies. Denn während der Angreifer sich wie eine Elster auf das glänzende

Messer stürzte, zückte Giro einfach ein weiteres und warf es sogleich zielgenau. Es traf den Mann durch seine Hand hindurch, mit der er die Waffe hielt, und spießte seine Rechte an seinem rechten Oberschenkel fest, woraufhin die Knarre auf den Boden fiel und der Angreifer laut losschrie. Während er versuchte, seine Hand von seinem Oberschenkel zu trennen und die Klinge rauszuziehen, schrie er erbärmlich. Es wäre ein wirklich gutes Bild für eine Antidrogenkampagne geworden, denn so wollte man nun wirklich nicht enden – nach Mitternacht auf einem Spielplatz, mit runtergelassener Hose und einer am Oberschenkel festgespießten Hand. Aber er war schließlich selbst schuld und hätte sich lieber seine wenigen Hirnzellen aufgespart. Giro ging auf sein Opfer zu und griff sich die Knarre vom Boden. Diese hielt er dann dem Angreifer an den Kopf und meinte dabei zu ihm: „Kriech! Und das so schnell du kannst! Oder ich spreng deinen hohlen Schädel! Wie klingt das?"

Dann griff er nach seinem Springmesser und entfernte es wieder aus dem Idioten. Der kroch daraufhin jämmerlich davon und verschwand blutend durch die Büsche in die Nacht hinaus. Dies erinnerte stark an einen angefahrenen Waschbären, der vor einem Kammerjäger floh.

Nachdem der Angreifer weg war, wurde Giro auch schon aufgeregt von der jungen Frau gerufen. Diese hockte bei dem angeschossenen Mann auf der Parkbank und war außer sich. Als Giro zu ihr kam und sich den Mann ansah, war dieser schon so gut wie verblutet. Also zog Giro seine schwarze Kapuzenjacke aus und versuchte, damit die starke Blutung zu stoppen. Die junge Frau rief hektisch mit ihrem Mobiltelefon um Hilfe und war ganz außer sich vor Schreck. Dies konnte Giro zwar gut nachvollziehen, aber gut damit umgehen konnte er nicht. Mit Opfern hatte er so seine Probleme – besonders, wenn es sich dabei um Unschuldige handelte. Er besaß einfach nicht das nötige Feingefühl und eignete sich schlecht als sogenanntes Trostpflaster. Giro versuchte weiterhin, die starke Blutung zu stoppen, und konzentrierte sich vollends darauf. Als endlich der Krankenwagen eintraf und sie den Verletzten einluden, wollte Giro den Platz räumen. Doch die junge Frau fing ihn ab. Da sie immer noch ziemlich verstört wirkte und ihn bat, sie ins Krankenhaus zu begleiten, tat er dies eben. Ihm war nicht wirklich wohl dabei und er befürchtete, dass dies mit einer Aussage bei der Polizei enden würde. Auf eine solche hatte er nun wirklich keine Lust, ganz abgesehen von der Tatsache, dass er ein Mitglied der Triaden war und sich daher aus Prinzip von den Bullen fernhielt. Doch wie schon gesagt, Giro konnte nicht gut mit Opfern umgehen und handelte dabei meist gegen seinen Verstand, da diese bei ihm immer Gefühle auslösten, die er nicht ignorieren konnte und die dann ihn kontrollierten. Doch er wusste, dass diese Entscheidungen aus dem Bauch heraus Probleme mit sich brachten und dies so gut wie immer. Regel Nummer eins lautete: Du kontrollierst deine Gefühle und nicht deine Gefühle dich.

Kapitel 28

Das Krankenhaus

Die Fahrt im Krankenwagen kam Giro wie eine Ewigkeit vor. Während ein Notarzt sich um den angeschossenen Mann kümmerte und dabei in dem engen Krankenwagen herumhastete, saß Giro neben der aufgelösten, jungen Frau und wusste zuerst nicht so recht, was er nun tun sollte. Dann legte er seinen Arm um die Schultern der zitternden Frau. Diese weinte noch immer und legte dann ihren Kopf in seinen Arm. Während sie mit großen Augen auf den Schwerverletzten starrte und dabei verzweifelt vor sich hin wimmerte, herrschte einen Augenblick Stille in dem Fahrzeug. Doch auf einmal hob sie den Kopf und sah Giro an.

Das Gespräch im Krankenwagen:

Junge Frau: „Du … Du hast uns gerettet!"

Giro: „Schon gut. Ich hab lediglich geholfen."

Junge Frau: „Und uns somit auch gerettet! Ich weiß nicht, was der Widerling sonst noch alles angerichtet hätte."

Giro: „Das, was der Arsch bei deinem Freund angerichtet hat, ist schon schlimm genug."

Junge Frau: „Sven! Oh, er darf auf keinen Fall sterben! Er ist doch mein kleiner Bruder! Meine Eltern … Oh mein Gott! Ich muss …"

Giro: „Hey, hey, beruhige dich! Wenn du jetzt durchdrehst, hilfst du deinem kleinen Bruder auch nicht. Atme einfach tief ein und versuche, dich ein wenig zu sammeln."

Dies tat die junge Frau daraufhin und nach einem Augenblick Stille meinte sie:

„Oh, das ist alles so schrecklich!"

Giro: „Ja, das ist es. Aber auch schreckliche Momente gehen irgendwann vorüber. Man muss einfach stark bleiben und sie so gut es geht durchstehen."

Junge Frau: „Nur dass ich mich nach dem gerade Erlebten schwächer denn je fühle."

Giro: „Aber trotzdem bist du stärker, als du denkst. Du bist nur schwach, wenn du dies zulässt, und das darfst du nicht."

Junge Frau: „Trotzdem hab ich's zugelassen und jetzt … Sieh dir meinen kleinen Bruder an! Wie soll ich da stark bleiben?"

Giro: „Wahre Stärke kommt von innen. Versuche, selbst über deine Gefühle zu bestimmen, und lass sie nicht von anderen kontrollieren. Ansonsten bist du ihnen am Ende hilflos ausgeliefert und sie zerstören dich. Das tun sie immer. So sind die Menschen einfach. Damit meine ich, du allein bestimmst deine momentane Gefühlslage, und ob du nun Verzweiflung, Angst, Wut, Hass, Hilflosigkeit usw. empfindest, ist dir ganz allein überlassen."

Junge Frau: „Das klingt bei dir geradezu leicht."

Giro: „Nein, leicht ist das bestimmt nicht. Aber was ist schon leicht im Leben außer aufgeben?"

Junge Frau: „Aufgeben? Nein, ich gebe sicher nicht auf und Sven gibt auch nicht auf."

Giro: „Und das ist wahre Stärke."

Junge Frau: „Sich nicht unterkriegen lassen!"

Giro: „Genau!"

Als sie das Krankenhaus erreicht hatten, eilten die Notärzte sofort mit dem Schwerverwundeten in den OP und verschwanden mit ihm hinter einer großen Pendeltür. Die junge Frau folgte ihnen nach und Giro wollte sich nun endlich verdrücken. Doch bevor er zur Schiebetür heraus war, erklang wieder die Stimme seiner Begleiterin.

Das Gespräch im Krankenhausflur:

Junge Frau: „Hey, bleib stehen!"

Giro: „Ja?"

Junge Frau: „Die bringen meinen Bruder gerade in den OP."

Giro: „Ähm … Okay."

Junge Frau: „Sie meinen, die Chancen stehen 50 zu 50, dass er durchkommt."

Giro: „Okay."

Junge Frau: „Sie meinten auch, es könne eine ganze Weile dauern."

Giro: „Okay."

Junge Frau: „Ich habe meinen Eltern Bescheid gegeben. Aber die brauchen mindestens eine halbe Stunde, bis sie hier sind."

Giro: „Okay."

Junge Frau: „Na ja – und die Polizei will auch noch eine Aussage aufnehmen. Aber die brauchen auch noch etwas, bis sie hier eintreffen. Anscheinend wollen die zuvor noch den Tatort sichern oder so."

Giro: „Oder sich vor der Arbeit drücken, wie man's nimmt. Aber okay."

Junge Frau: „Oh … Ich hoffe, du verpasst nichts Wichtiges? Du hattest bestimmt auch andere Pläne für den Abend."

Giro: „Nein, schon okay. Ich hatte nichts von Bedeutung vor."

Junge Frau: „Da bin ich aber froh, dann hast du bestimmt auch Zeit, um einen Kaffee mit mir zu trinken."

Giro: „Ähm … Ja, eigentlich schon. Abgesehen von der Tatsache, dass ich keinen Kaffee trinke."

Junge Frau: „Ach ja?"

Giro: „Ich mag einfach keinen Kaffee. Aber ich nehm dafür einen O-Saft."

Junge Frau: „Weißt du was, wir nehmen beide einen O-Saft. Vitamine sind schließlich gesund, und wenn man schon von lauter Kranken umzingelt ist, so wie hier im Krankenhaus, dann sollte man umso mehr auf seine Vitaminzufuhr achten."

Giro: „Okay."

Junge Frau: „Ich weiß zwar jetzt, dass du keinen Kaffee magst. Ganz zu schweigen von der Tatsache, dass ich und mein Bruder dir unser Leben verdanken. Aber deinen Namen kenn ich nicht. Wie heißt mein edler Retter?"

Giro: „Ähm … Giro."

Junge Frau: „Giro! Das ist ab heute mein neues Wort für Held. Mein Name ist übrigens Dana."

Giro: „Okay."

Dann begaben sie sich in den Wartebereich des Krankenhauses und tranken zusammen O-Saft, während sie ihr Gespräch fortsetzten, wobei hauptsächlich Dana sprach und Giro ihr zuhörte. Nach einer Viertelstunde, die Giro wie tausend Jahre vorkam, stand auf einmal ein Arzt vor ihnen und bat Dana mitzukommen. Giro dachte nur erleichtert, mein Retter im weißen Kittel. Doch dann wollte Dana ein weiteres Mal, dass er noch bleibe und auf sie warte. Langsam, aber sicher hatte er jedoch keinen Bock mehr auf die ganze Scheiße. Er war schließlich kein edler Samariter, auch wenn Dana dies vielleicht von ihm dachte. Dennoch versprach er zu warten, was er natürlich nicht vorhatte. Er wollte Dana nur endlich loswerden und dann von hier verschwinden, bevor auch noch die Bullen einmarschierten. Also wartete er ab, bis Dana mit dem Arzt hinter einer Tür verschwunden war, und verzog sich dann leise. Auf seinem Weg nach unten zum Eingang kam er an mehreren Zimmern vorbei. An einem Quarantänezimmer las er auf dessen Beschriftung „SARS". Dann begab er sich zum Aufzug. Während er auf ihn wartete, ging ihm der Schwachsinn, den er zuvor mit Kuan besprochen hatte, durch den Kopf. Als der Aufzug kam und sich dessen Tür öffnete, betrat ihn Giro nicht. Es klang zwar wie die dümmste Idee, die jemand haben konnte, aber sie war für Giro die einzige Möglichkeit, um endlich Klarheit darüber zu bekommen, ob er dieses Gen B89 nun wirklich in sich trug. Zumindest fiel ihm keine bessere Möglichkeit ein. Also begab er sich zurück zu dem Quarantänezimmer, das nicht verschlossen war, und betrat es, ohne groß weiter nachzudenken. Drinnen lag ein komatöser Patient im Spitalbett. Das Zimmer war leer und kalt. Überall standen irgendwelche Maschinen und Schläuche hingen herum. Auf einem Tischchen lag eine leere Spritze, als hätte sie jemand absichtlich dort platziert. Giro griff danach und begab sich dann zum Krankenbett. Er sah sich den Patienten einen Augenblick an und meinte dann: „Ich denke, du bist mir bestimmt nicht böse, wenn ich dich um ein paar Viren erleichtere!"

Dann nahm er ihm Blut ab und füllte die Kanüle der Spritze damit. In diesem Moment betrat eine Frau in Schutzbekleidung den Raum, und als sie Giro sah, schrie sie sogleich laut los. Während sie nach Hilfe schrie und einfach nicht mehr aufhören wollte, griff Giro zu seiner goldenen Knarre und nahm sie ins Visier. Er wusste sich in diesem Augenblick einfach nicht anders zu helfen.

Dann befahl er ihr: „Halt die Klappe! Schrei nicht so! Ich verpiss mich ja schon. Wollte nur meinen Großvater besuchen oder so."

Die Frau im Schutzanzug hielt zitternd ihre Hände in die Luft und bat dann ängstlich: „Nicht schießen! Bitte nicht schießen! Ich habe Kinder! Ich bitte dich!"

Da meinte Giro nur: „Räum einfach den Weg frei!"

Sie reagierte sogleich darauf und verkrümelte sich in eine der Ecken im Zimmer. Giro verließ daraufhin den Raum und eilte auf den Flur hinaus. Dabei hatte er immer noch die mehr als auffällige goldene Knarre in seiner rechten Hand und in seiner linken die Spritze mit der Ladung SARS. Da rief auf einmal eine Männerstimme: „Dort – der Mann mit der Waffe! Halt, bleiben Sie stehen! Security! Sofort stehen bleiben!"

Doch Giro dachte gar nicht daran, stehen zu bleiben, sondern sprang in den zum Glück gerade offenen Lift. In diesem befanden sich jedoch bereits zwei ältere Damen. Da der Aufzug schon eine Etage weiter unten hielt, warf Giro die beiden alten Schachteln dort raus und war so für die nächsten paar Sekunden ungestört. Er griff nach der Spritze und injizierte sich das mit SARS infizierte Blut direkt in seine Halsvene. In diesem Augenblick öffnete sich auch schon wieder die Aufzugstür und Giro sah in lauter verdutzte Gesichter von einer Gruppe Besucher, die auf den Aufzug warteten. Doch er drängte sich hindurch und sprintete dann Richtung Ausgang. Diesen erreichte er dann auch ohne weitere Zwischenstopps und machte sich rasch davon. Vor dem Krankenhaus standen schon die Bullen. Sie waren gerade auf dem Weg zum Krankenhaus und gingen zum Glück einfach an Giro vorbei. Der machte sich auf den Nachhauseweg und das im Eiltempo. Er hatte heute Abend gegen alle seine Regeln verstoßen und sich nur von seinen Gefühlen leiten lassen. Dies war mehr als nur ungeschickt gewesen und konnte nun fatale Folgen nach sich ziehen. Er hatte sich mit den Bullen angelegt, die wahrscheinlich schon nach ihm fahndeten. Denn er war nicht nur vor einer Aussage geflohen, er hatte zusätzlich mehrere Leute mit einer Knarre bedroht und dann auch noch einem schwer kranken Mann Blut gestohlen. Die waren bestimmt auf der Suche nach ihm. Aber es gab schließlich wichtigere und vor allem gefährlichere Verbrecher, um die sie sich kümmern mussten. Giro hatte sowieso eine Woche frei und er hoffte, nun wenigstens endlich zu erfahren, ob er das Gen B89 in sich trug oder nicht. Ansonsten wäre er halt auch mal krank und wüsste, wie es sich anfühlte. Die Tage würden es zeigen. Nun musste er nur abwarten, denn auf die Zeit konnte man sich schließlich immer verlassen. Doch schon ein Tag später erhielt er einen besorgten Anruf von Kuan, der meinte, Giro solle den Fernseher einschalten und sich die Nachrichten ansehen, was Giro daraufhin auch tat. Mit Schrecken musste er feststellen, dass seine Kamikaze-Aktion im Krankenhaus doch größere Wellen schlug als gedacht. Da es sich bei dem SARS-Virus anscheinend um eine neue und mutierte Art handelte, dachte die Polizei tatsächlich, dass Giro aus terroristischen Gründen das Blut gestohlen hätte. Nun herrschte Panik wegen eines möglichen Anschlags. Giro dachte zwar, so ein Schwachsinn! Aber die hatten Bilder von ihm aus dem Krankenhaus live im Fernsehen ausgestrahlt. Obwohl man nur schwer etwas erkennen konnte, hatte ihn Kuan trotzdem erkannt und das bedeutete, dass es auch andere checken könnten. Da Dana der Polizei anscheinend auch eine Beschreibung gegeben hatte und diese sogar von seinen verschiedenen Augenfarben wusste, wurde es nun schon ein wenig brenzlig. Aber man sollte ja bekanntlich den Teufel nicht zu früh an die Wand malen.

—୧ Kapitel 29 ୧—

Die halbe Wahrheit und dann?

Nach den ganzen Geschehnissen und bei der Ungewissheit entschied Giro, dass es an der Zeit sei, sich mit Dong in Verbindung zu setzen. Giro vertraute niemandem außer Dong und er war der Einzige, der so ziemlich über alles Bescheid wusste. Aber Giro wollte ihm diesmal nicht alles erzählen und beschloss, dass es besser sei, den Vorfall im Krankenhaus zu verschweigen. Er griff mit gemischten Gefühlen zum Telefonhörer und rief im Chinarestaurant an. Es klingelte mehrmals, bevor auf einmal Sunny am anderen Ende ranging.

Der Telefonanruf zu Hause:

Sunny: „Chinarestaurant Kang Dong!"

Giro: „Hey, kleines Wiesel! Wie geht's dir so?"

Sunny: „Was? Giro – bist du das etwa?"

Giro: „Überrascht?"

Sunny: „Ein wenig! Aber ich freue mich natürlich!"

Giro: „Dann ist ja gut. Ich hoffe, das Geschäft läuft?!"

Sunny: „Oh ja! Es ist Wahnsinn, wie gut es läuft. Aber auch anstrengend. Ich und Naomi haben echt viel zu tun. Aber was läuft bei dir? Du bist schon seit einem halben Jahr dort drüben und meldest dich so gut wie nie bei uns."

Giro: „Wow … das ist prima. Aber du und Naomi müsst auf euch achten! Dong übertreibt es gerne mal und sieht nicht, wie viel er euch aufbürdet. Nicht, dass es euch schlecht geht und ihr euch um den Verstand ackert."

Sunny: „Da hast du recht. Aber Dong tut auch alles für uns. Das sind wir ihm einfach schuldig und ich pass schon auf Naomi auf. Mach dir keine Sorgen um uns. Alles im grünen Bereich!"

Giro: „Na gut, ich glaub dir mal. Aber wenn was ist, dann gib Bescheid! Nur weil ich im Augenblick nicht da bin, heißt das nicht, dass ihr nicht auf mich zählen könnt."

Sunny: „Klar, das weiß ich doch! Ich geb dir schon Bescheid, wenn was ist. Aber du hast dir auch mal eine Auszeit verdient und musst dich nicht immer um uns sorgen."

Giro: „Ja, hab verstanden. Du bist ein großer Junge."

Sunny: „Haha! Mitunter dank ich dir und bin froh, dich als großen Bruder zu haben. Aber du musst mir auch was zutrauen und ich schaffe das schon!"

Giro: „Dann ist ja gut."

Sunny: „Aber mal zu dir! Du bist nun schon so lange weg und hast uns noch nicht mal eine Postkarte geschrieben, geschweige denn angerufen. Was treibst du dort?"

Giro: „Ja, ich weiß. Tut mir auch leid. Ich musste mich hier zuerst einleben und dann war Ackern angesagt. Na ja, du weißt ja, wie das ist."

Sunny: „Schon gut, mach dir keinen Stress! Aber Naomi würde sich echt über ein paar nette Worte von dir freuen."

Giro: „Ach ja? Okay! Ich schau, dass ich die Tage mal eine Postkarte auftreibe und dann schick ich euch ein paar nette Worte von der Scheißstadt hier."

Sunny: „Hm ... Was ist denn? Gefällt dir Hongkong etwa nicht?"

Giro: „Ach ... Nicht wirklich! Alles ein wenig zu bunt und laut für meinen Geschmack. Keine Ahnung!"

Sunny: „Schade, ich würde liebend gerne mit dir tauschen. Etwas Neues sehen und ein Stadtabenteuer erleben."

Giro: „Hm ... Glaub mir, du willst nicht tauschen. Themawechsel, okay?"

Sunny: „Okay. Wie läuft's mit deinen MMA-Fortschritten? Schon ein Team gefunden und fleißig am Trainieren?"

Giro: „Ja, das läuft zum Glück gut. Am nächsten Wochenende hab ich meinen ersten Kampf."

Sunny: „Ja? Krass! Ich wusste, du packst das. Du packst immer alles. Ich wünschte, ich hätte auch so ein wahnsinniges Durchhaltevermögen wie du!"

Giro: „Ach, beruhige dich wieder! Das ist doch nichts Besonderes."

Sunny: „Doch, du bist was Besonderes und das wirst du auch immer für mich bleiben. Also reiß dem Kerl nächstes Wochenende den Arsch auf und genieß den Moment für mich mit!"

Giro: „Okay, mach ich! Aber jetzt ist auch genug. Ist Dong gerade in der Nähe?"

Sunny: „Am ... Warte mal schnell ... Ja, er ist gerade am Zeitung lesen und Tee schlürfen. Kennst ihn ja!"

Giro: „Okay, gut. Dann gib ihn mir doch bitte mal!"

Sunny: „Ist gut! Aber, Bruder, melde dich ab und zu bei uns!"

Giro: „Ja, ist gut, mach ich. Pass gut auf dich auf!"

Sunny: „Mach ich, du aber auch! Ich reich dir jetzt Dong. Dong, hier, Giro ist dran."

Dong: „Was? Giro? Ja, gib her! Giro, bist du es, mein Junge?"

Giro: „Hi Dong."

Dong: „Wie schön, dass du dich mal meldest! Wie geht es dir?"

Giro: „Alles so weit in Ordnung."

Dong: „Ach ja?! Dann würdest du nicht anrufen. Also was ist los?"

Giro: „Ziemlich eine Menge. Ich hab so manches rausgefunden. Aber Sunny sollte nichts von alledem mitbekommen."

Dong: „Ich verstehe! Warte, ich gehe ins Büro rüber. So, dann schieß mal los und erzähl mir, was dir auf dem Herzen liegt."

Giro: „Na ja, es hat sich so einiges ergeben. Wie du schon vermutet hattest, weiß Tante Cai mehr, als sie preisgibt. Zumindest vermittelt sie mir das Gefühl."

Dong: „Dachte ich es mir doch. Dieses Mädchen hatte schon immer ihren ganz eigenen Kopf. Sie denkt immer nur an ihren eigenen Profit."

Giro: „Beruhige dich! Ich weiß nicht, warum sie dies tut. Vielleicht will sie mich auch nur vor was schützen. Ich kann das alles noch nicht richtig einordnen."

Dong: „Warum meinst du?"

Giro: „Sie hat mir eine CIA-Akte vorgelegt und du kannst dreimal raten, um was es darin geht."

Dong: „Eine CIA Akte?!"

Giro: „Eine CIA-Akte, genau!"

Dong: „Was soll das bedeute?"

Giro: „Das bedeutet, dass die CIA wegen des Genprojekts B89 ermittelt und somit auch gegen Ruri."

Dong: „Was? Das kann doch nicht …"

Giro: „Doch, anscheinend schon, und weißt du, was das Krasseste daran ist?"

Dong: „Noch mehr?"

Giro: „Viel mehr. Der Agent, der verdeckt ermittelte, war kein Geringerer als Vater."

Dong: „Wie kann …?"

Giro: „Keine Ahnung, wie das alles zusammenpasst. Aber eins steht fest, dieser Marlon Adam Jones ist die Spitze des Eisbergs."

Dong: „Aber du denkst, dein Vater war ein Agent und hat gegen deine Mutter ermittelt?!"

Giro: „Ja, das stand zumindest in der CIA-Akte. Doch dies war von 1987–1989 und die CIA dachte, er hätte die Seiten gewechselt."

Dong: „Du meinst, er hat sich für die Seite deiner Mutter entschieden! Aber warum hat die CIA wegen Ruris bahnbrechender Forschung ermittelt?"

Giro: „Ich habe keine Ahnung. Aber dieses Gen B89 scheint ziemlich wertvoll für ein paar Leute zu sein und die suchen noch immer danach. Dazu kommt die Tatsache, dass so gut wie alle, die etwas darüber wussten, tot oder verschwunden sind."

Dong: „Aber Ruri hat ihre Forschungen komplett vernichtet und dies schon vor deiner Geburt. Deine Mutter wusste schließlich, dass dieser Marlon Adam Jones sie sonst ewig jagen würde."

Giro: „Aber dieser glaubte nicht, das Ruri ihre geliebte Forschung vernichtet hat. Nein, er dachte, dass sie ihre Forschungen irgendwo versteckt hat."

Dong: „Das hätte deine Mutter nie getan! Sie wusste doch, was dies bedeutete. Warum hätte sie so etwas tun sollen?"

Giro: „Da bin ich mir gar nicht mehr so sicher. Ich meine, die Forschungen waren schließlich ihr Meisterwerk."

Dong: „Ach … erzähl doch nicht so einen Blödsinn! Ihr beiden Jungs wart ihr Meisterwerk!"

Giro: „Na klar! Du wusstest noch nicht mal, dass wir existieren."

Dong: „Das war zu eurem Schutz. Ruri war ein gutes Kind."

Giro: „Auch egal. Ich frage mich nur, woher Tante Cai diese CIA-Akte her hat. Das ist doch seltsam."

Dong: „Bei deiner Tante Cai wundert mich nichts. Aber traue ihr nicht! Das ist meist zum Scheitern verurteilt. Davon konnte deine Mutter auch ein Lied singen. Cai hat immer schamlos jede Möglichkeit genutzt, um sie in ein schlechtes Licht zu rücken."

Giro: „Ich verstehe. Und wie soll ich nun vorgehen?"

Dong: „Häng dich weiter an Cai ran! Aber bleib dabei achtsam! Versuche weiterhin, an diesen Marlon Adam Jones ranzukommen und finde heraus, was das alles mit den Forschungen deiner Mutter zu tun hat. Aber mache keine unüberlegten Schritte! Diese Leute dürfen nicht erfahren, wer du bist. Hast du das verstanden? Dabei geht es auch um die Sicherheit deines Bruders und der Menschen, die du liebst. Sie werden dir sonst alles nehmen. Hörst du?!"

Giro: „Jaja! Schon gut! Ich werde mich an die Regeln halten. Mach dir keine Gedanken."

Dong: „Ich hoffe es für unser aller Wohl!"

Giro: „Ja doch! Übrigens, ist Naomi auch gerade im Restaurant?"

Dong: „Naomi? Ach, die war vorhin noch mit einer Freundin unterwegs. Warum?"

Giro: „Echt – du gibst ihr frei? Mir hast du nie freigegeben."

Dong: „Weil du dir immer selbst freigegeben hast. Du warst so ein mühsamer Mitarbeiter, mit deinem sturen Kopf!"

Giro: „Ja, ist schon gut. Naomi hat es mehr als nur verdient."

Dong: „Ja, sie ist ein gutes Mädchen."

Giro: „Also, ich werd dich mal weiterarbeiten lassen."

Dong: „Ist gut. Melde dich jederzeit, wenn was ist! Pass gut auf dich auf, mein Junge!"

Giro: „Ah … Dong, noch etwas."

Dong: „Ja?"

Giro: „Wegen Mutter. Hat sie dir jemals von einem erfolgreichen Versuch mit dem Gen B89 an einem Menschen berichtet?"

Dong: „Nein, niemals. Wieso fragst du?"

Giro: „Einfach so. Schon gut. Also, wir hören uns wieder, wenn ich mehr weiß. Mach es gut und pass auf das Wiesel auf!"

Nach dem Telefonat war Giro zwar nicht viel schlauer als zuvor, doch es hatte ihm gutgetan, seine Familie zu hören und mit ihr zu sprechen. Nun wusste er, dass es seinem Bruder gut ging und dass Dong anscheinend genauso überrascht wie er über die mysteriöse CIA-Akte war. Doch warum misstraute Dong seiner eigenen Tochter Cai so sehr und dachte nur das Schlechteste von ihr? Giro war zwar auch nicht gerade überzeugt von ihren guten Absichten und blieb lieber vorsichtig. Aber Cai war trotzdem die zurzeit beste Anlaufstelle für ihn. Denn die CIA-Akte brachte ihn schon eher auf die rechte Spur, da er dadurch wenigstens ein wenig mehr über die Forschungen und deren Verlauf erfahren hatte. Dazu kamen etliche Namen und natürlich die Tatsache, dass sein Vater ein Agent gewesen war. Doch was hatte das alles zu bedeuten und wer war überhaupt hinter den Forschungen her ausser Marlon Adam Jones?

Giro beschloss, Naomi anzurufen. Ihm ging die schreckliche Geschichte, die sie ihm erzählt hatte, nicht mehr aus dem Kopf. Dabei ging es um einen Mann mit dem Namen Kubilay Salvo. Giro war sicher, dies musste derselbe Mann sein, den der Russe erwähnt hatte. Vielleicht wusste die süße Maus ja, wo er den Kerl finden könnte. Da er Naomi vertraute und sich auch immer auf sie verlassen konnte, dachte er, es wäre kein Problem, sie zu fragen. Doch tief in seinem Herzen wusste er, dass er sie nicht nur wegen dieser Frage anrief. Ihre Stimme, ihre ganze Art zogen ihn förmlich in den Bann und dies schon seit dem ersten Mal, als er sie sah. Er konnte nicht sagen, was es war, aber sie machte ihn glücklich und das bereits, wenn sie nur denselben Raum betrat.

Das Gespräch mit der süßen Naomi:

Naomi: „Naomi, wer da?!"

Giro: „Hey, ich bin's, Giro!"

Naomi: „Was? Wie schön ist das denn!"

Giro: „Freu mich auch! Wie geht's meiner Maus?"

Naomi: „Der Maus geht's gut und dir, Stubentiger?"

Giro: „Mir geht's auch gut. Wetz mir ein wenig die Krallen."

Naomi: „Ach ja, nennt man das jetzt so?"

Giro: „Du weißt ja, ich bin immer in Bewegung. Was treibst du gerade so?"

Naomi: „Ja, Mr. Action. Ich bin gerade auf dem Nachhause-weg und war mit zwei Freundinnen aus."

Giro: „Suchst du dir etwa einen Mann? Das musst du nicht! Die kommen von ganz allein."

Naomi: „Höre ich da etwa Neid?"

Giro: „Nein, ich will nur nicht, dass du verletzt wirst. Du bist mir nun mal sehr wichtig."

Naomi: „Da hast du deinen Kopf ja noch mal fein aus der Schlinge gezogen."

Giro: „Immer doch!"

Naomi: „Leider! Aber weißt du was, ich vermiss dich trotzdem."

Giro: „Ach ja? Ich denk oft an euch und ihr fehlt mir auch sehr. Aber ich habe echt eine Menge zu tun."

Naomi: „Jaja! Aber, aber, aber Rhabarber! Den Spruch kenne ich schon!"

Giro: „Sei doch nicht so hart zu mir! Obwohl – du hast schon recht, ich bin ein mieser Freund. Es tut mir leid. Entschuldige!"

Naomi: „Du musst dich nicht entschuldigen. Du und Sunny, ihr seid die besten Freunde, die ich mir nur wünschen kann."

Giro: „Na ja, du machst es uns auch leicht."

Naomi: „Ach ja? Dann bin ich ja froh!"

Giro: „Hey, Naomi, ich weiß, das Thema ist eher unangenehm für dich. Aber du könntest mir wirklich helfen. Es geht um den Namen Kubilay Salvo."

Naomi: „Ach … echt? Okay, dann schieß halt mal los!"

Giro: „Weißt du, was der Kerl für Geschäfte macht und wo der seine Finger mit drin hat?"

Naomi: „Keine Ahnung. Dem gehören mehrere dubiose Etablissements und er handelt, glaube ich, mit Waffen. Ich meinte, er gehörte der Russenmafia an. Aber wo der Widerling sich auf-hält, weiß ich zum Glück nicht."

Giro: „Okay, du hast mir schon sehr geholfen. Danke!"

Naomi: „Was willst du überhaupt von dem Widerling?"

Giro: „Ach, nichts von Belang. Ein Freund hatte Probleme und da fiel sein Name. Da musste ich an dich und deine Geschichte denken."

Naomi: „Giro, pass auf! Ich weiß ja nicht, was bei dir gerade abgeht, aber mit Leuten wie Kubilay Salvo macht man keine Geschäfte und schon gar keinen Spaß. Also egal, was es ist, lass es! Versprich es mir!"

Giro: „Ach Maus, mach dir keine Sorgen! Ich pass schon auf mich auf. Versprochen!"

Naomi: „Das sagst du jetzt so. Aber du bist diesem Kubilay Salvo noch nie begegnet. Er ist ein Monster oder sogar der Satan im teuren Anzug höchstpersönlich!"

Giro: „Okay, ich verstehe ja. Alles gut, ich bleib von dem Kerl weg. Ich verspreche es dir. Vertraue mir einfach!"

Naomi: „Das mache ich doch immer."

Giro: „Gut so. Also Maus, man hört sich – und mach nicht zu viele Partys!"

Naomi: „Och … schon! Okay, melde dich bald mal wieder und mach selbst nicht zu viele Partys!"

Giro: „Ist gut. Sag Sunny, er soll was Gutes für dich kochen, sonst tret ich ihm in den Arsch, wenn ich wieder zu Hause bin."

Naomi: „Ja, ist gut. Bye, bye!"

─◦ Kapitel 30 ◦─
Der Besuch bei den Bullen

Nach dem vielen Telefonieren mit zu Hause fühlte er sich einsam wie einst ET. Doch es war noch nicht an der Zeit, um nach Hause zu fliegen, und er hatte noch was zu erledigen. Dies war eine wahrlich große Mission und niemand hätte ahnen können, wie viel wirklich von ihrem Gelingen abhing. Am allerwenigsten Giro selbst. Dieser tappte noch immer im Dunkeln und hatte nun lediglich ein Streichholz angezündet. Dieses beleuchtete zwar für einen Moment den Weg, doch genauso schnell erlosch es auch wieder und außer ein paar kleinen Schritten kam Giro einfach nicht voran. Er konnte aber auch nichts erzwingen und musste geduldig bleiben. Ihm durfte nie wieder ein Fehler wie der im Krankenhaus unterlaufen. Dong hatte recht, er brachte nicht nur sich in Gefahr, sondern alle seine Liebsten mit. So ein Risiko durfte er nie wieder eingehen und er musste nun dafür sorgen, dass er aus der Sache ohne weitere Probleme wieder herauskam. Nach all dem Stress hatte er schon fast vergessen, dass er sich absichtlich mit SARS infiziert hatte. Na ja, er fühlte sich auch nicht krank, obwohl es nun schon über vier Tage her war. Doch er wusste, es konnte bis zu sieben Tage dauern, um sichtbare Symptome zu entwickeln. Also hieß es weiter warten und das in der Wohnung. Er durfte auf keinen Fall der Polizei in die Arme laufen. Doch schon einen Tag später klingelte es an der Tür und vor ihr standen zwei Polizeibeamte.

Das Gespräch mit den Polizeibeamten an der Türschwelle:

Polizeibeamter: „Hongkonger Polizei. Guten Abend, Herr Long. Mein Name ist Ken Zon und dies ist meine Partnerin Lila Mai. Wir stören Sie nur ungern. Doch wir haben ein paar Fragen an alle Mieter hier im Haus."

Giro lehnte gelassen am Türrahmen und meinte unbeeindruckt:

„Abend. Um was geht's denn?"

Der Polizeibeamte Zon wollte anscheinend eintreten, doch Giro machte keinerlei Anstalten, die beiden einzulassen oder auch nur die Tür einen Spalt weiter zu öffnen. Da meinte Ken Zon, ein wenig unsicher wirkend:

„Könnten wir eintreten?"

Da sah Giro ihn nur von oben herab an und antwortete selbstsicher:

„Nein, warum? Geht doch auch hier."

Den Polizeibeamten schien dies aus seiner Rolle zu werfen, und nachdem er seiner Partnerin einen seltsamen Blick zugeworfen hatte, meinte er nur:

„Es könnte ein paar Minuten dauern."

Dies belächelte Giro nur.

„Ich kann Stunden hier stehen. Macht mir nichts aus."

Ken Zon schien leicht pikiert zu sein, meinte jedoch eher ruhig:

„Hm ... Okay. Wie schon gesagt, wir befragen alle Mieter im Haus und suchen Leute, die etwas gesehen haben."

Während der Polizeibeamte sprach, hörte ihm Giro genervt zu und sagte dann arrogant:

„Zum Beispiel? Komm auf den Punkt!"

Doch bevor der seltsam unsichere Polizeibeamte antworten konnte, übernahm seine Partnerin Lila Mai das Wort und meinte bestimmend:

„Ich übernehme mal. Mein Partner und ich wollen gerne von Ihnen wissen, ob Sie den Überfall auf den Kiosk, der heute Nachmittag um 16.00 Uhr stattfand, mitbekommen haben. Vielleicht haben Sie ja etwas Besonderes gesehen und könnten uns so bei der Lösung des Falles helfen."

Während die Polizeibeamtin sprach, hörte Giro nur gelangweilt zu und meinte dann, als sie endlich fertig war ungeduldig:

„Nein, hab ich nicht."

Sie sah ihn an und notierte fleißig seine Worte, bevor sie eifrig fragte:

„Okay, sind Sie sich auch ganz sicher?"

Daraufhin erwiderte Giro, immer noch ziemlich arrogant:

„Ja, bin ich. War's das nun?"

Sie sah ihn einen Moment lang an und hielt inne, bevor sie unzufrieden meinte:

„Hm ... ich denke schon."

Also schloss er die Tür langsam und sagte dabei:

„Dann wünsche ich Ihnen noch einen erfolgreichen Abend."

Doch bevor er die Tür geschlossen hatte, hielt Lila Mai ihren hässlichen Lederstiefel dazwischen und brüllte fast:

„Stopp!"

Da öffnete Giro die Tür wieder und meinte verärgert:

„Was denn noch?"

Während die fleißige Polizeibeamtin ihn mit großen Augen ansah, sagte sie hektisch:

„Mir ist gerade aufgefallen, dass Sie eine Iris-Heterochromie haben. Zuvor im Schatten konnte ich's nicht erkennen, aber als das Licht einen Augenblick hereinfiel ..."

Giro sah sie nur genervt an.

„Ja und? Hatte der Dieb etwa auch eine Iris-Heterochromie?"

Sie lächelte nur seltsam.

„Nein, hatte er nicht. Es ist nur extrem selten und kann einen auch so überraschen."

Giro schüttelte nur verständnislos seinen Kopf, wobei er ungeduldig meinte:

„Okay. War's das jetzt endlich? Müsst ihr nicht einen Dieb schnappen oder so?"

Lila Mai entgegnete selbstsicher:

„Machen Sie sich mal keine Sorgen um unsere Arbeit. Wir erledigen sie schon richtig und in angemessener Geschwindigkeit. Wir schnappen jeden Dieb, ob Kiosk oder Krankenhaus. Entschuldigen Sie die späte Störung und noch einen angenehmen Abend, Herr Long."

Als sie endlich ausgesprochen hatte, meinte er nur noch, während er die Tür schloss:

„Klar doch! Bye!"

Was zum Teufel war das gerade? Giro hätte dieser Lila Mai am liebsten ihren dürren Hals umgedreht und dann ihren wuscheligen Kopf abgerissen. Das hatte ihm gerade noch gefehlt, ein Wolf, der seine Fährte witterte und die Jagd aufnehmen wollte. Ihr Begleiter, dieser Ken Zon, schien eher ein Chihuahua zu sein, der, außer laut zu kläffen, nichts konnte und eher eine Witzfigur war. Aber er sah gut aus und das war alles, was zählte, denn er war schließlich nur ein Assessor. Doch Lila Mai alias Pudel-Haupt war eher eine Gefahr und hatte eine Art Scharfsinn unter der Pelzkappe. Sie sah in ihren alternativen Wollkleidern echt wie ein verunglücktes Schaf aus, und wenn sie sprach, erwartete man schon fast ein Mäh. Giro juckte die viele grobe Wolle schon allein beim Hinschauen. Die Haut des Pudel-Weibs musste wie grobe Baumrinde sein, dass sie diese so locker tragen konnte. Die Frau war der Albtraum jedes Mannes. Wäre sie auch die letzte Frau auf Erden, er würde sie nicht anfassen wollen und sich noch lieber Gott verschreiben. So eine echt hässliche Frau und dann auch noch voller Selbstvertrauen! Dieses hatten einfach immer die falschen Menschen und dies schmerzte meist, leider nicht nur in den Augen. Aber nur mit der Vermutung und sonst nichts konnte sie ihm sowieso nichts anhaben. Ansonsten hätte sie ihn festgenommen und das gleich. Dieses dumme Schaf wollte ihm nur Angst machen und etwas aus ihm rauskitzeln. Das war ihr aber nicht gelungen und so konnte er für den Moment durchatmen. Doch wie lange und was sollte er tun, wenn sie doch auf ihn zurückkommen sollten? Er wusste es nicht und er hatte so schon genug zu steuern.

Die Tage vergingen und schon bald war die Woche rum. Doch Giro war gesundheitlich immer noch topfit und hatte nicht mal ein Kratzen im Rachen. War dies wirklich sein Schicksal, dieses Gen B89 in sich zu tragen? Was sollte er nun mit diesem Geheimnis anfangen? War er etwa das Versteck, nach dem alle suchten und das niemand fand? War es das, was er war, eine Art Tresor? Wie kam er nur zu seinem Glück und was war seine Aufgabe? Er hasste seine Mutter nicht für das, was er anscheinend war, er verstand es nur nicht. Genauso wenig wie die Tatsache, dass so viele dafür ihr Leben lassen mussten. Eins war mehr als nur klar, er durfte es niemandem erzählen und musste das Geheimnis wahren. Nun war es auch umso wichtiger, dass er die, die danach suchten, fand und zur Strecke brachte. Sie durften nicht an das Gen B89 rankommen. Seine Mutter hatte vielleicht nicht immer die richtigen Entscheidungen getroffen, aber sie hatte immer nur das Beste im Sinn gehabt, davon war er einfach überzeugt. Er beschloss, sich nochmals mit seiner Tante Cai Li zu treffen und ihr mal auf den Zahn zu fühlen. Es war klar, dass diese noch Informationen zurückhielt. Doch warum tat sie dies?

Auch die Feindseligkeit, die sie gegen seine Mutter hegte und die Missachtung, die sie für Dong übrig hatte, gab Giro zu denken. Natürlich war da noch die Sache mit ihrem verschwundenen Gatten Li und dem Tod seines Erzrivalen, dem Boss der Yakuza, sechs Monate zuvor. Nun war Cai Li der Chef von allem und ihre Leibeigene war niemand Geringeres als die verstoßene Tochter des Yakuza Bosses Kasumi. Diese warf auch reichlich Fragen auf und war mehr als nur falsch an ihrem Platz. Nur dass dies außer ihm nie jemand laut ausgesprochen hätte und schon gar nicht vor Cai Li. Aber Giro hatte vor, sie mit all diesen Erkenntnissen zu konfrontieren, und war schon sehr gespannt auf den Verlauf dieses Gesprächs. Als er sich mit seiner Tante treffen wollte, meinte diese, es sei besser, wenn sie sich am Montagnachmittag am Hafen bei den Docks treffen würden. Giro nahm ihr Angebot an, auch, wenn er nicht wusste, was seine Tante vorhatte. Doch sie bestand darauf und schien eine Überraschung für ihn geplant zu haben. Was konnte das nur sein?

Das würde er schon bald genug erfahren und dabei musste er vorsichtig sein, da ihn Dong bestimmt nicht ohne Grund vor ihr gewarnt hatte. Aber Giro wurde so oder so immer vor allem gewarnt, nur – helfen musste er sich immer selbst.

⤳ Kapitel 31 ⤲
Kann dies die Wahrheit sein?

An dem Montagnachmittag des Treffens herrschte ein starkes Unwetter und der Regen schoss nur so in Strömen vom Himmel herab auf den Asphalt der grauen Stadt. Als Giro mit seinem Nissan auf das halb überflutete Fabrikgelände fuhr und auf den vereinbarten Treffpunkt zu steuerte, sah er Cai Li's schwarze Limousine. Er stellte seinen Wagen ab und stieg sogleich bei seiner Tante ein. Er war völlig durchnässt, obwohl er sich kaum drei Sekunden unter dem Regen befand. Nun saß er mit seinen durchnässten Klamotten auf den teuren Ledersitzen der Limousine. Dies schien Cai Li nicht zu gefallen, aber außer mit einem scharfen Blick kommentierte sie es nicht. Giro war auch nicht sehr erfreut. Er wollte sich eigentlich allein mit seiner Tante treffen. Doch in der Limousine saß ein Mann, den er nicht kannte und dem er zuvor noch nie begegnet war. Er sah aus wie ein waschechter Amerikaner und sein Blick hatte was äußerst Strenges. Er war ein Mann mittleren Alters, so um die fünfzig, und vielleicht mal bei der Armee gewesen. Zumindest hatte er die Körperhaltung eines Soldaten. Dies erkannte Giro sofort, denn er war schon vielen Soldaten begegnet. Er konnte sie auch ohne Uniform erkennen. Was sollte das? So hatte er es nicht mit seiner Tante besprochen und war gespannt auf deren Erklärung. Cai Li begann dann die Unterhaltung.

Das Privatgespräch in Cai Li's Limousine:

Als er in der Limousine vis-à-vis von seiner Tante Cai Li Platz genommen hatte, meinte diese kühl:

„Da bist du ja."

Da sie nicht wie besprochen allein gekommen war, sondern ein Begleiter neben ihr saß, sagte Giro erstaunt:

„Guten Tag, Cai. Wie ich sehe, hast du einen Begleiter mitgebracht."

Doch Cai Li erwiderte nur überheblich:

„Ich fand es an der Zeit, dir Herrn Paul Hagner vorzustellen."

Da streckte der fremde Mann Giro die Hand entgegen und begrüßte ihn vornehm:

„Guten Tag, Herr Long. Ich bin sehr erfreut, Ihre Bekanntschaft zu machen."

Giro reichte ihm ebenfalls eine Hand, meinte jedoch wenig begeistert:

„Tag auch."

Da intervenierte Cai Li sogleich:

„Herr Hagner ist in alles, was deine Eltern betrifft, involviert und du kannst offen vor ihm sprechen."

Doch Giro gab sich wenig überzeugt und sagte nur uninteressiert:

„Ach, das kann ich?"

Da sah Paul Hagner ihn an.

„Ich verstehe das Misstrauen. Aber Sie haben auch die CIA-Akte gesehen und wissen nun über Jérôme, Ihren Vater, Bescheid. Jérôme und ich waren im selben Einsatzteam. Um es richtig auszudrücken, Jérôme war Agentenführer und somit mein Ausbilder."

Doch Giro schien immer noch nicht überzeugt, sondern gab ein wenig arrogant zurück:

„Ist das so? Na, dann wissen Sie wahrscheinlich mehr über meine Eltern als ich."

Aber Paul Hagner blieb ganz in seinem Konzept und meinte überzeugend:

„Ich weiß nicht, was Ihre Eltern Ihnen alles erzählt haben. Aber was das Genprojekt Ihrer Mutter betrifft, da weiß ich ziemlich viel. Darum bin ich auch hier. Einerseits, weil ich Ihnen helfen will. Andererseits erhoffe ich mir von diesem Gespräch neue Fakten, die mich weiterbringen."

Da fiel ihm auf einmal Cai Li ins Wort und erklärte:

„Damit meint Herr Hagner, dass er immer noch an dem Fall arbeitet und sich neue Hinweise erhofft, um zu helfen."

Giro grinste und meinte:

„Ich bin von Natur aus eher skeptisch."

Da legte Cai Li ihre Hand auf einmal auf sein Knie und meinte ernst zu ihm, während sie in seine Augen sah:

„Herr Hagner wurde wirklich von Jérôme ausgebildet und er vertraute ihm immer blind. Als deine Eltern flohen, musste auch ich fliehen und dein Vater bat Paul … ähm … Herrn Hagner meinte ich natürlich … er solle mich vor denen beschützen und dies tut er bis heute. Also ja, ich traue ihm."

Da grinste Giro wieder und meinte mit genügend Ironie dahinter:

„Wie konnte ich nur. Entschuldigen Sie, Paul … ähm … Herr Hagner. War das so korrekt? Auch egal. Mein Vater war ein Superagent und meine Mutter eine verrückte Genwissenschaftlerin, für deren Forschungen beide ihr Leben ließen. Seitdem sind ich und mein Bruder auf der ständigen Flucht vor dem Ungewissen. Also immer raus damit. Mich kann nichts mehr schocken."

Dies schien Paul Hagner herausgefordert zu haben und er meinte mit rauer Stimme:

„Dein Vater war vielleicht ein Superagent, das mag stimmen. Aber deine Mutter war keine verrückte Genwissenschaftlerin. Sie war vielmehr ein Genie und eine Koryphäe in ihrem Forschungsbereich."

Während Paul Hagner sprach, hörte Giro ihm nur halbherzig zu und sagte dann abweisend:

„Dabei war sie leider anscheinend zu engagiert."

Cai Li kommentierte dies abwertend und wenig gefühlvoll.

„Deine Mutter hat mit ihrem naiven, kindlichen Glauben einen großen Fehler gemacht. Dieser zieht nun fatale Folgen nach sich."

Doch Paul Hagner unterbrach sie jäh und meinte grob:

„Nein, es war kein Fehler. Es durfte nur nicht in die falschen Hände geraten. Nachdem deine Mutter das Gen B89 erschaffen hatte, sahen manche es als ihren existenziellen Ruin an. Andere wiederum wollten es als Biowaffe und zu Kriegszwecken verwenden. So auch Marlon Adam Jones, der eine der größten Gefahrenquellen darstellt. Neben ihm ist aber auch der Koreaner Kim Rill, Besitzer des Viral-Neco Konzerns, an dem Gen B89 interessiert. Diese beiden skrupellosen Männer sind mehr als nur verbissen hinter diesem Gen her."

Giro hatte ihm interessiert zugehört und fragte neugierig:

„Viral-Neco?"

Die Frage wurde ihm sofort beantwortet:

„Dies ist ein koreanischer Riesenkonzern. Dort wird ausschließlich Virenforschung betrieben. Vor dem Streit um das Gen B89 waren der Viral-Neco Konzern und W-Global Eta gute Geschäftspartner."

Da wurde Giro hellhörig.

„Sie meinen, Marlon Adam Jones und dieser Koreaner Kim Rill waren Geschäftspartner?"

Da lachte Paul Hagner.

„Nicht nur das. Die beiden Firmenbosse waren sogar mal die besten Freunde."

Da meinte Giro erfrischend selbstsicher und zynisch zugleich:

„Und jetzt sind sie die besten Feinde?"

Bevor ihm Paul Hagner antwortete, sah er zu Cai Li hinüber. Erst dann erwiderte er:

„Nein, eher Rivalen. Ich habe schon fast das Gefühl, sie haben daraus eine Art krankhaften Wettkampf gemacht."

Dies brachte Giro auf die Frage:

„Wer zuerst das Gen B89 in die Finger bekommt?"

„Nicht ganz", antwortete Hagner, „sie sind schon lange im Besitz des Gen-Prototypen. Nur bis heute ist ihnen noch keine erfolgreiche Übertragung des Gens auf den menschlichen Organismus gelungen. Zum Glück!"

Dies überraschte Giro.

„Das heißt, meine Eltern starben nicht, weil sie das Gen B89 versteckten, sondern nur, weil man annahm, dass meine Mutter Ruri einen Weg kannte, um es am Menschen anzuwenden."

Paul Hagner schien auf alles eine direkte Antwort zu haben.

„Na ja, das nahmen sie nicht nur an. In der CIA-Akte stand zwar, dass die Forschungen im Jahre 1989 eingestellt wurden. Dies ist jedoch nicht wahr. Ihre Mutter Ruri hat die Forschungen weiter betrieben und dies mit Erfolg. Zumindest sah es 1982 in Paris danach aus. Doch Ruri wurde verraten, jemand hatte sie beschattet und so ihre Erfolge dokumentiert. Jérôme und Ruri konnten nur knapp entkommen."

Giro hatte gespannt zugehört und meinte dann:

„Und sie versteckten sich in Russland."

Paul Hagner bestätigte dies. „Ja, so ist es. Aber wie man sie dort aufspüren konnte? Ich habe keine Ahnung. Jérôme war ein unglaublich guter Agent, und wenn jemand was vom Bedeckthalten wusste, dann er."

Giro war nur wenig überrascht und eher enttäuscht.

„Vielleicht waren wieder die Forschungen schuld?"

Dies verneinte Paul Hagner jedoch.

„Nein, ich denke nicht. Ruri stellte ihre Forschungen nach dem Vorfall in Paris komplett ein und vernichtete meiner Erkenntnis nach alles, was damit in Verbindung stand oder darauf hinweisen konnte."

Dies erklärte den tragischen Ausgang des schrecklichen und barbarischen Überfalls auf seine Familie und den grausamen Mord an seinen Eltern. Giro war bedrückt und sagte:

„Darum konnten die Männer nichts finden, als sie uns überfielen. Sie hatte schon alles vernichtet."

Doch zu seinem Erstaunen meinte Paul Hagner spitzfindig:

„Na ja, das denken zumindest alle."

Giro sah ihn verdutzt an und fragte ahnungslos:

„Was bedeutet?"

Diese Frage wurde prompt erwidert:

„Wir haben Grund zur Annahme, dass Ihre Mutter vor ihrem Ableben den Kern ihrer Arbeit doch noch irgendwo versteckt hatte."

Giro fragte gespannt:

„Und weshalb?"

Da sah Paul Hagner zu Cai Li herüber und warf ihr einen nachdenklichen Blick zu, bevor er erwiderte:

„Ruri hat ihrer Schwester vor ihrem Ableben einen Brief hinterlegt. Der Textinhalt lässt darauf schließen, dass sie das Gen B89 irgendwo versteckt hat."

Da wurde Giro klar, dass dieses ganze Treffen nur einen Grund hatte und der war dieser Brief. Anscheinend wussten sie nicht, nach was sie darin suchen mussten, und dachten wahrscheinlich, Giro könne ihnen vielleicht weiterhelfen. Doch es war schon allein eine Frechheit, dass sie erst jetzt, nach all der Zeit, mit diesem Brief rausrückten. Aber nun gut, dachte er und gab ein wenig kühl zurück:

„Aber Sie finden es nicht?"

Was natürlich gleich eine Erklärung von Paul Hagner nach sich zog. Von denen hatte er unwahrscheinlich viele auf Lager und alle waren feinsäuberlich abgestimmt. Daher meinte er, wieder äußerst von sich selbst überzeugt:

„Nein. Ihre Mutter hat diesen Brief für den Fall ihres Ablebens bei Ihrer Tante hinterlegt. Der Brief sollte an Sie gehen. Darin steht, Sie würden ihre Worte verstehen."

Da kamen sie der eigentlichen Sache doch schon näher. Wie hätte es auch anders sein können, wenn nicht so. Schließlich dachten alle Menschen immer nur an ihren eigenen Profit und dieser Paul Hagner oder Cai Li waren da keinen Deut besser. Sie waren nicht hier, um Giro zu helfen, nein, sie erhofften sich nur, dass ihnen durch ihn geholfen werden könne. Also meinte er schlussendlich wenig begeistert und eher ziemlich ernüchtert:

„Das bedeutet, Sie erhoffen sich, mithilfe von mir das Versteck meiner Mutter zu finden."

Da sagte Paul Hagner sogleich mit Eifer und Tatendrang:

„Dies wäre natürlich das Optimum. Wir sind aber auch schon mit einem Hinweis zufrieden."

Da grinste Giro ein wenig schelmisch und meinte dann leicht erbost:

„Ihr wollt also dasselbe wie alle andern auch. Gen B89."

Da sah ihn Paul Hagner ernst an und meinte schnell:

„Aber nicht aus denselben Gründen. Wenn die CIA im Besitz des Gens B89 ist, kann er uns vor einem Bio-Anschlag schützen. Wir könnten sie mit ihren eigenen Waffen schlagen."

Da musste Giro wieder grinsen und folgerte eher skeptisch:

„Also wollen Sie, dass ich der CIA helfe."

Auf einmal lächelte der eher steife Paul Hagner, der in seinem zu teuren Anzug aussah wie ein pikierter Kongressabgeordneter, und meinte enthusiastisch:

„Genau, wie einst Ihr Vater."

Giro war ernüchtert und eher wenig von der Sache begeistert.

„Solange es mich nicht das Leben kostet wie einst meinen Vater."

Doch Paul Hagner schien dies mehr als ein Sicherheitsproblem zu sehen und meinte beschwichtigend:

„Die CIA wird Ihnen genügend Schutz bieten und auch für die Sicherheit Ihrer Liebsten sorgen."

Da wurde Giro wieder zynisch und meinte abwertend:

„Natürlich, und dann fühle ich mich gleich viel sicherer."

Doch bevor ihm Paul Hagner Rede und Antwort stehen konnte, kam ihm Cai Li zuvor und meinte ebenso bestürzt wie aufgebracht:

„Giro, hör mir zu! Hätten deine Eltern damals unter dem Schutz der CIA gestanden, würden sie vielleicht heute noch leben. Warum denkst du, dass ich heute vor dir sitze? Nur dank Paul Hagner und der CIA."

Cai Li hatte eine überaus arrogante und missmutige Art an sich, die sie einem ständig zu spüren gab. Um sie herrschte immer Eiszeit. Doch er ließ sich nicht von seiner Tante einschüchtern und schon gar nicht um den Finger wickeln. Daher meinte er nur kühl:

„Ist das so?"

Diese wenigen, jedoch für sie unpassenden Worten brachten das Fass zum Überlaufen. Ihre Nerven lagen blank, als sie erzürnt rief:

„Ja, verflucht noch mal! Es geht hier um dein Überleben und das deiner Liebsten! Also überlege gut, wie du dich entscheidest! Hier ist der Brief deiner Mutter."

Dabei zog sie einen alten Briefumschlag aus ihrer Gucci-Tasche und legte ihn auf den Ledersitz. Auf dem vergilbten Umschlag stand: An meinen kleinen Krys.

Krys – so war er schon ewig nicht mehr genannt worden und es löste ungewohnte Gefühle bei ihm aus. Er nahm den Brief in die Hand und steckte ihn dann ein. Seine Tante und der CIA-Kerl sollten nichts von seinen Gefühlen mitbekommen.

„Ich schau mir den Brief zu Hause in Ruhe an. Ich möchte ihn allein lesen. Ihr habt die Worte ja schon zur Genüge studiert."

Da sah ihn Cai Li mit stechendem Blick an und sagte mit schneidender Stimme:

„Du bist sehr feindselig. Doch ich hoffe, du verstehst den Ernst der Lage, in der wir uns befinden, und handelst zu unser aller Wohl."

Doch er blieb hart und meinte nur gleichgültig:

„Natürlich, mach dir da mal keine Sorgen!"

Da hob Cai Li die Hand und wollte ihm eine Schelle verpassen, doch Paul Hagner griff dazwischen und verhinderte es. Er nahm ihre Hand, und während er sie wortlos ansah, legte er seine Hand auf ihre. Dies schien sie sichtlich zu beruhigen. Dann meinte er beschwichtigend zu Giro:

„Sie sind wütend, dass wir den Brief ohne Ihr Einverständnis gelesen haben. Das kann ich gut nachvollziehen. Aber Sie müssen verstehen, dass es sich hier um eine nationale Angelegenheit handelt und es um das Wohl aller geht. Wir haben keine Wahl, außer jedem Hinweis nachzugehen."

Dabei sah Giro nur genervt zum Fenster der Limousine hinaus und sagte lustlos:

„Eigentlich hab ich keine Wahl, oder?"

Diese Frage wurde ausnahmsweise mal nicht mit einer langen Antwort bedacht, sondern es gab nur eine dumme Gegenfrage von Paul Hagner:

„Hat man die jemals?"

Da sah Giro ihn mit einem schelmischen Grinsen an, wobei er fix meinte:

„Bin noch nie in den Genuss gekommen. Aber ich denke, sie existiert. Nur nicht hier."

Sie verabschiedeten sich und Giro verließ das Fabrikgelände. Es war mehr bei dem Gespräch herausgekommen als zuvor angenommen. Aber was daran wirklich stimmte, war noch unklar. Er hatte ein äußerst seltsames Gefühl und diese Art von Gefühl täuschte ihn meist nicht. Es war Vorsicht angebracht bei den beiden. Hinter dem Ganzen steckte mehr, als sie preisgaben, und sie zeigten ein wenig zu viel Interesse an den versteckten Forschungen, zumindest für seinen Geschmack. Doch was sie wirklich bezweckten, wusste er nicht.

Kapitel 32

Das Geheimnis hinter den Zeilen

Diese Zeilen widme ich meinem geliebten Sohn Krys.

Ich habe meine Worte mit Bedacht gewählt und du wirst sie verstehen.

Wenn du diesen Brief liest, werde ich nicht mehr da sein, um deine Hand zu halten.

Es ist viel geschehen, doch ich wollte immer nur das Beste.

Doch das Beste ist nicht immer gut genug und egal, wie sehr man sich auch bemüht, am Ente verliert man die Schlacht. Aber solange du und dein Bruder eine Zukunft habt, ist der Krieg für mich gewonnen.

Ich schwimme durchs Wasser und sehe die Riesenwelle, wie sie über mir bricht, wie eine Lawine, die mich in die Dunkelheit mitreißt, doch ich weiß, es ist nur Wasser, das mich wieder ausbricht.

Ich wünsche mir, dass du diesen und alle diese gemeinsamen Momente nie vergisst, denn sie waren keine Lüge.

Ich habe euch nicht viel hinterlassen, doch wollte ich euch eine sichere Kindheit ermöglichen. Ich weiß jedoch nicht, wie lange mir dies gelingen wird. Doch Vater und ich werden alles in unserer Macht Stehende tun, um die Bestien unserer Gesellschaft von euch fernzuhalten. Da du nun jedoch diese Zeilen liest, sind wir den Bestien erlegen. Doch mehr als unser Leben konnten sie uns nicht nehmen und das, was sie wollen, werden sie niemals bekommen, dafür habe ich gesorgt. Du darfst nie denken, dass Vater und ich leichtsinnig handelten.

Die Zeit war einfach noch nicht reif für diese Entdeckung. Der Mensch ist noch nicht bereit für so eine genetische Weiterentwicklung. Vielleicht ändert sich dies in naher Zukunft und man kann einen nächsten Schritt wagen. Diese Entscheidung übertrage ich dir und gebe dir hiermit den Schlüssel zu deinen Fragen. Nimm dies bitte nicht als Bürde, sondern als Geschenk.

Du bist mein Herz und ich fühle mit dir. Du wirst wissen, was zu tun ist, höre auf deine Instinkte, sie werden dich leiten. Die Stärke steckt in dir, das tat sie schon immer. Ich hoffe, du verstehst irgendwann meine Beweggründe.

In Liebe deine Mutter. Verlier nie dein Lachen, es erhellt die Dunkelheit und führt dich ins Licht.

Giro las den Brief achtsam durch und verlor sich dabei nicht. Ihm fiel sogleich eine Zeile ins Auge, aus der er mehr herauslas.

Doch das Beste ist nicht immer gut genug und egal, wie sehr man sich auch bemüht, am Ente verliert man die Schlacht.

Sie hatte nicht einfach so Ente anstatt Ende geschrieben. Dies war Absicht. Giro dachte sogleich an das Porträt der Ente, das sein Bruder mit drei Jahren gemalt hatte. Er hatte wirklich sein Bestes gegeben. Aber das Bild entsprach nie seinen Vorstellungen. Dies musste ein Hinweis sein. Der zweite war nicht so leicht. Doch nach ein wenig Grübeln fiel es ihm wie Schuppen von den Augen.

Ich schwimme durchs Wasser und sehe die Riesenwelle, wie sie über mir bricht, wie eine Lawine, die mich in die Dunkelheit mitreißt, doch ich weiß, es ist nur Wasser, das mich wieder ausbricht.

Es war diese Zeile des Briefs. Seine Mutter wollte damit auf den Ausflug an den See anspielen. Giro erinnerte sich gut daran. Er und sein Bruder sahen das erste Mal ein solch großes Gewässer. Da war sein Bruder auch so fasziniert von den Enten gewesen, die er dort das allererste Mal sah. Giro lernte dort zu schwimmen. Als ihn eine Strömung mitzog und er beinahe ertrunken wäre, sprach seine Mutter diese Worte zu ihm und er verlor seine Angst vor der nassen Tiefe. An diesem Ort hatten sie ein Foto aufgenommen und dieses befand sich, wie auch das Entenporträt, im Chinarestaurant. Dies mussten die Hinweise sein, etwas anderes konnte Giro den Zeilen nicht entnehmen. Nun gab es nur eines, er musste zu Hause anrufen und seine Vermutungen überprüfen. Dies tat er dann auch sogleich und griff zu seinem Telefon. Es war an der Zeit, Klarheit zu schaffen, falls dies überhaupt möglich war.

Das Telefongespräch mit Sunny und Großvater Dong:

Nach ein paar Mal Klingeln nahm Sunny den Hörer ab und klang mehr als nur gelangweilt.

„Chinarestaurant Kang Dong!"

Da sagte Giro belustigt, um seinen kleinen Bruder aufzuheitern:

„Einmal Ente süßsauer!"

Als Sunny begriff, dass sein großer Bruder am anderen Ende der Leitung war, schien er auf einmal aufgeweckt und meinte voller Freude:

„Giro! Hey Bruder, wie geht's dir?"

Giro fand es schön, dass sein kleiner Bruder so eine Freude an dem Anruf hatte, und sie führten ihr Gespräch weiter.

„Ja, alles gut und bei dir?"

Sunny: „Na ja, mir geht's gut. Aber Großvater geht's gar nicht gut."

Giro: „Was?! Was ist mit Dong?"

Sunny: „Es ist wieder diese Lungensache."

Giro: „Hustet er etwa wieder Blut und hat Atembeschwerden?"

Sunny: „Ja, seit drei Tagen schon und es wird nur schlimmer."

Giro: „War er beim Arzt?"

Sunny: „Ja, Doktor Lau war schon hier, aber er kann auch nicht viel tun und Großvater will einfach keine Chemie schlucken."

Giro: „Ja, ich weiß, es ist mühsam. Aber warum habt ihr mir nicht Bescheid gegeben?"

Sunny: „Was hätte das gebracht? Du kannst auch nichts an seiner Gesundheit ändern und er kommt schon wieder auf die Beine!"

Giro: „Hoffen wir es mal. Da Dong im Bett liegt, musst du mir halt schnell helfen."

Sunny: „Um was geht's?"

Giro: „Du weißt doch noch die Zeichnung von der Ente, die du gemalt hast? Sie hängt im Pausenraum."

Sunny: „Du meinst die hässliche, missglückte Entenskizze, die Großvater wie eine Trophäe im Pausenraum aufgehängt hat?"

Giro: „Du warst gerade mal drei Jahre alt, als du es gemalt hast, und du hast dein Bestes gegeben."

Sunny: „Wenn du meinst! Aber sie ist trotzdem hässlich. Was ist damit?"

Giro: „Kannst du dir die Zeichnung mal ansehen und schauen, ob dort was draufsteht oder so?"

Sunny: „Okay, und nach was suchst du?"

Giro: „Keine Ahnung. Aber ich glaube, da steht was drauf oder so. Schau einfach nach, okay?"

Sunny: „Jaja! Schon gut! Ein paar dumme Fragen darf man wohl noch stellen, wenn man schon blind Befehle befolgen muss."

Doch sein Bruder ging nicht darauf ein und meinte nur ungeduldig:

„Hast du es?"

Sunny: „Ja, muss es nur aus dem blöden Rahmen pulen. Warte … Okay! Hm … Hintendrauf steht tatsächlich was. Aber es ist nur ein Datum, 06.06.1997! Ach, daneben steht noch was: ,Edsch'. Mehr steht da nicht und die Ente ist hässlich!"

Giro: „Jaja! Die Ente ist gerade scheißegal. Sieh dir bitte noch das Foto von uns beiden am Seeufer an! Es steht dort im Bücherregal."

Sunny: „Ja, ich weiß, wo es steht. Mann, beruhige dich mal wieder! Okay, hab das Foto. Du bist und bleibst ein Grummel! Sogar auf dem Foto ziehst du eine Totenmiene."

Giro: „Steht dort was drauf?"

Sunny: „Ähm … ja, wieder dasselbe Datum, der 06.06.1997! Das Foto wurde am selben Tag wie meine Zeichnung aufgenommen."

Giro: „Ja, du hattest die Enten am See gesehen und warst so fasziniert, dass du das Bild gemalt hast."

Sunny: „Echt? Und das weißt du noch?"

Giro: „Na klar! Aber steht auf dem Foto außer dem Datum noch was anderes drauf?"

Sunny: „Ähm … Ja, da steht noch was, und zwar ,Dalai'. Hä, was soll das bedeuten: Meer? Es war doch ein See!"

Giro: „Ja. Aber Dalai heißt Meer. Das ergibt wirklich keinen Sinn."

Sunny: „Was zum Teufel suchst du?"

Giro: „Wie schon gesagt, keine Ahnung!"

Sunny: „Hat dir das überhaupt irgendwie geholfen?"

Giro: „Na ja, ich weiß zwar nicht, ob es um das Datum geht, aber mir fällt gerade nichts dazu ein. Vielleicht ist es auch der See, an dem wir waren. Aber was sollte mir das helfen?"

Sunny: „Keine Ahnung. Du sagst ja auch nicht konkret, nach was du suchst. Vielleicht sind es ja auch die Worte ‚Dalai Edsch‘?"

Giro: „Sag das noch mal!"

Sunny: „Was? Du sagst ja nicht …"

Giro: „Nein, die Worte!"

Sunny: „Dalai Edsch."

Giro: „Natürlich – Dalai Edsch – Meeresmutter! Du bist ein Genie!"

Sunny: „Na klar bin ich ein Genie! Aber was meinst du mit Meeresmutter?"

Giro: „Bist wohl doch nicht so ein großes Genie. Aber gut. Meeresmutter, Dalai Edsch, so nennen die Mongolen den größten Fluss der Mongolei. Dieser heißt eigentlich Chöwsgöl Nuur. Es muss etwas mit diesem See zu tun haben."

Sunny: „Ach, den See meinst du. Warst du schon dort oder wie?"

Giro: „Nein, war ich nicht. Was hat das bloß zu bedeuten?"

Sunny: „Keinen Schimmer! Du klärst auch null auf."

Giro: „Ist einfach besser so. Du musst mir wohl doch Dong geben."

Sunny: „Dem geht's echt mies! Ist es echt so wichtig und kann nicht warten? Das ist ein schlechter Moment."

Giro: „Nein, leider nicht. Also gib ihn mir bitte!"

Sunny: „Okay. Warte, ich gehe hoch zu ihm. Aber, Bruder, sag endlich, um was geht's hier?"

Giro: „Um nichts, was für dich wichtig wäre."

Sunny: „Warum bist du immer so zu mir? Du behandelst mich wie ein rohes Ei!"

Giro: „Das bist du auch! Also Klappe! Du bist mein kleiner Bruder und ich werde dich immer in Schutz nehmen. Komm einfach klar damit!"

Sunny: „Du kannst einem wirklich nichts nett sagen, noch nicht mal ein Kompliment klingt nett von dir."

Sunny klopfte an die Tür und trat dann in das Zimmer von Dong.

„Großvater, ich bin's, Sunny."

Dong: „Sunny …"

Sunny: „Wie geht's dir, Großvater? Schon besser, oder …?"

Dong: „Alles gut, Junge … Alles gut …"

Sunny: „Hm … Giro möchte dich sprechen. Natürlich nur, wenn du kannst."

Dong: „Giro, ist er am Apparat?"

Sunny: „Ja, aber wenn du zu erschöpft bist, dann …"

Dong: „Nein, schon gut. Gib mir den Hörer. Das geht schon."

Sunny: „Okay, wie du meinst. Hier, Großvater."

Dong: „Danke, Junge. Und nun hole mir doch bitte noch eine Kanne Tee. Ich brauche ein paar Minuten allein mit Giro."

Sunny: „Ist gut, Großvater."

Dong: „Du bist ein gutes Kind. Ich danke dir."

Sunny verließ den Raum und schloss die Tür hinter sich.

Dong: „Giro – bist du da?"

Giro: „Ja, Dong."

Dong: „Was möchtest du?"

Giro: „Sagt dir Dalai Edsch vielleicht etwas?"

Dong: „Dalai Edsch, die Meeresmutter. Oh, dieses wunderschöne Gewässer. Wie kommst du nur auf den See?"

Giro: „Mutter! Aber ich war noch nie dort. Deshalb wollte ich dich fragen, ob du etwas damit in Verbindung bringen kannst."

Dong: „Ach … Ja, aber sicher. Dort im Khoridol Saridag Nationalpark habe ich 1997 Ruri, deine Mutter, zum letzten Mal getroffen, das werde ich nie mehr vergessen."

Giro: „Du hast Mutter dort getroffen? Und hat sie dir etwas gegeben oder so?"

Dong: „Ja, die Süße! Sie hatte mir eine von diesen Matroschka-Puppen mitgebracht. Ich weiß noch, sie fand sie so witzig. Ich höre ihr Lachen noch heute, wenn ich mir die Puppe ansehe."

Giro: „Okay, und hast du die noch?"

Dong: „Ja, natürlich. Gleich hier neben mir auf dem Nachttisch. Diese Puppe ist mein Herzensstück."

Giro: „Ja, super. Wie viele Teile hat das Ding?"

Dong: „Sie ist zehnteilig. Warum, was ist mit ihr?"

Giro: „Ich denke, dass Mutter eine Botschaft darin versteckt hat."

Dong: „Ach wirklich? Aber das würde zu deiner Mutter passen. Doch ich hab noch nie was entdeckt."

Giro: „Na ja, ich hab da so eine Eingebung. Hol mal die achte und die neunte der Puppen raus."

Dong: „Ja, mach ich. Und nun? Was soll da sein?"

Giro: „Keine Ahnung. Sieh mal auf der Unterseite nach!"

Dong: „Nein, da ist … Doch, warte, da ist was Kleines draufgekritzelt. Sieht aus wie lauter Zahlen, aber mit meinen alten Augen …"

Giro: „Okay, und in den Puppen – steht da auch etwas?"

Dong: „Ähm … Ja, da steht auch was. In der achten steht ‚N 50°' und in der neunten steht ‚E 90°'. Das sind Koordinaten. Ja, mit den Zahlen von vorhin ergibt das Sinn. Was bedeutet das, Giro?"

Giro: „Mutter wollte einen Hinweis geben und dort muss irgendetwas sein. Aber was?"

Dong: „Wirklich? Unglaublich. Woher wusstest du das bloß?"

Giro: „Sagen wir mal so, ich hatte eine nette Unterhaltung mit Cai und sie hat mir einen Brief von Mutter überreicht."

Dong: „Und dort stand all dies drin?"

Giro: „Mehr in Rätseln, aber ich hab's anscheinend richtig gedeutet."

Dong: „Ja, das passt zu meiner schlauen Ruri. So konnten Cai und auch kein anderer es entschlüsseln, sondern nur du. Einfach fantastisch!"

Auf einmal bekam Dong einen schrecklichen Hustenanfall.

Giro: „Geht's, Dong?"

Dong: „Ach, es geht schon. Aber ich möchte noch mit dir sprechen."

Giro: „Was?"

Dong: „Meine Gesundheit und ihr Kinder. Naomi, Sunny und du, Giro, ihr müsst stark sein."

Giro: „Ja, das sind wir doch. Dong, was ist los?"

Dong: „Ich sterbe."

Giro: „Was?! Nein, du stirbst doch nicht!"

Dong: „Doch, ich sterbe und ich möchte, dass du mir jetzt gut zuhörst. Du musst auf deinen Bruder achten. Er ist ein guter Junge, doch er überschätzt sich gerne, dabei ist er so ein Feingeist. Beschütze seine feine Seele! Versprichst mir das?"

Giro: „Ja, ich werde ihn immer beschützen. Mach dir keine Sorgen. Ich verspreche es."

Dong: „Gut. Gut. Noch was, wegen Naomi. Gib dir einen Ruck. Du und Naomi, ihr gehört zusammen, das war schon seit dem ersten Tag so. Also nimm dir das Glück, wenn es schon an deine Tür klopft, und habe keine Angst, nicht vor dem schönsten Gefühl der Welt, der Liebe. Du bist nur einmal jung und hast dir auch ein wenig Freude verdient. Hörst du?"

Giro: „Ja, Dong, ich hör dich. Aber ich und Naomi sind …"

Dong: „Papperlapapp! Schwachsinn! Du versprichst mir jetzt, dass du Naomi glücklich machst und damit auch dich. Versprich es einem alten, sterbenden Mann!"

Giro: „Hm … Also gut, ich verspreche dir, dass ich Naomi glücklich mache."

Dong: „Das möchte ich auch hoffen. Nun, ich muss mich wieder ausruhen. Ich weiß, dass du dir die Freiheit zurück erkämpfen und somit dem Ganzen auch ein Ende setzen wirst. Da habe ich keine Zweifel. Du durchbrichst den Teufelskreis. Giro, ich werde immer über euch wachen."

Giro: „Ja, Dong. Aber du wirst nicht sterben."

Dong: „Jeder muss sterben, Kind. Jeder … Sunny, komm rein. Sunny …"

Sunny betrat das Zimmer.

Sunny: „Hier, Großvater, dein Tee. Warte, ich gieße ein."

Dong: „Danke, mein Junge. Hier, nimm den Hörer und sprich mit deinem Bruder."

Sunny: „Ja, Großvater. Pass gut mit dem Tee auf, er ist sehr heiß."

Sunny verließ das Zimmer wieder.

Sunny: „Giro, bist du da?"

Giro: „Ja."

Sunny: „Großvater geht's echt mies, oder? Diesmal ist es schlimmer als sonst."

Giro: „Ja, er hört sich wirklich schlecht an. Das ist besorgniserregend."

Sunny: „Ich hoffe, er kommt bald wieder auf die Beine."

Giro: „Ja, besser wär's."

Sunny: „Hey, und warum hat Großvater mir die beiden halben Puppen in die Hand gedrückt? Was soll ich mit dem Mist?"

Giro: „Die Koordinaten! Sunny, sieh dir bitte die Unterseite der Puppen an, dort müssen winzige Zahlen draufstehen. Gib mir bitte die Zahlen durch."

Sunny: „Okay. Am … Also auf der größeren steht 41'3.8148 und auf der kleineren steht 42'3.8148. Was ist das für ein Mist? Und auch noch in Blindensprache, so winzig."

Giro: „Training für deine faulen Augen. Es sind nur Koordinaten."

Während er mit Sunny sprach, gab er die Koordinaten ein und erhielt so den Standort. Es war ein Punkt im Khoridol Soridag Nationalpark, von dem Dong vorher gesprochen hatte. Dort hatte er Ruri 1997 zum letzten Mal getroffen.

Giro: „Sunny!"

Sunny: „Ja, was geht?"

Giro: „Du musst was für mich machen!"

Sunny: „Was?"

Giro: „Also hör zu! Ich weiß, das klingt gleich ein wenig seltsam für dich, aber egal. Da ist was von Mutter und du musst es für mich holen."

Sunny: „Was? Wie bitte?"

Giro: „Ja, Sunny, von Mutter. Sie hat uns anscheinend was hinterlassen und irgendwo versteckt. Durch die Koordinaten weiß ich, wo es ist. Ich würde es selbst holen, doch ich sitze hier in Hongkong fest."

Sunny: „Okay! Mutter hat uns was hinterlassen. Wie bist du nur dahintergekommen?"

Giro: „Das spielt jetzt keine Rolle. Hör zu! Ich würde dich nicht bitten, wenn ich anders könnte, aber es könnte wirklich wichtig sein. Sogar sehr wichtig. Verstehst du?"

Sunny: „Jaja … Ich verstehe natürlich. Und wo muss ich hin?"

Giro: „Nach Khorido Soridag zum Dalai Edsch."

Sunny: „Na super! Das ist ja nur ein Drei-Tage-Tripp. Und wer kümmert sich um Großvater, geschweige denn um das Restaurant?"

Giro: „Schließ das Restaurant, ich begleiche die Ausstände. Und wegen Dong … lass Hela sich um ihn kümmern. Dong steht auf die runde, quietsche Maus und würde sich sicher über ihre Gesellschaft freuen."

Sunny: „Hm … Na gut, wenn sie Zeit hat und das klappt, dann nehm ich mir natürlich gerne frei."

Giro: „Gut. Aber du musst mir eins versprechen: Egal, was du dort findest, bring es einfach zu mir und sieh es dir am besten nicht an! Versprich es!"

Sunny: „Okay … Okay … Warum ist dir das so wichtig? Aber okay. Ich versprech es dir!"

─᠊ Kapitel 33 ᠊─
Der dunkle Wald und die kleine Mine

Ulaanbaatar, 10.05.2012, ein heißer Sommertag bricht an, es ist früh am Morgen, als Sunny seine Reise antreten will. Er hat sich einen kleinen Rucksack gepackt und nur das Nötigste reingestopft. Die nette Dame war auch schon am Abend zuvor angereist und kümmerte sich bereitwillig um den alten, kranken Mann. Doch es war Sunny trotzdem ein Graus, unter solchen Umständen die Stadt zu verlassen.

Mit seinem kleinen Rucksack auf der Schulter und gesenktem Haupt verließ er bedrückt die Pforten seines geliebten Heims. Es gab ihm stets ein Gefühl der Geborgenheit und vor allem der Sicherheit. Doch nun war auch seine Zeit gekommen und er musste seinen Beitrag leisten. Keiner stand nun neben ihm und hielt ihm den Rücken frei. Er musste jetzt einen großen Schritt allein gehen und durfte dabei nicht ins Straucheln geraten. Da stand er auch schon am Ende der leeren Straße und neben ihm der rote Toyota. Es war so weit, die Reise begann. Doch da auf einmal, wie aus dem Nichts – süße, liebliche Naomi, deine Stimme ist wie ein süßes Flüstern im Wind, du musst eine Honigbiene sein, dachte Sunny sich im Stillen.

Das Gespräch neben dem roten Toyota:

Naomi kam hinter ihm her und rief aufgeweckt wie immer: „Huhu! Sunny!"

Nach einem kleinen Schreck antwortete er, noch immer ziemlich erstaunt:

„Hey, Naomi!"

Als sie neben dem Toyota angekommen war, fragte sie nur frech: „Guten Morgen! Warum haust du einfach ab?"

Da sich Sunny ein wenig angegriffen fühlte, berichtigte er: „Morgen! Ich hau nicht einfach ab! Ich muss das tun. Es geht um meine Mutter."

Daraufhin erklang ihr liebliches Lachen und sie meinte freudig:

„Schon klar, du niedlicher Quatschkopf. Aber du könntest mir trotzdem Bescheid geben."

Dies machte Sunny verlegen und er sagte ein wenig errötet: „Es ist 5.30 Uhr morgens und du hast wie ein Engelchen geschlafen. Ich wollte einfach deine Ruhe nicht stören."

Daraufhin tat sie so, als würde sie dies erschrecken, und entgegnete scheinbar entsetzt:

„Och … du siehst mir also beim Schlafen zu?! Dein Ernst?"

Das hatte Sunny nicht erwartet, er tat dies schließlich nie. Darum machte ihr dieses kleine Spiel auch so viel Spaß. Er stotterte genervt:

„Ähm … Ich wollte nicht … Ach du bist doch doof!"

Sie musste daraufhin herzlich lachen und meinte erfreut:

„Hihi … schon gut. Also lass uns aufbrechen, sonst klappt dein Zeitplan nicht mehr."

Während sie dies sprach, stieg sie geschmeidig in den Wagen. Dies irritierte Sunny komplett und er protestierte gestresst:

„Hey, was soll das?! Du bleibst hier!"

Da sah sie ihn nur mit großen Augen an und meinte dann ohne große Umschweife:

„Dann kommst du aber auch nicht weit. Ich sag nur: Führerschein."

Diese Anspielung mochte Sunny gar nicht, da er schon drei Mal mit wehenden Fahnen durch die Prüfung gerasselt war und dies einer seiner Schwachpunkte war, denn er durfte noch nicht mal einen Roller fahren. Er antwortete pikiert:

„Ich kann Autofahren!"

Doch sie ließ nicht locker und meinte nur.

„Hast du ein Dokument, das dies bestätigt?"

Er fiel ihr gleich energisch ins Wort:

„Nein! Aber du weißt warum …"

Aber sie sah ihn nur ernst an und meinte bestimmend:

„Stopp! Du hast keinen Führerausweis und Punkt! Also, wenn du willst, fahr ich mit dir an den See, oder du läufst. Deine Entscheidung."

Nachdem er einen Moment mit sich gerungen hatte, lenkte er ein:

„Ja, du hast ja recht. Aber stelle dich nicht auf Urlaub ein, das wird Arbeit."

Da lachte sie wieder süß und meinte heiter:

„Klar doch! Mit dir ist alles Arbeit. Aber es macht auch eine Menge Spaß."

Also setzte er sich auf den Beifahrersitz und fügte trotz allem noch hinzu:

„Na ja, ist vielleicht besser zu zweit. Also lass uns aufbrechen!"

Dies erwiderte sie mit einem warmen Lächeln, und während sie den Motor anließ, meinte sie noch freudig strahlend:

„Okay! Auf zur Meeresmutter!"

Das brachte auch Sunny zum Lächeln und er wiederholte freudig:

„Auf zur Meeresmutter! Yeah!"

So begann die lange Fahrt durch die Steppe, die beide so liebten. Es war ihre trockene und karge Heimat. Sie trugen sie im Herzen, egal, wie hart sie manchmal auch sein konnte. Sie hatte ihnen schließlich auch viel gegeben, nicht nur ihr Leben. Es war ihre Geschichte und sie spielte hier in der Steppe der Mongolei. Sie besaßen die Seelen der Steppenpferde und ließen sich nicht unterkriegen. Ihr Schrei war mächtig und sie standen im Kampf. Das Ende war ein neuer Anfang und der Tod nur eine Wiedergeburt. Wie konnten sie da an Aufgeben denken? Nein, sie waren zum Kämpfen geboren. Es war ihr Weg und den gingen sie mit erhobenem Haupt, ganz ohne Zweifel. Sie standen zusammen und die Einheit siegte. Denn trotz all der Schrecken und Ungewissheiten lachten sie. Sie machten Witze und hielten sich bei Laune. Dies gab ihnen Kraft, um weiterzukämpfen. Sie brauchten die Unbeschwertheit mehr als die Ruhe. Sie brauchten den Trubel, um dem Schmerz zu entrinnen. Es war ein Schutz und der verhalf zu ihrem Seelenfrieden. Die heitere Fahrt und die nervenden Pinkelpausen verliefen reibungslos. Die beiden hatten eine Menge Spaß und es schien ihnen fast gutzutun, mal rauszukommen. Naomi blühte regelrecht auf und der kleine Sunny erkannte sie nicht wieder. Sie war so unglaublich hübsch und ihr Lachen konnte Berge versetzen. Sie war einfach ein unglaublich faszinierendes Mädchen und zog jeden förmlich in den Bann. So auch Sunny, er war mehr als nur hin und weg von ihr. Er hätte einfach alles für sie getan und sie war für ihn ein Engel.

Als sie den Khoridol Saridag Nationalpark erreichten, bot sich den beiden ein wunderbares Bild. So viele wunderschöne Tannenbäume hatten sie noch nie auf einmal gesehen. Aber nicht nur die zahlreichen, dunkelgrünen Baumkolonien beeindruckten, es war das einheitliche Ganze, das sie in den Bann zog. Der warme Wald schien sie förmlich in die Arme zu schließen und in den Schoß von Mutter Natur zu betten. Die Luft war warm und frisch. Sie roch nach dem warmen, trockenen Waldboden und den Tannennadeln. Man konnte die Rufe der wilden Vögel hören, die durch die Baumspitzen flogen. Auf dem erdigen Pfad, auf dem sie entlangfuhren, lagen lauter Äste und Zweige. Deren Knacken war in der sonstigen Stille gut zu vernehmen. Das Geräusch des Motors ergänzte das Knirschen der Reifen. Sie hatten ein genaues Ziel und dies mussten sie erreichen, wenn nötig zu Fuß. Der Waldweg führte sie nahe an dieses Ziel. Sie stellten den Wagen ab und begaben sich dann in Richtung der Koordinaten. Zwischen ihnen und dem Punkt auf dem GPS lagen noch sieben Kilometer Waldmarsch. Aber solche Distanzen waren die beiden gewohnt und sie genossen das viele Grün um sie. Es hatte etwas Mystisches und sie erzählten sich Märchen von Waldungeheuern. Das war etwas, was man mit Sunny gut konnte, in der Fantasie schwelgen und rumblödeln. Nach etwa drei Kilometern Marsch befanden die beiden sich gerade in einer amüsanten Unterhaltung.

Die Unterhaltung im dunklen Wald:

Sunny: „Glaub mir, der Biss eines Zombies kann einem Werwolf bestimmt nichts antun."

Naomi: „Echt? Aber das wäre dann ein Werzombie, das klingt doch cool!"

Sunny: „Ein Werzombie! Nein, eher noch ein Zombiewolf."

Naomi: „Und wie nennst du dann bitte einen Zombie, der von einem Werwolf gebissen wurde? Das geht nicht."

Sunny: „Ach egal! Ein Werwolf würde sich so oder so nie in einen Zombie verwandeln. Punkt! Das wäre, als würde Superman zum Zombie mutieren oder Hulk."

Naomi: „Hulk – ist der nicht der König der Zombies? Der grüne Bruder von Frankenstein oder so?"

Sunny: „Was laberst du? Kennst du etwa nicht die Geschichte vom grünen Riesen?"

Naomi: „Nein. Ich weiß nur, dass der Kerl grün, riesig und wütend ist, wie eine Art Zombiebodybilder. Ich dachte, das reicht auch."

Sunny: „Was?! Nein, das reicht nicht! Du musst mindestens die Filme gesehen haben. Du hast definitiv Nachholbedarf. Zu Hause sehen wir uns die Filme zusammen an und wehe, du pennst wieder ein."

Naomi: „Wenn er wie dieser Film mit dem Spinnenjungen ist, dann kann ich für nichts garantieren."

Sunny: „Du meinst Spiderman! Bei dem Film bist du auch eingepennt. Das kann nicht dein Ernst sein! Und du nennst ihn echt Spinnenjunge?!"

Naomi: „Ja! Das ist er doch auch. Warum sollte ich ihn nicht so nennen?"

Sunny: „Ach, schon gut. Vergiss es! Du hast keine Ahnung. Bist ja auch ein Mädchen."

Nachdem er dies gesagt hatte, bemerkte er, dass Naomi nicht mehr neben ihm her ging, und sah sich nach ihr um. Sie war ein paar Meter zuvor stehen geblieben und starrte in den Wald. Sunny ging zu ihr und fragte:

„Was hast du? Ich spreche mit dir und du …"

Doch sie rührte sich nicht und gab ihm nur zu verstehen, dass er ruhig sein solle, bevor sie ihm leise zuraunte:

„Pscht … Warum bist du immer so laut? Schau, da!"

Sunny folgte ihrer Fingerspitze. Doch als er sah, auf was sie da deutete, erstarrte er kurz vor Schreck, bevor er mit weit aufgerissenen Augen flüsterte:

„Ist das ein verfluchter Braunbär? Oh mein Gott! Ich … Ich …"

Doch bevor er weiterstottern konnte, meinte sie fasziniert:

„Das ist definitiv ein Braunbär und eine Mama dazu. Dort – schau, wie süß."

Aber ihm war sichtlich unwohl bei dem Anblick und er sagte gestresst:

„Ja, echt ein Traum von einem Bild. Aber können wir dann jetzt, bevor die Mama uns noch sieht? Die Kleinen haben sicher eine Menge Hunger und ich will wirklich nicht auf ihrer Speisekarte landen."

Doch sie blieb ganz ruhig und meinte nur sorglos zu ihm:

„Sie wird uns nichts tun."

Diese Sorglosigkeit verstand er nicht und antwortete nur wenig überzeugt:

„Ach ja? Und woher weißt du das? Und sag jetzt bloß nicht Discovery Channel, denn den Sender haben wir noch nicht mal."

Da schüttelte sie den Kopf.

„Keine Ahnung, was Discovery Channel sein soll. Aber ich hab's einfach im Gefühl."

Er sah sie mit großen, erstaunten Augen an.

„Gefühl! Also da wäre mir Discovery Channel doch lieber gewesen. Und jetzt komm!"

Nach ein paar Widerworten ging Naomi schließlich mit ihm weiter. Als sie die Stelle am Waldrand erreichten, sahen sie dort das steinige Flussufer des Dalai Edsch. Sie folgten ihm ein Stück und landeten schließlich vor einem Mineneingang. Allem Anschein nach war das, was sie suchten, dort drin, in dem kleinen, dunklen Loch. Die beiden sahen in das dunkle Nichts der alten Mine und führten folgendes Gespräch:

Naomi: „Ist das, was Giro will, da drin?"

Sunny: „Ja, sieht ganz so aus. Mutter wollte nicht, dass es jeder finden kann."

Naomi: „Und wenn es doch jemand gefunden hat?"

Sunny: „Na ja, das werden wir wohl gleich feststellen."

Naomi: „Du meinst, ich. Du passt da nie rein, alles zugeschüttet."

Sunny: „Das räume ich weg. Du gehst dort sicher nicht rein!"

Naomi: „Na klar! Die Steine sind riesig und wiegen eine Tonne. Ich kriech durch den Spalt da – außer du verwandelst dich in Hulk!"

Da sah er sie erstaunt an und meinte dann neckisch:

„Siehst du, du weißt doch, wer Hulk ist und was der drauf hat. Aber nein, ich kann dich nicht allein da rein lassen."

Naomi: „Warum? Es wird wohl nichts Größeres als wie ich dort drin auf mich lauern können, dafür ist der Eingang zu klein.

Und ich denke, die Geschichte vom Wasserdrachen ist ja nett, aber ein Märchen."

Sunny: „An Wasserdrachen hab ich noch gar nicht gedacht. Aber jetzt, wo du es erwähnst, noch ein weiterer Grund, dich nicht allein da rein zu lassen!"

Doch noch während er sprach, quetschte sich Naomi schon durch die Lücke des Schuttes. Er konnte nur noch ihren Ärmel greifen, doch sie riss sich los. Da meinte er besorgt und leicht gereizt: „Ach Naomi …!"

Nach einem Augenblick sah er das Licht ihres Mobiltelefons durch den Spalt scheinen und sie meinte ernüchternd:

„Puh … Ein wenig stickig hier drin. Hier wurde wohl lange nicht mehr gelüftet oder abgestaubt. Die Putzfrau ist wohl davongerannt und hat sich eine edlere Bleibe gesucht."

Er drückte sich gegen die Lücke und fragte gespannt: „Siehst du was?"

Naomi: „Ähm … Ja. Aber hier gibt's nicht viel."

Sunny: „Was siehst du denn?"

Naomi: „Na ja, Dreck und Gerümpel. Ich glaube, hier hat mal jemand drin gelebt. Obwohl – es ist echt eng und unglaublich stickig."

Sunny: „Siehst du etwas, das kein Müll sein könnte?"

Naomi: „Nein, das ist alles nur Müll."

Sunny: „Ach … So ein …"

Doch da unterbrach sie ihn auf einmal überraschend.

„Nein, warte … Was haben wir denn hier Schönes …"

Im selben Moment erklang ein lautes Knarzen und nachfolgend ein Knall. Naomi schrie auf und Sunny fragte sogleich besorgt:

„Naomi! Alles okay? Was ist los? Sag schon was!"

Nach einem Moment der Bange erklang jedoch ihre Stimme und sie meinte erleichtert, aber immer noch beunruhigt:

„Alles okay! Bin nur in ein kleines Loch gefallen!"

Sunny: „Was? Du bist in ein Loch gefallen? In was für ein Loch?"

Naomi: „Na, in ein Loch, das hier im Boden ist. Die morschen Holzbretter haben unter meinem Gewicht nachgegeben."

Sunny: „Na ja, solange es dir gut geht. Und du meintest ja, es sei ein kleines Loch. Obwohl der Knall eher nach einem tiefen Loch klang."

Naomi: „Ähm … Ich sagte ‚klein‘, ja, das stimmt und es ist auch echt eng hier unten. Aber auch tiefer, als ich annahm. Also …“

Er unterbrach sie erschrocken und rief entsetzt:

„Was? Ich kann dir aber nicht helfen! Was … Ach, so ein verflixter Mist! Ich versuch, mich durch den Spalt zu quetschen und dir zu helfen. Warte, ich komme!“

Naomi: „Hm … Sunny, beruhige dich! Du musst mir nicht helfen, bleib draußen! Ich kraxle gerade hoch. Sind nur noch drei Meter oder so.“

Sunny: „Nur noch drei Meter oder so?! Scheiße, wie tief bist du bloß gestürzt! Du bist einfach unglaublich!“

Während Sunny dies sprach und sich wieder aus dem Spalt quetschte, in dem er schon halb eingeklemmt war, vernahm er auf einmal eine grobe Männerstimme von hinten:

„Dreh dich langsam um und nimm die Hände hinter den Kopf!“

Da es schon Abend war und dämmerte, konnte Sunny nur einen Schatten wahrnehmen. Erst als der Mann vortrat, konnte er ihn richtig sehen, doch er kannte ihn nicht. Er sah aus wie ein mongolischer Einsiedler und trug noch nicht mal Schuhe. Er schien geradewegs aus dem Wald zu kommen und dort auch zu hausen. Doch der Waldmann besaß ein Jagdgewehr und damit zielte er auf Sunnys Kopfmitte. Also tat er, was der Waldmann befahl.

Gespräch mit dem Waldmann:

Waldmann: „Ihr meint, ihr könnt mich und meinen Wald bestehlen. Aber das werdet ihr bitter bereuen!“

Sunny: „Was? Nein, Sir. Wir wollen Sie nicht bestehlen und den Wald ganz sicher auch nicht. Das ist ein Missverständnis … Ich bitte Sie …“

Waldmann: „Ach! Lüg nicht! Ich bin euch schon die ganze Zeit gefolgt.“

Sunny: „Was? Sie folgen uns schon seit über vier Stunden?“

Waldmann: „Ja, tue ich. Also lüg mich nicht an! Wo ist eigentlich deine kleine Freundin hin? Die ist süß wie eine Wildbeere.“

Sunny: „Ich denke, Sie sind uns gefolgt. Dann sollten Sie auch wissen, wo sie ist, oder?“

Waldmann: „Ach … Bin ich auch! Aber musste mal … Also sag schon, wo ist sie?"

Sunny: „Na ja, wenn das so ist. Sie ist noch im Wald. Ich glaube, gleich da oben irgendwo. Aber Sie kennen sich hier ja besser aus als ich und werden bestimmt fündig."

Waldmann: „Ich wusste es, ihr wollt nur meine Pilze stehlen. Aber die kriegt ihr nicht! Nur über meinen Leichnam!"

Sunny: „Pilze? Was für Pilze? Was reden Sie da? Keiner will Ihre Pilze. Wer will schon Pilze!"

Waldmann: „Du sprichst schlecht über Pilze! Wie kannst du es wagen? Pilze schmecken einfach herrlich und es gibt so viele verschiedene Arten. Pilze sind das neue Gold! Es gibt nichts Besseres als ein gutes Stück Fleisch und dazu ein paar herrliche Pilze. Besonders Braunbär und Rentier. Mm … jetzt bekomm ich Hunger. So Hunger!"

Sunny: „Okay! Das wird jetzt langsam wirklich unheimlich, also …"

Waldmann: „Du hast recht! Ich sollte weniger reden und lieber anfangen, das Essen zuzubereiten. Also geh vom Eingang weg, sonst wird meine Wohnung schmutzig, wenn auch nur der Eingang."

Sunny: „Okay …"

Sunny bewegte sich langsam vom Mineneingang weg und der verrückte Waldmann nahm seinen Platz ein, dabei behielt er Sunny im Visier und entsicherte dabei das Jagdgewehr.

Waldmann: „Weißt du, mir wäre ein Rentier oder Bär auch lieber, aber ich hab schon seit sechs Wochen nichts anderes außer Pilzen gegessen und das zehrt ziemlich an meinem Verstand, also nimm es nicht zu persönlich! Ich denke, dein noch ziemlich junges Fleisch wird herrlich schmecken, der Letzte war schon über vierzig und ziemlich bissfest."

Sunny: „Was? Nein! Sie wollen mich essen? Was soll der Scheiß? Verflucht! Sie sind ja völlig verrückt!"

Waldmann: „Nein, nur hungrig."

Da legte der verrückte Waldmann zum Schuss an und Sunny glaubte einfach nicht, in was für eine Lage er wie aus dem Nichts heraus geraten war. Er schloss verängstigt und erschrocken seine Augen.

Doch anstelle des erwarteten Schusses erklang nur ein leises, überraschtes Schluchzen. Als Sunny seine Augen öffnete, sah er, wie dem Waldmann die Waffe aus der Hand fiel und er vor ihm auf die Knie sackte. Er umklammerte eine Klinge, die sich durch seinen Korpus gebohrt hatte und vorne am Bauch austrat und mit ihr auch eine Menge Blut. Als er schließlich ganz zu Boden ging und seinen letzten, blutigen Atemzug röchelte, sah Sunny, wie sich Naomi durch die Lücke drängte. Er war noch ziemlich perplex, als sie zu ihm sagte:

„Alles gut? Er hat dir doch nichts getan, oder?"

Sunny sah sie nur mit großen, erschrockenen Augen an und meinte dann immer noch leicht perplex:

„Oh mein Gott! Warst du das etwa?"

Naomi: „Ja! Der wollte dich kochen! Das konnte ich doch nicht zulassen!"

Sunny: „Ja schon, aber musstest du ihn gleich wie ein Schwein aufspießen?"

Naomi: „Da ich nur den alten Säbel zur Auswahl hatte und er im Besitz eines Jagdgewehres war – ja, es musste sein. Möchtest du etwa, dass ich mich bei dem Kannibalen entschuldige?"

Sunny: „Was?! Nein, außer vielleicht bei mir für den Schrecken, den ich gerade durchleben musste. Aber bei dem Arschloch musst du dich nicht entschuldigen, ist eh schon zu spät. Dieser dumme Wichser! Der wollte mich tatsächlich essen, oder?"

Naomi: „Aber so was von! Der Spinner!"

Sunny: „Krankes Schwein! Echt, aber so was von! Da geht man einmal in den Wald und schon wird man von Kannibalen angefallen. Ich weiß, warum mir die Steppe lieber ist, da hat man einfach den besseren Überblick."

Naomi: „Vielleicht war er auch ein Zombie! Hihi!"

Sunny: „Ein Zombie mit kulinarischem Hintergrund, der mit Pilzen kocht? Das bezweifle ich schwer. Aber gut!"

Naomi: „Das wäre dann ein Zombiekoch."

Sunny: „Ja, vielleicht hast du recht und er war nur ein Zombiekoch auf Einkaufstour. Das beruhigt mich unheimlich."

Naomi: „Dann ist ja alles gut. Lass uns gehen!"

Sunny: „Und der Zombiekoch?"

Naomi: „Na ja, andere Leute fahren an abgelegene Orte wie diesen, um Leichen zu entsorgen, also …"

Sunny: „Lassen wir ihn einfach hier liegen?"

Naomi: „Ähm … Ja, ich denke schon … Der Waldmann hat doch selbst gesagt, er habe seit sechs Monaten niemanden getroffen und irre hier herum. Anscheinend hat er da in der Mine gelebt. Also lassen wir ihn hier. Er wohnt schließlich auch hier."

Sunny: „Na ja, ich hab keine Lust, ihn zu schleppen, und schon gar keine, ihn zu verscharren. Obwohl er es eigentlich verdient hätte, von den Würmern verspeist zu werden. Also lassen wir ihn halt hier liegen und dann fressen ihn hoffentlich wenigstens die Fliegen."

Dann entfernten sie sich von dem Mineneingang und machten sich auf den Rückweg. Als sie am Waldrand standen und Naomi zum letzten Mal zurück zur Mine blickte, griff sie Sunny am Arm und zeigte ihm erstaunt das Bild, das sich ihr bot. Anscheinend hatte jemand in der Einsamkeit der Weite mitbekommen, dass ein Leben ausgelöscht wurde, und übernahm mit Freude den nächsten Schritt. Es war die Braunbärenmama, sie schleppte den noch warmen Korpus mit Leichtigkeit weg und zog mit ihren süßen drei Jungbären zurück in den Wald. Da meinte Sunny nur:

„Na, das nenn ich mal wahre Gerechtigkeit! Ich hoffe, sie vergisst die Pilze nicht zum Dinner."

Naomi: „Ja, die Natur ist wirklich faszinierend. Sie räumt von ganz alleine auf. Ach … in dem ganzen Trubel mit dem verrückten Waldmann hab ich ganz vergessen, dir das hier zu geben. Hier!"

Sie zog eine kleine Schatulle aus Kupfer aus ihrer Jacke und streckte sie Sunny entgegen. Auf ihr war ein Phönix abgedruckt und sie war recht schwer für ihre Größe, nämlich kaum mehr als eine Ticktack-Schachtel. Auf einer Seite stand was drauf, und zwar „Dalai Edsch". Während Sunny sich die Schatulle ansah und ein wenig perplex schien, erklärte Naomi:

„Das war dort im Loch und steckte in der weichen Wand. Als ich sah, was drauf stand, dachte ich, es könnte vielleicht das sein, was du suchst."

Sunny: „Ähm … Ja, das ist es wahrscheinlich. Aber Giro sucht es und nicht ich, also …“

Naomi: „Was? Du willst da gar nicht reinschauen?“

Sunny: „Na ja … Eigentlich schon …“

Naomi: „Aber?“

Sunny: „Ich sollte nicht. Giro hat gesagt, es wäre besser so.“

Naomi: „Und jetzt willst du es ihm per Post schicken oder wie?“

Sunny: „Ja! Keine Ahnung, er wird schon wissen, was er tut, also …“

Naomi: „Klar, er will dich beschützen. Aber was ist, wenn da auch nur ein weiterer Hinweis drin ist und es nicht das Ende ist?“

Sunny: „Was? Wie meinst du?“

Naomi: „Na ja, ich gebe es ja nicht unbedingt gerne zu, aber das enge Loch, in das ich gestürzt bin, war eine Art Toilette … Nein, es war definitiv ein Plumpsklo, wenn auch eher antik, was die Situation nicht verschönerte, also …“

Sunny: „Uh … Okay, echt eklig! Sieht man dir gar nicht an!“

Naomi: „Ja, ich weiß, sind zum Glück nur meine Schuhe und Hosenbeine kontaminiert.“

Sunny roch an ihr und wich sogleich erschüttert zurück. Daraufhin meinte er angeekelt:

„Uff … Ja, jetzt riech ich's. Verdammt! Das ist echt übel. Darum bist du da auch so schnell rausgekraxelt. Haha … Und deswegen wolltest du auch nicht, dass ich dir zu Hilfe eile.“

Naomi: „Nicht ganz! Ich wollte nicht, dass du mit deinem dicken Po den Eingang verstopfst und ich am Ende noch gezwungen gewesen wäre, dort richtig aufs Klo zu gehen. Aber was anderes – wegen der Schatulle. Ich denke nicht, dass deine Mutter mehr als nur einen Hinweis auf einem Klo versteckt. Das ist nun wirklich kein Ort, um Wertsachen aufzubewahren, sondern eher was für Altlasten.“

Sunny: „Du hast ja recht! Aber wir gehen zuerst zurück zum Wagen und rufen Giro an. Ich möchte ihn nicht hintergehen.“

Naomi: „Klar, klingt wie ein Plan. Hab eh langsam Hunger und im Wagen liegen noch eine Packung Popcorn und ein paar Schokoriegel.“

—ᴄ᷍ Kapitel 34 ᷍ᴄ—
Wie konnte das passieren?

Etwa dreißig Stunden zuvor in Hongkong:

Nachdem Giro mit seinem Bruder gesprochen und ihn zum Dalai Edsch geschickt hatte, war wieder mal Warten angesagt. Dies war keine von seinen Stärken. Aber er war es langsam gewohnt und nahm es gezwungenermaßen an. Also genehmigte er sich ein Glas Wodka und saß entspannt auf seiner kleinen Couch. Während er da saß und nebenbei ein NBA-Spiel ansah, war er ganz woanders. Es gab schließlich so viel zu ergründen und zu bereinigen. Er konnte sich ja schlecht eine Pause von seinem eigenen Leben nehmen, oder? Es wäre oft der leichtere Weg gewesen, aber einfach ist nicht gleich optimal. Denn es bedurfte einer Kunst, sich durchs Leben zu boxen und die hohen Hürden zu meistern, die sich einem in den Weg stellten. Es war egal, wer oder was man war, jeder hatte seine ganze eigene Bestimmung und dies war nun mal seine.

Die Stunden vergingen und die Nacht brach ein. Giro schlief schon halb auf der Couch und war im Dämmermodus. Auf einmal ertönte ein lautes Klopfen an der Tür und dann heftiges Klingeln der Türglocke. Er schreckte sofort auf und verschüttete dabei den Wodka aus dem Glas in seiner Hand. Doch bevor er überhaupt richtig reagieren konnte, drang die grelle Stimme der Pudel-Polizistin Lila Mai durch die Tür.

„Herr Long! Hier ist Mai von der Hongkonger Polizei! Öffnen Sie bitte die Tür!"

Als Giro die Stimme der Polizistin vernahm, vergaß er den Wodkafleck auf seinem Hosenbein und ging sofort zur Tür. Er wollte sie nicht warten lassen und so noch mehr Zweifel bei ihr wecken, denn davon hatte sie schon genügend. Sonst würde sie auch nicht schon wieder vor seiner Tür stehen. Aber na gut. Er öffnete die Tür und auf der anderen Seite standen wie erwartet die beiden Witzfiguren. Na ja, zwei Clowns hätten ihm mehr Angst gemacht und da war er wahrscheinlich nicht der Einzige.

Das Gespräch an der Tür:

Giro: „Guten Abend. Was kann ich heute für die Herrschaften tun?"

Lila Mai: „Guten Abend. Heute sind Sie herzlich zu einer Vernehmung auf dem Revier eingeladen und dies mit oder ohne Ihr Einverständnis. Also?"

Giro: „Ach ja! Mit oder ohne. Na, dann hab ich wieder mal keine andere Wahl, oder?"

Lila Mai: „Nein, haben Sie nicht. Officer Zong, den Beschluss bitte."

Ken Zong: „Ja doch! Beschluss!"

Er hielt Giro den Beschluss vor die Nase und sah ihn nur starr an.

Giro: „Schon gut. Wo geht's lang?"

Lila Mai: „Sie dürfen sich gerne was anderes anziehen, bevor wir aufs Revier fahren."

Giro: „Sie meinen, ich soll mich schick machen für meine Vernehmung? Nein, ich glaube eher nicht. Ich mag meinen Trainer, ist echt bequem."

Lila Mai: „Dann kommen Sie mit!"

Giro: „Hatte nichts anderes vor."

Also fuhr Giro mit den beiden Bullen aufs Revier. Dann folgte die Standardprozedur, und zwar das Rundum-Wohlfühl-Programm der Polizei. Giro kam sich schon wie gerichtet vor, doch er ließ sich nichts anmerken und tat so, als wäre es scheißegal. Dies schien der herrschsüchtigen Polizistin gar nicht zu passen, sie hatte wohl gehofft, ihn damit zu provozieren, was ganz offensichtlich war. Aber nicht mit ihm, da musste die liebe Dame schon härtere Geschütze auffahren, denn so würde dies ein leichtes Spiel für ihn. Als das Vorführspektakel vorbei war, setzten sie ihn in einen kahlen Verhörraum. Dort ließen sie ihn eine ganze Weile schmoren. Doch Giro ließ sich nicht beirren und wartete geduldig ab. Dann irgendwann öffnete sich die Tür und die beiden Eierköpfe betraten den tristen Raum. Giro, der vor Langeweile fast wieder eingedöst wäre, riss die Augen auf und setzte sich aufrecht hin. Lila Mai und ihr armer Mitläufer nahmen vis-à-vis von ihm an dem kühlen Metalltisch Platz. Dann legte die wuschelige Polizeibeamtin eine Akte auf den Tisch. Wortlos öffnete sie diese und nahm drei Fotos heraus, die sie Giro über den Tisch zu schob. Die Aufnahmen stammten aus dem Krankenhaus und darauf war Giro zu erkennen, wenn auch nicht gut.

Lila Mai: „Ich nehme an, Sie erkennen die Person auf den Fotos?"

Giro: „Nein, warum sollte ich?"

Lila Mai griff nach den Fotos und packte sie wieder zusammen, dabei meinte sie:

„Na gut. Dann warten wir einfach auf die Zeugin."

Giro: „Zeugin für was?"

Lila Mai: „Die Zeugin, die bestätigen kann, dass Sie am 3.5.2012 um 1.28 Uhr im United Christian Hospital waren und dort einen jungen Mann mit Schusswunde ablieferten."

Giro: „Ach, dafür muss die nette Dana doch nicht extra herkommen. Natürlich war ich dort. Aber abgeliefert hab ich niemanden. Bin nur im Krankenwagen mitgefahren. Sie wissen schon, Beistand leisten und so. Wie geht's Danas Bruder eigentlich?"

Lila Mai: „Ja, wir wissen schon Bescheid, Sie haben dem Mann das Leben gerettet, daran besteht kein Zweifel. Was bei mir die Frage aufwirft, warum verschwanden Sie, bevor die Polizei eintraf?"

Giro: „Das heißt, Sven hat's überstanden. Gut! Wissen Sie, ich musste leider noch einen Termin wahrnehmen und war durch die Rettungsaktion schon ein wenig im Verzug."

Lila Mai: „Ach so ist das also. Um was für einen so wichtigen Termin handelte es sich?"

Giro: „NBA."

Lila Mai: „NBA! Meinen Sie etwa, Sie waren bei einem Spiel?"

Giro: „Nein, das Spiel war bei mir. Ich hab's im TV geschaut."

Lila Mai: „Okay, damit ich das richtig verstehe: Sie halfen zuerst Dana Maier und ihrem Bruder. Dabei verletzten sie den Angreifer, der daraufhin in die Nacht floh, und dann begleiteten sie das Opfer ins Krankenhaus. Danach verschwanden Sie jedoch, bevor Sie Bescheid wussten, ob der Mann durchkommt oder nicht, und die Polizei die Aussage aufnehmen konnte. Das passt einfach nicht zusammen."

Giro: „Na ja, eigentlich wollte ich schon früher verschwinden, aber die Kleine tat mir leid und ich bin nur ein Mann. Ich dachte auch bis heute, dass ich nichts verbrochen hätte. Also?"

Lila Mai: „Hm … Also hatten Sie Gefallen an der jungen Dame gefunden und sind deshalb geblieben. Aber warum haben Sie sich denn bis heute nicht bei der Dame gemeldet, wenn sie Ihnen doch so gefiel?"

Giro: „Ganz einfach, sie nervt und quatscht einen fast um den Verstand. Nicht mein Ding."

Ken Zong: „Eine Frau also!"

Giro: „Ja klar, ich hoffe doch! Aber eine echt anstrengende."

Ken Zong: „Sind die Weiber doch alle!"

Lila Mai: „Officer Zong, es reicht! Herr Long, ich soll Ihnen wirklich glauben, dass Sie wegen der zu anstrengenden Dame die Flucht ergriffen haben? Das kommt mir seltsam vor, ein junger Mann wie Sie gibt doch nicht einfach auf."

Giro: „Ja, ich bin erst 20 und hab wirklich keinen Bock auf nervige Bräute."

Ken Zong: „Welcher Mann hat das schon, zwanzig hin oder her?"

Lila Mai: „Hier geht es aber nicht um die Vorlieben der Männer, Officer Zong. Also lassen Sie uns bei der Sache bleiben! Herr Long war und ist ein Zeuge, der vom Tatort floh. Also warum handelte Herr Long zuerst wie ein ehrbarer Bürger und flieht dann wie ein Verbrecher? Stellen Sie sich lieber diese Frage, Zong!"

Ken Zong: „Diese Frage erübrigt sich doch. Wir haben schließlich die Videoaufnahme, die uns die Frage beantwortet. Mich interessiert viel mehr, was Herr Long damit vorhat."

Lila Mai: „Ja, Officer Zong, das ist wirklich eine gute Frage. Also Herr Long, Sie haben Officer Zongs Frage gehört. Klären Sie uns bitte auf!"

Giro: „Wir sprechen immer noch von dem Überfall oder was läuft hier gerade? Klären Sie mich doch bitte zuerst auf."

Lila Mai: „Da wir den Täter ohne Ihre Mithilfe fassen konnten, geht es hier nicht um den Überfall. So viel dazu."

Giro: „Und über was sprechen wir dann jetzt?"

Lila Mai: „Wir sprechen über den 3.5.2012. An diesem Abend wurden mein Kollege Zong und ich – aber nicht nur wegen des Überfalls auf die jungen Leute – ins United Christian Hospital gerufen."

Giro: „Ach, war wohl viel los an dem Abend."

Lila Mai: „Das kann man so sagen, ja. Außer dem Spiel haben Sie sicher auch mal die Nachrichten gesehen."

Giro: „Nachrichten? Nein, steh ich nicht drauf. Warum?"

Lila Mai: „Schade. Denn sonst wüssten Sie, dass am selben Abend im besagten United Christian Hospital um 1.54 Uhr im 13. Stockwerk ein Diebstahl mit Körperverletzung stattfand."

Giro: „Und?"

Lila Mai: „Dies war fünf Minuten vor dem Eintreffen der Polizei. Doch wir haben Videoaufzeichnungen, auf denen derselbe Mann zu sehen ist wie auf den Fotos. Darauf ist zu sehen, wie dieser das Krankenhaus um 1.57 Uhr verlässt. Da wir nun wissen, dass Sie dieser Mann sind, stellt sich uns die Frage, ob Sie auch im 13. Stockwerk waren und vielleicht sogar den Diebstahl sowie Körperverletzung begangen haben. Also waren Sie im 13. Stockwerk oder nicht?"

Giro: „Ja, war ich und trank was mit Dana. Aber was sollte ich in einem Krankenhaus stehlen? Den O-Saft vielleicht? Den hat Dana ausgegeben und ich denke, auch bezahlt."

Ken Zong stand erbost auf und plusterte sich vor ihm auf.

Ken Zong: „Jetzt reicht es mir mit Ihren Ausflüchten! Geben Sie einfach zu, dass Sie dem SARS-Patienten gewaltsam Blut entnommen haben und dann seine Frau mit einer Waffe bedrohten, um dann aus dem Krankenhaus zu fliehen!"

Giro: „Was?! Haben Sie sich gerade selbst zugehört? Das ist doch Schwachsinn!"

Lila Mai: „Ja, da stimme ich Ihnen zu, Herr Long, für normale Leute klingt dies wie Schwachsinn. Aber nicht für Menschen mit terroristischem Hintergrund und einer Mission."

Giro: „Das wird ja immer besser hier! Und Sie beide sind echte Polizisten?!"

Ken Zong schlug mit der geballten Faust auf den Tisch und sah ihn mit Psychoblick an.

Ken Zong: „Natürlich sind wir Polizisten und Sie sind ein Terrorist!"

Giro: „Tourist trifft es wohl eher. Aber okay."

Lila Mai: „Officer Zong, beruhigen Sie sich!"

Da setzte Ken Zong sich wieder genervt hin und verschränkte die Arme.

Lila Mai: „Herr Long, wir möchten Ihnen nur die Möglichkeit bieten, uns aufzuklären. Denn die Frau des Opfers wird den Täter wiedererkennen, und wenn Sie der Täter sind, dann wird sich Ihr frühzeitiges Geständnis positiv auf Ihre Strafe auswirken. Dazu kommt, dass wir von der Zeugin wissen, dass der Täter an derselben Pigmentstörung leidet wie Sie. Ein grünes und ein braunes Auge – wirklich selten."

Giro: „Keine Ahnung, wovon Sie da sprechen. Außer mir haben noch andere Menschen eine Iris-Heterochromie und so speziell ist das auch nicht. Mal ganz abgesehen von der Tatsache, dass es Kontaktlinsen gibt. Sollten Sie vielleicht auch mal ausprobieren, denn Ihre Brille ist echt übel, noch schlimmer als Ihr Wollpullover."

Lila Mai sah Giro nur wütend an und schien leicht angegriffen.

Ken Zong: „Es geht hier nicht um die Oma-Klamotten meiner Partnerin Mai. Nein, nein! Hier geht es um Sie, den Terroristen! Und wenn es etwas gibt, das ich wirklich hasse, dann sind es Terroristen und terroristische Zellen. Ihr plant Anschläge und denkt, ihr seid im Recht. Aber weißt du was? Solange es Leute wie mich gibt, habt ihr keine Chance zu gewinnen, denn wir zerschlagen euch alle."

Giro sah den Polizeibeamten nur fragend an und dachte, was für ein Spinner! Meinte der den Scheiß etwa ernst, der hatte wohl zu viele Filmabende verbracht.

Giro: „Sie schauen gerne Filme, wie es aussieht."

Da wollte Officer Zong ihm an den Kragen. Doch bevor er zuschlagen konnte, öffnete sich die Tür und ein schildkrötenartiger Mann betrat den Verhörraum.

Martin Chang: „Was ist hier los! Zong, lassen Sie ihn sofort los!"

Ken Zong ließ sogleich von Giro ab.

Ken Zong: „Natürlich, Herr Hauptkommissar Chang!"

Lila Mai: „Herr Hauptkommissar, Sie wünschen?"

Martin Chang: „Mai, lassen Sie den Mann gehen."

Lila Mai: „Ähm … Aber Herr Hauptkommissar, wir sind noch nicht mit dem Verhör zu Ende und die Zeugin kommt noch zur Gegenüberstellung."

Martin Chang: „Was war an meinen Worten so schwer zu verstehen? Lassen Sie den Mann gehen! Ich wiederhole mich nur ungern."

Lila Mai: „Natürlich, Herr Hauptkommissar! Officer Zong, nehmen Sie Herrn Long bitte die Handschellen ab und zeigen Sie ihm den Ausgang."

Der Polizist nahm ihm die Handschellen ab.

Giro: „Wie freundlich von Ihnen. Den Ausgang finde ich auch allein. Herr Hauptkommissar Chang, danke, dass Sie mich aus diesem Irrenhaus entlassen. Officer Mai und Zong, es war mir keine Freude."

Dann grinste er schäbig und verließ den Raum.

Lila Mai: „Herr Hauptkommissar?"

Martin Chang: „Schaut mich nicht so an! Der Befehl kam von ganz oben und der Fall fällt nun in den Aufgabenbereich des FBI."

Lila Mai: „Amerika!"

Martin Chang: „Das ist eine ganz große Sache und nichts für uns normale Polizisten. Also los! Ihr habt schließlich genug andere Fälle zu lösen. Hongkong schläft nie und das gilt auch für seine Verbrechen."

Giro wusste nicht, warum sie ihn einfach rausspazieren ließen. Doch die beiden Polizisten waren sowieso recht seltsam und schienen nicht ganz richtig zu ticken. Ein bisschen verwirrend und gewöhnungsbedürftig ihre Verhörmethoden, so ein unwirkliches Gespräch hatte Giro noch nie zuvor führen müssen. Das war eine neue Erfahrung und sie war echt unangenehm. Als er auf dem Weg zur Bahn war, dachte er an die Konsequenzen, die das Ganze noch mit sich bringen könnte, und an die Tatsache, dass ihm die ganze Aktion außer Ärger nichts gebracht hatte. Denn wenn er nur ein wenig mehr Geduld gehabt hätte, dann hätte er die Antwort auch ohne diesen Akt der Verzweiflung erhalten. Doch jetzt war es nun mal so und die Zeit konnte man nicht zurückdrehen. Das konnte man noch nie. Ansonsten hätte es einem schon so manches Leid erspart und man würde wahrscheinlich das Gefühl von Trauer und Verlust nicht einmal kennen.

Da stand er nun in Gedanken versunken und wartete auf die Bahn. Auf einmal hielt jedoch nicht die Bahn, sondern eine schwarze Limousine und ein Mann im schwarzen Anzug bat ihn einzusteigen. Als Giro der Bitte jedoch nicht Folge leisten wollte, zog der Unbekannte eine Knarre und wiederholte seine Aufforderung. Da fügte Giro sich und stieg wie verlangt in die Limousine ein. Im Wagen befanden sich drei Personen. Giro saß mit einem Mann im Anzug auf dem Rücksitz und auf dem Beifahrersitz saß ein weiterer Mann im Anzug. Beide sahen aus wie steife Klone. Am Steuer saß eine tough wirkende, junge Frau. Sie sah nicht übel aus, nur extrem zäh und bissfest. Giro hatte keine Ahnung, was das für Leute waren und wo er sie einordnen sollte. Die beiden Männer hatten was von Men in Black und Scientology zugleich. Giro hoffte auf das Erstere, denn das hätte wenigstens so einiges in seinem Leben erklärt.

Das Gespräch in der seltsamen Limousine mit den Men in Black:

Rike Smiph: „Guten Abend, Herr Long."

Giro: „Ähm … Guten Abend, Herr …?"

Rike Smiph zeigte seinen FBI-Ausweis, wobei er vorstellte: „FBI! Agent Rike Smiph und Agent Mike Smiff."

Giro: „Wow, wie einfallsreich! Ich meine die Namen. Aber na gut. Was wollen die Herrschaften?"

Rike Smiph: „Uns verdanken Sie Ihre Freilassung."

Giro: „Ach wirklich? Und ich dachte, die verdanke ich meiner Unschuld. Aber okay."

Rike Smiph: „Ihre Schuld oder Unschuld interessiert uns nicht. Wir haben andere Bewegründe."

Giro: „Und die wären?"

Rike Smiph: „Wir wissen, wer Sie wirklich sind."

Giro: „Okay und was wollen Sie genau damit sagen?"

Rike Smiph: „Dass Sie sich in großer Gefahr befinden und wir unbedingt von Ihnen wissen müssen, wo sich das Gen B89 befindet."

Giro: „Spinnen denn heute alle oder was?! Zuerst die Terrorwarnungen der Polizei und nun die Verschwörungstheorien des FBI. Lassen Sie mich raten – ein Biowaffenanschlag. Oder was soll Gen B89 bedeuten?"

Rike Smiph: „Sie müssen etwas über das Gen B89 wissen. Sie sind schließlich Krys Martinez, der Sohn von Jérôme Martinez, und Ihre Mutter war Ruri Saiate, die Entwicklerin des Gens B89. Ihr jüngerer Bruder Joshy ist auch noch am Leben wie Sie. Sie beide leben in Ulaanbaatar bei Ihrem Großvater Ang Saiate. Ein weiteres FBI-Team ist bereits auf dem Weg zu ihnen."

Da erstarrte Giro, was ging hier gerade vor sich? Das war überhaupt nicht gut. Wie konnte der Mann dies alles nur wissen? Niemand wusste davon, das dachte er zumindest bis heute. Was sollte er nun machen oder besser gesagt, was konnte er machen? Er musste Dong und seinen Bruder unbedingt warnen, wenn es nicht schon zu spät war. Doch zuerst musste er selbst aus dieser Falle entkommen und dies, ohne noch mehr Aufsehen zu erregen.

Giro: „Wow … Sie überfordern mich gerade ein wenig!"

Mike Smiff: „Sie meinen wohl eher überraschen oder …"

Noch bevor der Agent ausgesprochen hatte, zog die Frau am Steuer neben ihm ihre Knarre und schoss ihm eine Kugel in den Kopf. Als der andere Agent auf dem Rücksitz daraufhin seine Waffe ziehen wollte, erschoss sie ihn ebenfalls. Dann steckte sie die Knarre weg.

Marla Brines: „Überraschung!"

Giro: „Das kann man wohl sagen! Die Wendung hätte ich wirklich nicht erwartet. Und wer schickt Sie nun wieder? Wenn man überhaupt fragen darf …"

Marla Brines: „Haha! Marla Brines mein Name. CIA. Ich bin hier, um mich um die FBI-Idioten zu kümmern und ihnen den Arsch zu retten. Paul Hagner schickt mich."

Giro: „Okay, keine Ahnung, was ich davon halten soll."

Marla Brines: „Dies ist im Moment auch eher eine Nebensache. Die FBI-Idioten hier waren korrupt und arbeiteten wahrscheinlich für Marlon Adam Jones. Sie hatten den Auftrag, Sie zu entführen, und nicht den, Sie zu beschützen."

Giro: „Dass die mir nicht helfen wollten, ist mir schon klar. Nur stellt sich mir die Frage, woher wissen die von mir, wenn nicht von Paul Hagner. Also entschuldigen Sie, wenn sich meine Dankbarkeit in Grenzen hält."

Marla Brines: „Schon klar, dass Sie dies denken. Aber Paul Hagner ist nicht das Leck."

Giro: „Und wer dann bitte, wenn nicht er? Sie vielleicht? Oder wie vielen anderen hat Herr Hagner noch davon erzählt? Kein Wunder, dass am Ende alle davon wissen."

Marla Brines: „Das sehen Sie völlig falsch! Ich habe Ihnen immerhin den Arsch gerettet und dies nur, weil Paul Hagner mich geschickt hat. Die zwei FBI-Idioten haben zwar eine Menge belangloses Zeug gequatscht, aber mit einem hatten sie recht: Sie sind in großer Gefahr!"

Giro: „Ja, schon klar. Das bin ich schon seit meiner Geburt. Die Gefahr gehört zu meinem Leben und beunruhigt mich nicht. Was mich aber beunruhigt, ist, was der FBI-Kerl über meinen Bruder gesagt hat."

Marla Brines: „Ich verstehe. Aber nun ist äußerste Vorsicht angesagt, auch für Sie, denn die falschen Leute wissen nun, dass Sie noch am Leben sind, und dies ist angesichts der Umstände eher unvorteilhaft. Aber nun gut. Sie müssen sich derzeit keine Sorgen um die Sicherheit Ihres Bruders machen, das Team, von dem der eine FBI-Idiot sprach, wurde von uns schon eliminiert. Dein Bruder hat nicht mal was mitbekommen von dem Stress."

Giro: „Das hoffe ich doch, denn der Arme weiß noch nicht mal, was Sache ist."

Marla Brines: „Hören Sie mir zu. Sie müssen nun für eine Weile untertauchen. Wir müssen zuerst die Gerüchte über Ihr Überleben aus der Welt schaffen. So lange darf keiner wissen, wo Sie sich aufhalten. Keiner! Nicht Ihre Liebsten zu Hause. Nicht Cai Li oder Paul Hagner. Sie müssen selbst einen Unterschlupf finden und dürfen niemandem Ihren Aufenthaltsort verraten!"

Giro: „Okay, und wo soll ich dann hin? Hotel kommt ja dann auch nicht infrage."

Marla Brines: „Wie gesagt, niemand darf wissen, wo Sie sich aufhalten! Auch ich nicht! Gehen Sie zu jemandem, der nicht aus Ihrem direkten Umfeld stammt und den Sie sonst nicht treffen! Oder tarnen Sie sich als Obdachloser! Denn in Ihre Wohnung sollten Sie im Moment auf keinen Fall zurückkehren. So, und jetzt steigen Sie aus. Hier ist noch ein Telefon, werfen Sie Ihres besser weg. Paul Hagner meldet sich bei Ihnen, sobald sich die Lage beruhigt hat."

Also griff er sich das Telefon und verließ die Limousine. Doch was nun? Zuerst ein Telefonanruf nach Hause. Großvater Dong ging ran und meinte, dass alles gut sei außer seinem Husten, der wäre schlimmer denn je. Sein Bruder Sunny sei anscheinend schon zum Dalai Etsch aufgebrochen und habe Naomi mitgenommen. Was angesichts der Situation gar nicht mal schlecht war, denn wer sollte davon schon wissen außer Großvater und ihm. Also befanden sie sich in Sicherheit, was ihn schon ein wenig beruhigte. Doch was weiter? Wohin? Sollte er den Worten dieser Marla Brines einfach so Glauben schenken? Nein, sicher nicht. Also begab er sich zu seiner Wohnung, aber dies eher verdeckt, und sah sich nach potenziellen Gefahrenquellen um. Er musste nicht lange suchen, denn vor und hinter dem Gebäude standen mehrere Männer in schwarzen Anzügen. Sie schienen auf etwas zu warten und dies war wahrscheinlich er. Aber herausfinden wollte er es nicht und so zog er wieder ab. Er setzte sich in eine Sushi-Bar. Da er normalerweise alles mied, was mit Fisch zu tun hatte, schien ihm dies ein guter Ort, um sich zu verstecken und gleichzeitig was zu trinken. Leider hatten sie dort keinen

Wodka und er musste sich mit Sake begnügen. Während er sich den Reisschnaps runterschüttete, grübelte er nach einer Lösung. Er traute dieser Marla Brines zwar nicht, aber eins stand fest, er musste für den Moment wirklich untertauchen und dies, bis er mehr Gewissheit hatte. Als er bezahlen wollte und seine Brieftasche zückte, fiel ein Zettel heraus. Er sah ihn sich an, da stand eine Telefonnummer. Daneben las er: Wie in alten Zeiten, oder? Ruf mich an, Cloé.

Kapitel 35

Als Giro dies gelesen hatte, dachte er einen Augenblick nach und griff dann zum Handy.

Das Gespräch am Telefon:

Cloé: „Cleopatra, wer da?"

Giro: „Cleopatra? Wer soll das sein? Cloé, bist du das?"

Cloé: „Oh mein Gott, Giro! Dass du anrufst, hätte ich nicht gedacht!"

Giro: „Ach, das bist doch du! Was soll das mit Cleopatra?"

Cloé: „Hihi! Das ist nur mein Künstlername. Kann ja nicht wissen, dass ich einen privaten Anruf erhalte. Dies ist eher eine Seltenheit, musst du wissen."

Giro: „Ach so … Okay."

Cloé: „Warum rufst du überhaupt an? Hast du mich etwa vermisst?"

Giro: „Hm … Vielleicht hab ich das. Keine Ahnung."

Cloé: „Das würde ich nur zu gerne glauben, aber ich kenne dich leider besser. Also sag, was ist los?"

Giro: „Nichts. Ich dachte, ich ruf mal an. Wir haben uns schließlich lange nicht gesehen und es gibt wahrscheinlich eine Menge zu erzählen."

Cloé: „Giro! Ich kenn dich und du rufst an, weil du irgendein Problem hast. Spuck es also aus! Du weißt, ich helf dir gern."

Giro: „Na gut. Dir kann ich nicht mal durchs Telefon was vorspielen. Ich brauch einen Unterschlupf und sitze gerade sozusagen auf der Straße. Ich zahle dir auch was pro Nacht."

Cloé: „Wusst ich's doch! Du meinst, wie in einem Hotel? Nein, schon gut, lass stecken! Ich freu mich! Das wird wie früher, nur in Freiheit!"

Giro: „Echt, das würdest du für mich machen?"

Cloé: „Aber natürlich! Ich muss noch eine Stunde arbeiten, dann hab ich frei, und wenn du möchtest, können wir uns dann treffen. Wo steckst du?"

Giro: „Klar, klingt gut. Ich bin in der Sushi-Bar Tokio."

Cloé: „Ach, echt? Ich dachte immer, du hasst Fisch. Aber okay! Ich kenne die Sushi-Bar. Ich komm in etwa einer Stunde vorbei."

Dies tat sie auch und sie fuhren dann zusammen in ihre Wohnung. Diese war nett eingerichtet und erstaunlich geräumig. Cloé holte sogleich zwei Tequilagläser und dazu eine Flasche Jose Cuervo Especial. Dann nahmen sie in ihrem Wohnzimmer auf ihrer großen Couch Platz und sie goss ein. Sie legte ein paar Pillen auf den Tisch und meinte zu ihm, die seien der Hammer und er müsse auch eine nehmen. Doch er lehnte ab, was sie aber nicht abhielt, sich selbst eine einzuschmeißen. Irgendwann ging Giro auf die Toilette, was Cloé schamlos ausnutzte, indem sie ihm zwei der Fröhlich-Macher ins Getränk mischte. Nachdem er wieder zurück war und sich zu ihr gesellte, begannen sie anzustoßen. Während sie ein paar Kurze kippten, kamen sie ins Gespräch.

Das Gespräch im Wohnzimmer:

Cloé: „Zuerst sehe ich dich zehn Jahre nicht und nun sehe ich dich schon zum zweiten Mal in diesem Jahr."

Giro: „Es waren sechs Jahre und die Trennung musste sein."

Cloé: „Anscheinend! Na ja, nachdem du und dein Bruder raus wart, ging unsere Qual nur noch zwei Jahre weiter, dann schloss das Waisenhaus und wir waren auch frei."

Giro: „Ja? Besser so. Und was hast du danach gemacht?"

Cloé: „Ich reiste mit Maxim zusammen, hierher nach Hongkong."

Giro: „Maxim ist auch in Hongkong?"

Cloé: „Nein, nicht mehr. Aber er war lange Zeit hier und wir lebten zusammen in dieser Wohnung, darum ist sie auch so groß."

Giro: „Und wo ist Maxim jetzt?"

Cloé: „Er ist in Japan, um genau zu sein in Tokio."

Giro: „Okay und was macht er dort genau?"

Cloé: „Keine Städtetour, so viel steht fest. Du weißt doch, er hatte immer nur einen Wunsch, und zwar, ein berühmter MMA-Kämpfer zu werden. Darum ist er nach Tokio gegangen und er ist wirklich gut. Er kam sogar schon mehrmals im TV."

Giro: „Okay, das klingt gut, und was ist mit dir? Was machst du?"

Cloé: „Hihi ... Das fragst du echt? Du hast doch gesehen, was aus mir geworden ist, oder? Ich ziehe notgeilen Männern mit meinen Kurven das Geld aus den Taschen. Das läuft ziemlich gut. Ich scheine dasselbe Talent zu besitzen wie meine Mutter zu ihren Lebzeiten. Die konnte nämlich auch nichts anderes."

Giro: „So bist du nicht! Ich weiß, dass du mehr drauf hast. Auch wenn ich dir gerne beim Tanzen zusehe."

Cloé: „Das tust du also? Wie gut zu wissen! Aber ich weiß nicht, ob ich zu was anderem tauge. Schließlich ist es das Einzige, was mir gut Geld bringt. Sieh dich doch um! Das kann ich mir nur dank des Jobs als Tänzerin leisten und mit meinem guten Aussehen natürlich."

Giro: „Ja, die Wohnung ist wirklich nett!"

Da rückte sie näher an ihn heran, und während sie ihm tief in die Augen sah, meinte sie mit sanfter Stimme:

„Sieh mich an ... Weißt du, was ich mich die ganzen sechs Jahre lang immer wieder gefragt habe?"

Sie sah ihn verführerisch mit ihren großen, hellblauen Augen an und ihre endlos langen Wimpern vollendeten den perfekten Anblick, den sie bot.

Giro: „Nein, wie sollte ich auch?"

Cloé: „Wie es gewesen wäre."

Giro: „Wie was gewesen wäre?"

Cloé: „Na, das!"

Da küsste sie ihn auf einmal leidenschaftlich. Doch er bremste dies abrupt ab und meinte verwirrt:

„Wow ... Cloé ... Was soll denn das?"

Cloé: „Du hast dich verändert! Früher hättest du dir das gewünscht. Was ist nun anders?"

Giro: „Nichts! Du hast mich nur gerade etwas überrumpelt!"

Cloé: „Ach ja? Das glaube ich dir aber nicht. Also wer ist die Glückliche? Sag schon!"

Giro: „Niemand! Es gibt keine Glückliche. Menschen glücklich zu machen, ist keine meiner Stärken."

Cloé: „Wirklich? Warum lügst du? Wenn es wirklich keine andere gibt, warum reden wir dann noch?"

Giro: „Weil … Ach …"

Er packte die hübsche Blondine und küsste sie impulsiv auf ihre vollen, zarten, himbeerfarbenen Lippen. Eins kam zum anderen und sie fanden sich irgendwann in ihrem Himmelbett wieder. Die junge Blondine mit ihren perfekten Kurven und sinnlichen Lippen hatte die Gabe, Männern vollends den Kopf zu verdrehen. Wenn sie einen mit ihren großen, hellblauen Augen unschuldig ansah und sich dabei sinnlich auf ihre himbeerfarbenen Lippen biss, konnte jeder schwach werden. Doch Giro war nicht bei Sinnen, die Pillen zeigten ihre Wirkung. In seinem Kopf drehte sich alles und er kochte innerlich. Sein Puls raste und er war voller Adrenalin. Er hatte keine Kontrolle mehr über sich und alles schien wie ein leuchtender Traum. Als er am nächsten Morgen mit der blonden Schönheit im Arm erwachte, wurde ihm erst wirklich bewusst, dass es kein Traum war. Auch wenn sich vielleicht jeder andere Mann so ein Erwachen gewünscht hätte, für ihn war's eher ein Schrecken. Denn sie war eine Freundin und mehr auch nicht. Was sollte er nun tun? Bei ihr konnte er nun nicht mehr bleiben. Das würde nicht gut ausgehen, also musste er verschwinden und dies, bevor er noch mehr Dummheiten anstellte.

Das unangenehme Gespräch danach:

Cloé: „Was tust du da?"

Giro: „Ich gehe."

Cloé: „Warum das?"

Giro: „Das klappt nicht. Ich kann nicht hierbleiben."

Cloé: „Warum nicht? In der Wohnung ist doch mehr als genug Platz."

Giro: „An der Größe liegt's nicht."

Cloé: „Das ist sonst eigentlich mein Spruch. Aber gut. Dann liegt's an mir, oder?"

Giro: „Nein, tut es nicht. Ich möchte nur nicht bei jemandem wohnen, mit dem ich geschlafen habe."

Cloé: „Das bedeutet, du hast keine Probleme damit, mit einer Freundin zusammenzuwohnen, solange du nicht intim mit ihr warst?!"

Giro: „Ich sehe, du verstehst."

Cloé: „Nein, eigentlich nicht. Das ist doch Blödsinn! Das hatte doch nichts zu bedeuten. Es war nur Sex und eine Menge Spaß. Also krieg dich wieder ein. Ich bin schließlich kein Kind von Traurigkeit."

Giro: „Gut, umso besser, wenn du es auch so siehst. Dann hast du nämlich auch nichts dagegen, wenn ich mich jetzt verziehe."

Cloé: „Klar doch, tu dir keinen Zwang an! Du weißt, wo die Tür ist."

Giro: „Okay. Pass auf dich auf!"

Dann verschwand er. Cloé schien es doch näher zu gehen, als sie zugab. Darum war es umso wichtiger, dass er verschwand. Er hätte sie nur unnötig verletzt und konnte ihr nicht geben, was sie brauchte. Das wollte er auch nicht, er mochte sie sehr als Kollegin und wusste nicht, warum er mit ihr geschlafen hatte. Denn für die paar Stunden Ekstase hätte er nicht eine jahrelange Freundschaft aufs Spiel setzen sollen. Doch im Moment traf er sowieso eine falsche Entscheidung nach der anderen. Er wusste nicht, was mit ihm los war. So unbedacht war er noch nie gewesen. Nun saß er wieder auf der Straße und das bereits acht Stunden, nachdem er einen Unterschlupf gefunden hatte. Daran war er aber ganz allein schuld und musste jetzt die Konsequenzen tragen. Er wusste nicht, wen er sonst noch anrufen könnte, ihm fiel nur Kuan ein. Kuan war der Einzige, dem er irgendwie über den Weg traute. Als Giro ihn anrief und ihn um einen Schlafplatz bat, stellte dieser keine Fragen. Also kam er in seinem Loft unter und bezog vorübergehend das Gästezimmer. Kuan freute sich und schien die Gesellschaft zu genießen.

Gespräch unter Freunden:

Kuan: „Hey, was ist los mit dir?"

Giro: „Nichts, alles gut."

Kuan: „Ach, wirklich? Sieht aber nicht danach aus!"

Giro: „Warum? Mir geht's gut."

Kuan: „Dann frag ich halt mal anders. Warum kannst du nicht in deine Wohnung zurück?"

Giro: „Hab den Falschen ans Bein gepisst."

Kuan: „Dann lass dir doch von den weißen Tigern helfen!"

Giro: „Die können mir nicht helfen. Ich hab echt Scheiß gebaut."

Kuan: „Echt so schlimm?"

Giro: „Ziemlich!"

Kuan: „Und wie lange musst du untertauchen?"

Giro: „Keine Ahnung. Wüsste ich auch gerne."

Kuan: „Okay! Na gut, du kannst so lange wie nötig in meinem Gästezimmer unterkommen. Ist wirklich kein Ding!"

Giro: „Ja, echt?"

Kuan: „Echt! Ich war auch schon in dieser Lage. Mich hat aber niemand aufgenommen und ich musste drei Monate lang auf der Straße hausen."

Giro: „Wow … Klingt übel."

Kuan: „Das war es auch. Aber ich lebe noch und es hatte schlussendlich auch was Gutes."

Giro: „Na ja, wärst du nicht da, würde mir dasselbe blühen."

Kuan: „Wofür hat man Freunde, wenn nicht für solche Situationen?!"

Giro: „Nur, dass du so ziemlich mein einziger Freund in Hongkong bist."

Kuan: „Ach, mach dir keine Gedanken! Ich leb nun schon seit über fünfzehn Jahren in Hongkong und habe auch keine echten Freunde. Dich würde ich als meinen besten Freund betiteln, obwohl ich dich noch nicht mal ein halbes Jahr lang kenne."

Giro: „Okay, das klingt einsam. Was ist mit deiner Familie?"

Kuan: „Meine Familie? Ich habe keine Familie."

Giro: „Wie – du hast keine Familie? Bist du etwa ein Waisenkind?"

Kuan: „Ein Waisenkind? Nein, leider nicht."

Giro: „Wie meinst du das?"

Kuan: „Das darfst du jetzt nicht missverstehen! Ich liebe meine Eltern. Aber es ist viel geschehen."

Giro: „Ihr seid zerstritten, oder?"

Kuan: „Nein … Wir haben uns nie wirklich gestritten. Wir hatten ein gutes Verhältnis."

Giro: „Okay."

Kuan: „Du bist der erste Mensch, dem ich davon erzähle. Aber ich traue dir."

Giro: „Okay, was denn?"

Kuan: „Meine Familie ist … tot."

Giro: „Alle außer dir?"

Kuan: „Meine Mutter ist tot. Mein Vater ist tot. Meine kleine Schwester tot. Einfach alle tot! Sogar ich bin tot, jedoch leider nur im Geiste, wie mein Vater."

Giro: „Das ist schrecklich. Wie kam's dazu?"

Kuan: „Die weißen Tiger!"

Giro: „Die weißen Tiger?"

Kuan: „Ja, die weißen Tiger."

Giro: „Du meinst, die weißen Tiger sind schuld am Tod deiner ganzen Familie? Wie das?"

Kuan: „Wie das! Gute Frage. Hört sich bestimmt seltsam an, da ich selbst auch einer davon bin."

Giro: „Ja, das ist gerade ziemlich irritierend."

Kuan: „Dies sollte ich eigentlich auch keinem erzählen. Und schon gar nicht dem Neffen von Cai Li. Ich hab dir schon zu viel erzählt."

Giro: „Schon gut. Du musst mir nichts erzählen, was nicht für meine Ohren bestimmt ist."

Kuan: „Ja, entschuldige meinen Fehler! Aber irgendwie trau ich dir einfach, auch wenn ich nicht sollte."

Giro: „Das ist schon okay."

Kuan: „Aber mal zu dir, mein Freund. Wo kommst du eigentlich gerade her? Du riechst wie ein Mädchen, ist das Vanille?"

Giro: „Ich riech doch nicht wie ein Mädchen! So ein Schwachsinn!"

Kuan: „Dann riechst du eben nicht nach einem Mädchen. Aber das ist Vanille und noch was Süßes! Ich hab eine gute Nase, der kann niemand was vormachen. Also raus damit! Los, erzähl es deinem Freund Kuan!"

Giro: „Ach komm schon … Lass gut sein!"

Kuan: „Nein, so leicht kommst du da nicht raus. Erzähl jetzt! Wer ist sie? Bestimmt ein heißes Bunny, oder?"

Giro: „Bin doch nicht Bugs Bunny! Nein, ich war bei Cloé. Okay, jetzt zufrieden?"

Kuan: „Oh … Das nenn ich mal eine geile Nummer. Die kleine Russin aus dem Klub, oder?"

Giro: „Ja. Sie ist aber nur Halbrussin und in Frankreich geboren."

Kuan: „Wow … und ich dachte, sie könne nicht noch heißer werden. Aber nun ist sie gerade zu einer Göttin aufgestiegen. Du hattest echt was mit dem überscharfen Teil?"

Giro: „Du solltest weniger kiffen!"

Kuan: „Nicht ablenken jetzt! Erzähl mir alles! Los, mach schon!"

Giro: „Nein."

Kuan: „Komm schon, das bist du mir schuldig."

Giro: „Warum? Weil du mich hier wohnen lässt etwa?"

Kuan: „Zum Beispiel. Oder einfach, weil wir Freunde sind."

Giro: „Tun Freunde dies denn?"

Kuan: „Klar doch! Du hattest wohl noch nie männliche Freunde? Nein, nur ein Witz!"

Giro: „Na gut, von mir aus. Was möchtest du wissen?"

Kuan: „Na alles, was da los war."

Giro: „Ähm … Eigentlich nicht viel. Ich fragte sie, ob ich bei ihr unterkommen könnte, und sie meinte, das sei kein Problem. Bei ihr zu Hause tranken wir Tequila und sprachen über alte Zeiten. Dann bin ich auf die Toilette und – na ja, dann tranken wir weiter."

Kuan: „Okay. Das klingt langweilig. Komm zum interessanten Teil!"

Giro: „Du meinst den Sex? Na ja, das ist so eine Sache, ich fühlte mich wie in einer anderen Galaxie. Alles war so farbig und ich hatte irgendwie keine Kontrolle über mich."

Kuan: „Klingt, als hättet ihr euch die Seele aus dem Leib gevögelt. Krass, das ist wie ein Supertrip."

Giro: „Nein, das meinte ich damit nicht. Ich weiß wirklich nicht, was da lief. Ich hab mich noch nie so seltsam gefühlt."

Kuan: „Okay, du weißt also nicht, ob du mit ihr geschlafen hast oder nicht?! Verstehe ich das richtig?"

Giro: „Doch, wir haben definitiv zusammen geschlafen! Sogar mehr als nur einmal. Ich weiß nur nicht, warum ich mit ihr geschlafen habe."

Kuan: „Mehrmals! Du Glückspilz! Du fragst dich doch nicht wirklich, warum, oder? Die Kleine ist einfach super scharf und du solltest dich eher fragen, warum solltest du nicht mit ihr schlafen."

Giro: „Das sagst du jetzt. Klar, ist sie anziehend. Aber das war seltsam, als würde ich völlig neben mir stehen. Sie hatte völlig die Kontrolle über mich."

Kuan: „Alter, sei doch einfach froh, dass du ran durftest!"

Giro: „Witzig, dass du das jetzt sagst. Sie meinte dasselbe zu mir."

Kuan: „Ach wirklich? Haha … Du hast dich also über den Sex bei ihr beschwert. Da warst du bestimmt ihr Erster."

Giro: „Nein, ich hab mich nicht beschwert. Ich hab mich nur verzogen."

Kuan: „Haha … Du hast sie sitzen lassen! Nicht schlecht, dann konntest du ihr doch widerstehen."

Giro: „Aber erst heute Morgen. Am Abend war ich wie in Trance und wusste gar nicht, wie mir geschah."

Kuan: „Dann hast du wahrscheinlich zu tief ins Glas geschaut."

Giro: „Das ist es ja, ich hatte nur fünf kleine Gläser und du weißt, wie viel ich vertrage. Es fühlte sich auch anders an als sonst. Einfach seltsam, wie in Zeitlupe und alles so farbig."

Kuan: „Würd ich dich nicht besser kennen, würde ich behaupten, du hast LSD eingeworfen. Aber du würdest nie so eine Scheiße nehmen, oder?"

Giro: „Nein!"

Kuan: „Na, dann war es der Alkohol – und die heiße Cloé natürlich. Die hat bestimmt auch eine betörende Wirkung."

Giro: „Warte mal – sind LSD nicht Pillen?"

Kuan: „Ja. Kleine Muntermacher. Warum – hast du doch was eingeschmissen?"

Giro: „Nicht bewusst. Aber Cloé hatte welche dabei und hat selbst welche genommen. Doch ich wollte nicht. Wie kann das sein?"

Kuan: „Was? Die Kleine hat dich unter Drogen gesetzt?"

Giro: „Nein, ich weiß nicht. Kann sein. Aber warum sollte sie das tun? Nein, das kann nicht sein!"

Kuan: „Ach … und wenn, ein Mal ist kein Mal! Nimm es als eine heiße Nacht, die du genossen hast, und vergiss es! Mehr oder weniger."

Giro: „Sollte ich wohl tun. Ist doch auch egal, oder?"

Kuan: „So was von! Rauchen wir einen Joint, mein lieber Freund?"

Giro: „Ja, das wäre was!"

Bevor sie ihr Gespräch weiterführen konnten, vibrierte Giros Mobiltelefon. Es war sein Bruder Sunny, der anrief.

Giro: „Hey, ich muss da ran! Ist mein jüngerer Bruder."

Kuan: „Klar doch! Ich bastle in der Zeit eine Tüte. Grüße deinen kleinen Bruder von mir!"

Giro: „Okay, gut."

Dann begab sich Giro in sein Zimmer und nahm den Videoanruf entgegen.

Videoanruf, das Gespräch und die Entführung:

Giro: „Sunny?"

Naomi: „Nein!"

Giro: „Naomi!"

Naomi: „Ja, Giro."

Giro: „Siehst gut aus!"

Da streckte Sunny sein Gesicht ins Bild und meinte grinsend: „Immer doch!"

Giro: „Dich meine ich bestimmt nicht. Du siehst wie ein Wiesel aus."

Naomi: „Das ist er auch."

Sunny: „Wäre ich ein Wiesel, würde ich den Wald lieben. Was ich aber mit Sicherheit nicht tu."

Naomi: „Das stimmt! Er ist eine Wald-Pussy."

Sunny: „Nein, das bin ich bestimmt auch nicht."

Naomi: „Ach ja? Warum zuckst du dann immer bei jedem kleinen Rascheln im Gebüsch zusammen?"

Sunny: „Entschuldige, dass mich der Vorfall mit dem Waldmann und dem Braunbären ein wenig verstört hat!"

Giro: „Waldmann?! Braunbär?! Von was sprecht ihr da? Habt ihr etwa Pilze genommen?"

Sunny: „Nein, wir nicht. Aber der Waldmann."

Giro: „Was für ein Waldmann? Ist das so was wie der Sandmann?"

Naomi: „Kennst du den Film Hannibal?"

Giro: „Ja, der Kannibale."

Naomi: „Genau! Und du kennst bestimmt auch den Film Cast Away?"

Giro: „Ja, Tom Hanks, gestrandet auf einer einsamen Insel."

Naomi: „Mische die beiden Hauptcharaktere und setze sie dann in einem einsamen Wald aus. Dann erhältst du ein gutes Bild von dem Waldmann."

Giro: „Ihr seid einem Kannibalen begegnet?! Euer Ernst?"

Sunny: „Ja! Ich konnte es am Anfang auch nicht fassen, ich dachte, die seien ausgestorben. Aber nein, der Kerl wollte mich tatsächlich fressen!"

Giro: „Dass ich es richtig verstehe – ihr wollt mir weismachen, dass im Khoridol Soridag Nationalpark ein Kannibale rumläuft und dieser Sunny fressen wollte?! Seid ihr bekloppt?"

Naomi: „Dein Bruder schon, ich nicht. Aber es stimmt. Der wollte ihn kochen."

Sunny: „Mit Pilzen zusammen! Und der Kerl läuft hier nicht nur rum, der lebt hier, in einer alten Mine."

Naomi: „Du meinst wohl eher: lebte."

Giro: „Was soll das nun wieder bedeuten?"

Sunny: „Ein Braunbär! Es war ein Braunbär. Oder, Naomi?"

Naomi: „Ähm … Klar, ein Braunbär. Er war riesig, der Braunbär."

Sunny: „Der Braunbär hat ihn in Stücke gerissen und das vor unseren Augen! Dann hat er ihn in den Wald geschleppt."

Giro: „Du meinst, dass der Kannibale, der dich fressen wollte, von einem Braunbär gefressen wurde und das, bevor der Kannibale dich fressen konnte. Ihr wisst schon, dass das immer noch bescheuert klingt, oder?"

Sunny: „War aber so! Echt der Horror!"

Naomi: „Ziemlich!"

Giro: „Und ihr habt sicher keine Bären oder Pilze aus dem Wald gegessen?"

Sunny: „Ach, er glaubt uns nicht. Auch egal."

Naomi: „Ich verstehe es. Kling ja echt bescheuert."

Giro: „Solange es euch beiden gut geht … Warum ruft ihr mich überhaupt an? Nur, um mir dieses Märchen vom Waldmann zu erzählen oder was?"

Sunny: „War zwar kein Märchen, aber gut. Wir rufen extra per Videoanruf an, um dir das hier zu zeigen!"

Sunny hielt die kleine Schatulle mit dem Phönix vor die Linse der Handykamera.

Giro: „Ist das von Mutter?"

Sunny: „Na ja, es war das Einzige, das wir an der Stelle finden konnten, und es war ziemlich gut versteckt. Also denke ich, die Chancen stehen ziemlich gut."

Giro: „Okay! Klingt vielversprechend. Du hast es noch nicht geöffnet, oder?"

Sunny: „Nein, ich halte mein Versprechen. Aber wenn du gestattest, öffne ich es nun."

Giro: „Eigentlich lieber nicht. Aber die Zeit läuft schneller ab als gedacht. Also ja, meinetwegen öffne es!"

Sunny: „Okay! Da bin ich aber mal gespannt."

Giro: „Wer nicht? Aber erhoffe dir nicht zu viel! Unsere Eltern sind wie ein Buch mit sieben Siegeln."

Sunny öffnete währenddessen neugierig die Schatulle und zitterte dabei vor lauter Aufregung. In der kleinen Schatulle befand sich etwas, das in ein Stück Papier gewickelt war. Als Sunny es aus dem Papier wickelte, fiel ein kleiner Schlüssel heraus. Dieser schien aber nicht für ein Schließfach zu sein, dafür war er viel zu klein.

Sunny: „Na toll! Was soll denn der Mist? War wohl doch ein Reinfall."

Giro: „Das steht noch nicht fest. Da, auf dem Papier steht doch was! Dreh es um, dann siehst du es, und lies es vor!"

Sunny: „Echt … Was …"

Naomi: „Gib her! Da steht … Iwolginski Dazan!"

Sunny: „Was soll das sein?"

Giro: „Das kommt mir bekannt vor. Ich hab das sicher schon mal gehört."

Sunny: „Und wo? Bei mir klingelt da überhaupt nichts!"

Giro: „Keine Ahnung ... Ich weiß nicht, wo ... Ah ... doch, jetzt ... Mönche, Kloster!"

Sunny: „Was für Mönche? Und Kloster?"

Naomi: „Ich glaube, dein Bruder meint ein buddhistisches Kloster."

Giro: „Ja, genau das meine ich. Schlaues Mädchen! Aber nicht irgendein buddhistisches Kloster. Iwolginski Dazan ist ein buddhistisches Kloster der Gelung-Tradition des tibetischen Vajrayana-Buddhismus in Burjatien."

Sunny: „Sibirien! Ist dies nicht gleich neben Ulan-Ude?"

Giro: „Der Tag am See, als du die Ente gemalt hast, da waren wir auch in diesem buddhistischen Kloster. Jetzt erinnere ich mich wieder an alles. Das Rad des Lebens!"

Naomi: „Das Rad des Lebens?"

Giro: „Unsere Mutter hatte dort einen ihrer alten Professoren besucht. Der unterrichtete dort buddhistische Medizin. Ich weiß noch, wie wichtig Mutter dieses Treffen war."

Sunny: „Echt ... Okay ... Und hat dieser Professor auch einen Namen?"

Giro: „Natürlich! Jedoch kenn ich ihn nicht. Vielleicht weiß Dong was darüber."

Naomi: „Und was nun?"

Giro: „Ihr macht euch auf den Rückweg! Ihr habt mir schon genug geholfen. Sunny, schick mir den Schlüssel und den Rest erledige ich."

Sunny: „Wenn du meinst! Obwohl – von uns aus gesehen ist Ulan-Ude nur einen Katzensprung entfernt. Aber du bist der Boss!"

Giro: „Du hast keine Ahnung, wie gefährlich das ist."

Sunny: „Wie sollte ich auch? Du klärst mich ja nie auf."

Giro: „Irgendwann! Aber im Augenblick ist alles noch zu unklar. Es wäre nicht gut."

Doch noch bevor Sunny ihm antworten konnte, zerschlug jemand das Fahrerfenster und zerrte Naomi heraus. Sunny versuchte noch verzweifelt, nach ihren Beinen zu greifen, doch vergebens. Da wurde auch er aus dem Fahrzeug gezerrt. Dabei hielt er immer noch das Mobiltelefon in der Hand und so bekam Giro alles mit, wenn auch verwackelt. Die Männer schleppten die beiden über den Waldboden und fingen an, auf Sunny einzuprügeln.

Mann: „Was tut ihr denn hier im Wald? So ganz allein!"

Naomi: „Akai! Das bist du doch!"

Mann: „Ach sieh mal an, du erinnerst dich. Naomi … Naomi … Naomi … Kleine, süße Naomi!"

Sunny: „Lass sie in Ruhe, du hässliche Kröte!"

Akai: „Was mischt der sich ein? Möchtest wohl noch mehr auf die Fresse!"

Daraufhin prügelte einer der anderen Männer weiter auf Sunny ein. Da schrie Naomi wütend los:

„Lass das! Was ist bloß in dich gefahren?! Du bist zu einem Monster geworden!"

Akai: „Das kommt von meiner Erziehung!"

Naomi: „Tante Mirja hat uns gut erzogen und nicht verdorben."

Akai: „Haha … Tante Mirja ist tot! Was wusste die Alte schon? Zusammenhalt existiert nicht, meine Liebe."

Naomi: „Ach ja? Das war aber nicht immer so."

Akai: „Ach Naomi, das mag wohl sein. Aber es endete, als du uns zurückgelassen und somit aufgegeben hast."

Naomi: „Was haben die bloß mit dir angerichtet?! Es tut mir jeden Tag leid, dass ich euch zurücklassen musste. Aber ich hätte euch nicht retten können."

Akai: „Schon gut. Ich bin dir nicht böse. Du hast deine Entscheidung getroffen und die Flucht ergriffen. Wie ich die letzte Zeit beobachten konnte, hast du dir einfach eine neue kleine Familie zugelegt."

Naomi: „Was?! Wie lange beobachtest du mich schon?"

Akai: „Lange genug, um zu wissen, dass du es genießt. Aber keine Angst, mein Boss ist nicht hinter dir her. Es ist mehr Zufall, dass sich unsere Wege kreuzen, oder vielleicht sogar Schicksal. Wie auch immer, mein Boss will die Forschungen. Also her damit!"

Naomi: „Was für Forschungen?!"

Da packte er Naomi und hielt ihr ein Messer an die Kehle. Während sich die Klinge in ihr zartes Fleisch schnitt, meinte er erbost zu Sunny:

„Die Forschungen! Her damit! Oder ich fick die kleine Schlampe vor deinen Augen, bevor ich sie langsam ausbluten lasse. Die Kleine hat mir schon immer gefallen!"

Sunny: „Du widerliches Arschloch! Fick dich selbst und nimm deine Grapscher von ihr!"

Akai: „Oh Naomi, du verdrehst anscheinend allen Männern den Kopf. Der Kleine ist verrückt nach dir. Aber weißt du was, meine Grapscher bleiben dran. Wenn du mir jedoch brav die Forschungen aushändigst, lass ich sie wenigstens am Leben."

Sunny: „Ich weiß aber nicht, von was du sprichst!"

Akai: „Du willst wohl wirklich, dass ich die Süße rannehme, oder warum bist du so stur?"

Sunny: „Nein, ich weiß wirklich nicht, wovon du sprichst. Verflucht!"

Da sprach auf einmal Giro, der noch auf Lautsprecher war.

„Hey, du Clown! Du willst das Gen B89, stimmt's?"

Akai riss Sunny das Mobiltelefon aus der Hand und meinte dann verdutzt:

„Wer ist da?"

Giro: „Giro! Wenn du etwas über das Gen B89 wissen willst, frag gefälligst an der richtigen Stelle!"

Akai: „Ach! Und du bist diese Stelle, oder wie?"

Giro: „Ja!"

Akai: „Okay! Dann spuck schon aus, wo die Forschungen sind!"

Giro: „Das kann ich nicht."

Akai: „Na, dann werden die beiden wohl sterben. Schade, oder? Ich meine, um die Süße!"

Giro: „Ich kann es nicht, weil ich die Forschungen nicht habe. Aber ich weiß, wo sie sind. Lass die beiden gehen und ich nenne dir den Ort."

Akai: „Ach ja? Warum sollte ich das glauben?"

Giro: „Es ist nun mal so. Siehst du die Schatulle? Sie liegt im Wagen auf dem Armaturenbrett."

Akai: „Ähm … ja, was ist das? Ein Schlüssel und ein Stück Papier."

Giro: „Auf dem Zettel steht der Name eines buddhistischen Klosters in Burjatien, Russland. Die Forschungen sind dort versteckt. Aber ohne mich kommt ihr da nicht ran."

Akai: „Ach wirklich? Okay, wenn das so ist. Ich werde die süße Naomi als Sicherheit mitnehmen. Giro war dein Name? Wir treffen uns in drei Tagen in diesem buddhistischen Kloster und dann machen wir einen kleinen Tauschhandel. Damit du den Ernst der Lage verstehst und auch auftauchst, muss dein Bruder nun dran glauben."

Giro: „Wenn du ihnen auch nur ein Haar krümmst, kriegst du nichts von mir außer einer Kugel in den Kopf. Das versprech ich dir!"

Akai: „Hm … na gut! Aber ich denke, du kooperierst, auch wenn ich deinen Bruder umlege. Denn ich hab ja noch die süße Naomi, nicht wahr?!"

Giro: „Das würde ich an deiner Stelle nicht tun!"

Akai: „Ach ja? Nur gut, dass du nicht an meiner Stelle bist."

Daraufhin ließ er das Mobiltelefon fallen und schleifte Naomi weg, dabei meinte er zu den anderen Männern:

„Viel Spaß mit dem Kleinen! Legt ihn um und dann weg mit ihm. Keiner nennt mich ein Arschloch! Ich und Rick machen uns auf den Weg zu diesem Kloster. Ihr könnt mit seinem Wagen zurückfahren, aber entsorgt ihn dann auch richtig!"

Als er weg war, prügelten die beiden Männer auf Sunny ein und schienen ihre Freude daran zu haben. Als Sunny schon dachte, es würde mit ihm zu Ende gehen, und ihn seine letzten Kräfte verließen, geschah etwas Unglaubliches. Der Braunbär kam wie aus dem Nichts und zerfetzte die beiden Männer. Dabei glitten seine Pranken durch ihr Fleisch wie durch ein dünnes Stück Papier. Sunny bekam dies jedoch nur verschwommen mit, und als er wieder klarer bei Verstand war, war es auch schon vorbei. Die Männer waren weg, außer einer Menge Blut und ein paar Hautfetzen blieb nichts übrig. Sunny war entsetzt und verwirrt zugleich. Während er entgeistert das Desaster ansah, das sich ihm da bot, drang auf einmal Giros Stimme vom Waldboden hinauf. Er meinte besorgt.

„Sunny! Hey, Sunny! Kleiner Bruder, sag doch was!"

Sunny griff perplex nach dem blutverschmierten Mobiltelefon und hob es vom trockenen Waldboden auf.

Sunny: „Verdammt! Scheiße noch mal! Was war das? Das viele Blut … Es ist einfach überall! Ich … Ich …"

Giro: „Immer mit der Ruhe, Sunny! Alles gut, du lebst."

Sunny: „Naomi! Der hat Naomi entführt! Ich muss ihr helfen!"

Giro: „Sunny, beruhige dich erst mal und wisch dir das Blut aus dem Gesicht! Die haben dich übel zugerichtet."

Sunny: „Scheiß auf mein Gesicht! Die haben Naomi verschleppt! Mir egal, was du sagst! Ich werde ihr jetzt helfen!"

Giro: „Stopp, Sunny! Naomi wird nichts passieren. Verstanden?"

Sunny: „Was? Naomi ist schon viel zu viel passiert, sie wurde schließlich gerade von einem perversen Arschloch entführt! Oder ist dir die Kleinigkeit etwa entgangen?!"

Giro: „Wie könnte mir dies entgangen sein, du wiederholst es ja die ganze Zeit. Hör mir zu, Sunny! Ich lass nicht zu, dass Naomi noch Schlimmeres widerfährt, und werde sie da rausholen. Das verspreche ich dir. Aber es ist wichtig, dass du mir vollends vertraust. Okay?"

Sunny: „Natürlich! Nun bin ich aber beruhigt. Nein, einfach nicht, verdammt! Was denkst du dir eigentlich?!"

Giro: „Sunny, du kennst mich und weißt, dass mir alles am Wohle der Familie liegt. Dafür würde ich alles tun. Und Naomi ist ein Teil dieser Familie. Also bitte vertraue mir!"

Sunny: „Ich weiß nicht … Hm … Okay … Aber nur unter einer Bedingung: Du beziehst mich endlich mit ein und beantwortest mir die Fragen zu unseren Eltern!"

Giro: „Ach Sunny … Aber gut, du hast ja recht. Es ist wohl langsam an der Zeit, dich aufzuklären. Doch zuvor kommt Naomi, dann der Rest."

Sunny: „Dann lass uns keine Zeit verlieren und Naomi retten!"

Giro: „Nein, das mach ich allein. Du musst dich währenddessen um Dong kümmern. Das ist äußerst wichtig, da die wissen, wo wir wohnen. Also schnapp dir Dong und warte mit ihm in einem Hotel auf uns!"

Sunny: „Okay! Und wie willst du Naomi retten?"

Giro: „Lass das mal meine Sorge sein!"

Sunny: „Gibst du ihnen die Forschungen?"

Giro: „Nein, auf keinen Fall."

Sunny: „Wenn du keine andere Wahl hast, dann gib sie dem Arschloch einfach! Es geht hier um Naomi! Scheiß auf irgendwelche Forschungen!"

Giro: „Nein, niemals! Der Kerl bekommt wie versprochen eine Kugel in den Kopf und mit ihm alle seine Freunde. Der Tod wird eine Erlösung sein, wenn ich mit ihnen fertig bin. Keiner geht meine Liebsten an!"

Sunny: „Du willst ihn umlegen? Ich hoffe, du schaffst es. Der Arsch soll verrecken. Naomi darf nicht … Oh mein Gott, ich kann es gar nicht aussprechen. Bring sie zurück!"

Giro: „Wie gesagt, ich kümmere mich darum. Du machst dich jetzt auf dem schnellsten Weg zu Dong."

Sunny: „Ist gut. Aber du hältst mich auf dem Laufenden!"

Giro: „Ich melde mich, sobald ich Naomi habe. Falls ich mich nach vier Tagen noch nicht bei euch gemeldet habe, musst du mit Dong das Land verlassen! Es ist wichtig, dass du dich daran hältst!"

Sunny: „Was? Nein, das kommt gar nicht infrage. Auf gar keinen Fall gehe ich ohne euch weg! Du kannst doch nicht von mir verlangen …"

Giro: „Sunny, es reicht! Du machst das, was ich dir sage, und keine Widerrede. Es ist wirklich wichtig. Du musst dich an die Spielregeln halten und das sind sie nun mal. Überleben ist angesagt!"

Nachdem er seinen jüngeren Bruder in einer gewissen Sicherheit wusste und dieser auf der Heimreise war, musste er sich nun um Naomis Rettung kümmern. Er musste sich einen Plan zurechtlegen. Dass Sunny sich keine Sorgen um Naomi machen müsse, war eine Lüge. Giro hatte nämlich noch keine Ahnung, wie er nun vorgehen sollte. Da war gerade ziemlich viel zusammengekommen. Diesen zusätzlichen Stress konnte er wirklich nicht auch noch gebrauchen. Er hatte sowieso schon den Arsch voller Probleme. Doch die unangenehmen und meist unerwarteten Wendungen, die sein Leben dominierten, war er ja schon gewohnt. Giro setzte sich auf den Rand des Bettes und starrte nachdenklich an die weiße Wand. Dabei tobten tausend Gedanken durch seinen Schädel. Naomi unbeschadet dort rauszubringen, war keine leichte Sache. Vielleicht hatte sein Bruder recht und er hatte keine andere Wahl, als ihnen die Forschungen auszuhändigen. Dafür musste er die Forschungen jedoch zuerst in seine eigenen Finger bekommen. Doch was sollte er machen, wenn die Forschungen gar nicht dort waren und seine Mutter sie woanders abgelegt hatte? Er musste sich für diesen Fall einen sicheren und guten Plan einfallen lassen. Schließlich ging es um Naomi und für ihr Leben hätte er alles gemacht. Doch wie er das genau anstellen sollte, wusste er noch nicht. Er musste nun zuerst auf dem schnellsten Weg zu diesem buddhistischen Kloster und diesen Professor finden. Doch dafür benötigte er zuerst einen neuen Reisepass, da er seinen nicht mehr benutzen durfte, und dies schnellstmöglich. Er beschloss, noch bei Dong anzurufen und ihn nach diesem Professor zu fragen. Dieser konnte sich an einen Professor namens Atila Dahimas erinnern. Er unterrichtete an der Fakultät des Klosters buddhistische Medizin und war einer der Lieblingsprofessoren von Ruri gewesen. Diese hatte extra die Fakultät im Kloster besucht, um an seinen Lesungen teilzunehmen und von ihm in diesem Bereich unterrichtet zu werden, obwohl dies nicht mal zu ihrem Medizinstudium gehört hatte. Doch die junge, ehrgeizige Forscherin sah in der buddhistischen Medizin mehr als in der alternativen und so brachte diese ihre Forschungen erst weiter. Sie habe Dong erzählt, dass dieser Professor Atila Dahimas ihr ganz neue Erkenntnisse zu den Körperprinzipien und dem Lebensrhythmus ermöglicht habe. Dies hatte ihr ganz neue Wege aufgezeigt und sie sei überzeugt gewesen, dass einer dieser Wege bedeute, dass alle Doshas in Harmonie zusammenarbeiten, um dem Organismus so zu dauerhaft anhaltender Gesundheit zu verhelfen. Dies würde ein Leben ohne Krankheiten bedeuten und könnte sogar auf die geistige Gesundheit Einfluss haben. Dies hatte sie wahrscheinlich auch auf ihre Forschungen gebracht und schien mehr mit der ganzen Sache zu tun zu haben als zuvor gedacht.

— Kapitel 36 —
Das buddhistische Kloster und der verflixte Professor

6 Stunden nach dem Telefonat.

Sibirien, 4.28 Uhr früh morgens, ein eisigkalter Wind zog durchs karge Winterland. Am klaren Morgenhimmel leuchtete der Vollmond anbetungswürdig prunkend zwischen den Abertausenden zart glimmernder Glühsternen am Firmament empor. Dazwischen das feine Nieseln der kristallklar glitzernden Schneeflocken, die sich wie ein dicker Teppich über der Wolga wiedervereinigten. Der Flaum der weißen Pracht bahnte sich ihren Weg zum Grunde des Tales und überdeckte so das mühselig geschichtete Eis. Dieses lag wie ein Schutzpanzer über der fruchtlosen Erde und die wenigen Pflanzen, die es hier gab, hielten festen Winterschlaf – bis auf die Tannen, die stets ihrer sattgrünen Farbe treu blieben und stolz ihre Nadeln trugen.

Die Wolga war das verehrte Gewässer inmitten der sibirischen Provinz, nahe der renommierten Hauptstadt Ulan-Ude. Das alte buddhistische Kloster lag zum Glück nicht mal 30 Kilometer von der kleinen Provinz entfernt. Es wurde erst nach der Stalin-Epoche wieder neu aufgebaut und galt als eines der größten und bekanntesten buddhistischen Klöster der Gelug-Tradition im gesamten Russland. Die Fakultät war ein essenziell wichtiger Teil des Klosters. An ihr wurden neben Philosophie und Theologie auch buddhistische Medizin und Malerei gelehrt.

Giro erreichte um Punkt 7.58 Uhr die Eingangspforte des geschichtsträchtigen und überaus heiligen Gemäuers. Langsam zog die Sonne am Firmament auf und erhellte den sonst so tristen Winterhimmel. Auch die hungrigen Singvögel zwitscherten quirlig herum auf ihrer ewigen Nahrungssuche im eisigen Wintertal.

Eine Mahlzeit hätte ihm auch gutgetan, doch er konnte und durfte sich keine Pause gönnen. Er lief gegen die Zeit und konnte jeden gewonnenen Vorsprung gut gebrauchen. Die Zeit war für ihn kein Freund, sondern nur ein außerordentlich genauer und pingeliger, ungeliebter Chef, der immerzu über sein Leben waltete.

An der Fakultät begab er sich sogleich auf die Suche nach dem Professor. Dieser hieß Atila Dishari, wie er von Großvater Dong in Erfahrung bringen konnte. Er war Professor der buddhistischen Medizin und eine wahre Koryphäe in seinem Lehrbereich. Ruri sei extra, um an seinen Lesungen teilzunehmen, aus Tokio bis in dieses buddhistische Kloster nach Sibirien gereist, hatte Dong erzählt. Dieser Professor musste etwas wissen und es musste auch irgendeine Verbindung geben. Doch die Suche nach ihm gestaltete sich mühselig, denn niemand schien ihn zu kennen.

Nachdem er alle möglichen Leute nach dem unbekannten Professor gefragt hatte und dies sowohl im Kloster als auch in der Umgebung, wurde ihm klar, dass er so einfach nicht weiterkommen würde. Also beschloss er, nach draußen zu gehen, vor das alte Gemäuer, wo alles einst stattgefunden hatte, zumindest aus seiner Sicht.

Dort versuchte er, die Vergangenheit noch einmal Revue passieren zu lassen. Denn dies war schließlich die Stelle, an der er vor über 13 Jahren mit seinem jüngeren Bruder auf ihre Mutter warten musste und das über sechs Stunden, und zwar allein im Wagen. So etwas hatte sie zuvor noch nie getan und es blieb auch bei diesem einen Mal. Doch wie lange er auch überlegte, ihm kam nichts Hilfreiches in den Sinn.

Doch auf einmal hielt ihn eine Hand an der Schulter. Es war die einer weisen alten Gelbmütze aus dem buddhistischen Kloster. Dieser Mönch wollte ihm anscheinend etwas mitteilen. Er sah aus wie eine friedvolle Eule und schien von tief innen heraus zu strahlen. Diese Wärme, die er in sich trug, fand sich auch in seinen äußerst weise klingenden Worten wieder. Der buddhistische Mönch hatte von seiner Suche nach dem vermeintlich unbekannten Professor erfahren und kannte diesen anscheinend. Er berichtete jedoch von dessen Ableben und dies sei nun schon über sieben Jahren her. Er sei durch einen Hirnschlag im Alter von gerade mal 62 Jahren verstorben und dies sei auch der Grund, warum ihn hier niemand mehr kenne, obwohl er ohne Zweifel ein herausragender Tutor und Mensch gewesen sei. Seine Gebeine seien, wie die von allen bekennenden Gelbmützen des Klosters, auf der Heiligenstätte eingemauert worden. Der alte Mönch führte ihn dann hilfsbereit und von sich aus zur Ruhestätte des Professors. Dort angekommen, ging er ohne ein weiteres Wort wieder seiner eigenen Wege und ließ Giro auf dem heiligen Boden allein zurück.

Das Grabmal machte einen ehrwürdigen Eindruck und die Sonne schien es förmlich anzubeten. Die Tafel prunkte golden und warme, weise Worte zierten sie als herzliche Inschrift wie ein nahtloser Übergang in die Reinheit der Natur. Als ihm langsam klar wurde, dass er sich in einer Zwickmühle befand und dieser Professor ihm wohl nicht mehr helfen konnte, schien die Lage mehr als aussichtslos.

Ihm fiel dabei gar nicht auf, dass er nicht mehr allein an dem Grabmal stand. Eine junge Dame hatte sich dazu gesellt, jedoch sah sie ziemlich traurig aus und nicht sehr gesellig. In ihrer Hand leuchtete ein prächtig bunter Blumenstrauß. Er bestand aus Dutzenden unglaublich wohlriechender Feldblumen. Sie schienen taufrisch zu sein und handgepflückt. Das lange, dicke Haar hatte die Frau sich zu einem dicken Bauernzopf zusammengeflochten. Ihre großen, dunkelgrünen Augen leuchteten inmitten ihrer hellen, zarten und reinen Haut, die wie eine makellose Perle schien. Dadurch hob sie auch ihre wohlgeformten und doch zierlichen, rosig wirkenden Lippen hervor. Sie waren jedoch durch die eisige Kälte, die herrschte, spröde und aufgerissen. Die extreme Kälte schien der zierlichen, jungen Dame ziemlich zuzusetzen und trotz ihrer warmen Schafsmütze zitterte sie am ganzen Leib. Doch die Kälte war nicht das Einzige, was ihr zusetzte und somit schuld an ihrer schlechten Verfassung war. Als sie nämlich mit ihren kleinen, zitternden Händen den wunderbaren Blumenstrauß auf die sauber gepflegte Ruhestätte legen wollte, kullerten ihr die Tränen über ihr zartes Gesicht und streiften fein ihre geröteten Wangen. Da zog ein eisigkalter Windstoß auf und pfiff dabei schaurig. Nicht mal mehr der Schnee fiel, so eisigkalt wurde es, und ihre Tränen froren auf dem Weg zum eisigen

Boden fest und hafteten wie helle Salzspuren auf ihren zarten Wangen. Sie sah aus wie ein gequälter Engel und die Unschuld im weißen Kleidchen höchstpersönlich. Doch was bedeutete Unschuld heute noch, meist war sie eh nur ein großer Schwindel und mehr Schein als Sein, dachte Giro. Wie hatte der alte Mönch vorhin so treffend gesprochen? Wir leben in einer Zeit der Sünde und Gleichgültigkeit, in der nur das Ich das Denken dominiert. Aber lag es wirklich in der Natur des Menschen, ausschließlich zu lügen und zu betrügen, oder war dies doch nicht das Hauptanliegen? Wir belügen Bekannte, Freunde und Verwandte und natürlich am liebsten uns selbst, ging es Giro durch den Kopf. Der Mensch will schließlich immer das Beste im Leben, nur dass dies genauso wenig existent ist wie etwas Perfektes. So schien auch die junge Dame von einem dunklen Makel des Lebens heimgesucht geworden zu sein und das Ableben des Professors belastete sie noch immer sichtlich schwer.

Als er die junge Frau im weißen Kleidchen auf den Professor ansprach, musste er feststellen, dass diese leichte Verhaltensauffälligkeiten an den Tag legte und fast nur wirres Zeug von sich gab. Doch sie hatte anscheinend seine Mutter gekannt und antwortete auf deren Namen mit einer wirren mathematischen Formel, die er noch nie zuvor gehört hatte. Aber er kannte sich auch nicht in Algebra und Chemie aus. Mehr als diese beiden Begriffe war ihm nicht bekannt und Formeln schon überhaupt nicht. Das wäre etwas für seinen jüngeren Bruder gewesen, in der Wissenschaft und bei Kreuzworträtseln wusste der bedeutend besser Bescheid. Er war schließlich der mit den Star-Trek-Filmen und den Comics unter dem Bett. Aber dies war jetzt auch egal, die verwirrte Dame wusste etwas, auch wenn ihre Sätze kaum einen Sinn ergaben. Sie war die einzige Person, die etwas wissen konnte, zumindest was diesen toten Professor betraf, und dies könnte ihn vielleicht näher an sein wahren Ziel führen. Als die junge Frau ihn auf eine heiße Tasse Tee bei sich zu Hause einlud, um das mehr als wundersame Gespräch im Warmen fortzuführen, willigte er ein und sie begaben sich zu ihrem Gefährt. Vielleicht bot sich ihm ja im Warmen und Geborgenen ein anderes Bild der seltsamen Frau.

Er staunte nicht schlecht, als er in die rustikale, antik wirkende Pferdekutsche einstieg und die junge Dame selbstsicher die Zügel in die Hand nahm. Der stolze, breite Schimmelhengst trabte mit festem, sicherem Galopp los und zog den schweren, klappernden Anhang ohne Mühe über den vereisten Feldweg. Dabei preschten die eisige Kälte wie harte Peitschenhiebe auf die nackte Haut und die feine Schneepuderschicht gleich hinterher. Die unebenen Straßen zeigten ihre volle Pracht und die quietschenden Räder ratterten im Sekundentakt. Die Wucht der Rückstöße war äußerst unsanft und sehr hart, da halfen auch die steifen Holzbänke wenig. Der jungen Dame schien dies jedoch Freude zu bereiten bei dem Tempo, das sie dem Gaul aufzwang, und dem breiten Lächeln, das durch ihr sonst so apathisches Gesicht zog. Die ruppige und zu lange Fahrt durchs Ödland in das noch ferne Niemandsland hinaus endete vor einer kleinen, bescheidenen Bauernhütte.

Im Vorgarten tummelten sich außer etlichen weißen Hühnern auch zwei fette Wollschweine. Die Hütte war eher einfach und Strom gab es nicht. Als sie eintraten, herrschte eine Eiseskälte und der Speichel fror einem in dem dunklen Steinhäuschen schier im Mund fest. Neben den Gerüchen von verbrannten Tannennadeln und getrocknetem Lavendel hing auch der Geruch von Fischsuppe in der Luft. Er kannte diesen Geruch nur zu gut und ihm drehte sich schier der Magen um. Dies war so ziemlich der schrecklichste von allen Fischgerüchen, zumindest für ihn. Nach einem kurzen Würgen versuchte er, sich mehr auf die anderen dominanten Gerüche zu konzentrieren, in der Hoffnung, den verhassten Geruch damit überdecken zu können. Dies gelang ihm erst wirklich, als die junge Dame im weißen Kleidchen ein Feuer im rustikalen Backsteinkamin entzündete und der Rauch der lodernden Flammen den penetranten Geruch von Disteln abgab. Dazu setzte sie einen Ingwertee auf und ließ die Wurzel langsam im Wassertopf über dem Flammenmeer ziehen. Das Feuer funkelte auf ihrer hellen Haut und sie schien wie Bernstein zu glühen.

Sie sah aus wie ein verlorenes, kleines Zigeunerkind, das am Feuer nur kurz Frieden fand. Bevor sie sich zu ihm auf die eher unbequem steife Polstergruppe aus dem Ersten Weltkrieg setzte, zündete sie zwei lange Kerzen auf dem Beistelltisch an. Das dezente Licht hüllte alles in eine Art mystischer Atmosphäre und gab dem Ganzen einen eher unheimlichen Touch. Er fühlte sich wie in einem dunklen Kellerverlies, da änderte auch der geringe Sonneneinfall durch die winzigen und offensichtlich verdunkelten Scheiben nicht viel. Da das Haus von außen von Efeu umklammert wurde und dies vollends, bis auf den einen Türeingang, war dies keine große Überraschung. In diesem eher düsteren Szenario führten die beiden folgende, anfangs eher holperige und undurchsichtige Unterhaltung.

~ Kapitel 37 ~
Admind und ihr seltsames Wesen

Das ein wenig andere Gespräch mit der skurrilen jungen Dame.

Dame: „Sie hatte die Zahl ϖ Pi entdeckt und somit das Unberechenbare erschaffen!"

Sie murmelte danach wieder irgendwelche seltsamen Zahlen, es klang wie eine mathematische Formel oder so. Aber so verrückt, wie sie aussah, konnte es auch gut ein Hexenspruch oder Fluch gewesen sein.

Giro: „Wie heißen Sie eigentlich?"

Dame: „Wer die Gesetze der Natur bricht, stellt sich Gott gleich!"

Giro: „Was?! Hören Sie, mein Name ist wie bereits gesagt Giro Long und wie lautet bitte Ihr Name?"

Dame: „Die Saat wächst tief und die Neuronen wachsen in dem doch so frisch gesäten Spross!"

Giro: „Okay! Wie auch immer, das muss man nicht verstehen. So ein wirres Gelabber! Sie sind wohl sehr einsam hier?"

Dame: „Admind!"

Giro: „Was?!"

Dame: „Admind! Mein Name!"

Giro: „Ihr Name ist also Admind."

Admind: „Admind Dishari."

Giro: „Dishari? Bist du etwa verwandt mit dem Professor?"

Admind: „Mein Vater!"

Giro: „Er war dein Vater. Mein Beileid zu deinem schweren Verlust."

Admind: „Ruri Saiate ist deine Mutter. Du hast ihre Augen! Beziehungsweise eines ihrer braunen, warmen Augen! Das andere ist seltsam, wie besessen."

Giro: „Benimmst du dich etwa darum mir gegenüber so seltsam?"

Admind: „Nein, das kenne ich nur zu gut. Das macht mir keine Angst."

Giro: „Was? Besessene?"

Admind: „Nein, deine Anomalien."

Giro: „Meine Anomalien? Und was soll das nun wieder bedeuten?"

Admind: „Deine Augen sind das geringste Übel an dir. Ich weiß, was du bist und was dich so macht."

Giro: „Übel? Was willst du mir damit sagen? Dass ich der Teufel bin?"

Admind: „Du kannst es nennen, wie du möchtest. Aber es bleibt, was es ist. Unnatürlich. Du bist unnatürlich und widersprichst allen Gesetzen unserer Natur."

Giro: „Ich bin also unnatürlich. Okay! Dafür bist du ziemlich irre und verrückt im Kopf. Kein Wunder, dass wir beide uns so prächtig verstehen."

Admind: „Nur dass deine Endvariable nicht aufgehen kann und ihre korrekte Berechnung niemals zu diesem Endergebnis führen würde. Also nein, theoretisch sollten wir uns nicht verstehen. Aber es bleibt ja immer noch der Faktor Pi, das Unberechenbare!"

Giro: „Du bist anscheinend so eine Art verrücktes Wunderkind!"

Admind: „206!"

Giro: „206! Was?"

Admind: „Mein IQ."

Giro: „Was, dein IQ liegt bei 206? Okay, das erklärt einiges!"

Admind: „Nein, nur meine Gehirnkapazität, und sonst erklärt es nichts."

Giro: „Na gut. Wenigstens bist du nicht nur verrückt."

Admind: „Ich bin überhaupt gar nicht verrückt. Mein Verstand läuft einwandfrei."

Giro: „Das freut mich zu hören! Dann kannst du mir vielleicht doch helfen."

Admind: „Womit?"

Giro: „Wie schon gesagt, eigentlich wollte ich zu deinem Vater, dem Professor. Doch dieser kann mir nun nicht mehr helfen und da dachte ich, du könntest es vielleicht."

Admind: „Der Professor ... mein geliebter Vater! Alles endet, wie es einst begann ... Ende und Anfang sind gleichgesetzt ... wie eine ewige Zeitschlaufe."

Giro: „Na gut, ich versuch's mal anders. Sagt dir der Begriff Gen B89 eventuell etwas?"

Admind: „Ist, was du in dir trägst."

Giro: „Wie meinst du ... in mir trage?"

Admind: „Gen B89. Es ist in dir!"

Giro: „Du behauptest also, dass ich dieses mysteriöse Gen B89 in mir trage?"

Admind: „Dies ist keine These. Dies ist eine Tatsache und mir aus sicherer Quelle bekannt."

Giro: „Und warum bist du dir deiner so unglaublich sicher?"

Admind: „Da ich die möglichen Faktoren und deren Zusammenhänge berechnet habe. Wobei alle möglichen Optionen den eigentlichen Hauptfaktor widerspiegelten und mich so auf die potenziell nächstliegende Option schließen lassen."

Giro: „Und die wäre?"

Admind: „Sie sind die Tafel Ihrer Mutter."

Giro: „Ich bin die Tafel meiner Mutter?"

Admind: „Ihre Formel wurde in Ihrer DNS festgehalten und so für immer hinterlegt."

Giro: „Die Formel steht in meiner DNS?!"

Admind: „Gibt es einen besseren Ort, um die Formel zu verstecken und zugleich ihre Wirksamkeit zu präsentieren? Deine Mutter war ein wahres Genie und hat ein immunologisches Wunder erschaffen."

Giro: „Stopp ... Stopp ... Stopp ... Was soll das bedeuten? Ich bin die Formel oder was?"

Admind: „Ja, laienhaft betrachtet kommt das in etwa hin."

Giro: „Du scheinst ja ziemlich viel über dieses Gen B89 zu wissen ..."

Admind: „Mein Vater hat mich auch auf diesen Tag vorbereitet."

Giro: „Auf diesen Tag?! Du wusstest also, dass ich kommen würde?"

Admind: „Ja, das war ein Teil der Wendung, die das Ganze mit sich bringen sollte. Wir wussten, dass was kommt, nur das Wann und Wo war noch undurchsichtig."

Giro: „Das klingt ja beinahe, als hättest du in die Zukunft gesehen."

Admind: „Nein, so was kann ich nicht. Ich kann nur Fakten berechnen und so eine These aufstellen. Dies lässt mich die Wahrscheinlichkeit einer korrekten Voraussage besser präzisieren. Doch ob diese dann auch genau so eintreffen wird, kann ich nie wirklich fehlerfrei bestimmen."

Giro: „Und auf was hat dein Vater dich vorbereitet?"

Admind: „Auf dein Erscheinen. Du und das Sakrileg in dir. Ein Wunder und zugleich eine Katastrophe."

Giro: „Ich verstehe nicht!"

Admind: „Mein Vater meinte immer, sie hätten blind die Wege des Teufels beschritten und dabei die Flammen der Höllentore entfacht. Es war nicht der Gedanke, der falsch war, es war die Gier der Menschen, die den guten Grundgedanken verwarfen und so einen neuen schufen. Doch wenn man die Schöpfung seines Lebens in den Händen hält, blendet das nicht nur die Augen, sondern auch den Verstand."

Giro: „Dein Vater hat also an der Entwicklung des Gen B89 mitgewirkt."

Admind: „Indirekt, ja. Deine Mutter ist überhaupt nur durch seine Thesen über die genetische Übertragung von Antikörpern und ein undurchdringbares Immunsystem zu ihren Forschungen gelangt."

Giro: „Und was bedeutet das alles? Ich soll dieses Gen B89 in mir tragen und weiß noch nicht mal, was das wirklich ist."

Admind: „Deine Mutter war eine Koryphäe in der Zellforschung und der Immunologie. Sie hat nichts anderes erschaffen als das perfekte Immunsystem und damit ist der lebendige Organismus perfekt den sich ständig ändernden Einflüssen der belebten Umwelt angepasst. Dies fördert auch den Aufbau neuer, gesunder Zellen und die Abstoßung kranker Zellen. Da diese Genkopplung selbstständig denkend neue, gesunde Zellen produzieren kann, entstehen auch im Gehirn neue Bereiche, die aktiviert werden, und es produziert so auch neue Fähigkeiten. Mein Vater war überzeugt, dass die Elemente eine essenzielle Rolle bei der Gesundheit jedes Lebewesens auf Erden spielen und neben dem Gemütszustand die Hauptursache für Krankheit seien."

Giro; „Elemente? Was soll das mit dem Immunsystem zu tun haben?"

Admind: „Um uns herrschen die Elemente und wir selbst verkörpern sie auch. Denn ohne Elemente kein Sein."

Giro: „Okay, das ist ja alles schön und gut. Aber warum wollen alle dieses Gen B89?"

Admind: „Du musst bei einer solchen Sache immer das große Ganze betrachten. Auf der einen Seite steht deine Mutter, eine junge Wissenschaftlerin, die in der Immunologie eine bahnbrechende Entdeckung machte. Auf der anderen Seite stehen mächtige Männer, die in ihrer Entdeckung die Weltmacht riechen. Mit dieser bahnbrechenden Entdeckung kann zwar viel Leid erspart, aber auch genauso viel Leid ausgelöst werden, wenn nicht sogar noch mehr."

Giro: „Und warum hat man die Entdeckung dann nicht einfach verworfen?"

Admind: „Wie sollte man?"

Giro: „Indem man es ruhen lässt."

Admind: „Der Stein wurde aber leider schon ins Rollen gebracht."

Giro: „Und das bedeutet für mich?"

Admind: „Du bist der Träger und gleichzeitig der Beweis, dass die Forschungen ein Erfolg waren. Doch nicht nur das, durch dich kann man das Gen verflüssigen und so einen Wirkstoff des Gen B89 herstellen."

Giro: „Was?! Etwa wie eine Impfung?"

Admind: „Ja, nur dass diese an einer bestimmten Stelle am Körper ins Rückenmark gespritzt werden muss. Diese Prozedur ist ein wenig schmerzhafter und komplizierter als eine normale Grippeimpfung."

Giro: „Das heißt, ich bin also wirklich die Forschung meiner Mutter und die suchen alle eigentlich nur nach mir."

Admind: „Du musst zu Dr. Mazuri Aiota! Er ist der Einzige, der dir helfen wird und kann."

Giro: „Mazuri Aiota … Aiota … Ich kenne diesen Namen von irgendwoher … Ja, das war einer der Wissenschaftler, der auch an dem Projekt Gen B89 mitgearbeitet hat. Doch er hatte einen Autounfall und ist seit sieben Jahren tot."

Admind: „Ja, das hatte er, aber er lebt."

Giro: „Und wo?"

Admind: „Das weiß ich nicht."

Giro: „Und wie soll ich dann deiner Meinung nach diesen Dr. Mazuri Aiota finden?"

Da stand Admind auf und begab sich in eine kleine Küchenecke. Dort griff sie in einen alten Gewürzschrank und zog an einer Gewürzmischung. Da öffnete sich ein kleines Fach unterhalb der rostigen Spüle.

In dem kleinen, kühlschrankähnlichen Fach schien ein helles Licht und darin befanden sich Reagenzgläser mit irgendwelchen seltsamen Flüssigkeiten. Sie griff sich eines davon. Es war zur einen Hälfte mit einer giftgrünen und zur anderen mit einer glühend orangenen Flüssigkeit gefüllt. Dann schloss sie das kleine Kühlfach wieder und öffnete eine der hölzernen Schubladen der morschen Küchenanrichte. Aus dieser zog sie eine große Spritze heraus und begab sich dann mit den beiden Utensilien zurück auf das zerschlissene Sofa. Er wusste nicht, was sie damit vorhatte, und sah ihr nur etwas skeptisch bei der ganzen Sache zu. Als sie ihm dann die seltsame Flüssigkeit vor die Augen hielt und diese dabei kräftig schüttelte, verfärbte sie sich in ein erdiges Braun.

Giro: „Das ist kein Kaffee, oder? Was ist das?"

Admind: „Erinnerungen."

Giro: „Erinnerungen? Das braune Zeug da?"

Admind: „Ja."

Giro: „Und was für Erinnerungen?"

Admind: „Die anderer. Sie wurden absorbiert und in dieser Zellstofflösung konserviert."

Giro: „Zellstofflösung? Und was soll das nun wieder sein?"

Admind: „Das ist eine Flüssigkeit auf zellulärer Ebene. Diese wurde von Dr. Aiota entwickelt und damit können Informationen über Zellen durch eine genetische Verknüpfung an jeden beliebigen lebenden Organismus weitergeleitet werden."

Giro: „Das klingt alles ziemlich abgedreht. Diese Flüssigkeit enthält also die Erinnerungen von irgendjemandem oder wie?"

Admind: „Ja, das sagte ich doch bereits."

Giro: „Und wessen Erinnerungen sind das?"

Admind: „Dies sind Ruri Saiates Erinnerungen."

Giro: „Da in dem kleinen Glasbehältnis befinden sich also die gesamten Erinnerungen meiner Mutter? Du hältst also sozusagen gerade ihr Gehirn in deinen Händen? So ein Irrsinn!"

Admind: „Das Gehirn ist eine Zusammensetzung von Nervenbahnen und nicht einfach nur eine Flüssigkeit. Also nicht ganz – es ist eine Kopie ihrer Gedanken und ihres Wissens."

Giro: „Das ist verrückt! Und was hast du damit vor?"

Admind: „Ich werde sie an dich übertragen und dir so das nötige Wissen weitergeben. Es ist deine Bestimmung, die Lösung zu sein."

Giro: „Was – du willst mir das Zeug verabreichen? Nein, das kommt auf keinen Fall infrage! Ich hab nur eine Bestimmung und die heißt überleben!"

Admind: „Dir bleibt aber gar keine andere Wahl."

Giro: „Was?! Soll das etwa eine Drohung sein?"

Admind: „Nein, so ist es einfach."

Während sie diese Worte sprach, wurde ihm auf einmal schwindlig, und noch bevor sie ausgesprochen hatte, sackte er zusammen. Sie hatte ihm ein starkes Anästhetikum verabreicht und dies wirkte extrem schnell. Da er keine Schmerzen wahrnehmen konnte, war es ein Leichtes für sie gewesen, dies unbemerkt zu spritzen. Er hatte so etwas auch nicht erwartet, denn die meisten wollten ihn sofort umlegen und nicht zuvor in Narkose legen.

Das erste Gefühl, das ihn durchdrang, war äußerst unangenehm und er hatte so etwas noch nie zuvor gefühlt. Da kam in ihm der Drang auf, laut zu schreien, und er konnte sich dies nur durch Beißen auf die Lippen verkneifen. Er hätte beinahe alles getan, um dieses Gefühl loszuwerden. Fühlte sich etwa so das Sterben an? Es war die schiere Hölle. Dabei war er fest auf einen Metalltisch geschnürt und das nur in Boxershorts. Er sah noch alles, aber verschwommen und unklar. Das gleißende Licht der vielen Lampen blendete ihn stark und in dem sterilen Raum mit den weißen Wandtäfelungen fühlte man sich wie in einem Leichenschauhaus. Neben etlichen spitzen Geräten standen auch einige vorzeitliche Exemplare rum. Dahinter, auf der anderen Seite des Raumes, getrennt durch eine große Glaswand, befand sich ein Forschungsbereich mit Blumen. Diese wuchsen in der Mitte auf einem großen Tisch aus einer Flüssigkeit heraus. Dort befand sich auch diese seltsame Admind. Sie trug einen weißen Arztkittel und war gerade an einem riesigen Mikroskop an einer Untersuchung. Er versuchte, sich mit aller Kraft von der eisernen, kalten Liege loszureißen. Doch er hatte nicht genug Kraft und fühlte sich extrem schwach. Während sein Schädel stark pochte, wurde ihm speiübel und seine Muskeln krampften sich unangenehm zusammen. Was hatte diese Verrückte bloß mit ihm angestellt und was hatte sie noch mit ihm vor? Seine Muskeln brannten wie Feuer in seinem ganzen Körper und sein Puls raste. Er hatte normalerweise einen eher niedrigen Blutdruck, was ihn zu einem äußerst leistungsfähigen Sportler machte, und war daher einen so hohen Blutdruck nicht gewohnt. Die Bilder vor seinen Augen flackerten und alles war unscharf wie ein übler Traum. Während er da so hilflos lag und sich mehr als nur ausgeliefert fühlte, ging ihm der Gedanke durch den Kopf, dass er nun höchstwahrscheinlich durch die Hand einer jungen, verrückten Wissenschaftlerin sterben würde.

Diese hatte was von seiner Mutter, die an dieser Situation mit schuld war. Eigentlich hätte er damit rechnen müssen, eines Tages auf dem Seziertisch irgendeines verrückten Wissenschaftlers zu landen. Er war anscheinend nur ein Testobjekt und somit ein weiteres Experiment – gelungen oder nicht. An Testobjekten werden nun mal Tests durchgeführt und allerlei Experimente gemacht. Dies natürlich meist gegen deren Willen, denn wer möchte schon Versuchskaninchen spielen, außer einem hirntoten Affen vielleicht.

Durch seine starken Kopfschmerzen, die er als neues, schreckliches Gefühl wahrnehmen musste, konnte er keinen klaren Gedanken fassen. Er wusste nicht, was hier vor sich ging. Er wusste nur, dass sie etwas mit ihm gemacht hatte und dies war bei Gott keine Hexerei. Falls das mit den Erinnerungen ihr Ernst gewesen war und sie ihm das braune Zeug wirklich verabreicht hatte, spürte er nichts davon – außer diesem neuen, unangenehmen Gefühl, auf das er gut hätte verzichten können. Aber Erinnerungen waren dies bestimmt nicht. Er wusste seines Erachtens nicht mehr als zuvor und mit dem dicken Schädel, den er gerade auf den Schultern trug, fiel ihm das Denken doppelt so schwer.

Irgendwann stöhnte er, denn die Schmerzen wurden immer schlimmer. Da er auch immer schwerer Luft bekam und beinahe um sie ringen musste, war die eingeschnürte Rückenlage nicht sehr vorteilhaft. Doch auf einmal hallte laute Musik durch den Raum, es war das Lied „Hit the Road Jack" von Ray Charles. Dazu hüpfte die irre Wissenschaftlerin in ihrem weißen Kittel durch die Gegend und sang dabei fröhlich mit. Dabei legte sie sich einige Instrumente zurecht und sah sich etwas auf einem seltsamen Monitor an. Es sah aus wie ein Gehirnscan oder so was in der Art. Danach erst rollte sie auf ihrem Rollhocker zu ihm hin und drehte dabei die Lautstärke der Musik runter. Während sie sich über ihn beugte, um sich seine Pupillen zu betrachten und ihn mit ihrem Stethoskop zu blenden, notierte sie sich etwas auf einem kleinen Handblock. Er meinte dabei: „Au", da sein Schädel schmerzte und das grelle Licht zusätzlich zu dem übel pochenden ein ätzend stechendes Gefühl in seinem Kopf auslöste.

Das ungewollte Gespräch auf der Liege des Wahnsinns:

Admind: „Was du fühlst, ist Schmerz."

Giro: „Was hast du mit mir gemacht …?"

Admind: „Einen Fehler behoben."

Giro: „Was für einen Fehler … Ich fühle mich schrecklich …"

Admind: „Es zeigt dir auf, wie weit du gehen kannst und darfst."

Giro: „Es soll aufhören … Einfach aufhören …"

Admind: „Schmerz ist ein natürliches Alarmsystem und schützt deinen Körper, indem es ihn warnt. Er vergeht mit der Zeit auch wieder."

Giro: „Was hast du mit mir vor …?"

Admind: „Nichts, was nicht sein müsste. Die Erinnerungen konnte ich erfolgreich einpflanzen und es war ein nahtloser Vorgang. Sie haben sich bereits an deinen Hirnsynapsen angedockt und müssen sich nun nur noch langsam festsetzen. Sobald sie dies getan haben, verschwinden auch die Schmerzen in deinem Kopf."

Giro: „Du hast mir Erinnerungen eingepflanzt … Ich spüre aber außer dem Schmerz nichts und nehme keine neuen Erinnerungen wahr. Sollte ich dadurch nicht mehr wissen? Mir ist speiübel, ich muss kotzen … Binde mich los!"

Admind: „Das funktioniert auch nicht so leicht. Du wirst nur an bestimmten Orten eine Art Déjà-vu erleben. Dies wird dir den Weg weisen und dir so auf gewisse Art auch die Wahrheit offenlegen."

Giro: „Bind mich jetzt los! Ich muss … Ich muss wirklich … kotzen und das jetzt!"

Sie stand auf und brachte eine Bettpfanne. Erst dann löste sie endlich den engen Lederriemen um seinen Oberkörper. Er griff sich hektisch die Bettpfanne und spuckte sogleich los. Ihm war noch nie so übel gewesen und dazu kam, dass es auch noch schmerzte. Alles an und in seinem Körper schmerzte, dies war für ihn wie eine neue Welt, so ungewohnt. Als er den ersten Druck los war und sich wieder zurücklehnte, fiel ihm die Waffe in ihrer Hand auf. Es war jedoch keine Pistole. Nein, es war eine Spritze und so, wie er sich nach den letzten Spritzen gefühlt hatte, wollte er es nicht darauf anlegen herauszufinden, wie ihre Wirkung war. Da hätte er sich lieber freiwillig eine Kugel gegeben.

Admind: „Dies in der Spritze ist nur ein Narkotikum. Keine Angst, ich will dir nichts Böses."

Giro: „Ach wirklich? Dies hier geschieht gerade alles gegen meinen Willen, das ist dir schon bewusst?!"

Admind: „Weil es sein muss und die Zeit drängt. Du hättest niemals eingewilligt. Ich musste so handeln."

Giro: „Du hast mir also gegen meinen Willen Erinnerungen eingepflanzt und mein Schmerzempfinden so aktiviert?"

Admind: „Ja. Dein Schmerzempfinden jedoch wurde durch einen von mir entwickelten Wirkstoff hergestellt. Denn das Fehlen dieses wichtigen Empfindens ist ein Fehler des Gens B89. Doch ich habe einen Weg gefunden, dies nachträglich auszukoppeln und somit den Fehler zu beheben. Das hat wunderbar funktioniert, genauso wie auch die Erinnerungsübertragung. Einfach fabelhaft und bisher ohne Komplikationen, du verträgst es noch viel besser als gedacht. Du musst wissen, dass du die erste Testperson bist, an die diese Wirkstoffe abgegeben wurden, und sie bisher nur an Mäusen getestet wurden, die jedoch alle starben. Na ja, die trugen natürlich nicht das Gen B89 in sich."

Giro: „Wie wunderbar! Das war schon immer mein Traum, ein beschissenes Testobjekt zu sein!"

Admind: „Du bist ein ‚unnatürliches' Wunder. Einen normalen Organismus und Menschen hätten die Wirkstoffe getötet. Es hätte sie regelrecht von innen heraus gekocht und ihr Gehirn wäre zu einer Suppe geschmolzen, um dann als blutige Masse aus ihren Gesichtsöffnungen zu treten. Dabei hätten sich ihre Knochen langsam aufgelöst und sie würden sich in Windeseile zersetzen. Aber du verspürst nur Übelkeit und Kopfschmerzen."

Giro: „Das bedeutet, das Zeug hätte mich zersetzen und töten können?!"

Admind: „Hätte – tat es aber nicht. Die Flüssigkeit, in der sich die Genstoffe befinden, wird mit Nuklearsäure angereichert und ist im höchsten Maße radioaktiv. Wird ein normaler Organismus mit diesen Wirkstoffen behandelt, setzt der sofortige Zellzerfall ein und es bilden sich in geringer Zeit lauter kranke Zellen, während gesunde abgestoßen werden."

Giro: „Nuklear! Radioaktiv! Du hast mich von innen verstrahlt! Dann sterb ich jetzt doch langsam weg, du Hexe!"

Admind: „Nein, dein Körper stößt es ab und darum auch deine Übelkeit. Durch das Gen B89 kann dir die Strahlung nichts anhaben. Außer einer Atombombe, die würde dich einfach zerfetzen und in ein Nichts verwandeln. Das Gen B89 macht dich schließlich nicht unsterblich."

Da musste er auf einmal an Naomi denken und die Tatsache, dass er keine Ahnung hatte, wie viel Zeit ihm noch blieb, um sie zu retten.

Giro: „Wie lange bin ich schon hier?"

Admind: „Das Zeitgefühl verlässt einen nur zu gern nach einer Vollnarkose. Es sind nun genau 26 Stunden vergangen, seit wir uns an Vaters Grabmal trafen."

Giro: „Was?! Das bedeutet, mir bleiben nur noch 38 Stunden, und ich habe nichts!"

Admind: „Wofür bleiben dir 38 Stunden?"

Giro: „Um meine Freundin zu retten."

Admind: „Deine Freundin retten? Was meinst du damit? Sind das vielleicht Halluzinationen und heißt sie Zelda?"

Giro: „Nein, das ist genauso wenig eine Halluzination wie du und der Frankenstein-Irrsinn hier!"

Admind: „Deine Freundin wurde also wirklich entführt? Und von wem?"

Giro: „Von Salvos Männern. Sie wollen die Forschungen und somit mich im Tausch gegen sie."

Admind: „Salvo, sagst du? Das ist gar nicht gut. Er darf das Gen B89 nie in die Finger bekommen. Das wäre eine Katastrophe!"

Giro: „Aber Naomi darf auch nichts geschehen, denn das wäre eine noch viel größere Katastrophe. Also kratzt mich deine Meinung nur wenig und ich lass mich auch kein zweites Mal von dir narkotisieren! Wenn's sein muss, schlag ich dich k. o. und geb einfach einen Scheiß drauf, dass du ein Mädchen bist."

In diesem Moment legte sie die Spritze hin und sah ihn mit unschuldigen Augen an.

Admind: „Dies ist eigentlich nicht mein Wesen ..."

Giro: „Ach, einfach Leute gegen ihren Willen zu sedieren und an ihnen irgendwelche seltsamen Experimente durchzuführen, liegt also nicht in deinem Wesen! Und ich dachte schon, das sei dein Alltag!"

Admind: „Nein, das ist ganz bestimmt kein Alltag für mich. Es ist ein anstrengender Gemütszustand, nicht das zu sein, was man in Wirklichkeit ist. Ich denke, du kennst das. Mein Wesen ist eigentlich wie das einer zarten Wildblume, und wie du siehst, ist dies auch mein Forschungsgebiet."

Giro: „Ja, das ist angesichts der riesigen Blumenkolonie auf dem seltsamen Wassertisch dort nur schwer übersehbar."

Admind: „Dann ist dir bestimmt auch das wunderbare grüne Efeu an meiner Hausfassade aufgefallen, oder?"

Giro: „Wie nicht, das ist genauso schwer zu übersehen wie die Blumen."

Admind: „Trotz der erbarmungslosen Minusgrade ist er satt-grün und trägt noch alle seine wunderbar gesunden Blätter. Dies ist eines meiner größten Werke. Witterungsfeste Pflanzen, ob heiß oder kalt, sie passen sich an und dies funktioniert bei allen Pflanzen, nicht nur beim Efeu."

Giro: „Lass mich raten – dies können die Pflanzen dank einem verbesserten Immunsystem!"

Admind: „Ja, wie kannst du das wissen …?"

Giro: „Es war kein Glück, so viel steht fest."

Admind: „Ich werde dir helfen."

Giro: „Was?!"

Admind: „Mit deiner Freundin und diesem Widerling Salvo."

Giro: „Ach – und wie?"

Sie entfernte die übrigen Lederriemen an seinen Beinen und Armen. Während er sich noch ein wenig belämmert aufsetzte, hastete sie zu einem Glasschrank und fing an, hektisch die braunen Glasfläschchen zu durchsuchen. Da um die hundert von diesen identischen Fläschchen dort standen, musste sie erst die schwer leserlichen Etiketten entziffern. Dies tat sie dann auch eifrig und es schien ihr gar keine zu große Mühe zu bereiten. Als sie dann nach einer Weile fündig wurde, begab sie sich relativ er-freut zurück zu ihm. Sie platzierte die Flasche auf dem Tisch und eilte daraufhin noch mal los. Sie ging diesmal zu einer Mikro-welle und entnahm ihr eine dampfende Tasse. Mit dieser kam sie zurück und hielt sie ihm mit einem Lächeln entgegen. Ihm stieg sogleich der heiße Dampf ins Gesicht und nahm ihm die Sicht.

Admind: „Ingwertee. Der ist gut für dich."

Giro: „Warum ist der gut für mich? Schlaf ich dann besser?"

Admind: „Nein, ist entzündungshemmend und hilft gegen die Vergiftung in deinem Körper."

Giro: „Na dann! Aber was ist nun mit Naomi? Wie willst du mir helfen?"

Admind: „Naomi – ist das ihr Name? Einfach wunderschön. So harmonisch und freundlich wohlklingend."

Giro: „Ja, ihr Name ist herrlich. Das war jedoch nicht meine Frage, sondern: Wie willst du helfen?"

Admind: „Du hast noch 38 Stunden, also beruhige dich. Mein Plan ist diese kleine Flasche hier."

Giro: „Und wie bitteschön soll diese kleine Flasche das Leben von Naomi retten?"

Admind: „Die kleine Flasche enthält Spora antiotika, eine von mir höchstpersönlich entwickelte Pilzsporenart."

Giro: „Okay, und was soll ich damit?"

Admind: „Spora antiotika hat zwar keine tödliche, aber eine halluzinogene Wirkung. Diese ist jedoch fast doppelt so stark wie bei LSD. Und wenn du LSD schon mal leicht überdosiert konsumiert hast, kannst du dir die Wirkung ungefähr vorstellen. Ich nenne sie deswegen auch LSD-Sporen. Was das Beste an ihnen ist, sie werden innert vierundzwanzig Stunden abgebaut, und wenn du nicht aus Versehen im Wahn vor einen Bus oder aus einem Fenster gesprungen bist, überlebst du es ohne körperliche oder geistige Beschwerden. Was bei LSD weniger der Fall ist und du kannst schnell mal eine Überdosis erwischen und sterben."

Giro" „Nein, da muss ich passen, dieses Vergnügen blieb mir zum Glück bis heute erspart. In meinem Leben geschehen so schon genügend abgedrehte und verrückte Dinge, da brauch ich nicht auch noch Fantasiestress."

Admind: „Dein Glück, denn die Trips sind meist eher Horror als Blümchenwelt und trotzdem macht das Zeug süchtig. Ich brauchte vier Jahre, um den Pilzsporen abzuschwören. Schon seltsam, der menschliche Verstand. Darum ist mein Forschungsgebiet auch die Pflanzenwelt."

Giro: „Da ist was Wahres dran. Aber was sollen mir diese halluzinogenen Pilzsporen bringen?"

Admind: „Du musst nur dafür sorgen, dass das Treffen in einem möglichst geschlossenen und lichtarmen Raum stattfindet. Dort setzt du zuvor ein paar der Pilzsporen frei. Diese brauchen nicht länger als eine halbe Stunde, um sich in dem gesamten Raum auszubreiten. Dabei spielt es keine Rolle, wie groß dieser Raum ist, sie nisten sich in allen dunklen, feuchten Stellen ein. Jeder, der danach den Raum betritt und länger als fünf Minuten die Luft mit den fürs Auge unsichtbaren Pilzsporen einatmet, kommt auf einen ziemlich üblen Trip und lässt sich dann wunderbar manipulieren. Nach etwa weiteren fünf Minuten befindet er sich auf einem anderen Stern und kriegt nichts mehr mit, da er in seinem eigenen Kopf gefangen ist."

Giro: „Okay, das ist ja alles schön und gut. Aber ich werde dann selbst auch unter Halluzinationen leiden und kann schlecht mit einer Atemmaske dort auftauchen. Die sind vielleicht dumm, aber so dumm dann auch wieder nicht."

Admind: „Das ist ja das Gute an Gen B89. Da es sich bei den halluzinogenen Drogen um Pilzsporen handelt, bist du immun gegen ihre ach so betörende Wirkung und kannst nicht ihrem Charme verfallen. Denn das Gen B89 erkennt und zerstört die Pilzsporen sofort."

Giro: „Das heißt, ich baue es sofort ab und bekomme keine Halluzinationen davon?"

Admind: „Ja, genau. Ist doch perfekt."

Giro: „Und Naomi? Was ist, wenn sie auch im Raum ist?"

Admind: „Na, umso besser. Dann musst du ihre Entführer nicht überreden und kannst sie einfach mitnehmen. Auch wenn dies witzig ist, wenn jemand auf dem Pilzsporentrip ist."

Giro: „Die Kleine hat aber noch nie Drogen konsumiert, soviel ich weiß."

Admind: „Das wird ihr schon nicht schaden. Vielleicht hilft es ihr sogar, das Erlebte leichter zu verarbeiten. Ich denke, in den Händen von Salvos Männern geht es ihr beträchtlich schlechter."

Giro: „Du bist völlig verrückt und das ist alles völlig verrückt … Ich habe zwar keine Ahnung, ob das klappen kann, aber ich nehme an, es ist die einzige vielversprechende Option, die mir bleibt."

Admind: „Ich bin vielleicht ein wenig verschroben, dafür aber auch immer bestrebt, mein Bestes zu geben und somit ein guter Mitmensch zu sein."

Giro: „Na, dann gib dein Bestes."

Admind: „Immer doch."

Giro: „Dann hab ich jetzt einen Plan dank dir. Der Tee ist gut, die Kopfschmerzen gehen langsam zurück. Danke dafür."

Admind: „Danke mir lieber nicht zu früh. Ich muss noch ein paar Behandlungen an dir vornehmen und damit beginnen wir am besten gleich."

Giro: „Ein paar Behandlungen?! Was für Behandlungen? Du hast mir das Zeug doch schon verabreicht."

Admind: „Diese Prozedur muss leider vier Mal wiederholt werden und dies muss jeweils in einem Dreiviertelstundentakt geschehen. Dies wäre in nun genau acht Minuten der Fall."

Giro: „Was?! Selbst wenn ich wollte, so viel Zeit hab ich nicht!"

Admind: „Die erste Behandlung dauerte nur durch die Narkose so lange und du musstest von selbst erwachen."

Giro: „Und wie lange dauert es ohne?"

Admind: „Maximal 18 Stunden, dann sollten alle vier Durchgänge abgeschlossen sein und nach einem kleinen, erholsamen Schläfchen fühlst du dich schon wieder wie neugeboren."

Giro: „Ja? Übertreib mal nicht und schnall mich lieber wieder fest, bevor mein Verstand einsetzt und ich's mir doch noch anders überlege."

Admind: „Natürlich, ist mir ein Vergnügen. Ich danke dir."

Ich danke dir – hatte sie das gerade wirklich zu ihm gesagt? Diese Worte kannte er sonst nur von einem Menschen und dies war Naomi. Diese Güte und ihr reines Herz liebte er so an ihr. Das faszinierte ihn nämlich immer und ließ ihn noch etwas Gutes in den Menschen sehen. Die nächsten 18 Stunden waren die reinste Qual, besonders die Phase nach den vier Durchgängen hatte es in sich. Die Schmerzen und Übelkeit waren unerträglich. Dabei hasste er die Wissenschaftlerin am meisten für das ungewohnte Schmerzempfinden. Die schrecklichen Nachwirkungen hielten höllische 14 Stunden an und fühlten sich wie tausend an. Er starb tausend kleine Tode in nur 14 Stunden, das traf es noch besser. Den Sinn hinter seinem ganzen Leiden verstand er auch nicht. Wie und wann sollten ihm diese Erinnerungen schon helfen? Das Ganze erschien ihm eher wie ein Paradoxon, so unwirklich und widersprüchlich. Doch eines brauchte er, diese Pilzsporen, um Naomi zu retten. Dieser Gedanke erleichterte ihm die Qualen der Behandlungen ein wenig. Er hoffte nur, dass die LSD-Sporen auch die Wirkung haben würden, die die Wissenschaftlerin so pries. Doch er musste seinem Gefühl folgen und auf seinen Instinkt zählen. Die Chance stand 50 zu 50, dass sie die Wahrheit sprach, das war nun mal Fakt.

Nach der ganzen Scheiße der erlösende Anruf

Fünf Stunden vor dem großen Treffen:

Langsam konnte Giro wieder klarer denken und sein Körper erholte sich von den Nachwirkungen. Es war spät in der Nacht, als er einen Anruf von den Entführern erhielt und gespannt abhob. In diesem Augenblick war er hellwach und die restlichen Schmerzen waren vergessen, denn nun zählte nur eines – Naomi. Er musste sie unbeschadet da herausbringen und diesen Störfaktor namens Akai beseitigen.

Der Anruf:

Giro: „Giro, wer da?"

Akai: „Das fragst du noch? Der tödliche Clown!"

Giro: „Ich korrigiere, der so gut wie tote Clown."

Akai: „Du und dein dämlicher Bruder meint wohl wirklich, ich scherze. Tu ich aber nicht!"

Giro: „Ach, das mit meinem Bruder hat ja auch nicht richtig hingehauen. Hast ihn wohl ein wenig unterschätzt, du Clown."

Akai: „Ja, das ist schon seltsam. Bei seiner jämmerlichen Statur und der schlaksigen Art, die er an den Tag legte, hätte ich ihm niemals zugetraut, dass er es gleich mit zweien meiner Männer aufnehmen kann. Ein wahrer Zauberkünstler, dein Bruder! Das ist äußerst beachtlich. Leute wie ihn kann Salvo gut gebrauchen, schick ihn doch mal zu einem Vorstellungsgespräch vorbei! Ich kümmere mich auch höchstpersönlich um die Formalitäten. Ehrensache, du verstehst."

Giro: „Liegt in der Familie! Wir mögen keine Clowns, außer in der Mitte zerteilt und ausgeblutet an einem Spieß."

Akai: „Na ja, du stehst vielleicht nicht auf Clowns, aber deine kleine Freundin Naomi anscheinend schon. Wir haben schließlich drei wunderbare Tage und Nächte zusammen verbracht. Sie ist so süß und weich ihre Haut, weißt du?"

Giro: „5.00 Uhr in der Früh! Vor dem Kloster! Sei pünktlich! Dann kläre ich das mit dir."

Noch bevor ihm Akai darauf eine Antwort geben konnte, beendete Giro das Gespräch abrupt. Er wollte sich auf keinen Fall von dem Arschloch provozieren lassen und vor ihm eine zu offensichtliche Betroffenheit zeigen, denn nur so war ihm seine volle Aufmerksamkeit gewiss. Dieser Akai wollte schließlich etwas von ihm und würde bestimmt um 5.00 Uhr vor dem buddhistischen Kloster erscheinen. Dazu kam auch noch die Tatsache, dass er nicht noch mehr Kopf-Kino brauchte, was Naomis Aufenthalt betraf, denn davon hatte er so schon genug. Er musste seine Gedanken ordnen und bedacht herangehen.

Von Admind hatte er eine Pistole erhalten und diese war seine Absicherung. Dazu kam, dass er ein Versprechen gegeben hatte, und dies war eher eine Seltenheit. Darum hielt er auch immer seine Versprechen, weil er auch nur dann eines gab. Die Kugel würde dem Möchtegern-Clown bestimmt gut zwischen seine dummen Augen passen. Der hatte sie sich auch mehr als verdient und vor der Kugel würde ihm noch Schlimmeres blühen, so viel stand fest.

Eine Stunde nach dem Anruf war er bereit und machte sich auf den Weg zum buddhistischen Kloster. Ihm blieben noch gute zwei Stunden bis zum Treffen, diese Zeit musste er nutzen, um alles vor Ort vorzubereiten. Admind hatte ihm ihren Schlüssel für das alte Büro des Professors, ihres Vaters, gegeben. Sie meinte, es sei alles noch so eingerichtet wie früher und sie habe es nie übers Herz gebracht, etwas zu verändern seit seinem Ableben. Dadurch empfinde sie bis heute seine Schwingungen darin und fühle sich ihm dort am nächsten.

Als er das herrschaftliche Büro mit der filigranen Holzausstattung und den tausend Weltkarten an den Wänden betrat, stieg ihm neben der staubigen Luft auch der abgestandene, unverkennbare Geruch von Zigarrenasche in die Nase. Durch das vereiste Fenster inmitten des Büros schien das Licht des noch fast vollen Mondes auf den runden, handgewebten Perserteppich und bildete eine helle Sichel um den inmitten auf dem Teppich platzierten rustikalen Standglobus. Danach folgte der imposante Holzschreibtisch, dessen bequem wirkender Leder-Chefsessel zum Platznehmen förmlich einlud. An der Wand dahinter befand sich ein schweres, riesiges Büchergestell aus Holz. Es enthielt Hunderte alter Bücher und Werke von bekannten Doktoren. Giro selbst kannte keines davon, für ihn war dies staubiger Müll, den man von ihm aus auch hätte kompostieren können.

Der Teppich wäre die perfekte Stelle, um die Sporen auszusetzen, zumindest meinte Admind dies. Durch die Bewegungen könnten die Sporen besser wanden. Der Teppich sei dazu ein wunderbares dunkles und angenehmes Zuhause für die Pilzsporen. Also verseuchte er den Teppich mit den süßlich riechenden Sporen. Diese hafteten zuerst nur wie ein durchsichtiger und doch fein gelblicher Flaum auf der Oberfläche des Teppichs. Bevor die Pilzsporen sich schließlich setzten und in den Teppichfasern langsam, aber sicher verschwanden, verbreiteten sie einen süßen und gleichzeitig kratzenden Geruch.

Danach setzte er sich in den großen Leder-Chefsessel hinter den imposanten Holzschreibtisch und versuchte, sich mental vorzubereiten. Als er mit seiner linken Hand über den glatten Rand des antiken Schreibtisches fuhr, bekam er eine Art Geistesblitz. Anders konnte er es nicht nennen, denn er sah auf einmal alles in einen blauen Schein gehüllt und dies aus der Sicht von jemand ganz anderem. Dabei saß ihm seine Mutter Ruri gegenüber und führte anscheinend eine aufgeregte Unterhaltung mit dem Professor, aus dessen Perspektive Giro das Ganze zu betrachten schien.

Das unwirkliche Geistergespräch:

Ruri: „Was sollte ich sonst tun? Dies war meine einzige Möglichkeit!"

Professor: „Es hätte nie so weit kommen dürfen! Aber es ist nicht deine Schuld, es liegt an der Gier des Menschen."

Ruri: „Wenn er Lotox-69-03-Q wirklich auf die Welt los lässt … Das wäre schrecklich …"

Professor: „Der Untergang! Aber so weit wird es nicht kommen, und wenn doch, dann haben wir dank deines Genies das Heilmittel."

Ruri: „Das ist ja schön und gut, mein Professor, aber das gilt auch nur, wenn wir es schützen können. Doch wenn er das Gen

B89 nun doch in seine Finger bekommt, ist alles vorbei und der Untergang gewiss."

Professor: „Darauf wartet er nur! Doch wenn du es gänzlich vernichtet hättest und es ihm selbst jemals gelingt, ein Heilmittel zu entwickeln, wäre es auch vorbei. Die Forschung muss geschützt werden und dies um jeden Preis!"

Ruri: „Ich bin eine schreckliche Mutter! Der arme Krys – wie konnte ich nur?!"

Professor: „Hey, hey … Du hast das Richtige getan und hattest gar keine andere Wahl. Er wird die Wichtigkeit deiner Taten schon verstehen, wenn es so weit ist."

Ruri: „Von wegen, wenn jemand keine Wahl hatte, dann wohl Krys und sonst niemand. Ja, ich habe zum Wohle der gesamten Menschheit gehandelt, aber war dies auch zum Wohle meiner Familie?"

Kapitel 39

Die LSD-Sporen sind überall, auch in deinem Gehirn

Giro standen die Schweißperlen auf der Stirn. Er war soeben aus einem körperlich anstrengenden sowie auch extrem realistischen Traum erwacht. Er wusste nicht, was gerade mit ihm passiert war, aber dem Ganzen folgten ein stechender Schmerz in seiner Schläfenregion und ein unangenehmes beidseitiges Pfeifen in den Ohren. Während seines seltsamen Flashbacks hatte er alles aus der Perspektive des Professors gesehen und dabei dessen hallende Stimme gehört. Doch mehr als beobachten und zuhören war nicht möglich gewesen. Es schien alles nur in seinem Kopf stattzufinden und weit entfernt zu sein. Dies in einem unangenehmen Blauweiß-Spektrum und mit einem Echo, das laut zu dröhnen schien. Er hatte auch keine Ahnung, wie lange er weggetreten war, doch auf der Uhr waren beinahe zehn Minuten vergangen. Falls dies an den Pilzsporen lag und Admind sich geirrt hätte, würde er ein echtes Problem bekommen. Was auch immer der Grund für die seltsame Halluzination gewesen war, er hatte keine Zeit mehr, um dem nachzugehen, und die Zeit schien wie im Flug zu vergehen.

Nun war es schon 4.47 Uhr und ein weißer Kastenwagen fuhr auf den Vorplatz des Klosters. Er parkte vor dessen großem Eingang. Die eiskalte und glasklare Morgendämmerung hüllte die trist wirkende Schneedecke in kein besonders frohes Licht.

Aus dem Fahrzeug stieg dieser Akai mit drei weiteren Männern an seiner Seite. Die vier stampften mit ihren klobigen Stiefeln durch den frisch gefallenen Neuschnee, der wie Puderzucker auf der hart gefrorenen Erde lag. Dabei schützten ihre dicken Mäntel und Kapuzen, neben ihren schwarzen Lederhandschuhen, vor der erbarmungslosen Eiseskälte des sibirischen Winterlands.

Akai öffnete den Laderaum des Kastenwagens und zerrte Naomi heraus. Er stand mit ihr inmitten des Vorplatzes gut sichtbar vor dem Eingang des Klosters und polterte los.

Die Ansage des Clowns:

Akai: „Na, wo ist dein Held? Ich sag doch, du bist dem scheiß-egal! Wie spät?"

Einer seiner Männer: „4.51 Uhr!"

Akai: „Neun Minuten! Neun Minuten! Hörst du, Süße, uns beiden Hübschen bleiben also noch wunderbare neun Minuten, bevor ich deinem Freund oder dir den Garaus mache. Hast du noch einen letzten Wunsch? Vielleicht noch einmal kuscheln oder einen echten Schwanz spüren?"

Naomi: „Als ob du schon mal einen zu Gesicht bekommen hättest! Du bist ein impotentes Stück Scheiße! Kuschel mit dir selbst und fick dich dabei ins Knie, Vollidiot!"

Akai: „Du bist so ein kleines Miesstück und trotzdem ein so hübsches Ding! Echt schade, dass du so schwierig bist, aus uns beiden hätte sonst was werden können. Aber du, meine Liebe, gibst dem Ganzen noch nicht mal eine Chance! Einfach nur schade."

Naomi: „Nein! Niemals! Noch nicht mal, wenn aus dir kein irrer Killer geworden wäre und du noch der Akai von früher wärst, wäre aus uns jemals was geworden. Du warst nämlich schon immer ein Schwächling und Mitläufer. Auf das stehe ich einfach nicht. Sorry Aki!"

Akai: „Ach ja? Hör sich einer das freche Weibsstück an! Schwäch-ling! Mitläufer! Und dann nennt sie mich auch noch Aki, als wäre ich ein Kleinkind. Du bist wirklich herzallerliebst. Ich hoffe für dich, dein Freund trifft bald ein, denn ich weiß nicht, wie lange mein Finger deinem frechen Mundwerk noch trotzen kann."

Vom Fenster des Büros aus verfolgte Giro das ganze Ge-schehen. Von dort hatte man eine wunderbare Sicht auf den Vorplatz. Durch den alten und schlecht isolierten Holzrahmen konnte man selbst bei geschlossenem Fenster alles gut verstehen. Dann öffnete er das alte Holzfenster und rief durch die eisig kühle Morgenluft auf den Vorplatz hinab:

„Hey Clown! Die Kinder-Party findet hier im dritten Stock im Raum 306 statt!"

Akai: „Ach, dein Liebster ist auch schon da! Aber seine Be-grüßung lässt mehr als nur zu wünschen übrig. Ich hoffe, du Super-held hast mein Geschenk dabei! Sonst gibt's gleich richtig Ärger!"

Giro: „Halt die Klappe und komm einfach hoch! Oder verläufst du dich etwa in den vielen Gängen? Hätte ich dir etwa noch eine Spur aus Brotkrumen zur Orientierung legen müssen?"

Akai: „Keine Angst, den Raum find ich schon, und wenn du so weitersprichst, stopf ich dir dort auch noch gleich das Maul!"

Als die Männer schließlich mit der vor Kälte schlotternden Naomi das Bürozimmer betraten und sich mitten auf den runden Perserteppich stellten, saß Giro gemütlich hinter dem rustikalen Schreibtisch auf dem imposanten Chefsessel. Vor ihm auf dem Schreibtisch stand ein halb volles Glas Scotch. Den hatte er zuvor in einer der Schubladen gefunden, ebenso eine Schachtel mit teuren kubanischen Zigarren aus Havanna, die er gut sichtbar neben den schweren Glasaschenbecher gelegt hatte. Außerdem hatte er eines der gebundenen Werke, vom alten Professor höchstpersönlich verfasst, dem großen Holzregal entnommen und ebenfalls auf dem Tisch platziert. Außer der alten Tischlampe, die einen gelben Schein warf und leicht zu flackern schien wie eine lodernde Kerze im Windzug, herrschte Dunkelheit. Die Schatten regierten in dem sonst so warmen Raum.

Das betäubend langweilige Gespräch:

Akai: „Wow, macht ja echt was her, dein schickes Büro inmitten dieses Kloster-Dings."

Giro: „Das ist ein buddhistisches Kloster und dies ist bestimmt nicht mein Büro."

Akai: „Ach, ist das so! Mein Fehler also. Bist du etwa einer von diesen Mönchen, da es dir anscheinend so nahegeht?"

Giro: „Ich bin genauso wenig ein Mönch wie du ein guter Beobachter. Aber es stört mich nicht, wenn du mich so nennst. Ist schließlich keine Beleidigung – im Gegensatz zu deinem Anblick."

Akai: „Mein Anblick! Dein Ernst? Das ist wirklich dein größtes Problem? Hast hoffentlich gut hingehört, Naomi! Der interessiert sich null für dich!"

Giro: „Ja, genau, super erkannt, Sherlock! Darum bin ich hier, weil sie mir nichts bedeutet. Sie ist der einzige Grund, warum du Clown noch atmest!"

Akai: „Aber auch nur in deiner Traumwelt. In Wirklichkeit ist die Kleine hier doch an dem schuld, was aus mir geworden ist und was ich nun gezwungenermaßen tun muss. Dabei führt sie ihr harmonischen Leben in Geborgen- und Zufriedenheit."

Giro: „Du gibst also einem kleinen Mädchen die Schuld an deinem eigenen Versagen und bist auch noch neidisch auf sie? Einfach nur jämmerlich, selbst für einen Clown wie dich!"

Akai: „Ich bin also jämmerlich! Die Aussagen, die du triffst, decken sich schon fast mit denen von Naomi. Du und die Zicken-Königin passt echt gut zusammen, da kann man nur neidisch werden. Aber wenn du und die Süße hier euch eines Tages wieder näher als jetzt kommen wollt, dann her mit den Forschungen oder mir platzt endgültig der Kragen!"

Giro: „Sie liegen direkt vor deiner krummen Nase auf dem Tisch."

Dabei sah Giro den dicken alten Einband an.

Akai: „Der alte Wälzer da?! Dein Ernst?"

Giro: „Weißt du noch nicht mal, nach was du suchst, oder warum fragst du so dumm?"

Akai öffnete dabei seinen Mantel, ihm schien sichtlich warm zu sein. Auch die andern, einschließlich Naomi, schienen ein wenig zu überhitzen. Da die Temperatur in dem schlecht isolierten Büroraum jedoch nicht mal 15°C betrug, konnte dies nicht der Grund für die auftretenden Hitzewallungen sein. Giro selbst hatte auch nicht das Gefühl von Wärme, sondern eher von Kälte im Raum. Also lag dies höchstwahrscheinlich an den Pilzsporen, die nun schon ihre ersten Wirkungen zeigten.

Akai: „Doch, ich weiß natürlich, was ich suche. Die Formel zum Gen B89 und ganz bestimmt kein modriges Buch!"

Giro: „Die Formel steht vielleicht in dem modrigen Buch, du Einstein."

Akai: „Ach wirklich? Dann zeig her! Verdammt, hier drin ist es ja heißer als in einem Bordell in der Karibik! Öffne mal das Fenster, sonst erstick ich noch!"

Als Giro auf seine Bitte nicht einging, sondern sie gekonnt ignorierte, öffnete er pikiert selbst das Fenster. Dabei stützte er sich mit dem Gesäß auf dem Fenstersims ab. Die eiskalte Luft zog nun durch den gesamten Raum und wehte ein paar lose Blätter vom Tisch in eine Ecke. Giro griff währenddessen zum Glas mit dem Scotch und nahm einen herzhaften Schluck. Er hielt das Glas daraufhin Akai entgegen und meinte zu ihm:

Giro: „Durstig? Der Scotch ist vorzüglich."

Akai: „Ziemlich stickig hier! Ja, gib her das Zeug!"

Er riss ihm das Glas förmlich aus den Händen und leerte es in einem Zug. Was nicht besser sein konnte, denn auch den Scotch hatte er mit den Pilzsporen verseucht. Giro öffnete dann eine Seite des alten Buches. Es war eine Abhandlung über die genetische Übertragung von sogenannten „Immunerinnerungen", wie sie der Autor dieses Bandes nannte, der ja kein Geringerer war als der Professor selbst. Auf der Seite stand eine lange Formel, doch nicht die des Gens B89, sondern irgendeine andere. Doch dieser Akai wusste eh nicht, wie diese aussehen sollte. Wer wusste das schon wirklich?

Akai: „Ist sie das?"

Giro: „Traurig genug, dass ich dir das auch noch sagen muss, aber ja, das ist die Formel."

Akai: „Ach ja? Nur zu dumm, dass ich dir das nicht glaube! Ich schick jetzt ein Foto dieser Formel an unseren Experten und dann sehen wir, was Sache ist."

Giro: „Na klasse, und wie lange dauert das? Hättest du deinen Experten nicht gleich mitbringen können?"

Akai: „Nein, der ist zu beschäftigt und zu wichtig, als dass er sich mit solchen Nervensägen wie dir abgeben würde."

Da griff Giro nach der Zigarrenschachtel und zog eine der Havannas heraus. Er knipste das Ende ab und steckte sie sich daraufhin an. Der Rauch verteilte sich sogleich im gesamten Raum und mit ihm sein herbes Aroma.

Giro: „Auch eine Zigarre, du Clown?"

Akai: „Sind die aus Kuba?"

Giro: „Havanna."

Akai: „Havanna! Die riechen wunderbar herb!"

Giro: „Sind sie auch."

Akai: „Dann immer her damit! Ich muss sagen, Naomi, dein Freund wird mir sogar noch sympathisch! Eine echte Havanna, wie herrlich!"

Naomi: „Ich hoffe, du erstickst daran, Widerling!"

Er würde zwar nicht gerade daran ersticken, doch er würde durch sie bestimmt neue Sphären erkunden und das schon bald. Denn die Zigarre war wie alles kontaminiert mit den fiesen Pilzsporen. Diese zeigten nun auch immer mehr die gewünschte Dämmerwirkung.

Giro: „Die haben echt ein wunderbares Aroma. Eins muss man dem alten Professor lassen, er hatte eine Menge Ahnung von guten Zigarren."

Akai: „Ja, wunderbar! Das erinnert mich an die wunderschönen Frauen aus Kuba und ihre prallen, runden Ärsche. Neben dem Hammer Kokain und der prallen Sonne am warmen Sandstrand sind ihre Zigarren doch das Beste an dem Inselstaat."

Giro: „Ich stehe nicht auf dicke Ärsche. Die nehmen zu viel Raum ein und ich bekomme Platzangst. Sorry, nicht mein Gebiet."

Akai: „Du hast Platzangst? Hahaha … Weißt du, vor was ich mich voll fürchte und was mir Beklemmungen bereitet?"

Naomi: „Dein Anblick im Spiegel!"

Giro: „Naomi, lass ihn doch erzählen und fall ihm nicht so ins Wort."

Naomi sah ihn nur mit großen, verständnislosen Augen an und schien die Welt nicht mehr zu begreifen.

Akai: „Sie hört auf dich! Meinen Respekt für diese Leistung!"

Giro: „Man sollte sich an die Regeln des Anstandes halten und dazu gehört auch, andere aussprechen zu lassen, egal, wie geistig beschränkt sie sind."

Akai: „Weise Worte. Und du bist echt keiner von den Mönchen?"

Giro: „Nein, warum? Hast du etwa Angst vor Mönchen? Oder sag bloß, es seien Clowns?"

Akai: „Nein, Clowns sind super. Es sind die kalten Eidechsenviecher, vor denen es mir graust."

Giro: „Die sind sehr gefühlskalt, die Viecher."

Akai: „Du sagst es! Meine Tante hat mir immer die Geschichte vom Eidechsenmann erzählt. Der lauert in den dunklen Ecken und saugt den werdenden Müttern im Schlaf die Babys aus dem Bauch. Echt übel, oder, die Scheiße?!"

Giro: „Ein Eidechsenmann, der Föten frisst … Okay, nette Gutenachtgeschichte."

Akai: „Ja, Mann, einfach krank!"

Giro: „Ziemlich."

Naomi: „Ach, das ist nur ein dummes Märchen, das uns Tante Mirja immer erzählt hatte, wenn wir unartig waren. Sie wollte uns damit zeigen, dass nicht alle Kinder ein Leben geschenkt bekommen, und wir es schätzen sollten."

Giro: „Durch ein Eidechsenwesen, das Föten frisst … Klingt aber eher nach einem Schauermärchen als nach einer lehrreichen Lektion."

Akai: „Schauermärchen! Nein, man sagt, die gibt's wirklich!"

Giro: „Ach ja? Den Eidechsenmann gibt's wirklich und dann auch gleich in Mehrzahl … In was für einer abgewrackten Welt lebst du denn?!"

Akai: „Was … Welt … Meine Welt … Die Welt … Rund … Wie Globus …"

Giro: „Was? Eidechsenwesen oder wie?"

Akai: „Schuppenhaut … Stechende Stielaugen … Ich sehe ihn … Ich …"

Da erstarrte Akai mit panischem Blick und schien vollkommen weggetreten. Die Pilzsporen waren anscheinend doch ein wenig viel für sein kleines Gehirn. Doch nicht nur er war zu einer Skulptur erstarrt, auch die anderen schienen wie in Eis gehauen. Selbst die süße Naomi bekam nichts mehr mit.

Giro: „Naomi! Naomi! Hey, hey! Naomi, komm zu dir!"

Doch sie reagierte nicht. Also tat er, was ihm Admind geraten hatte, und wandte den sogenannten Esmarchschen Handgriff an. Dabei drückte man mit dem Zeigefinger in den Kieferwinkel am Ohransatz, dadurch wurde der Unterkiefer ein wenig vorgeschoben und der Mundboden so angehoben. Dies hielt die Atemwege frei und so bestand keine Erstickungsgefahr.

Während er dies tat, klingelte auf einmal das Handy in Akeis Jackentasche. Es war eine Mitteilung von seinem Boss Salvo betreffend der falschen Formel.

Darin stand: „Das ist nicht die Formel des Gen B89, sondern die Formel der Born-Oppenheimer-Näherung. Was will ich mit dem Mist? Bring mir den jungen Mann und steck die Kleine zu den anderen Huren, du nichtsnutziger Bastard!"

Dieser Salvo schien ein noch größeres Arschloch zu sein als gedacht. Giro antwortete ihm auf die Nachricht, doch dies nur kurz und bündig: „Habe verstanden. Wird erledigt."

Nachdem er Naomi sicher auf den Beifahrersitz des weißen Kastenwagens gelegt hatte und sie dort in Sicherheit wusste, musste er nun noch die vier Männer verstauen. Also schleppte er sie mühselig einen nach dem andern nach unten und legte sie dort neben den Kastenwagen. Als er den Laderaum jedoch öffnete und die Männer einladen wollte, blickte er in die Gesichter von einem Dutzend junger, ausgezehrter Frauen, die anscheinend schon eine Weile dort eingesperrt waren. Sie sahen ihn nur ängstlich und zitternd an.

Giro: „Na klasse! Das musste ja fast so kommen!"

Eines der verstörten Mädchen: „Bitte … Bitte nicht …"

Giro: „Schon gut, ich tu euch nichts. Ihr seid frei und dürft in die Wildnis zurück … Also hopp, Bewegung!"

Das Mädchen: „Was? Ist … ist das Ihr Ernst?"

Giro: „Los, raus da! Ihr seid entlassen! Das ist mein voller Ernst. Ich brauch den Stauraum."

Nachdem die Mädchen wie lauter weiße Tauben in die Morgendämmerung verschwunden waren, lud er die Männer in den Kastenwagen und machte sich dann auf den Weg in die Weiten des Niemandslands hinaus. Er hatte schließlich noch eine Menge mit den Männern vor und dies an einem einsamen, sicheren Ort.

⟶ Kapitel 40 ⟵
Die doppelte Entführung

Die Augen blinzelnd und mit heiserem Rachen flüsterte Naomi leise vom Beifahrersitz aus:

„Hm … Akai …"

Giro fuhr ihr zärtlich mit seinem Handrücken über die glühend heiße Stirn und meinte mit ruhiger Stimme:

„Ich bin's, Giro. Alles wird gut. Akai ist weg."

Naomi: „Die Wahrheit … ist … mühselig …"

Giro: „Schließ einfach die Augen und schlafe ein wenig."

Naomi: „Giro … was ist geschehen …? Giro, wo … wie?"

Giro: „Alles gut, du bist in Sicherheit und das ist alles, was zählt."

Naomi: „Diese Bilder … Sie … sie … in … in meinem Kopf … überall."

Giro: „Das geht bald wieder vorbei. Schlaf ein wenig. Wir haben's schon fast geschafft."

Naomi: „Hast du … ist … Akai … tot …?"

Giro: „Noch nicht, aber schon bald … Eins ist sicher, er wird dir nie mehr was antun können, dafür sorge ich."

Naomi: „Nein … Giro … Nein … Du darfst … tu es nicht … bitte … bitte …"

Giro: „Ruhe dich aus und mach dir keine Sorgen um den Arsch."

Naomi: „Giro … nein, tu ihm nichts … er … er weiß … gar nicht … was …"

Giro: „Ach Naomi, du bist ein viel zu guter Mensch. Einfach unglaublich. Nach allem, was er dir angetan hat, nimmst du ihn immer noch in Schutz. Sorry, aber das kann ich nicht, der Kerl kommt dran."

Naomi nickte dabei weg und danach herrschte Stille in dem Fahrzeug. Ihrer Bitte konnte er bei aller Liebe nicht nachgeben. Die Liebe war groß und ihm lag viel an der jungen Frau. Dies und die Tatsache, dass Akai auch noch seinen Bruder zuvor angegriffen hatte, konnte er ihm nicht einfach so durchgehen lassen. Nach allem, was geschehen war, musste nun ein Ende gesetzt werden, wenn auch nur ein kleines.

Irgendwo weit draußen in der sibirischen Eishölle, umgeben von nichts außer gefrorenem Wasser, lag der perfekte Ort an einem eisig gefrorenen Teichufer, mitten im Nirgendwo an der Grenze zur Himmelspforte.

Nachdem er mühselig die vier Männer aus dem Fahrzeug gehievt und sie über die dicke Eisschicht geschleppt hatte, um sie dann in der Mitte des Teichs nebeneinander aufzureihen, holte er das Isolierband aus dem Kastenwagen. Damit fixierte er die Waffen der Männer fest in deren Händen mit dem Finger am Abzug und dem Lauf unter dem Kinn. Da er ihnen die warme Schutzbekleidung abgenommen hatte und sie der eisigen Kälte so gut wie schutzlos ausgeliefert waren, würde es bestimmt kein frohes Erwachen sein. Falls sie überhaupt wieder aufwachen würden und ihre Finger am Abzug festgefroren wären, könnten sie noch von Glück sprechen. Dazu kam noch die unangenehme Wanderung übers glatte Eis bis ans Ufer und das mit der Knarre am Schädel, da war Vorsicht angesagt und Umfallen lag nicht drin, ohne ein Loch im Kopf zu riskieren. Danach müssten sie es auch noch zurück in die Zivilisation schaffen. Falls sie die richtige Richtung einschlagen würden, wären dies knappe 23 Kilometer und ein ganzes Stück Fußmarsch, wenn man nur spärlich bekleidet war. Es herrschten schließlich Minusgrade. Und eins stand fest, dass sie hier jemand finden würde, war genauso unwahrscheinlich wie ein Tornado in der Schweiz, nämlich gleich null.

So ließ er sie zurück und machte sich mit Naomi auf den Weg zum Haus von Admind. Dort brachte er zuerst die tief schlafende Naomi ins Bett und deckte sie behutsam zu. Admind gab ihr ein Mittel, um die Wirkung der Pilzsporen zu hemmen und sie ruhiger schlafen zu lassen. Sie sah so friedlich aus, als sie dort so eingemummelt lag. Wie ein kleiner Engel, dachte Giro. Während er sie eine Weile betrachtete, wurde ihm erst wirklich bewusst, wie viel sie ihm eigentlich bedeutete. War das Liebe, wahre Liebe? Bestimmt. Doch war sie die Eine oder einfach wie eine kleine geliebte Schwester für ihn?

Da stieß auf einmal Admind wieder dazu und bat ihn, mit ihr in die Scheune hinüberzugehen. In dieser befand sich ihr getarntes Labor, zugleich auch das Treibhaus.

Das Gespräch mit Admind im Labor:

Admind: „Du siehst bedrückter aus als zuvor. Ich dachte, du wolltest nichts lieber, als deine Freundin retten."

Giro: „Sie hätte das alles nicht erleben sollen! Es reicht schon, wenn ich mein Leben lang gejagt werde und um mein Überleben kämpfen muss."

Admind: „Du fühlst dich also schlecht, weil die Menschen, die du am meisten liebst, verletzt werden. Diese Gefahr bringt die Liebe halt so mit sich und gehört einfach zu ihr."

Giro: „Menschenhändler, Kopfgeldjäger, Exsöldner, Bandenbosse, Mafiakiller und ein paar irre Wissenschaftler, die alle nur eines wollen, dafür türmen sie Leichenberge. Meinst du etwa das mit Gefahren, denn das ist mein Alltagsstress und die Gefahren, die der mit sich bringt."

Admind: „Nein, dies ist einfach …"

Giro: „Meine Bestimmung …"

Admind: „Nein, das meinte ich nicht. Ein Teil deines Lebens. Dieser Lebensabschnitt muss sein und du musst ihn akzeptieren, um ihn zu beschreiten."

Giro: „Ja, mein Leben führe ich für das Gen B89 wie meine Eltern einst und für etwas, um irgendein Lotox-69-03-Q aufzuhalten."

Admind: „Lotox-69-03-Q? Woher kennst du das?"

Giro: „Woher ich es kenne? Hahaha! Der Scheiß existiert also wirklich und ich dachte, da ginge nur meine Fantasie mit mir durch."

Admind: „Giro!"

Giro: „Ja?"

Admind: „Wo hast du das aufgeschnappt?"

Giro: „War eine Art Eingebung."

Admind: „Eingebung?! Wie meinst du das?"

Giro: „Keine Ahnung. Ist eher schwierig zu beschreiben."

Admind: „Probier es doch wenigstens! War es vielleicht eine fremde Erinnerung?"

Giro: „Du meinst von Ruri?"

Admind: „Ja, genau, das muss es sein."

Giro: „Nein, ich denke nicht. In dem Flashback hab ich alles aus der Perspektive des Professors gesehen, dabei saß mir Ruri genau gegenüber und nicht andersrum."

Admind: „Mein Vater?!"

Giro: „Kein Geringerer, dabei war es, als würde ich direkt in seinem Kopf stecken und durch seine Augen sehen. Echt mehr als nur unheimlich!"

Admind: „Wie ein Spiegel! Das muss es sein!"

Giro: „Was für ein Spiegel? Das kapiere ich nicht."

Admind: „Eine Art Energie oder auch Seelenspiegel."

Giro: „Kapier ich immer noch nicht. Sorry."

Admind: „Eine Art unsichtbare Energie, die eine Begebenheit festhält und weiterleitet, um sie irgendwann widerzuspiegeln. Die Erinnerung, die du durchlebt hast, war schon die deiner Mutter, jedoch wurde sie gespiegelt. So hast du sie aus der Perspektive meines Vaters, des Professors, erlebt."

Giro: „Du willst sagen, die Erinnerung meiner Mutter wurde in der Energie deines Vaters widergespiegelt. Das klingt alles ziemlich seltsam und eher absurd."

Admind: „Nein, das ist im Prinzip ganz logisch. Nur so konnte die Energie überhaupt bestehen bleiben, sie braucht eine Art Umkehrpol, um die Energie zu bündeln und dann irgendwann wieder freizusetzen. Wie bei einer aufgeladenen Batterie."

Giro: „Na, dann ist ja alles klar … obwohl ich's immer noch nicht kapiere, aber gut, man muss nicht alles verstehen. Erzähl mir lieber, was dieses Lotox-69-03-Q sein soll."

Admind: „Lotox-69-03-Q ist ein Monster."

Giro: „Ein Monster? Meinst du etwa wie Godzilla?"

Admind: „In etwa, nur in Mikrogröße. Es ist ein Killervirus und könnte eine Apokalypse auslösen."

Giro: „Ein Killervirus, das die Apokalypse auslösen könnte? So wie einst die Pest oder die Scheiße, an der die Dinos verreckt sind?"

Admind: „Nein, nicht ganz, aber es geht in die richtige Richtung. Das Virus wurde zu Kriegszwecken von einem irren Koreaner entwickelt. Es ist hoch ansteckend und es gibt kein Heilmittel dagegen, da es ständig mutiert und aus gänzlich verschiedenen Virenstämmen besteht. Die Krankheit schreitet extrem schnell voran und entzieht dem Organismus unwahrscheinlich viel Flüssigkeit. Nach dem Ableben ist es aber noch nicht vorbei. Der Mikroorganismus übernimmt die Kontrolle und bis zum Austrocknen des Leibes ist seine größte Begierde, weitere Organismen zu infizieren. Eine Art Fortpflanzung, könnte man fast sagen, bevor der Wirtskörper vollends ausgetrocknet und somit unbrauchbar für das Virus ist."

Giro: „Welchem Virenstamm gehört die Scheiße denn an, dem Zombie-Virenstamm oder wie?!"

Admind: „Nein, es handelt sich dabei um eine Kreuzung aus drei tödlichen Virenstämmen und ist eine echt üble Sache, wenn auch ziemlich unglaublich. Denn dieser Koreaner hat tatsächlich geschafft, die spanische Grippe, den Pockenerreger und die Tollwut zu kreuzen. Dabei hat er dem neuen Virus die Eigenschaft von HIV gegeben, was bedeutet, dass sich das Virus nicht einfach teilt, das normale Prinzip aus eins und eins mach zwei, sondern es kopiert sich lediglich. Dies hat zur Folge, dass das Virus unangreifbar für Antibiotika oder sonstige Arzneimittel wird und die Folgen viel verheerender sind. Wie du gesagt hast, eine Art Zombieapokalypse."

Giro: „Das klingt recht bescheiden. Aber warum sollte jemand überhaupt so ein Virus auf die Menschheit loslassen? Die Folgen wären unberechenbar."

Admind: „Wie die Zahl Pi. Darum meinte ich bei unserem ersten Aufeinandertreffen, deine Mutter habe die Zahl Pi entdeckt. Verstehst du nun? An das Gen B89 dürfen sie auf keinen Fall rankommen, denn dann wird die ganze Sache berechenbar – und zwar für sie."

Giro: „Das heißt, sie brauchen das Gegenmittel, um ihr Killervirus auf die Menschheit loszulassen und damit die Weltherrschaft an sich zu reißen."

Admind: „Ja, ich sehe, du verstehst. Darum darf das Gen B89 auch auf keinen Fall in die falschen Hände geraten."

Giro: „Okay, ich soll also die Welt retten. Das klingt unangenehmer als gedacht. Und wie sieht dein Plan aus, denn ich hab keinen. Soll ich mich vielleicht mein Leben lang verstecken und darauf warten, bis sie vielleicht selbst ein Mittel entwickeln, um dann endlich ihr Killervirus auf die Menschheit loszulassen? Damit ich dann etwa aus meiner Ecke gekrochen komme, um die Rettung zu spielen? Oder wie habt ihr euch das vorgestellt, als ihr mir das Gen B89 verpasst habt?"

Admind: „Deine Mutter ganz allein hat das Gen B89 auf dich übertragen und erzählt hat sie es nur meinem Vater, da warst du bereits sechs Jahre alt. Da du einen langsameren Zellzerfall hast als normale Menschen ohne Gen B89, bleibt dir mehr Zeit zum Warten, bevor du zu alt wirst und stirbst. Jedoch bezweifle ich, dass du so lange warten möchtest und zusehen willst, wie viele Menschen bei einem Anschlag sterben, denn dies wird die Folge sein. Auch wenn wir ein Gegenmittel besitzen, wird es zahlreiche unschuldige Opfer geben. Also würde ich sagen, du musst das Virus und seinen Macher vernichten, um diese Bedrohung zu bannen. Sorge dafür, dass dieses Virus niemals freigesetzt werden kann."

Giro: „Wie bitte? Ich ganz alleine etwa?! Und wie soll ich das anstellen?"

Admind: „Zuerst muss der Impfstoff endlich entwickelt werden. Dies kann nur Dr. Mazuri Aiota. Du musst ihn unbedingt aufsuchen."

Giro: „Na super, und wo soll ich deiner Meinung nach ansetzen, um den vermeintlich Toten zu finden?"

Admind: „Tokio, W-Global-Eta Corporation in Japan. Die Erinnerungen von Ruri werden dir helfen und dir den Weg weisen."

Giro: „Klar doch, Japan! Sehe ich aus, als könnte ich mir all das Herumreisen leisten? Ist ja nicht so, als würde man mich für meine Mühen, die Welt zu retten, bezahlen."

Admind: „Barle!"

Giro: „Was ist das?"

Admind: „Barle Hanckhok."

Giro: „Barle Hanckhok? Wer ist das nun wieder? Muss man den etwa auch suchen?"

Admind: „Er ist ein CIA-Agent."

Giro: „Ach, noch ein CIA-Agent? Von denen gibt's wohl eine Menge und jeder will mein Freund sein."

Admind: „Was für weitere Agenten? Barle Hanckhok war ein enger Freund deines Vaters und ist in die ganze Sache involviert. Seit dem Ausstieg deines Vaters leitet er die Operation Anti-XL. Er ist der Chef bei der CIA und sonst niemand."

Giro: „Witzig, dasselbe behauptet auch ein gewisser Paul Hagner von sich."

Admind: „Was? Nein, das darf nicht sein! Wo und wann bist du diesem Mann begegnet?"

Giro: „Wow, beruhige dich! Meine Tante Cai Li hat mich mit ihm bekannt gemacht. Seine Agenten-Freundin Marla Brines hat mich sogar vor den falschen FBI-Agenten gerettet, nachdem diese mich vor der Polizei bewahrt hatten. Eine ziemlich lange Geschichte."

Admind: „Cai Li! Oh nein! Weiß sie etwa, dass du noch lebst? Das ist gar nicht gut … gar nicht gut!"

Giro: „Warum ist das so schrecklich? Sie ist meine Tante und somit die Schwester meiner Mutter. Also was ist bitteschön dein Problem?"

Admind: „Egal, was du von ihr denkst, es ist falsch! Diese Frau hat deine Mutter betrogen und sie ist mit schuld daran, dass Marlon Adam Jones wusste, wo ihr lebt."

Giro: „Was?! Immer langsam! Wie das nun?"

Admind: „Deine Tante ist nichts weiter als ein Monster und ein Biest! Natürlich will ihr alter Vater die Wahrheit nicht sehen, doch du musst es. Dieser Agent Paul Hagner ist ein Mann der tausend Gesichter. Er arbeitet für Marlon Adam Jones und war mit der Grund für die Entlarvung deines Vaters."

Giro: „Wie bitte? Aber warum Cai Li, was haben die beiden miteinander zu tun?"

Admind: „Dein Vater wusste leider lange Zeit nichts von Paul Hagners falschem Spiel. Was zur Folge hatte, dass er lange Zeit wichtige Informationen an die Gegenseite liefern konnte.

Erst nach der Flucht aus Paris vor den Killern, die Marlon Adam Jones auf deine Eltern angesetzt hatte, wurde es deinem Vater schmerzlich bewusst, dass er von seinem Lehrling schamlos verraten wurde."

Giro: „Okay, und wo bleibt Cai Li in der ganzen Geschichte?"

Admind: „Paul Hagner wurde von deinem Vater leider auch beauftragt, deine Tante zu schützen, denn da wusste er es ja noch nicht besser. So kamen deine Tante Cai Satai und Paul Hagner zusammen und wurden ein Liebespaar. Sie war und ist seine Marionette, auch wenn sie denkt, dass sie die Schlauste ist."

Giro: „Moment mal, aber sie ist mit Wei Li verheiratet, auch wenn der im Augenblick spurlos verschwunden und wahrscheinlich schon tot ist."

Admind: „Wei Li und Paul Hagner sind ein und derselbe Mann. So einfach ist das Ganze."

Giro: „Was?! Paul Hagner ist also auch Wei Li!"

Admind: „Ja. Wei Li ist wie Paul Hagner nur eine seiner tausend Identitäten. Doch wenn du sagst, dass er Wei Li hat verschwinden lassen, dann wird er ihn wohl nicht mehr brauchen."

Giro: „Woher weißt du überhaupt all diese Dinge?"

Admind: „Mein Vater. Deine Mutter hat ihm sehr vertraut und vor seinem Ableben hat er mir diese Dinge erzählt, um sie an dich weiterzugeben, nehm ich mal an."

Giro: „Okay, nehmen wir mal an, ich glaube dir das alles und dieser Paul Hagner sowie meine Tante sind Verräter, was auch durchaus denkbar wäre. Dann bleibt immer noch die Frage, warum haben die mich nicht gleich diesem Marlon Adam Jones ausgeliefert?"

Admind: „Weil sie nicht wissen, wo die Forschungen und somit das Gen B89 sind. Sie hoffen wahrscheinlich, dass du sie hinführst, und ahnen gar nicht, dass sie es direkt vor der Nase stehen haben."

Giro: „Okay, und der Brief?"

Admind: „Was für ein Brief?"

Giro: „Cai Li gab ihn mir. Er war von meiner Mutter im Falle ihres Ablebens. Ohne diesen hätte ich nie das Kloster und somit deinen Vater gefunden."

Admind: „Das heißt, Cai Li und dieser Paul Hagner wissen auch von meinem Vater?!"

Giro: „Nein, da war eine Art Code in dem Brief und den konnte nur ich herauslesen."

Admind: „Das bedeutet, sie weiß nichts von meinem Vater?"

Giro: „Nein, ich denke nicht. Ich hab ihr auf jeden Fall nichts gesagt. Aber dumm ist Cai Li auch nicht. Dass sie mehr hinter den Worten des Briefes vermutet, hat sie mir deutlich gemacht."

Admind: „Du hast deine Tante also im Unklaren gelassen, gut. Du darfst ihr nicht vertrauen und sie darf auf keinen Fall etwas erfahren."

Giro: „Na toll, und was soll ich gegen sie unternehmen? Was ist, wenn sie kapieren, dass ich das Gen B89 in mir trage und das bin, nach dem sie suchen."

Admind: „Zurzeit musst du einfach den Faktor ausnutzen, dass du mehr weißt als sie, denn Wissen ist meist der Weg zum Sieg. Versuche, den Spieß zu deinen Gunsten umzudrehen. Du musst dabei aber auf der Hut bleiben und dich in Acht nehmen, denn sie sind wie Schlangen, also sei du wie ein Adler."

Giro: „Na gut, dann bin ich halt wie ein Adler, die elegante Version eines Huhns."

Admind: „Du meinst, weil ein Huhn Würmer frisst und ein Adler Schlangen, ist er nur ein weiterentwickeltes Huhn. Wie originell, deine These. Du bist wohl auch ein kleines Genie. Liegt wohl am Gen B89."

Giro: „Ja, das dominiert so oder so alles in meinem Leben, also warum nicht auch mein Gehirn, oder wie du es nennen würdest, die Hirnkapazität."

Admind: „Aber es ist so, es steigert deine Hirnkapazität. Du kannst schließlich Dinge, von denen andere nur träumen."

Giro: „Ach, ist das so? Dann kann ja nichts schiefgehen! Die gesamte Weltbevölkerung vor dem mutierten Killervirus zu bewahren und seinen irren Schöpfern, wird bestimmt ein leichtes Spiel mit meinen Superimmunkräften!"

Admind: „Du bist ein ziemlich ironischer Mensch, oder?"

Giro: „Kann sein … Liegt bestimmt auch am Gen B89 wie alles an mir, das nervt und unnatürlich ist."

Admind: „Das ist doch nichts Unnatürliches, sondern menschlich und ein humorvoller Charakterzug von dir. Wie auch immer. Ich muss dir noch die Nummer von Agent Barle Hanckhok geben. Du musst dich mit ihm in Verbindung setzen und die weiteren Schritte besprechen. Sein Hauptsitz ist in Paris und dort hält er sich auch zurzeit auf."

Giro: „Paris! Soll ich etwa auch nach Europa reisen oder was? Reichen Sibirien und das gesamte Asien nicht?"

Admind: „Du sollst ihn doch nur anrufen. Ich denke nicht, dass du zu ihm reisen musst, sondern er wird eher dich aufsuchen."

Giro: „Na gut, dann hoffe ich mal, dass er eine Hilfe ist und einen guten Plan auf Lager hat, denn ich bin mehr als nur am Ende mit meinem Latein."

Admind: „Natürlich, das wird er. Ich bin mir sicher."

Also rief er die Nummer von diesem Barle Hanckhok an und versuchte sein Glück, weil er der jungen Wissenschaftlerin sowie ihren Erzählungen Glauben schenkte. Er wusste, dass ihn dieses Vertrauen auch in eine missliche Lage bringen könnte. Doch anscheinend war dies der Weg, den seine Mutter für ihn vorgesehen hatte, und ihm blieb gar keine andere Wahl, als diesen zu wählen, denn er wollte schließlich das Richtige tun. Er selbst wusste auch keine andere Lösung, als auf das Wissen der anderen zurückzugreifen. Und wenn tatsächlich das Wohl der ganzen Welt davon abhing, dann war er froh, nicht selbst die Entscheidungen treffen zu müssen, sondern nur das Heilmittel zu „lagern", was bei Gott schon eine reichlich große Bürde war.

Das verhängnisvolle Telefonat mit Barle Hanckhok:

Barle Hanckhok: „Hanckhok."

Giro: „Herr Hanckhok, hier spricht Long."

Barle Hanckhok: „Und wer sind Sie bitte, dass Sie diese Nummer haben?"

Giro: „Ein Freund von Admind, sie gab sie mir."

Barle Hanckhok: „Tat sie dies. Wer sind Sie bitte, Herr Long, dass Sie Admind kennen und sich mit mir in Verbindung setzen."

Giro: „Wie gesagt ein Freund von Admind und einer der Söhne von Ruri, das kommt natürlich noch dazu."

Barle Hanckhok: „Was? Nein, das kann nicht sein, die sind … Oder doch aus dem Nichts, wie Admind immer gesagt hat."

Giro: „Aus dem Nichts. Na ja, nichts war da auch nicht gerade, ist ziemlich viel Scheiße abgegangen, die ich noch heute nicht verarbeitet habe, also schon fast zu viel, einfach nur Dreck. Ja, das trifft es besser, aus dem Dreck komme ich, aus dem tiefen und dunklen Dreck unserer Gesellschaft."

Barle Hanckhok: „Ja, ich denke, wenn Sie einer der beiden Söhne von Ruri Saiate sind, dann glaube ich dies sofort."

Giro: „Was wollen Sie damit sagen, dass sie an meiner schlechten Kindheit schuld ist?"

Barle Hanckhok: „Nein, das wollte ich nicht sagen. Nur die Leute, die nach dem – na ja, das sie erschaffen hatte – her waren und noch immer sind, haben Schuld daran. Stimmen Sie mir da nicht zu?"

Giro: „Na ja, schon, nur in einem Punkt muss ich Sie korrigieren. Da ich das bin, was sie erschaffen hat, und das nicht nur, weil sie ungeschützt mit meinem Vater verkehrt hat, sondern weil ich eine ihrer Forschungen bin, ist sie weitestgehend schuld an meiner Kindheit und dem bisherigen Lebensverlauf."

Barle Hanckhok: „Sie meinen … Ich verstehe. Sie sind bei Admind in der Nähe oder wo halten Sie sich auf?"

Giro: „Warum meinen Sie?"

Barle Hanckhok: „Wir müssen uns treffen. Ich kann Ihnen helfen und das werde ich auch!"

Giro: „Dies meinte Admind auch. Jedoch trau ich dem Ganzen nicht so ganz, denn im Gegensatz zu Admind kenne ich Sie nicht."

Barle Hanckhok: „Hören Sie, ich bin so ziemlich der einzige Mensch neben Admind, dem Sie wirklich trauen können. Ich weiß zwar nicht, wie ich Ihnen dies beweisen soll, vor allem am Telefon, aber so ist es und davon hängt das Schicksal der ganzen Menschheit ab."

Giro: „Wer sagt, dass ich Admind traue?"

Barle Hanckhok: „Sonst hätten Sie wohl kaum angerufen."

Giro: „Ich möchte ja nicht am Weltuntergang schuld sein, falls das stimmt, was ihr hier alle predigt."

Barle Hanckhok: „Das stimmt, und wenn Sie nicht kooperieren, sterben Tausende Menschen. Es wird eine riesige Katastrophe ausbrechen und das Ende wird unaufhaltbar sein."

Giro: „Das klingt alles so übertrieben irre und kaum glaublich. Wie in einem wirklich schlechten Film oder Traum. Aber gut, wenn Sie denken, dass ein Treffen alles ändern wird und so die Menschheit gerettet wird, okay, an mir soll's nicht scheitern."

Barle Hanckhok: „Wo sind Sie?"

Giro: „Zurzeit noch bei Admind zu Hause. Und Sie, mein neuer Telefonfreund?"

Barle Hanckhok: „Gut, bleiben Sie dort. Ich werde in etwa 23 Stunden dort eintreffen, dann können wir alles Weitere besprechen."

Giro: „Wow, immer langsam, das geht mir doch eine Nummer zu fix."

Barle Hanckhok: „Ich wünschte, es ginge anders, aber diese Zeit bleibt uns leider nicht mehr und wir müssen handeln."

Giro: „Na, dann machen Sie sich mal auf den Weg, ich werde mir Ihre Geschichte anhören und dann entscheiden. Mehr können Sie nicht von mir verlangen und es ist ein Entgegenkommen meinerseits."

Barle Hanckhok: „Und die Welt dankt es Ihnen. Wir sehen uns vor Ort. Und Sie bleiben schön bei Admind, dort wird Sie keiner finden."

Giro genoss die nächsten Stunden und die Ruhe fühlte sich wie Urlaub an. Naomi ging es auch wieder besser und sie stellte nicht viel Fragen. Dies tat sie nie. Er wusste nicht, warum sie kaum etwas hinterfragte und die Dinge stets annahm, wie sie kamen. Jedoch empfand er diese Eigenschaft nicht als Schwäche, sondern eher als eine beeindruckende Stärke. So etwas besaß nicht jeder, auch er selbst konnte mit unerwarteten und unklaren Dingen nicht besonders gut umgehen. Er fühlte sich meist gezwungen, die Gründe zu erforschen, was jedoch meistens wenig befriedigend endete, wenn nicht sogar alles zerstörte. Danach türmten sich die Fragen und die Schlange, die sich an Indizien bildete, war endlos und führte nie zu einem stichhaltigen Beweis. So blieb die Frage nach dem Warum meist ungeklärt, was wiederum zu einer tiefen Frustration führte und ihn völlig aus der Bahn warf. Aber nicht so bei Naomi. Diesen Punkt kontrollierte sie, indem sie die Dinge nie wirklich hinterfragte und so das Beste aus der Lage machte. Doch eines wusste er, ihr konnte er vollends vertrauen und sie hegte keine eigennützigen Hintergedanken. Denn sie handelte mit Herz und Verstand.

Nachdem er mit seinem Bruder Sunny ein Telefonat geführt hatte und ihn sowie Großvater Dong in Sicherheit wusste, konnte er seit Monaten wieder einen Moment durchatmen. Hongkong, die Zeit bei den Triaden als einer der weißen Tiger, hatte ihn schon ziemlich verändert und er hatte unentschuldbare Dinge getan. Auch wenn die Menschen, denen er etwas angetan hatte, selbst nur Abschaum waren, hatte er manchen doch Qualen zugefügt, die unmenschlich und gegen den Verstand waren. Doch er war inmitten der Hölle gewesen und musste dem Teufel gehorchen, um darin zu überleben. Doch nun lag dieser Teil der Hölle hinter ihm und ein neuer Pfad musste beschritten werden.

Admind war ein sehr seltsames Wesen, jedoch traute er ihr mehr als so manch anderem nach so einer kurzen Zeit. Dabei hatte sie ihn sogar beim ersten Treffen narkotisiert und an ihm herumexperimentiert, trotzdem glaubte er ihre Geschichte. Wegen ihr empfand er nun Schmerzen, was er noch nicht als etwas Positives ansehen konnte, jedoch zeigte es, dass sie versiert war und Bescheid wusste. Dies löste bei ihm eine Art Vertrauensgefühl aus, was ihn unvorsichtig werden ließ und zu einer Katastrophe führen könnte.

Schreie hallten aus der alten Blockhütte im schneebedeckten Niemandsland Sibirien. Ein helles Licht blendete durch die Fenster und der Boden bebte. Doch bevor er mehr erkennen konnte, traf ihn etwas am Arm. Während er den seltsamen Pfeil entfernte, wurde alles auch schon schummrig und seine Muskeln wurden schwach. Er sah noch in Naomis Gesicht, die auch schon auf dem Boden lag und tief zu schlafen schien. Schuhe, braune Lederschuhe, traten vor seine Nasenspitze. Mit letzter Kraft wandte er den Blick nach oben, um sich das Gesicht anzusehen, das zu den braunen Schuhen passte. Grüne Augen, braune, gepflegte Haut, krauses, kurzes Haar und Tarnanzug – wer war der Kerl? Adminds Stimme, die noch sagte: „Es tut mir leid!" Dann war alles schwarz und vorbei. Was hatte das alles zu bedeuten? Doch er konnte nicht darüber nachdenken, denn er lag im Tiefschlaf und die Kontrolle wurde ihm unfreiwillig entzogen.

Sein bewusstloser Körper wurde zusammen mit der ebenso betäubten Naomi in einen schwarzen Hubschrauber verfrachtet und dieser stieg sogleich in die Lüfte auf. Admind unterstützte das ganze Treiben. Hatte sie etwa gelogen oder diente dies nur der Sicherheit? Doch eins stand fest, dies war eine Entführung und gar nicht gut.

~ Kapitel 41 ~

CIA Geheimbasis,
03.07.2012 irgendwo in der Wüste Texas

In der Geheimbasis der CIA:

Admind: „Musste dies denn wirklich alles sein?"

Barle Hanckhok: „Admind, wach endlich auf! Es geht hier um eine große Sache und es ist kein verdammtes Spiel."

Admind: „Ja, das ist mir mehr als nur bewusst. Jedoch hätte er auch so geholfen, da bin ich mir sicher, wir müssen ihn nicht so behandeln. Er hat verstanden, welches die gute Seite ist, und ist kein schlechter Mensch."

Barle Hanckhok: „Ach, ist das so? Dabei vergisst du nur eine Kleinigkeit, Hagner und Cai Li! Du weißt nicht, wie weit sie ihn bearbeitet haben, und wir können uns nicht leisten, dass er flieht oder in die falschen Hände gerät. Darum bleibt er auch im künstlichen Koma, das kommt uns allen zugute."

Admind: „Mein Gefühl sagt mir jedoch, dass man ihm trauen kann und dies nicht zwingend nötig ist."

Barle Hanckhok: „Dein Gefühl! Admind, ich bitte dich! Du bist so ein kluges Köpfchen und solltest lieber auf deinen Verstand hören als auf deine Gefühle. Denn diese bringen dich nur in Gefahr."

Admind: „Aber mein Vater meinte stets, die Gefühle wiesen einem den Pfad des Lebens wie Wegweiser an einem Straßenrand."

Barle Hanckhok: „Ja, aber er meinte auch zu mir, ich solle dich ausbilden und nach seinem Ableben auf dich achten. Also nutze gefälligst deinen brillanten Verstand, denn hier sind keine Gefühle angebracht. Vertraue mir wie dein Vater einst!"

Admind: „Das mache ich doch und ich bin dir auch sehr dankbar für deine Bemühungen."

Barle Hanckhok: „Das musst du nicht, du bist wie eine Tochter, die ich nie hatte. Dein Wesen macht es mir leicht, dich zu lieben, mein Kind."

Der kalte, große Laborraum war hochmodern und perfekt ausgestattet. Neben ein paar fleißigen Wissenschaftlern und Assistenten waren auch einige Soldaten anwesend. Inmitten des Raumes, auf einem Tisch festgeschnallt, lag das bewusstlose Testobjekt. Um es herum huschte ein quirliger, alter Arzt und machte sich fleißig Notizen.

Dr. Aiota war Japaner und für die Entwicklung des Impfstoffs zuständig. Der eher kleine und zierliche Mann mit dem schlecht gestutzten Oberlippenbart trug eine kurze, silbergraue Stoppelfrisur. Er schien geistig jedoch ein wenig verwirrt, trotz seines horrenden Wissens und unglaublichen Genies.

Dr. Mazuri Aiota: „Ja, genau! Einfach fantastisch! Die Werte steigen … Das Adrenalin und die Plasmalösung … einfach herausragend …"

Barle Hanckhok: „Doktor, wie sieht die Lage aus?"

Dr. Mazuri Aiota: „Dieses Testobjekt ist einfach herausragend! Ich habe noch nie zuvor so eine stabile Aufnahme gesehen! Aber fragen Sie mich nicht, wie Madam Saiate das hinbekommen hat, denn dafür hab ich noch keine plausible Erklärung."

Barle Hanckhok: „Und der Impfstoff?"

Dr. Mazuri Aiota: „Impfstoff? Der Impfstoff?"

Barle Hanckhok: „Ja, der Impfstoff, Doktor! Also was ist mit ihm?"

Dr. Mazuri Aiota: „Das ist so eine Sache … Ich brauche mehr davon …"

Barle Hanckhok: „Mehr wovon? Doktor, wir brauchen den Impfstoff, uns läuft die Zeit davon!"

Dr. Mazuri Aiota: „Jaja … Sie denken wohl, das sei ein Kinderspiel, aber da muss ich Sie enttäuschen. Doch jetzt, wo ich endlich das Gen B89 vor mir liegen habe, kann ich versuchen, das Unglaubliche möglich zu machen. Doch dies braucht seine Zeit, auch wenn Sie sie nicht haben, das müssen Sie in Kauf nehmen. Denn zurzeit ist das Gen B89 nur auf den einen Organismus angepasst, es kann nicht einfach auf einen anderen übertragen werden, es handelt sich dabei schließlich um eine genetische Sache. Viel zu komplex, um jetzt näher darauf einzugehen. Durch die Knochenmarksentnahme konnte ich einen kleinen Fortschritt erzielen, jedoch noch nichts Nennenswertes."

Barle Hanckhok: „Sie wissen, was gerade in Nordkorea abgeht? Wir haben einfach keine Zeit mehr, um herumzutesten. Also arbeiten Sie an einer Lösung und das im Eiltempo!"

Dr. Mazuri Aiota: „Natürlich! Jedoch ist es mir ein wahres Rätsel, wie Ruri Saiate dies geschafft hat, einfach unglaublich, diese genetische Zusammensetzung und deren Gliederung."

Da betrat eine junge Dame in kompletter Militärausstattung das Labor und begab sich zielstrebig mit sicherem Schritt zu Barle Hanckhok. Dann stand sie kerzengerade vor ihm und ihr Blick schien starr ins Leere zu gehen. Die Dame hieß Carla Cruz und war gebürtig aus Guadeloupe, genau wie auch Barle Hanckhok.

Carla Cruz: „Captain! Die Situation verhärtet sich stündlich und die Fronten scheinen weiterhin unklar!"

Barle Hanckhok: „Gab es neue Ausbrüche im Zentrum?"

Carla Cruz: „Wie gesagt – unklar, Captain! Der Trupp, den Sie ausgesendet haben … Er hat bis jetzt noch keine Rückmeldung gegeben!"

Barle Hanckhok: „Was soll das bedeuten? Pines hat sich noch immer nicht zurückgemeldet?! Haben Sie ihn angefunkt?"

Carla Cruz: „Natürlich, Captain! Ich habe ihn schon mehrere Male angefunkt, jedoch bekomme ich seit seinem Einflug in Sektor B nur noch ein verzerrtes Rauschen rein."

Barle Hanckhok: „Dann versuchen Sie's weiter und geben Sie mir in einer Stunde einen neuen Lagebericht dazu!"

Carla Cruz: „Habe verstanden, Captain!"

Daraufhin verließ die Rekrutin das Labor wieder. Barle Hanckhok schien das Ganze ziemlich aufzuregen. Da trat Admind zu ihm und legte sanft ihre Hand auf seine steife Schulter.

Admind: „Barle, beruhige dich. Es betrifft nur eine kleine Zone und ist immerhin kontrollierbar. Du solltest dir keine zu großen Sorgen machen, solche Tests machen sie schließlich schon lange, doch bis heute gab es keinen nennenswerten Anschlag."

Barle Hanckhok: „Das mag wohl so sein, jedoch nur, weil sie kein wirksames Gegenmittel besitzen. Und was ist, wenn einer von ihren kleinen Tests zu einer Katastrophe führt? Wir brauchen ein Heilmittel, um dieser Gefahr vorzubeugen."

Admind: „Ja, ich verstehe deine Sorgen und sie sind mehr als berechtigt. Jedoch geben uns die fragwürdigen Tests von denen – an ihrer eigenen Bevölkerung wohlgemerkt – selbst neue Erkenntnisse über das Virus und dessen Krankheitsverlauf. Dazu kommt, dass wir nun im Besitz des Gen B89 sind und somit schon einen großen Schritt weiter."

Barle Hanckhok: „Dieser Kampf wird lang und hart, sein Ausgang ist völlig ungewiss. Keiner weiß wirklich, was uns am Ende erwarten wird, dies ist nun mal Fakt. Vielleicht sind wir alle schon morgen ausgestorben und nehmen den Platz der Dinosaurier ein, oder – noch schlimmer – wir schleichen als Untote rum. Vielleicht beginnt auch die Auslese und ein neues Zeitalter wird ausgerufen oder die ganze verdammte Welt geht einfach vor die Hunde!"

Admind: „Oder wir finden das Heilmittel und die Sache ist morgen schon vergessen. Sieh doch bitte nicht alles so verzwickt! Habe ein wenig Vertrauen in das Gute!"

Barle Hanckhok: „Vertrauen kann man nur der Zeit, doch diese ist ungnädig und verläuft nach striktem Plan. Wir müssten ihr voraus sein, nur wissen wir nicht, wann wir dies sind. Also müssen wir immer damit rechnen, dass wir es nicht sind."

Admind: „Ich weiß, Gefühle sind nicht angebracht, aber dies ist mein Instinkt und der sagt, dass wir ihr voraus sind."

Barle Hanckhok: „Hilf einfach Dr. Aiota und sorge dafür, dass er sich nicht in seiner Arbeit verliert. Er scheint mir leicht verwirrt."

Admind: „Ja, ich denke, er ist leicht dement und leidet unter den Anfangssymptomen von Alzheimer."

Barle Hanckhok: „Du meinst, der alte Doktor ist debil?"

Admind: „Ja, aber die Anzeichen sind noch ziemlich schwach. Der Doktor sollte einfach kein Skalpell mehr in die Hände nehmen, ich werde diesen Part für ihn übernehmen."

Barle Hanckhok: „Na, dann hoffen wir mal, dass der alte Doktor einen Impfstoff entwickelt, bevor er völlig debil ist und uns nicht mehr nützen kann."

Admind: „Das wird schon klappen! Wir sind genug schlaue Köpfe, die dem Doktor unter die Arme greifen können, und werden bestimmt einen passenden Impfstoff bekommen."

—꧁ Kapitel 42 ꧂—

Die Rettung aus der CIA-Geheimbasis:

Irgendwo inmitten der kargen texanischen Wüste, tief unter der Erde, befand sich eine der ach so geheimen Basen der CIA. In dieser wurde Giro nun schon seit über zwei Jahren festgehalten, wovon er jedoch nicht wirklich etwas mitbekam, da sie ihn in ein künstliches Koma gelegt hatten. Als die mysteriösen Leute geschickt in die unterirdisch verlaufende Geheimbasis der CIA eindrangen und sich über die Lüftungen Zugang zu einem Operationssaal verschafften, war die Operation schon im vollen Gange. Der Chirurg/Wissenschaftler hatte dem Patienten/Testobjekt schon den Rücken an der Wirbelsäule entlang ein Stück aufgetrennt und sie befanden sich mitten in der heiklen Operation. Neben dem Patienten, bei dem es sich um einen jungen Mann handelte, der auf dem Bauch liegend auf dem Operationstisch lag, und dem überaus konzentrierten und eifrigen Chirurgen waren noch drei weitere Personen im Operationssaal, ebenso zwei schwer bewaffnete Wachmänner in Militäruniform. Das Piepsen der Maschinen, an denen der arme Mann hing, war neben den barschen Anweisungen sowie den zarten Klängen einer Sinfonie von Beethoven das einzige wahrnehmbare Geräusch im Saal. Das laute und überraschende Eintreffen der Eindringlinge machte dem ein Ende. Sie eröffneten sogleich das Feuer und erledigten dabei die gesamte Besetzung, bis auf den Patienten, den sie ohne Zögern mit noch offenen Wunden auf eine Trage packten, um dann mit ihm im Gepäck wieder auf schnellstem Wege zu verschwinden. Sie hielten sich strategisch dabei den Rückweg frei, da sie diese Aktion von langer Hand geplant hatten. Draußen luden sie rasch die wertvolle Fracht in ihren gut versteckten Geländewagen und fuhren sofort davon, durch die Wüste von Texas in Richtung der Stadt Las Vegas, die ihr Zielort war. In einem riesigen Gebäudekomplex befand sich ihre Geheimbasis, die als großes Hotel/Casino getarnt war und so perfekt in die Stadt passte. Außer der riesigen Tiefgarage befanden sich eine bestens ausgestattete, unwahrscheinlich große Geheimbasis mit einem geräumigen Forschungsbereich im Untergrund. Neben mehreren Laboren und einem großen, zentralen Bürobereich gab es auch einen Krankenbereich mit ein paar Betten und einem Operationssaal. Der Arzt und dessen Helfer standen schon bereit, um sich dem mitgebrachten Notfall zuzuwenden und ihn wieder zusammenzuflicken.

Nach drei Stunden und vierzig Minuten waren sie fertig mit der Operation. Diese lief besser als gedacht und der Patient erholte sich unwahrscheinlich schnell. Die Überraschung war enorm, als er nur zwei Stunden nach dem Eingriff erwachte – wie aus dem Nichts heraus in einem kalten Krankenhausbett mit dem Beatmungsschlauch im Rachen. Er war so lange in dem schwarzen Nichts gefangen gewesen und nun lag er hier. Anfangs sah er alles nur verschwommen und sehr hell. Um das Krankenbett herum war ein großer, weißer Vorhang gezogen und dies von beiden Seiten her, sodass er nichts weiter sehen konnte außer diesem faltigen Tuch, das ihn umgab. Was war geschehen? Wie kam er hierher? Doch bevor er einen klaren Gedanken fassen konnte, kamen auch schon die ersten Krankenhelfer angerannt und hinterher ein hektischer Arzt. Dieser trug eine dicke Hornbrille vor seinen herausstechenden Glupschaugen, die nur noch von seiner knolligen Biernase übertrumpft wurden, auf der die grob wirkende Hornbrille saß. Seiner Aussprache nach zu urteilen war er höchstwahrscheinlich Brite, genauso konnte man dem Arzt an der Nasenspitze ablesen, dass er ein Alkoholproblem hatte. Nachdem er sich ein Bild von dem nun erwachenden Patienten gemacht hatte, wurde diesem der Beatmungsschlauch aus dem Rachen gezogen. Das war ein äußerst schmerzhafter Prozess und der Patient musste sogleich keuchend erbrechen, wobei nur Wasser sowie Magensäure herauskam, was das Ganze nicht unbedingt angenehmer gestaltete. Durch seine ans Bett gefesselten Gliedmaßen hatte er so gut wie keinerlei Bewegungsfreiheit. Nachdem der Arzt ihn angesehen hatte, meinte er gefühlskalt:

„Dr. Kendall, mein Name. Sie regenerieren sich schneller als gedacht."

Giro verstand gar nichts und war überaus verwirrt. Er fragte ahnungslos und zerstreut:

„Wo bin ich hier …? Was ist passiert …?"

Doch der Doktor sah nur zu seiner Assistentin rüber und meinte dann bestimmend zu ihr, ohne auf die Fragen des sichtlich verwirrten Patienten einzugehen:

„Miss Huxley, bereiten Sie bitte den Patienten für einen Kernspint vor."

Miss Huxley sah den Doktor nur an und nickte ihm zu, bevor sie meinte:

„Ja, Dr. Kendall."

Dann verließ Dr. Kendall den Raum und mit ihm seine vielen kleinen Helferlein bis auf Miss Huxley. Diese bereitete das Kontrastmittel vor und dazu die beängstigend große Spritze, die nun mal dazugehörte. Während sie, den Rücken Giro zugekehrt, alles minutiös vorbereitete, fragte er erneut:

„Hey … Wo bin ich hier? Antworte schon!"

Ohne sich ihm zuzuwenden, sagte sie:

„Warum so wütend? Wir haben dir schließlich gerade dein Leben gerettet."

Giro sah sich die Fixierungen an seinen Handgelenken an und meinte dann zynisch:

„Na klar! Deshalb habt ihr mich wahrscheinlich auch an das Bett gefesselt!"

Da entgegnete sie mit einem kleinen Lachen:

„Das dient nur deiner eigenen Sicherheit."

Dieser Ausdruck kam Giro sehr bekannt vor und er wusste auch, woher. „Meiner Sicherheit! Den Spruch kenne ich! Sie sind wohl eine Freundin von Admind!"

Da drehte sich Miss Huxley um und sah ihn mit verdutztem Blick an, bevor sie sich wieder abwandte und fragte:

„Admind? Wie kommst du auf diesen Namen?"

Giro: „Wie ich auf den Namen komme? Na, dank ihr bin ich doch hier, wo auch immer hier ist."

Miss Huxley: „Ich weiß wirklich nicht, von was du da sprichst. Du hattest einen schweren Autounfall und lagst zwei Jahre lang im Koma. Du solltest alles langsam auf dich wirken lassen und musst dich nun Schritt für Schritt erholen. Ich weiß, dass das gerade ziemlich viel für dich sein muss. Aber hier bei uns bist du in den besten Händen. Hier will dir niemand etwas Böses."

Giro: „Was für ein Autounfall … Zwei Jahre Koma … Was soll das heißen …?"

Miss Huxley: „Du hattest einen schweren Autounfall und wärst dabei beinahe ums Leben gekommen. Aber nun, nach zwei Jahren Koma, bist du heute nach einem Eingriff an deiner Wirbelsäule wie durch ein Wunder erwacht."

Giro: „Wunder … Ja klar, daran glaub ich sofort! Und was war das für ein Autounfall, der mich fast das Leben kostete?"

Miss Huxley: „Das weißt du nicht mehr? Es war wie gesagt ein Unfall. Dein Wagen kollidierte mit einem Lastwagen. Du hast nur knapp überlebt, wobei deine Beifahrerin leider nicht so viel Glück hatte. Du hattest und hast wirklich eine Menge Glück."

Giro: „Glück ist wie ein Wunder unrealistisch. Ich mag mich an keinen Autounfall erinnern. Und wer ist die Beifahrerin?"

Miss Huxley: „Naomi war ihr Name, glaube ich. Aber das ist nun schon zwei Jahre her. Ich müsste in den Akten nachsehen, um es dir genau zu sagen."

Er sah sie entsetzt an und meinte erschüttert:

„Naomi! Was? Nein, das kann nicht sein! Du lügst!"

Miss Huxley: „An sie erinnerst du dich also noch. Ja, die Arme hatte leider kein Glück wie du. Tut mir leid, dass dich das so trifft."

Giro verstummte, denn er wusste nicht, was er von all dem halten sollte. So oft, wie sie das Wort Autounfall benutzt hatte, schien es, als würde sie ihm dies nur einreden wollen, was wahrscheinlich auch der Fall war, denn die Geschichte kam ihm mehr als nur spanisch vor und er konnte sich an nichts von alledem erinnern. Doch er musste abwarten, denn seine derzeitige Lage erlaubte ihm nicht zu handeln. Nachdem sie ihm schmerzhaft das Kontrastmittel injiziert hatte, schob sie ihn im Krankenbett über den Flur in Richtung Aufzug. Der Flur wirkte kalt und leer.

Die Türen waren nicht beschriftet und alles wirkte unbewohnt. Dies war kein normales Krankenhaus, sondern hatte eher was von einem Kellerloch. Während sie auf den Aufzug warteten, kam ein Kerl an, der wie ein verklemmter Wissenschaftler aussah.

Verklemmter Wissenschaftler: „Ach Eloise, du gehst doch gerade zu Dr. Kendall?"

Eloise Huxley: „Sieht wohl ganz danach aus, Benjamin. Warum – muss ich dir Schlaumeier etwa wieder einen Gefallen tun?"

Benjamin: „Ähm … Na ja, ich hätte da noch diese Protokolle. Auf die wartet der Doktor schon sehnlichst."

Eloise Huxley: „Benjamin … Komm schon, du musst nicht immer so schüchtern sein und mich um irgendwelche Gefälligkeiten bitten. Wenn du mich eigentlich nur zu einem Kaffee einladen willst, dann tu es einfach."

Benjamin: „Ähm … Oh … Ja, ich würde natürlich sehr gerne einen Kaffee mit dir trinken, nur – die Protokolle hier müssen wirklich zum Doktor und ich dachte, weil du …"

Eloise Huxley: „Ja, Benjamin, schon gut, spar es dir! Gib mir einfach die blöden Protokolle und dann zieh Leine!"

Benjamin: „Ähm … So meinte ich das nicht … Ich würde wie gesagt gerne einen Kaffe mit dir trinken."

Eloise Huxley: „Kein Bedarf mehr. Ich bring deine Protokolle zum Doktor, da kannst du dich auf mich verlassen. Aber das ist das letzte Mal, dass ich deine Kurierin spiele."

Als sich die Aufzugstüren öffneten, schob sie das Krankenbett in den kalten Stahlaufzug. Dann ging es einige Stockwerke runter, noch tiefer in den Untergrund. Dies war auf keinen Fall ein Krankenhaus. Nur was war es? Im sechsten Untergeschoss angelangt, brachte sie ihn in einen großen Raum, in dem sich ein Kernspintomograf befand. Dort wartete schon ein junger Pfleger zur Unterstützung. Miss Huxley meinte erfreut zu ihm:

„Ruben, gut, dass du schon hier bist. Kannst du bitte den Patienten anästhesieren und den Kernspintomografen bereitstellen?"

Ruben: „Natürlich, für das bin ich da, meine Liebe."

Eloise Huxley: „Danke, du bist der Beste! Ich muss nämlich unbedingt noch zum Doktor rüber ins Büro. Benjamin hat mir wieder mal ein dringliches Protokoll für den verrückten Doktor mitgegeben."

Ruben: „Bekommst du auch ein zweites Gehalt für deinen Job als Briefträgerin? Du lieferst mehr Post aus, als du Bettpfannen leerst."

Eloise Huxley: „Nein, leider bekomm ich nichts dafür außer einem Dankeschön von einem Streber. Und wenn ich ihn um eine Tasse Kaffee bitte, meint er gleich, es sei ein Date."

Ruben: „Was? Haha … Du und der Streber aus dem Labor? Nie und nimmer. Das kann nur schiefgehen."

Als Eloise Huxley und der Pfleger Ruben ihren Small Talk abgeschlossen hatten, verließ sie den Raum und der Pfleger wandte sich sogleich dem Patienten zu. Doch er kam nicht wie angenommen mit einer Spritze an, sondern stürmte beinahe hektisch mit ein paar Krankenhausklamotten in den Händen an das Krankenbett und fing erstaunlicherweise an, die Fesseln an dessen Gliedmaßen zu lösen. Während er dies tat, meinte er gestresst zu Giro:

„Hey, ich bin Ruben. Du musst mir jetzt zuhören! Wir haben nicht viel Zeit, sie kommt gleich wieder. Wir müssen hier raus! Folge mir einfach!"

Giro: „Okay. Was läuft hier gerade?"

Ruben: „Keine Zeit für große Erklärungen. Ich bin ein Freund von Naomi."

Giro: „Naomi? Naomi ist doch tot – meinte Eloise."

Ruben: „Eloise lügt! Aber wie gesagt, wir haben keine Zeit. Hier, zieh die Klamotten an und dann folge mir nach!"

Ohne es weiter zu hinterfragen, griff Giro sich die Klamotten und zog sie sich über. Dann folgte er dem Pfleger raus auf den Gang, wo sie einen anderen Raum betraten, der eine Wäscherei darstellte. Große Industrietrockner und Waschmaschinen, die außer dem ratternden Lärm, den sie verursachten, auch warmfeuchte Luft in den Raum bliesen, nahmen den größten Teil des Raumes ein. Hinter einem Korb voller sauberer Laken befand sich ein Warenaufzug. Dieser war zwar für die Wäsche gedacht, diente nun jedoch dazu, unbemerkt nach oben zu gelangen und dies, ohne gesehen zu werden. Dies klappte gut, bis auf die ein wenig verwirrte Dame, welche die angebliche Wäschelieferung oben in Empfang nehmen wollte. Nachdem sie durch die Lobby des Hotelkomplexes zum Ausgang gelangt waren, folgte er Ruben zur Straße, wo dieser ein Taxi herbeirief. Zuerst wollte keines der vorbeifahrenden Taxen halten, doch irgendwann stoppte doch eines und die beiden stiegen eilig ein. Nachdem Ruben dem indischen Taxifahrer den gewünschten Zielort mitgeteilt hatte, lehnte er sich sichtlich erleichtert zurück. Dabei sah er Giro mit einem erleichterten Grinsen im Gesicht an.

Ruben: „Huch, geschafft. Das hätte auch anders ausgehen können."

Giro: „Ist das so? Wenn die Gefahr nun anscheinend vorüber ist, kannst du mich ja sicher aufklären. Was läuft hier und wer bist du?"

Ruben: „Mein Name ist Ruben Diaz. Ich weiß, du lagst bis vor einer Stunde noch im Koma und weißt wahrscheinlich gar nicht, was da abging. Ich kann dir jetzt nicht die ganze Sache erklären. Das Wichtigste ist, dass du weißt, dass alles, was Eloise und der Doktor dir erzählt haben, gelogen ist. Du hattest nie einen Unfall. Du warst und bist kerngesund. Das Koma war künstlich und bloß ein Mittel zum Zweck."

Giro: „Naomi lebt also wirklich noch?"

Ruben: „Ja doch. Naomi geht's gut. Sie vermisst dich nur und das nun schon seit zwei Jahren. Aber wir konnten nicht früher eingreifen."

Giro: „Wir? Wer ist wir?"

Ruben: „Wir haben keinen wirklichen Namen. Nenn uns die Guten, wenn du möchtest."

Giro: „Die Guten. Klingt ja vielversprechend. Und warum helfen mir die Guten?"

Ruben: „Hauptsächlich, weil du von äußerster Wichtigkeit bist und ohne dich höchstwahrscheinlich alles zugrunde gehen wird."

Giro: „Ach, bin ich das? Und warum wird sonst alles zugrunde gehen?"

Ruben: „Das soll dir mal mein alter Vater erzählen. Du musst wissen, ich hab's nicht so mit Biologie und der Evolution des Menschen. Ich bin eher ein Macher als ein Denker."

Giro: „Na gut. Und jetzt gehen wir wohin?"

Ruben: „Na, in unser Versteck."

Giro: „Versteck? Ist Naomi auch dort?"

Ruben: „Naomi? Ja, sie ist auch dort. Sie freut sich sicher unwahrscheinlich, dich wiederzusehen."

Nach einer Weile trafen sie vor einem großen Anwesen ein. Dieses lag ein wenig außerhalb der großen, bunten und überaus lebendigen Stadt Las Vegas. Die Villa war im mediterranen Stil gehalten. Auf dem mehrere Hundert Hektar großen Landstück fühlte man sich wie in einem harmonisch geordneten Tropengebiet.

Kapitel 43
Der Besuch in der mediterranen Villa

Das Wiedersehen mit Naomi fiel freudig aus und war sehr gefühlvoll. Sie schien Giro sehr vermisst zu haben. Doch er staunte
nicht schlecht, wie gut sie sich ansonsten in den zwei Jahren ein-
gelebt und angepasst hatte. Er hatte etliche Fragen, jedoch betraten sie zuerst die voluminöse Terrasse des Anwesens. Auf dieser
großen, sonnengetränkten Anhöhe mit Ausblick auf ein riesiges
Gewächshaus saß ein älterer Herr mit Baskenmütze und einer
dicken Zigarre im Mundwinkel. Er trug ein weites, hellblau ge-
streiftes Hemd und sah aus, als würde er gerade auf den Antillen
chillen. Sie begaben sich zu ihm an den Tisch. Sein Name war
Jose Diaz und er lud sie ein, Platz zu nehmen, was die drei dann
auch taten. Als alle um den ovalen Tisch versammelt waren, sah
Jose gelassen in die Runde und meinte dann:

„Wen haben wir denn da? Wenn das mal nicht unser Wunder-
knabe ist."

Giro sah den älteren Herrn verdutzt an und sagte verwundert:
„Meinen Sie etwa mich?"

Jose lachte rau und meinte dann ein wenig spöttisch:

„Natürlich, oder kennst du sonst noch jemanden mit deinen
Fähigkeiten? Übrigens, du darfst mich Jose nennen."

Doch Giro wusste noch immer nicht recht, was ihm der ältere
Mann da genau mitteilen wollte, und sagte:

„Ich kann nicht ganz folgen …"

Da griff Jose Diaz, ohne zu zögern, nach der Machete neben
seinem Stuhl und schnitt Giro damit eine tiefe Fleischwunde in
dessen Unterarm. Giro sprang sogleich auf und presste die Hand
auf die klaffende, stark blutende Wunde. Es schmerzte grausam
und er rief entsetzt:

„Scheiße! Was soll das?!"

Doch Jose tat als Einziger so, als ob nichts dabei gewesen wäre,
und meinte nur entspannt:

„Du spürst doch so oder so keinen Schmerz und regenerierst dich im Nu wieder komplett."

Während er sprach, verzog er keine Miene und es schien sein voller Ernst zu sein. Da entgegnete ihm Giro wütend und zugleich drohend:

„Was? Nein, ich spüre Schmerz und das schmerzt gerade schaurig!"

Dies schien Jose zu überraschen und er sagte, nun eher erstaunt wirkend:

„Nein, das kann nicht sein! Du bist Patient 0. Du kannst keine Schmerzen empfinden. Das ist ein Ding der Unmöglichkeit."

Giro sah ihn nur genervt an und meinte zynisch, während er widerwillig Platz nahm:

„Ist aber so und es ist verdammt schmerzhaft! Sie sollten die Klinge lieber an sich selbst ausprobieren, bevor sie anderen die Scheiße zumuten! Und was soll bitteschön ein Patient 0 sein?"

Jose lehnte sich wieder entspannt zurück und meinte, während er dabei genüsslich seine Zigarre paffte:

„Du bist die Brücke zur nächsten Evolutionsstufe. Du trägst den ersten Stamm des neuen, künstlich erzeugten und herangezüchteten Gens B89 in dir. Aber wie kommt es nur, dass du Schmerzen empfinden kannst?"

Giro sah ihn genervt an, während er erfolglos versuchte, dem dichten Qualm der rauchenden Zigarre zu entrinnen.

„Keine Ahnung … Das war nicht immer so … Einer gewissen Admind habe ich diese eher unangenehme Fähigkeit zu verdanken."

Da legte Jose verdutzt die Zigarre in den großen Aschenbecher an seinem Tischende und klang verwundert sowie auch ein wenig neidisch:

„Admind? Wie konnte sie nur … Aber nun gut. Deine Zellregeneration ist unglaublich und dies ist nur eine deiner vielen Fähigkeiten. Ich denke, dir ist gar nicht bewusst, zu was allem du fähig bist."

Giro wollte wissen, was der Mann alles über sich und das Gen B89 zu erzählen hatte. Daher meinte er, absichtlich ahnungslos wirkend:

„Sie scheinen ja eine Menge über meinen Zustand zu wissen. Seien Sie doch bitte so gut und klären Sie mich auch über meine Besonderheiten auf. Ich muss nämlich zugeben, dass ich nicht wirklich verstehe, was mich so besonders macht. Und nach Ihrem Messerangriff sind Sie mir eine Erklärung schuldig."

Bevor Jose sich erklärte, bat er Ruben, allen ein Glas Rotwein auszuschenken, und erst als jeder sein Glas vor sich stehen hatte, meinte er, während er die Flasche des teuren Bordeaux ansah und dessen blutroten Inhalt in der Abendsonne schwenkte:

„Dein genetisches Schema ist der Katalysator zu einem Impfstoff. Dieser könnte jede Krankheit heilen, sogar Krebs und sonstige Zellanomalien, auch vererbter Natur. Es bildet sogar komplette Organe neu und sonstiges Gewebe. Natürlich auch Knochen und Hirnzellen. Dein Blut und DNS-Strang sind jedoch wie gesagt nur der Katalysator. Um einen effektiven Wirkstoff zu erhalten, braucht es einen weiteren passenden Genmarker. Du bist der Pluspol, und um eine Reaktion auszulösen, braucht man einen Minuspol."

Giro sah ihn ungläubig an und meinte dann wenig beeindruckt: „Etwa wie eine Batterie? Und was ist der Minuspol?"

Bevor ihm Jose antwortete, nippte er genüsslich an seinem Glas Rotwein und sagte dann entspannt:

„Der Minuspol ist der Faktor, nach dem sie die letzten zwei Jahre gesucht haben. Aber gefunden haben sie zum Glück nichts."

Giro hasste es, dass die meisten dieser Wissenschaftsfreaks immer nur in seltsamen Rätseln sprachen und sich alle Informationen mühsam aus der Nase ziehen ließen. Daher entgegnete er wenig begeistert:

„Und Sie wissen es auch nicht?"

Da lachte Jose wieder rau und steckte sich den Stumpen neu an.

„Doch, ich kenne natürlich die Lösung. Da ich selbst an der Entwicklung des Gens B89 mitgewirkt habe, weiß ich so einiges darüber. Während Ruri Saiate ihren Impfstoff, das Gen B89, für die spezifische Anwendung auf den Patienten 0 entwickelte, war ich für die weitere Entwicklung des Gens zuständig und entwickelte so die passenden Komponenten zur Weiterentwicklung und Übertragung."

Giro griff nach seinem Rotweinglas, und während er daran nippte, sah er zu Naomi rüber, die nun schon, seit sie die Terrasse betreten hatten, irgendwie bedrückt wirkte. Sie sprach kein Wort und schien ins Leere zu starren. Nachdem Jose ausgesprochen hatte, stellte Giro sein Glas wieder auf den Tisch und hakte nach:

„Und was ist die Komponente?"

Jose sah ihn mit großen Augen an.

„Du meinst wohl die Komponenten. Es sind immerhin insgesamt neun Stück."

Da Giro jedoch keinen Schimmer hatte, was er mit neun Stück meinte, fragte er sogleich:

„Neun Stück was?"

Jose gab nur kurz und bündig zurück:

„Neun Organismen."

Doch Giro begriff immer noch nicht ganz, was der Kerl ihm da mitteilen wollte, und rief leicht aufgebracht:

„Organismen? Meinen Sie etwa Menschen damit?"

Wieder kam das raue Lachen, gefolgt von einem Schenkelklopfer.

„Ja, natürlich Menschen. Eine Ratte wäre nun wirklich kein Wirt für so eine hohe genetische Manipulation."

Da sah ihn Giro äußerst verärgert an.

„Wirt! Wow, was für eine nette Bezeichnung! Vielen Dank, nun komm ich mir wirklich wichtig vor. Fast schon wichtiger als eine Kakerlake. Aber nun gut, Sie meinen also, es existieren weitere acht Menschen, die so sind wie ich und dieses Gen in sich tragen? Erzählen Sie mir davon."

Doch Jose lächelte nur.

„Nein, du bist definitiv ein Einzelstück. Die acht Menschen, von denen ich spreche, tragen nicht das Gen in sich wie du. Sie besitzen lediglich eine kleine Abweichung in ihrem genetischen Code. Dieser scheinbar unsichtbare Code in ihrer DNS ermöglicht es erst, einen Wirkstoff aus dem Gen B89 zu gewinnen."

Giro sah ihn überrascht an.

„Okay, und ohne die kein Impfstoff?"

Da grinste Jose wieder und meinte erfreut:

„Genau, und das ist auch gut so, denn in den falschen Händen könnte dies eine Katastrophe auslösen."

Doch diese Worte beeindruckten Giro nicht sehr. Er lehnte sich gelassen zurück.

„Ja, das wurde mir schon zur Genüge eingebläut. Aber solange keiner weiß, wer die acht Menschen sind und zu was ihre DNS taugt, besteht doch auch keine Gefahr."

Da erwiderte ihm Jose etwas zynisch und ziemlich arrogant:

„Das wäre natürlich wunderbar. Jedoch brauchen wir den Impfstoff. Ein Krieg tobt, auch wenn noch keiner viel Worte darüber verliert. Es wird einen gewaltigen Biowaffenanschlag geben und ein schreckliches Virus wird die Menschheit auslöschen, wenn wir bis dahin kein Heilmittel besitzen. Wir müssen uns wappnen und das Gen B89 ist die einzige Hoffnung. Du bist die einzige Hoffnung."

Giro lachte nur und meinte ironisch:

„Na, dann sind wir wahrscheinlich alle schon tot. Nichts für ungut, aber ich kann die Welt nicht retten. Als ich nämlich das letzte Mal um diese Kleinigkeit gebeten wurde, lag ich danach zwei Jahre im Koma."

Da wurde Joses Blick streng und er sagte ernst:

„Du hast keine Ahnung, zu was allem du imstande bist. In den zwei Jahren hat die CIA unglaubliche Tests an dir vorgenommen und nun sieh dich an, dir fehlt einfach nichts."

Doch Giro schien immer mehr genervt von den ständigen Predigten über die Wichtigkeit des Impfstoffes und der Weltrettung. Als wäre das seine Aufgabe. Er wollte keine solche Aufgabe, und wenn ihn jemand gefragt hätte, nur ein einziges Mal, hätte er auch klar gesagt, dass er diese Aufgabe niemals übernehmen wolle. Doch dieses Privileg der eigenen Entscheidung hatte er leider nie. Er war einfach verdammt dazu und egal, wie sehr er sich dagegen sträubte, er musste die Aufgabe erfüllen, ob gut oder schlecht war ihm selbst überlassen. Also meinte er schließlich nur:

„Ach ja? Und meine Psyche zählt natürlich nicht."

Da warf Jose sich lachend zurück.

„Psyche! Papperlapapp! Dir wurden mehrere Organe entnommen und dein Körper hat sie einfach nachgebildet! Du wurdest hoher radioaktiver Strahlung ausgesetzt, wobei du keinerlei Strahlungsschäden davongetragen hast!"

Diese Worte erschreckten Giro. Auch wenn er vieles gewohnt war, einen so kranken Scheiß hatte er nie zuvor gehört. Entsetzt rief er aus:

„Was?! Die haben mir Organe entnommen?!"

Während Giro erschrocken in die Augen von Naomi blickte, die immer noch wie erstarrt schien, erwiderte Jose nur lachend und wenig gefühlvoll:

„Ja, und es bleiben noch nicht mal Narben zurück – wie bei dem Schnitt an deinem Unterarm. Es sind erst 15 Minuten her und die Wunde ist schon verkrustet. Morgen wird man kaum noch sehen, was da war."

Giro warf ein:

„Früher ging das aber nie so schnell."

Jose sah ihn an und meinte dann mit ernstem Blick:

„Das Gen B89 entwickelt sich mit deiner Entwicklung weiter und baut sich so langsam auf."

Da wurde Giro ein wenig hellhörig und fragte neugierig:

„Wirklich? Bedeutet das für mich, dass ich noch weitere Fähigkeiten entwickeln werde?"

Jose antwortete sofort erfreut:

„Nicht nur das! Deine bereits erlangten Fähigkeiten bauen sich mit der Zeit aus und passen sich so optimal an deine Lebensumstände an. Deine Zellregeneration kann sich beispielsweise so weit entwickeln, dass du dir am Ende sogar ganze Gliedmaßen nachwachsen lassen kannst. So wie bei Eidechsen der Schwanz."

Giro hörte aufmerksam zu und sagte dann nach einem Augenblick des Nachdenkens:

„Wie das mit meinen Augen, meinen Sie?"

Doch Jose sah ihn nur fragend an.

„Was ist mit deinen Augen?"

Giro versuchte zu erklären und meinte ein wenig zögerlich:

„Na ja, ich kann alles langsamer wahrnehmen, wie in Zeitlupe, wenn ich mich fokussiere, und das wurde mit der Zeit immer extremer. Dazu kommt die Tatsache, dass ich unwahrscheinlich weit sehen kann, wenn ich mich konzentriere und einen Punkt bewusst fixiere."

Jose hörte ihm gespannt zu und rief dann aufgeregt:

„Adlerauge! Das ist fantastisch! Genau das meine ich, dein Gehirn und dein Körper sind zu Unglaublichem imstande. Du bist die nächste Evolutionsstufe des Menschen!"

Doch Giro konnte die Begeisterung nicht mit Jose teilen, er hätte alles getan, um normal zu sein. In solchen Momenten fühlte er sich schon fast wie ein Monster. Also entgegnete er wenig begeistert:

„Na super. Wird ja immer besser. Ich will nicht die nächste Evolutionsstufe erreichen und auch nicht die Welt retten."

Aber Jose lachte nur wieder und meinte, während er genüsslich an seinem Glas Rotwein roch:

„Du hast aber gar keine andere Wahl. Du hast die nächste Stufe schon erreicht. Tut mir ja leid für dich, aber du musst dein Schicksal erfüllen, sonst werden wir alle dafür büßen. Aber keine Angst, ich helfe dir dabei."

Doch Giro wirkte nur wenig überzeugt.

„Solange Sie nicht zu viel von mir verlangen …"

Jose versuchte offensichtlich, die Wogen zu glätten, und meinte beschwichtigend:

„Du sollst mir nur bei meinen Forschungen helfen. Da du und einer der acht Kandidaten sich hier bei mir zusammengefunden haben, können wir einen Impfstoff erstellen. Dieser Impfstoff wird jedoch nur bei einer bestimmten Blutgruppe wirken, daher müssen wir die anderen sieben Kandidaten noch finden. Doch dies hat Zeit, zuerst muss ich die richtige Mischformel herausfinden."

Dies wiederum überraschte Giro und er fragte erstaunt:

„Was? Sie haben einen der acht Kandidaten hier?"

Da sah Jose zu der ach so stillen Naomi herüber und meinte zu Giro:

„Ja, und das Seltsame ist, dass ihr beide schon von allein zueinandergefunden habt."

Doch Giro konnte dem Ganzen noch nicht wirklich folgen und sagte ahnungslos:

„Was soll das bedeuten?"

Ohne große Umschweife antwortete Jose:

„Naomi ist eine der acht Kandidaten."

Doch Giro konnte dies nicht glauben und meinte nur verwirrt:

„Naomi?! Nein, das ist unmöglich …"

Aber Jose ließ keine Zweifel daran und setzte sogar noch einen drauf:

„Aber so ist es! Dazu kommt, dass sie meine leibliche Tochter ist."

Da begriff Giro gar nichts mehr, und während er Naomi verwundert ansah, sagte er überaus verdutzt:

„Ihre was?"

Diese kleine Frage zog eine lange Erklärung nach sich und Jose berichtete eher gefühlskalt:

„Meine Tochter. Du musst wissen, als du und sie vor zwei Jahren nach Texas verschleppt wurdet, war ich noch für die CIA tätig, wobei ich auch dort nur an der Entwicklung eines Impfstoffes arbeitete. Als ich eure beiden Blutproben im Labor testen ließ, musste ich feststellen, dass Naomi meine Tochter war, der ich – wie auch sieben weiteren Kandidaten – die genetische Abweichung eingepflanzt hatte."

Giro konnte es immer noch nicht ganz begreifen.

„Und darum halfen sie ihr?"

Da sah Jose mit ernstem Blick zu Naomi rüber, bevor er Giro antwortete:

„Nicht nur darum, aber hauptsächlich schon. Die CIA wusste ja nichts von ihrem Nutzen und was sie war. Nur ich kannte die Wahrheit."

Doch Giro wollte es genau wissen.

„Und was waren die anderen Beweggründe?"

Da erzählte Jose von der CIA und meinte ernst:

„Die Machenschaften der CIA wurden mir zu unkontrolliert. Du musst wissen, dass die CIA kein Stück besser ist als die W-Global Eta Corporation."

Giro hörte ihm zu und nach einem Augenblick Bedenkzeit blickte er in die Runde, wobei er eher gleichgültig meinte:

„Na gut. Dann entwickle den Impfstoff und rette die Welt, ich werde dir bestimmt nicht im Weg stehen. Wenn du dafür mein Blut brauchst oder sogar Knochenmark, sag einfach Bescheid. Aber ich weigere mich strikt, irgendwelche Organe herzugeben oder sonstige kranke Dinge zu tun."

Nach einem guten Abendmahl auf der imposanten Terrasse bei Sonnenuntergang zog das Abendrot auf. Doch dieser harmonische Moment wurde jäh durch den Tatendrang von Jose Diaz unterbrochen, denn dieser wollte sogleich, ohne weitere Zeit zu verlieren, mit den Forschungen zum Impfstoff des Gens B89 beginnen. Er schien lange auf diesen Moment gewartet zu haben und es war anscheinend sein größtes Anliegen. Also bat er Giro und seine Tochter Naomi in sein Labor, um ihnen dort Blutproben zu entnehmen. Giro meinte höhnisch, als sie das Labor im Dachgeschoss betraten:

„Egal, wo ich hin reise, überall Labore. Scheint heutzutage zum Standard zu gehören, eines zu besitzen."

Die Blutentnahme war fürs Erste auch alles, was Jose Diaz für die Forschungen brauchte. Seine Bemühungen dauerten die gesamte Nacht durch, denn der Wissenschaftler wollte um jeden Preis den lange ersehnten Erfolg feiern.

～ Kapitel 44 ～
Ich liebe dich

Nach der Blutentnahme bekam Giro eine private Führung von der bezaubernden Naomi durch das große Anwesen und sie zeigte ihm all die großzügigen Räumlichkeiten. Als sie ihm zum Schluss das Gästezimmer mit traumhafter Ausstattung und herrlichem Ausblick auf das große, weite Grün des herrschaftlichen Außenbereichs präsentierte, war er ziemlich sprachlos, denn so ein prachtvolles Haus hatte er noch nie zuvor betreten. Während er wortlos zum großen Fenster herausblickte in den mit Sternen gesprenkelten, klaren Nachthimmel, der durch den hellen Schein des vollen Mondes noch zart unterstrichen wurde, setzte sich Naomi auf den Rand des Bettes und sagte:

„Es ist traumhaft schön hier, nicht?"

Er antwortete nicht gleich und meinte erst nach einer kurzen Weile:

„Ja, wenn man mal den Teil mit dem Impfstoff und meinem Koma ausblendet, ist es fast schon zu schön, um wahr zu sein."

Das brachte Naomi zum Lächeln.

„Dasselbe dachte ich, als du vorhin mit Ruben durch die Tür kamst. Als wärst du von den Engeln wiederauferstanden."

Während sie sprach, stand sie vom Bettrand auf und begab sich zu ihm ans Fenster. Er drehte sich zu ihr um und lehnte sich dabei gelassen an die Fensterbank.

„Du bist der einzige Engel, den ich kenne. Ich bin nur aus dem Labor geflohen, nachdem ich die letzten zwei Jahre im schwarzen Nichts verbracht habe."

Sie sah ihn bedrückt an und meinte dann:

„Das muss sich wie die Hölle angefühlt haben. Es tut mir so leid, dass du so lange dort sein musstest. Aber was hätte ich schon tun können? Mir waren die Hände gebunden."

Als er sah, wie nahe ihr dies alles offensichtlich ging, meinte er beruhigend, während er ihr sanft die Hand auf die Schulter legte:

„Nein, dich trifft keinerlei Schuld und du hast das Richtige getan. Dabei hast du sogar noch deine Familie gefunden und das ist wunderbar."

Während er diese Worte sprach, fiel sie ihm auf einmal sanft in die Arme und ihr kullerten dabei ein paar Tränen über die Wangen. Als er sie in den Armen hielt, meinte er ruhig und sanft zu ihr:

„So schlimm war es nicht. Mir geht's gut, wie du siehst. Du musst dir wirklich keine Gedanken um mich machen, auch wenn ich zugeben muss, dass es schön ist, dass ich jemandem was bedeute, besonders, da es du bist, Naomi."

Sie sah ihn mit traurigen Augen an und sagte dann verzweifelt:

„Du bedeutest mir alles … Ihr bedeutet mir alles …"

Da spürte er, dass mehr hinter ihrer Trauer steckte musste, und fragte:

„Was ist los? Komm, sag mir, was dich so traurig stimmt."

Sie antwortete nicht gleich, bis sie schließlich bedrückt antwortete:

„Ich vermisse meine Familie …"

Er sah sie fragend an und sagte, während er ihr sanft die Tränen von der Wange strich:

„Ich verstehe nicht. Wie meinst du das?"

Sie flüsterte nur leise:

„Na Sunny und Dong, sie fehlen mir. Ich will nach Hause …"

Da lächelte er und meinte leicht überrascht:

„Wir sind deine Familie …"

Naomi blühte wieder ein wenig auf und meinte überzeugt:

„Ja, natürlich, du kennst mich doch, ich gebe nichts auf Blutsverwandtschaft. Jose mag vielleicht mein biologischer Vater sein, doch deswegen ist dies hier noch lange nicht meine Familie oder mein Zuhause. Ihr seid die Menschen, die seit jeher bedingungslos für mich da waren und mir stets Liebe zukommen ließen. Ihr seid meine einzige Familie."

Giro sah ihr tief in die Augen.

„Das wusste ich nicht. Aber eins soll dir klar sein, du gehörtest vom ersten Tag an zu uns und warst somit ein Teil der Familie für uns. Ich verspreche dir, dass wir, sobald Jose den Impfstoff gefunden hat, nach Hause gehen und das zusammen."

Dies schien sie ein wenig zu beruhigen, dennoch fragte sie, noch immer etwas unsicher:

„Du lässt mich hier nicht zurück?"

Er strich ihr zärtlich über die geröteten Wangen, und während er ihr tief in die warmen, dunklen Augen sah, sprach er gefühlvoll aus tiefstem Herzen:

„Ich könnte dich niemals irgendwo zurücklassen. Ich liebe dich."

Als er diese Worte sprach, sah er, wie die Trauer aus ihrem Blick verschwand und durch ein freudiges, warmes Strahlen ersetzt wurde. Dabei meinte sie überrascht:

„Du liebst mich?"

Giro musste nicht lange überlegen.

„Das tue ich und das schon, seitdem du das erste Mal in mein Leben getreten bist. Wie gesagt, du bist mein Engel."

Diese Worte wurden durch einen leidenschaftlichen Kuss von ihr erwidert und es folgte die leidenschaftlichste Nacht seines Lebens. Er liebte einfach alles an ihr, sie war wunderschön, klug und gleichzeitig unwiderstehlich sinnlich. Sie war alles, was man sich wünschen konnte, zumindest für ihn. Bei ihr fühlte er sich geborgen und egal, was war, sie gab ihm Halt. Sie war seine Liebe und ließ ihn dieses wunderbare Gefühl verspüren, dass er nur bei ihr empfand.

Am nächsten Morgen hieß es jedoch trotz der unwahrscheinlich schönen Nacht früh aufstehen. Da Ruben schon um Punkt 5.00 Uhr, noch bevor die Sonne aufging, an die Tür hämmerte und die beiden Turteltauben unsanft weckte, um sie beide ins Labor zu zitieren, stand Giro mühsam, jedoch trotz allem glücklicher als je zuvor auf und zog sich langsam an. Danach leisteten sie der Bitte von Ruben Folge und begaben sich ins Labor. In diesem hatte Jose scheinbar die ganze Nacht an Formeln gearbeitet und fleißig geforscht. Der Wissenschaftler meinte zu den beiden, dass er unbedingt eine Knochenmarkbiopsie vornehmen müsse, denn er brauche eine Menge DNS und die befände sich nun mal im

Knochenmark. Da dies jedoch eine ziemlich schmerzvolle Angelegenheit sei, auch mit lokaler Betäubung, wäre es gut, wenn
sie dabei nüchtern seien, und daher sei dies der perfekte Augenblick. Als Giro abweisend reagieren wollte, packte ihn Naomi
am Arm und gab ihm zu verstehen, dass es für sie in Ordnung
sei. Da sich Giro um ihre Sicherheit sorgte und es ihm nicht um
sich selbst ging, ließ er es halt über sich ergehen und sträubte
sich nicht weiter. Während der schmerzhaften Prozedur hielt er
ihre Hand und sie die seine, so fühlte sich alles nur noch halb
so schlimm an.

— Kapitel 45 —

Guten Morgen, Sonnenschein

Jose erklärte den beiden dann, dass der endgültige Impfstoff nicht die gleiche Wirkung wie bei Giro haben werde, sondern lediglich eine kurzzeitige Wirkung erzielen solle, die jedoch bei jedem Leiden Heilung verspräche. Er meinte, dies sei auch das Zielkonzept des Gens B89 gewesen, nämlich ein Heilmittel zu entwickeln, das bei jeder Verletzung oder Erkrankung Heilung brächte und dies ohne Operation oder andere Maßnahmen. Wenn der Impfstoff komplett ausgereift sei, könne man damit sogar ganze Organe, Knochen, ja, sogar ganze Gliedmaßen nachwachsen lassen. Es könnten dann Blinde wieder sehen, Querschnittsgelähmte wieder laufen und Demenzkranke wieder alles wissen. Es sei einfach alles möglich, was die Medizin betreffe. Damit sei alles heilbar, davon jedenfalls war Jose Diaz, wie schon Ruri und einige andere, überzeugt. Nur Giro konnte das Ganze noch immer nicht wirklich glauben. Auch wenn er nun schon viel über das Gen B89 in Erfahrung bringen konnte und selbst die Auswirkungen in Form seiner Besonderheiten wahrnahm, hörte sich dies für ihn doch mehr nach Irrsinn an als nach einem Wundermittel, das die Welt retten könnte. Doch Jose erklärte, auch wenn es die Menschen nicht unsterblich mache, sei trotzdem eines sicher und das sei das weitere Überleben der gesamten Menschheit. Biowaffenanschläge wären nutzlos und die Menschen wären ihren größten Feind los, nämlich die Krankheiten und Viren. Am Ende gebe es nur noch einen wirklichen Feind und das sei der Mensch selbst. Doch dieser Feind würde nie das Feld räumen, denn er entspringe der Selbstsucht. Dies alles gelte natürlich nur, wenn der Impfstoff auch korrekt mit der gewünschten Wirkung entwickelt werden könnte und man ihn in genügender Menge sowie in überschaubarer Zeit herstellen könne. Doch nun, wo Jose Giro und Naomi als eine der acht Kandidaten hatte, war er äußerst zuversichtlich, was auch seinen Eifer erklärte, den er an den Tag legte. Giro dachte sich nichts dabei und ließ den Wissenschaftler walten. Es war ihm eigentlich egal, ob dieser Erfolg haben würde oder nicht. Solange er danach seiner Wege gehen konnte, ohne wieder auf einer ewigen Flucht zu sein, war ihm alles recht und natürlich wollte er Naomi dort ohne weitere Probleme wegbringen, denn er hatte nun wirklich mehr als nur die Schnauze voll von den ständigen Ereignissen, die sich nahezu überschlugen seit Hongkong.

Als jedoch am Abend Ruben mit einer älteren Dame im Rollstuhl und mit einer Sauerstoffflasche im Schlepptau ins Labor ging, um eine halbe Stunde später mit ihrem Leichnam, der in eine Folie gewickelt war, im Arm in den Keller zu verschwinden, stürmte Giro entgegen seinem Vorsatz, sich herauszuhalten, entsetzt hoch ins Labor. Dort saß Jose seelenruhig auf seinem Rollhocker und sah sich gespannt eine Blutprobe unter seinem Mikroskop an. Giro stellte ihn aufgebracht zur Rede und rief mit geballter Faust:

„Was soll das hier?! Sie haben gerade die alte Frau umgebracht, stimmt's?"

Jose drehte sich zögerlich um und meinte abweisend:

„Nein, das hab ich nicht. Ihre Erkrankung hat sie hingerafft."

Da sah ihn Giro nur ungläubig an und sagte zynisch:

„Ihre Krankheit! Sie wollen mir wirklich weismachen, dass die alte Dame ausgerechnet eine halbe Stunde, nachdem sie hier eintraf, in Ihrem Labor an den Folgen ihrer Krankheit verstorben ist? Und dann bringen Sie ihren Leichnam in eine Plane gewickelt in den Keller?! Wissen Sie was, Sie sollten mir jetzt lieber die Wahrheit erzählen, denn sonst lernen Sie meine zweite Seite kennen. Und glauben Sie mir, das wollen Sie nicht!"

Doch Jose meinte nur beschwichtigend und wenig beeindruckt:

„Immer mit der Ruhe. Auch wenn mir deine Aufregung eigentlich gerade recht kommt. Ich wollte nämlich gerade deine Gehirnströme messen und da ist eine gute Portion Adrenalin äußerst hilfreich – zumindest für meine Forschungen, um ein optimales Ergebnis zu erzielen. Also bitte, nimm doch gleich auf der Liege Platz."

Da platzte Giro fast der Kragen und er konnte sich kaum mehr beherrschen. Am liebsten hätte er das Skalpell gepackt und Jose die Gurgel damit durchschnitten. Doch er drohte nur äußerst energisch:

„Wollen Sie mich verarschen? Sie werden einen Scheiß messen! Ich will jetzt sofort eine Erklärung und hoffe für Sie, dass diese wirklich gut ist!"

Da beschwichtigte Jose wieder:

„Du übertreibst gerade grundlos. Aber gut, bevor du weiter mit deiner Sturheit die Forschungen aufhältst und so wertvolle Zeit unnütz verstreicht, werde ich dich aufklären. Miss Miller hatte Muskelschwund, eine unheilbare und schreckliche Erbkrankheit. Der Verlauf der Krankheit ist langwierig und äußerst qualvoll. Bei der armen Miss Miller war die Krankheit schon im Endstadium und sie wäre so oder so jeden Augenblick verstorben. Daher hat sie eingewilligt, als Testkandidatin herzuhalten, auch wenn die Wirkung noch unberechenbar ist, was sie natürlich auch wusste. Doch durch ihren Tod weiß ich nun, was die noch fehlende Variable war, an die wir bei den Berechnungen und der Entwicklung des Gens B89 nicht gedacht hatten. Die radioaktive Umwandlung ist für den normalen menschlichen Organismus unmöglich und es tritt eine innerliche Zersetzung durch Verstrahlung ein. Die Zellen verbrennen und die Masse verflüssigt sich langsam."

Giro hörte ihm zu, aber die Hälfte ergab für ihn keinen Sinn. Er zeigte sich nur wenig beeindruckt von der langen Erzählung.

„Nur dumm, dass die Erklärung keinen Sinn für mich ergibt und ich nur auf den Schluss komme, dass Ihr Impfstoff die Dame umgebracht hat, obwohl Sie vorhin noch behauptet haben, es sei die Krankheit gewesen."

Das brachte Jose ein wenig in Bedrängnis.

„Na ja, wenn du es ganz genau nehmen willst, war es am Ende nur dein Blut, das die alte Miss Miller umgebracht hat."

Dies brachte Giro wieder auf 180 und er sagte wütend:

„Was? Jetzt ist es schon mein Blut. Ich bin zwar kein Wissenschaftler, jedoch weiß ich, dass meine Blutgruppe 0 negativ ist, was bedeutet, eine Unverträglichkeit ist ausgeschlossen, egal, welche Blutgruppe sie auch hatte."

Da sah ihn Jose an und meinte großspurig:

„Das stimmt wohl, deine Blutgruppe ist 0 negativ und theoretisch sollte es so sein, wie du sagst, ist es jedoch nicht. Denn wie gesagt, du bist etwas Spezielles und das betrifft auch dein Blut. Das Gen B89 enthält einen radioaktiven Umwandlungskern, der das Gen schützt und ihm die Anpassung ermöglicht. Dieser Kern bildet einen Mantel um das Gen und schützt es so gleichzeitig wie eine Isolation. Das bedeutet, jeder, der nicht die genetische Abweichung in seinem genetischen Code trägt, wie zum Beispiel Miss Miller, kann keine Umwandlung der radioaktiven Kerne, die sich um das Gen B89 befinden, bilden und so löst sich der radioaktive Kern vom Gen B89 ab, wobei seine Strahlung freigesetzt wird. Dies kann man sich dann wie Abermillionen von kleinen, jedoch äußerst verheerenden Atomexplosionen im gesamten Blutkreislauf vorstellen, was dann zum kompletten Kollabieren aller Organe und schließlich zum Tod führt. Dies ist nun leider bei Miss Miller geschehen."

Nach diesen Neuigkeiten meinte Giro ziemlich zynisch:

„Na, dann ist ja gut, dass ich nie beim Blutspenden war."

Diese Reaktion schien Jose nicht erwartet zu haben und er sagte erschrocken:

„Wusstest du das etwa nicht?!"

Doch Giro war nicht erstaunt, dass ihm seine Mutter nichts davon erzählt hatte, denn sie hatte ihm ja von nichts wirklich was erzählt. Sein ganzes Leben war so zu einem Riesengeheimnis geworden. Also meinte er ernüchternd zu Jose:

„Nein, aber ich weiß noch so manches nicht, und je mehr ich darüber erfahre, desto froher bin ich über meine Unwissenheit."

Darauf folgte eine ernsthafte und etwas verständlichere Erklärung von Jose.

„Na ja, wir wussten natürlich von dieser Unverträglichkeit. Deshalb haben wir die acht Kandidaten erschaffen. Sie sind die Einzigen, die dein Blut nicht tötet, und sie tragen die Lösung in sich. Jedoch haben wir einen Punkt nicht bedacht und dies war die Tatsache, dass die Abweichung im genetischen Code der Kandidaten schon im Mutterleib an sie abgegeben wurde, wobei sie sich in ihrer DNA verfestigt hat. Diese Abweichung macht es ihnen möglich, dein Blut zu erhalten, ohne den zuvor erwähnten Ausgang von Miss Miller zu erleiden, sondern vielmehr die gewünschte heilende Wirkung zu erzielen. Nur, der Schlüssel zur Lösung dieses Problems sind deine Hirnströme. Also lass sie mich nun messen und dann schauen wir, dass wir das nächste Leben retten. Dies sind wir Miss Miller schuldig. Also nimm bitte Platz."

Doch Giro war immer noch wenig überzeugt und traute Jose überhaupt nicht mehr über den Weg. Daher meinte er abweisend und hart:

„Nur weil mein Blut ihren Tod ausgelöst haben soll, bin ich noch lange nicht schuld daran. Es ist trotz allem Ihre Schuld, da Sie den möglichen Ausgang kannten. Wenn also jemand Miss Miller etwas schuldet, dann sind das wohl Sie ganz allein."

Da ging Jose auf Giro ein und entgegnete reumütig, wenn auch wenig überzeugend:

„Ja, da muss ich dir wohl recht geben. Jedoch bitte ich dich, mir zu helfen, und hoffe wirklich, dass du die Dringlichkeit verstehst. Wir brauchen Fakten und die wird mir dein Verstand in Form deines Gehirns liefern."

Widerwillig setzte sich Giro schließlich auf die Liege und der Wissenschaftler begann sogleich mit der Vorbereitung zur Elektroenzephalografie. Während der Vorbereitungen meinte der Wissenschaftler auf einmal stolz:

„Wenn mein Impfstoff erst mal die Weltbevölkerung rettet, werden wir Helden sein."

Dies sah Giro jedoch definitiv anders und antwortete herablassend:

„Helden! Helden bringen keine Unschuldigen und Schwachen um, sondern beschützen sie! Sie sind genauso wenig ein Held wie ich und das mit oder ohne Ihren dummen Impfstoff."

Jose verharrte einen Augenblick und meinte dann, während er zu seinem Computer rollte:

„Dann sei wenigstens ein Mensch und denke an das weitere Überleben deiner Spezies."

Diese Aussage konnte Giro nur belächeln und er erwiderte spöttisch:

„Meiner Spezies! Ich dachte, ich sei einzigartig und hätte eine neue Evolutionsstufe erreicht, das waren zumindest Ihre Worte. Dann gehöre ich wahrscheinlich einer neuen Gattung an – oder bin ich vielleicht doch nur ein Mutant? Wo würden Sie mich denn einordnen, Herr Doktor?"

Zuerst ignorierte dieser Giros spöttische Frage. Erst nach einer Weile meinte er mit ernster Stimme:

„Du bist natürlich lediglich ein Mensch mit besonderen Fähigkeiten. Mutant also bitte. Deine DNS ist zu 100 % menschlich, dies betrifft auch das Gen B89. Wir sind schließlich Wissenschaftler und keine verrückten Monsterzüchter."

Doch Giro wusste nicht, was er glauben sollte. Am Ende logen sie alle, auch wenn es sie meist nicht weiterbrachte, sondern eher zurückwarf. Bevor er sich endgültig schweigend seinem Schicksal fügte, sagte er noch:

„Es fällt mir persönlich schwer, dies zu glauben angesichts meiner Lage und der Tatsache, dass ich lediglich ein menschliches Testobjekt bin."

Da meinte Jose nur verständnislos:

„Sei einfach kooperativ und dann ist es bald vorüber, das verspreche ich dir."

Die Gehirnstrommessung dauerte ganze zwei Stunden, wobei Giro nicht wirklich verstand, inwieweit dies helfen sollte, einen Impfstoff zu entwickeln. Doch entgegen seiner Zweifel sollte die Gehirnstrommessung doch noch die gewünschte Lösung bringen. Nun sollte das Wundermittel keine Leben mehr kosten, sondern nur noch Leben retten. Zumindest war Jose vom Gelingen fest überzeugt. Als Giro ihn nach der Lösung fragte, meinte Jose voller Stolz:

„Codein, Nascapin, Papaverin, Thebain, Papaveraldin, Narcein! Und natürlich zum guten Schluss das Wichtigste, Morphin!"

Diese Begriffe kannte Giro jedoch nicht und er hatte keine Ahnung, auf was Jose da eigentlich hinaus wollte. Also meinte er unwissend:

„Keine Ahnung, was das alles sein soll. Aber nun gut, solange Sie selbst wissen, von was Sie da sprechen, soll es mir recht sein und es tut eigentlich nichts zur Sache."

Jose sah ihn nur verwundert an.

„Wie bitte? Du kennst die wichtigsten Alkaloide nicht?! Du hättest mal lieber besser in der Schule aufgepasst, denn die Alkaloide solltest du nun wirklich kennen."

Giro sah ihn nur genervt an und meinte dann unbekümmert:

„Wie gesagt, interessiert mich kein Stück …"

Da fiel ihm Jose abrupt ins Wort mit einer Art Belehrung.

„Na, dann lernst du es halt jetzt. Die von mir eben genannten Alkaloide findet man alle im Opium wieder und dies ist unser Bindungsstabilisator. Denn nur so können wir für die Wirkungsdauer des Impfstoffes eine optimale Grundlage gewährleisten. Bei der Gehirnstrommessung, die ich eben gerade vorgenommen habe, musste ich feststellen, dass ein Teil deines Gehirns genau diese Alkaloide produziert. Dies habe ich sonst noch nie zuvor gesehen, außer vielleicht bei Dämmermondblumen, aber dann auch nur in der Knospenphase. Dieser Bereich muss sich schon sehr früh gebildet haben, gleich nach der Aufnahme des Gens B89 und dies noch im Mutterleib. Da außer dir sowie den acht Probanden kein anderer diesen fantastischen Regulator in sich trägt, ohne den dich das Gen B89 auch umbringen würde, ist es wichtig, dass man zusätzlich zu dem Impfstoff eine angepasste Infusion mit diesen Alkaloiden verabreicht und so die Therapie begleitet."

Dies klang alles wieder reichlich absurd für Giro. Doch was wusste er schon und eigentlich war es ihm auch egal. Er war schließlich nur ein Testobjekt und dies war sein unangenehmer Part, da musste er sich nicht auch noch mit Dingen beschäftigen, die er eh nicht verstand. So meinte er unbekümmert:

„Also sind Drogen die Lösung."

Da bekam der Wissenschaftler ein verrücktes Funkeln in den Augen und meinte voller Tatendrang:

„Ich nenne es lieber Betäubungsmittel. Jedoch – ja, genau, dies ist die Lösung, da Opium all diese Alkaloide enthält, die wir brauchen."

Nachdem Jose das Mittel für die Infusion zusammengestellt hatte und das in etwa richtige Mischverhältnis feststand, war es so weit. Der Wissenschaftler wollte einen ersten nächsten Versuch wagen. Nur zwei Tage später lag auch schon der nächste todkranke Kandidat, mehr oder weniger notgedrungen, im Labor von Jose auf seiner Krankenliege. Bei dieser Versuchsperson handelte es sich um einen erst 12-jährigen Jungen, der an Leukämie erkrankt war. Diesem armen Jungen gaben die Ärzte noch höchstens drei kurze Wochen und dies auch nur, wenn es gut laufen würde. Als Giro mit dessen verzweifelter Mutter sprach, wurde auch ihm bewusst, wie hoffnungslos manche Situationen sein konnten. Er hoffte zum ersten Mal, dass die Schöpfung seiner Mutter, das Gen B89, die gewünschte Wunderwirkung erzielen würde, denn das Leben des Jungen durfte nicht so zu Ende gehen. Er hatte für sein kurzes Leben weiß Gott schon genügend Leid und Qualen ertragen, nun war es Zeit für einen Lichtblick. Eine Woche verging und die Behandlung zeigte langsam, aber sicher eine positive Wirkung. Danach geschah etwas Unglaubliches, denn die Genesung machte von da an rasante Fortschritte und der Patient war nach insgesamt zehn Tagen wieder kerngesund. Am elften Tag spielte Giro mit dem Jungen Basketball und dieser platzte förmlich vor lauter Energie. Diese hatte sich wohl in den letzten vier Jahren angestaut und musste nun einfach heraus. Während Giro sich über die Wundergenesung des Jungen freute, war Jose nur an seinen Forschungen interessiert und schien wie besessen davon. Für ihn war der Ruhm anscheinend äußerst wichtig und so ziemlich alles, was für ihn zählte. Dieser Eindruck verfestigte sich immer mehr im Laufe der Zeit. Giro misstraute dem Wissenschaftler deshalb und blieb auch auf der Hut, was ihn betraf. Als der Junge vollkommen geheilt entlassen wurde und Jose meinte, dass die Krebszellen nie wieder in dieser Form erscheinen könnten, da das Gen B89 sie erfolgreich vernichtet habe, konnte Giro die Sache immer noch nicht wirklich glauben. Doch der Junge war todkrank gewesen und nun, nach der Behandlung, war der Blutkrebs verschwunden. Hatte seine Mutter vielleicht doch eine Art künstliches Wunder erschaffen oder war es immer noch derselbe Fluch, von dem er nun schon sein Leben lang verfolgt wurde?

Doch nun, da der Impfstoff erfolgreich entwickelt und sogar getestet worden war, war es an der Zeit, nach Hause zu gehen. Denn mehr waren er und Naomi der Welt bestimmt nicht schuldig. Sie hatten ihren Part nun wirklich mehr als erfüllt, der Rest sollte nun nicht mehr ihre Bürde sein.

—ᗋ Kapitel 46 ᗉ—
Der verhängnisvolle Regenschauer und seine fatale Folgen

Doch was dann geschehen sollte, damit konnte wirklich niemand rechnen, obwohl es für Giro schon fast zum Alltag gehörte, dass sich die Ereignisse immer überschlugen. Selbst er war mehr als nur überrascht. Es begann alles am Abend, bevor sie aufbrechen wollten, um ihre lang ersehnte Heimreise anzutreten. An diesem Abend begann eine weltweite Katastrophe, deren Ausgang völlig ungewiss war, denn es herrschte von da an Chaos auf Erden. Ein verhängnisvoller Regenschauer brachte die unsichtbare und unbekannte Pest ins Land. Während Naomi mit ihrem Bruder Ruben abends in der pompösen Küche der Villa das Dinner zubereitete, saß Giro mit Jose auf der Terrasse, um diesen über ihre Abreisepläne in Kenntnis zu setzen, wobei klar war, dass sie nicht hierbleiben würden, egal, was Jose auch sagen würde. Doch während ihres Gesprächs überraschte sie ein Schauer, der aus dem Nichts zu kommen schien. Der Regen prasselte gnadenlos und in Strömen vom Himmel herab und durchnässte sie komplett in Sekunden. Sie flüchteten sofort in die warmen Hallen der Villa. Die beiden Männer waren so durchnässt, dass sie zuerst eine warme Dusche und frische Kleidung brauchten. Als sich später alle vier um den Esstisch versammelten, fiel Giro gleich das feuerrote und dick aufgequollene Gesicht von Jose auf. Dieser sah gar nicht gut aus und kratzte sich scheinbar unkontrolliert vor lauter Jucken. Besonders seine Arme und sein Gesicht schienen betroffen zu sein. Als Naomi jedoch Jose nach seinen Beschwerden fragte, meinte dieser, es handle sich nur um eine Allergie. Also aßen sie, ohne weiter nachzudenken. Nach dem Essen gingen sie alle zu Bett. Giro ging früher eigentlich nie gerne zu Bett, da ihn Albträume quälten, wenn auch nur stumm. Doch seitdem er Naomi so nahe war, fühlte sich selbst Schlafen zum ersten Mal in seinem Leben angenehm an. Auch wenn er lange wach lag, konnte er in dieser Zeit wenigstens ihren reizenden Anblick genießen. Dies tat er ausgesprochen gern, denn besonders wenn sie schlief, sah sie aus wie ein wunderschöner, friedlicher Engel. Diese Nacht endete jedoch eher als gedacht, denn schon um 3.00 Uhr morgens stand auf einmal Jose in der Tür und sah aus wie der Mann aus dem Albtraum. Seine gesamte Haut war nun feuerrot und dick angeschwollen. Überall an seinem Körper hatten sich kleine Eiterpusteln gebildet und er hatte sie schon eifrig aufgekratzt. Seine Augen waren blutunterlaufen und sein Blick schien leer. Aus seinem Mund und seiner Nase triefte dickflüssiger, blutiger Schleim. Giro erschrak nicht wenig, als er Jose in diesem Zustand und nur mit Boxershorts bekleidet im Türrahmen stehen sah. Während ihm zuerst die Worte fehlten, stieß Naomi bei dem erschreckenden Anblick sogleich einen panischen Schrei aus. Dieser Schrei alarmierte Ruben und er kam sogleich herbeigeeilt. Als er seinen Vater erblickte, erstarrte auch er vor lauter Schreck. In diesem Moment sahen alle drei Jose nur erschrocken und sprachlos zugleich an, wobei dieser auf einmal zusammensackte. Erst als Jose regungslos auf dem Boden lag, reagierten die beiden Männer und brachten ihn ins Bett, wobei er nur schwer atmete. Sie wussten nicht, an was er so plötzlich erkrankt war, und da er nicht ansprechbar war, beschlossen sie, zuerst sein Fieber zu senken, denn Jose war glühend heiß. Also packten sie Eis in Tüten ab und legten diese dicht an seinen heißen, von Ekzemen übersäten Körper, um so seine völlig überhöhte Körpertemperatur zu senken. Dabei versuchte Naomi verzweifelt, den Notdienst zu erreichen, jedoch vergeblich, da sie andauernd in der Warteschlange landete und die Leitungen scheinbar völlig überlastet waren. Da wurde ihr klar, dass irgendetwas passiert sein musste, und zwar etwas sehr Schlimmes. Nur was konnte es sein? Sie begab sich umgehend ins Wohnzimmer und stellte dort hektisch die Nachrichten ein. Was sie da sah, machte sie sprachlos, und als Giro zu ihr ins Wohnzimmer kam, war auch er perplex. Während die beiden geschockt die unfassbaren Neuigkeiten und deren Ausmaße verfolgten, kam Jose langsam wieder zu Bewusstsein. Doch er sah äußerst schlecht aus. Während seines Erwachens eilte Ruben, der noch bei ihm im Zimmer wachte, an seinen Bettrand und fiel auf die Knie. Er kauerte am Bett und hielt seine Hand, während er sich sorgsam über seinen sterbenden Vater beugte, um ihm fürsorglich mit der Hand über dessen glühend heiße Stirn zu streichen. Da flüsterte sein Vater mühsam und äußerst angestrengt zu seinem Sohn:

„Der Schauer …"

Da er diese Worte nur gequält und kaum hörbar gewispert hatte, wobei ein lautes Keuchen nachfolgte, konnte ihn sein Sohn nicht richtig verstehen und sagte nur entsetzt:

„Vater! Spar dir bitte deine Kräfte, du brauchst sie noch."

Doch sein Vater griff ihn nur am Arm und riss dabei seine blutunterlaufenen Augen weit auf, während er diesmal klar und deutlich zu ihm sagte:

„Ruben, wo ist deine Schwester?"

Zuerst sah sein Sohn ihn nur erschrocken an, bevor er eifrig meinte:

„Unten in der Küche! Sie ruft gerade Hilfe! Also …"

Doch Jose unterbrach ihn und meinte mit letzter Kraft:

„Gut, dann geh zu ihr und bleib dort. Sag dafür Giro, er soll zu mir kommen."

Doch sein Sohn warf ihm nur einen verständnislosen Blick zu und meinte dann abweisend:

„Nein, Vater! Ich lass dich bestimmt nicht in deinem Zustand allein. Die Ambulanz trifft bestimmt jeden Augenblick ein und dann …"

Doch da unterbrach ihn sein sterbender Vater wieder und sagte sichtlich gequält:

„Niemand wird kommen, mein Sohn … Denn es ist so weit … Der Tag ist da … Die Zeit ist gekommen … Doch du wirst stark sein und deine Schwester beschützen … Die Welt beschützen … Also nun geh! Geh raus aus diesem kontaminierten Zimmer und betritt es nie wieder!"

Dann stieß er seinen Sohn mit letzter Kraft von sich und dieser verließ daraufhin schweren Herzens das Zimmer. Mit völlig leerem Blick und in Gedanken versunken begab er sich langsam ins Wohnzimmer, wo die anderen beiden gerade völlig gebannt die Nachrichten verfolgten. Daher bemerkten sie Ruben zuerst gar nicht. Als dieser schließlich ebenfalls den Katastrophenbericht sah, starrten alle drei sprachlos auf den Bildschirm und lauschten fassungslos der Hiobsbotschaft. Die Nachrichten hatten es an diesem Abend wirklich in sich. Anscheinend waren die als wahnhaft abgestempelten Befürchtungen eines Terroranschlages durch Biowaffen doch nicht mehr so abwegig. Denn nach dem plötzlichen Regenschauer, der seltsamerweise gleichzeitig über dem gesamten nord- und südamerikanischen Kontinent niederging, wurden alle Menschen, die ihm ausgesetzt waren, auf mysteriöse Weise schwer krank. Man wusste noch nicht, was dies für eine Erkrankung war, doch es musste mit dem Regen zusammenhängen, so viel stand fest. Sie warnten vor Ansteckungsgefahr, konnten aber noch nicht sagen, auf welche Weise eine Ansteckung überhaupt möglich war. Daher wurde ein sofortiges Aus- und Einreiseverbot verhängt. Dieses Verbot galt für den gesamten nord- und südamerikanischen Kontinent. Sie sprachen es nicht aus, aber es war eine riesige Quarantänezone. Sie hatten ja gar keine andere Wahl und durften die Katastrophe nicht auf die gesamte Welt ausweiten. Der Präsident, der dem Regen anscheinend entgehen konnte, meinte in seinem Statement ermutigend, sie würden alles tun, um die Katastrophe einzudämmen, und er würde sein Land nicht im Stich lassen, egal, was auch komme. Das Wichtigste in dieser schwierigen und ungewissen Zeit sei der Zusammenhalt. Sie würden alles tun, was in ihrer Macht stünde, den Opfern und den Überlebenden genügend ärztliche Unterstützung zukommen zu lassen. Sie arbeiteten unermüdlich daran, um den bereits Infizierten zu helfen sowie die Krankheit zu bekämpfen und vor allem, sie zu identifizieren, denn es wusste noch niemand, was für ein Virus oder Erreger es war. Dabei seien sie auch bestrebt, die eigentliche Ursache für diesen Ausbruch zu ermitteln. Als Giro nach einer Weile die Anwesenheit von Ruben bemerkte und seine düstere Miene wahrnahm, meinte er besorgt:

„Warum bist du nicht bei Jose? Ist was passiert?"

Zuerst reagierte dieser gar nicht und schien wie gelähmt. Als ihn jedoch seine Schwester aufgeregt und besorgt fragte: „Ruben, was ist los? Sprich doch! Ich konnte keinen Krankenwagen rufen, die Leitungen waren gänzlich überlastet", sah er seine Schwester mit leerem Blick an, während er flüsterte:

„Das spielt keine Rolle mehr. Es ist schon zu spät."

Daraufhin wollte seine Schwester loseilen, um nach ihrem Vater zu sehen. Doch ihr Bruder hielt sie fest und ließ sie nicht vorbei, worauf sie wütend zu ihm sagte:

„Lass mich! Er ist auch mein Vater! Auch wenn ich ihn erst seit zwei Jahren kenne, hab ich trotzdem das Recht, mich von ihm zu verabschieden. Das kannst du mir nicht verbieten."

Doch ihr Bruder ließ sie nicht los und meinte nur hart zu ihr:

„Du warst ihm eh nie wichtig und wie alles nur ein Forschungs- objekt für ihn. Also lass es einfach gut sein!"

Als er diese Worte sprach, wurde sie zornig und verpasste ihm mit voller Wucht eine Ohrfeige. Auf diese äußerst emotionale Reaktion reagierte er jedoch nur mit einem ernsten Blick in ihre erzürnten Augen, wobei er ruhig meinte:

„Aber mir bedeutest du etwas und ich will nicht auch noch meine kleine Schwester verlieren. Also bleibst du hier und kommst mir nicht in die Nähe des Zimmers. Die Ansteckungsgefahr ist einfach zu groß."

Zuerst hielt ihre Wut noch an. Doch nach kurzer Zeit schlug diese in Trauer um und sie fiel ihm weinend in die Arme. Während Ruben seine in Tränen aufgelöste Schwester beruhigend in den Armen hielt, gab er Giro per Handzeichen zu verstehen, das dieser Jose aufsuchen solle. Dieser Bitte kam Giro, wenn auch ungern, nach und begab sich nach oben ins Zimmer des Quarantäne- patienten. Dies kam ihm alles so vertraut vor, denn es war nicht sein erster Quarantänebesuch. Er dachte dabei natürlich an seinen schrägen Besuch im Krankenhaus in Hongkong. Das war nun schon zwei Jahre her, doch ihm kam es wie gestern vor, was wahr- scheinlich an der verpassten Zeit durch das Koma lag.

Als er in dem dunklen Raum langsam auf das Bett zu ging, schien es schon zu spät zu sein, denn Jose wirkte wie leblos. Er sah sich den scheinbar Toten und dessen extrem verunstaltetes Äußere an und stand einen Moment wie erstarrt vor dem Bett, um das Bild, das sich ihm bot, zuerst mal zu verarbeiten. Er hatte keine Ahnung, was er tun sollte oder was Ruben von ihm erwartete. Lebte Jose noch oder war er wirklich schon tot, wie er aussah? Um diese Frage zu beantworten, musste er wohl oder übel seinen Puls tasten, denn ihn anzusprechen, schien angesichts seines Zustands zwecklos. Also tastete er nach der Hauptschlagader an dem angeschwollenen Hals. Dies kostete ihn eine Menge Überwindung angesichts der mit Eiterekzemen übersäten Haut und dem blutigen Schleimausfluss, der aus allen Körperöffnungen triefte. Doch noch bevor er den Puls ertasten konnte, wurde er überraschend von dem scheinbar Toten am Arm gepackt, wobei Giro zurückschreckte. Doch der Griff des Totkranken war ziemlich stark und er ließ ihn nicht los, wobei Jose mit aufgerissenen Augen sowie letzter Kraft und unter ständigem Keuchen, mit dem er den eklig blutigen Schleim ausstieß, flüsterte:

„Nun ist es so weit … Es ist nun geschehen … Dies war ihre Antwort … Wir müssen uns wappnen … Der Impfstoff … Die sieben Probanden … ihr müsst sie finden … Bitte, hilf meinem Sohn bei der Rettung der Welt … Und sag ihm, er findet alles im hohen Kasten …"

Da unterbrach ein starker Hustenanfall seine Worte und er verteilte ungewollt eine große Menge des dicken Blutschleims über sich und den größten Teils des Bettes, wobei auch Giro eine Portion von dem ekligen Zeugs abbekam. Dieser sah den Sterbenden jedoch nur ein wenig angewidert an und tat sonst nichts. Er konnte sich ja zum Glück nicht anstecken, aber eklig war es trotzdem. Angesichts dieser Krankheit war er mal wirklich froh um seinen Immunschutz durch das Gen B89, das für ihn sonst immer nur eine Last darstellte. Als der Sterbende den blutigen Schleim losgeworden war, fuhr er mit größter Mühe und letzter Kraft fort:

„Du bist immun … Bleib in der Nähe von meiner Tochter, du bist der Einzige, der sie wirklich beschützen kann … Dein Blut kann ihr Leben retten und das aller anderen sieben Probanden … Ihr müsst sie unbedingt finden … Findet sie …"

Dies waren seine letzten Worte, bevor sein Griff um Giros Handgelenk nachließ und er mit weit aufgerissenen Augen verstummte, wobei ihm sein letzter schleimiger Atemzug entwich. Giro verließ sichtlich verstört das Schreckenszimmer und stahl sich gleich ins Badezimmer, wo er sich einen Augenblick perplex im Spiegel ansah. Er hatte ja schon viele sterben gesehen, aber dies war wieder mal ein neues Horrorerlebnis gewesen. Nachdem er den ersten Schock überwunden hatte, nahm er eine warme Dusche, um sich den blutigen Schleim vom Leibe zu waschen. Dabei schwirrten ihm die Worte, die der soeben qualvoll vor seinen Augen verstorbene Jose gesprochen hatte, und die Hiobs-botschaften aus den Nachrichten durch den Kopf. Dies war alles zu viel für seinen Verstand und lähmte ihn regelrecht. Was nun? Was würde nun geschehen?

Nach der Dusche und mit ein paar frischen Kleidern am Leib begab er sich zurück zu den beiden anderen, die immer noch an-gespannt im Wohnzimmer verharrten.

— Kapitel 47 —
Jeder Anfang braucht auch ein Ende

Als Giro das Wohnzimmer betrat und die beiden ihn erblickten, unterbrachen sie abrupt ihre Unterhaltung und Ruben sprang sogleich auf, wobei er sichtlich angespannt fragte:

„Und – was ist nun?"

Doch Giro warf ihm nur einen kalten Blick zu und meinte sichtlich unangenehm berührt:

„Was soll schon sein? Er ist tot."

Ruben sah ihn fragend an.

„Hat er zuvor noch mit dir gesprochen?"

Da überlegte Giro einen Augenblick, bevor er antwortete:

„Nein, nichts Neues."

Diese Antwort schien Ruben nicht zu befriedigen und er meinte nervös:

„Aber er hat dich doch extra zu sich gerufen! Er muss dir doch irgendwas gesagt haben! Komm schon – irgendetwas?"

Doch Giro zuckte nur nichtssagend mit den Schulterblättern, wobei er ein wenig später nachdenklich sagte:

„Ich will dich ja wirklich nicht enttäuschen. Aber dein Vater ist gerade qualvoll gestorben und seine Worte ergaben daher eher wenig Sinn. Also warte, ich geb dir einen Überblick. Er erwähnte die Rettung der Welt, die acht Probanden, die Bitte, dich und deine Schwester zu beschützen bzw. zu unterstützen. Ach ja, und ich sei immun gegen die Scheiße, wie gegen jede Scheiße eigentlich. Ansonsten glaube ich … Nein, da war noch was an dich gerichtet. Er meinte, alles sei im hohen Kasten, was dies auch immer bedeuten mag."

Da unterbrach ihn Ruben aufgeregt.

„Im hohen Kasten! Wir müssen sofort ins Labor hoch!"

Seine Reaktion überforderte Giro und er fragte etwas sarkastisch:

„Wir? Wen meinst du damit?"

Da griff ihn Ruben am Arm und zog ihn in die Eingangshalle. Erst dort meinte er leise zu ihm:

„Meine Schwester ist schon genug durch den Wind und ich brauche weitere zwei starke Hände, die mir helfen. Also bitte ich dich, Giro, hilf mir bei der Sache. Es ist wirklich wichtig."

Da sah Giro sich die noch immer vom Schock zitternde Naomi an. Sie saß wie ein Häufchen zusammengekauert und in eine Decke gemummelt auf dem Sofa und sah sich beinahe apathisch die Nachrichten an. Da fügte er sich und gab Ruben nickend zu verstehen, dass er ihm helfen würde. Die beiden Männer begaben sich daraufhin hoch ins Dachgeschoss, wo sich das Labor befand. Dort ging Ruben zielstrebig zu einer Wandablage, in deren Mitte eine Spüle eingelassen war. Auf der Ablage befanden sich Reagenzgläser sowie ein kleiner Kühlschrank. In diesem Kühlschrank mit gläserner Tür hingen gut sichtbar Blutkonserven. Giro wusste beim besten Willen nicht, was Ruben da suchte und wobei er Hilfe brauchen könnte, und fragte:

„Und jetzt? Nach was suchen wir genau?"

Da sah Ruben nur hoch zum Wandregal, das über der Spüle hing.

„Das, was wir suchen, befindet sich genau hinter dem Wandregal. Du musst mir dabei helfen, es von der Wand zu hängen."

So nahmen die beiden Männer das schwere Wandregal herunter. Dahinter befand sich – wer hätte das gedacht – ein massiver Safe. Dieser war tief in die Wand eingelassen. Da Ruben anscheinend die Kombination kannte, öffnete er ohne weiteres Zögern die massive Sicherheitstür. Doch in dem riesigen Safe war ernüchternd wenig drin, denn außer einer dicken Ledermappe und einem seltsamen Plastikbehältnis war da nichts weiter zu finden. Ruben griff sich die beiden Dinge und begab sich damit eilig an die Tischinsel gleich daneben. Während er konzentriert die Mappe durchging, griff Giro sich ein wenig neugierig das fragwürdige Plastikbehältnis, wobei er zu Ruben meinte:

„Was soll da drin sein?"

Da Ruben ziemlich vertieft in die Mappe war und fleißig in dieser herumstöberte, meinte er nur mit kurzem Blick darauf:

„Sieht aus wie irgendeine Plastikbox. Sieh doch einfach rein."

Dies ließ sich Giro nicht zweimal sagen und öffnete das mysteriöse Behältnis. In diesem befanden sich außer sieben beschrifteten Glasfläschchen auch ein Memory-Stick, unter dem ein Fetzen Papier steckte. Darauf stand der Name Maxwell Greystone und dies war auch schon alles. Als Giro sich die Glasfläschchen genauer ansah und die Beschriftungen las, entdeckte er Folgendes: Erste Etikette, 0-positiv-B89-2; zweite Etikette, A-negativ-B89-3; dritte Etikette, A-positiv-B89-4; vierte Etikette, B-negativ-B89-5; fünfte Etikette, B-positiv-B89-6; sechste Etikette, AB-negativ-B89-7 und auf der siebten und letzten Etikette, AB-positiv-B89-8. Giro hatte keine Ahnung, was dies bedeuten sollte, jedoch schien eine Flasche zu fehlen, da einer der Steckplätze in der Box leer war. Während er sich den Inhalt der Box ansah, war Ruben anscheinend mit der Mappe durch und klappte sie zu. Dann wagte auch er einen Blick in die Box, wobei er neugierig fragte:

„Und was haben wir da?"

Während er sprach, nahm er die Notiz mit dem Namen in die Hand und betrachtete sie einen Augenblick lang nachdenklich. Anscheinend kannte er diesen Namen. Dann griff er hektisch zur Mappe und wühlte aufgeregt ein Dokument heraus. Darauf ging er den langen Text eines bestimmten Artikels durch, und als er die gesuchte Stelle gefunden hatte, sagte er aufgeregt:

„Das ist es! Dort müssen wir hin!"

Doch Giro sah ihn nur unbeeindruckt an und meinte dabei lustlos:

„Ich muss nichts – außer irgendwann sterben."

Da wurde Rubens Miene jedoch todernst.

„Wenn du mir bei der Umsetzung des Notfallplans nicht hilfst, werden unser aller Leben früher enden als gedacht, einschließlich deinem. Also hilfst du mir nun oder nicht?"

Da er dies ziemlich überzeugend von sich gab und Giro kein Unmensch war, gab er schließlich nach und wollte wissen:

„Und wie sieht dieser Notfallplan aus?"

Diese Frage wurde sofort erwidert, denn Ruben schob ihm das Dokument mit dem Artikel vor die Nase und meinte:

„Du kennst dich ja mehr oder weniger gezwungen mit dem Gen B89 aus und weißt nun auch von den acht Probanden. Mein Vater hat dir darüber nicht alles erzählt, denn er selbst hatte keine Ahnung, wo diese sich aufhielten. Dies wusste nur einer und dieser heißt Maxwell Greystone. Wir müssen ihm den ersten Impfstoff und die Forschungen meines Vaters bringen. Dieser Maxwell Greystone war nämlich dafür verantwortlich, die benötigten Blutproben und sonstiges Genmaterial zu liefern, sodass mein Vater schlussendlich den Impfstoff entwickeln konnte. So wollten sie vermeiden, dass Gen B89, die kostbaren Träger der Verbindungsstoffe und natürlich auch der Impfstoff in die falschen Hände geraten würden. Und dann hier, schau, in diesem Artikel steht: ‚Der Koordinator der Zellreduplikation Maxwell Greystone war eine wahre Koryphäe in seinem Metier und seine Brillanz wird an der Harvard-Uni sehr fehlen. Doch der Professor möchte nichtsdestotrotz in seinen mehr als nur verdienten Ruhestand treten. Nach seinen nun mehr als 45 Jahren als renommierter Professor an der Harvard Elite Uni möchte er nun seinen Ruhestand in der Kälte Alaskas verbringen, um dort Wale zu beobachten, denn er sei schließlich immer noch ein Forscher und sein Wissenshunger sei unstillbar.‘ Alaska – dort finden wir ihn! Siehst du? Und vor allem, verstehst du?“

Giro hörte ihm aufmerksam zu und las sich den Artikel genau durch. Daraufhin meinte er jedoch skeptisch:

„Und was willst du nun tun? Besteht dein Plan wirklich darin, nach Alaska zu reisen, um dort irgend so einen alten Kerl aufzusuchen, der Wale beobachtet anstatt Vögel? Und dies soll dann die Weltrettung bringen? Dein Ernst? Dein Plan klingt für mich nicht sehr durchdacht.“

Doch Ruben blieb dran und ließ nicht locker, wobei er nachdrücklich sagte:

„Ich hasse meinen Vater, er war ein selbstgefälliges Arschloch, selbstverständlich auf höchstem Niveau. Als Wissenschaftler war er jedoch fantastisch, und wenn es um seine Kompetenzen geht, was die Glaubwürdigkeit seiner Katastrophenwarnung durch Biowaffen angeht, würde ich behaupten, dass das Geschehene für sich spricht. Also sollten wir auch seine Pläne zur Eindämmung des Virus verfolgen und diesen doch lieber Glauben schenken, zumindest ich tu dies. Du hast selbst meinen Vater gesehen und den rapiden Verlauf der Krankheit miterlebt. Ich weiß ja nicht, wie es dir geht, aber ich kann dies nicht einfach geschehen lassen und schon gar nicht in dem Wissen, dass ich es – wenn auch nur vielleicht – aufhalten könnte. Aber um es aufzuhalten und noch mehr unschuldige Opfer zu vermeiden, muss ich diesen Maxwell Greystone aufsuchen. Sobald ich ihn ausfindig gemacht habe, überreiche ich ihm alles, was mein Vater zum ersten erfolgreichen Impfstoff zusammengetragen hat. Auch wenn dies vielleicht noch nicht die Weltrettung bedeutet, ist es trotz allem ein Schritt in die richtige Richtung."

Obwohl Giro seiner Rede aufmerksam gelauscht hatte, gab er ihm keine Antwort, sondern sah sich nur unentschlossen das Dokument mit dem besagten Artikel an. Auf einmal hörten sie die feine Stimme von Naomi:

„Wir können meinen Bruder doch bis Alaska begleiten. Da wir so oder so den Kontinent zurzeit nicht mehr verlassen dürfen, bleibt uns gar keine andere Wahl. Und Alaska liegt gleich neben Sibirien, also wären wir schon fast wieder zu Hause."

Als sie dort im Türrahmen lehnte und zu ihnen sprach, hatten sich die beiden ins Gespräch vertieften Männer zuerst erschreckt. Die junge Frau erntete nur zwei verdutzte Blicke, bevor Giro überrascht sagte:

„Seit wann stehst du da?"

Naomi ging zu den beiden Männern an die Tischinsel und meinte dabei frech:

„Lange genug, um zu wissen, dass es nach Alaska gehen soll. Warum – habt ihr etwa Geheimnisse vor mir?"

Während sie die beiden Männer streng ansah, antwortete Giro:

„Nein, wir verheimlichen dir nichts. Es ist nur – ich und dein Bruder vertreten nicht dieselbe Meinung, das ist aber auch schon alles …"

Da fiel ihm Ruben ins Wort.

„Die Annahme, dass dieser Professor Maxwell Greystone noch in Alaska lebt, ist doch gar nicht so abwegig. Schließlich schreibt er in diesem Artikel, dass er Alaska und den Walfischen seinen restlichen Lebensabend widmen wolle, dies hast du selbst gelesen. Da steht's doch schwarz auf weiß!"

Als er ihm daraufhin das Dokument vor die Nase hielt und hektisch mit dem Finger auf den Artikel wies, meinte Giro nur sarkastisch, während er ihm einen skeptischen Blick zuwarf:

„Natürlich! Irgendein Name von irgend so einem Wissenschaftler ist die Lösung allen Übels! Rennen wir am besten gleich los, um ihn zu finden. Vielleicht haben wir ja sogar Glück und er lebt noch. Ich meine, wie alt war er 1998, als dieser Artikel erschienen ist? Ach ja, da steht's ja schwarz auf weiß, 68 Jahre. Siehst du?"

Dabei wies er auf die Spalte in dem Artikel hin und fuhr fort:

„Also ist er nun wie alt? 84! Der alte Mann ist geistig und körperlich sicherlich topfit. Für den Fall, dass er nicht dem tödlichen Regenschauer zum Opfer gefallen ist wie dein Vater, stehen die Chancen sicher ziemlich hoch, dass er noch lebt. Ich denke allerdings, eher nicht, aber gut."

Als er derart ausrastete, sahen ihn die beiden anderen nur sprachlos an, bevor Ruben schließlich verärgert sagte:

„Meine Güte, bist du etwa öfters so negativ gestimmt?"

Doch Giro meinte ernst:

„Das hat nichts mit negativ zu tun. Dies ist nun mal einfach die Wahrheit, so hart sie auch für dich klingen mag. Du solltest einfach einsehen, dass dein Plan Mist ist, und lieber einen verfolgen, der mehr Sinn ergibt! Beispielsweise darauf zu achten, immer einen Regenschutz dabeizuhaben, wenn du von nun an das Haus verlässt."

Doch bevor die beiden Männer sich weiter über ihre unterschiedlichen Ansichten streiten konnten, unterbrach sie Naomi mit dem Versuch zu schlichten.

„Ihr habt beide recht. Also streitet euch nicht, sondern kombiniert lieber. Giro, wir verlieren doch nichts da Alaska, wobei es uns unserem eigentlichen Ziel, nach Hause zu kommen, auch einen großen Schritt näher bringt. Und du, Ruben, hast natürlich völlig recht. Falls dieser Wissenschaftler der Weg sein könnte, um die Epidemie einzudämmen, müssen wir wenigstens versuchen, ihn zu finden. Jedoch müssen wir dabei bedacht vorgehen. Also solltet ihr nicht gegeneinander arbeiten, sondern einen guten sowie auch sicheren Plan entwickeln."

Die beiden Männer hatten ihr gespannt zugehört und nach einer kurzen Bedenkzeit meinte Giro erstaunlich kompromissbereit:

„Hm … Na gut. Ich sag's vielleicht nicht gerne, aber von dort kommen wir wohl wirklich am besten rüber nach Sibirien und somit auch in die Mongolei. Also warum nicht. Jedoch soll eins klar sein, ich reise mit bis Alaska, um von dort aus nach Hause zu gelangen, und nicht, um irgendeinen verrückten Wissenschaftler aufzusuchen. Dies ist ganz allein dein Part, Ruben, und wenn dir deine Schwester was bedeutet, lässt du sie dort auch raus."

Da lächelte Naomi und sagte ruhig in die Runde:

„Das hört sich doch schon mal kompromissbereiter an."

Dabei sah Ruben zuerst nicht ganz zufrieden aus, meinte jedoch zögerlich:

„Ich bin nicht wie Jose, ihr seid für mich freie Individuen und könnt selbst bestimmen, ob ihr mir helfen wollt. Aber da ich nicht gern allein reise, bin ich froh, wenn ich euch an Bord weiß und ihr mich begleitet. Also ja, das klingt auch für mich akzeptabel."

Nachdem dies geklärt war, verließen die drei das Labor. Als sie durch das Treppenhaus nach unten gingen und dabei an der Zimmertür von Jose vorbeigingen, vernahm Naomi ein leises Kratzen. Es schien aus Joses Zimmer zu kommen und klang, als würde jemand kraftlos mit den Fingernägeln auf dem Parkett herumschaben. Während die beiden Männer beinahe achtlos weiter nach unten ins Wohnzimmer gingen und das Kratzen nicht bemerkten, ging die junge Frau vorsichtig ein paar Schritte auf die Tür zu, wobei ihr eindeutig klar wurde, dass da jemand oder etwas am Parkett kratzte. Da dies nur Jose sein konnte und dies bedeutete, dass er doch noch am Leben war, beschloss sie, die Tür zu öffnen, um nachzusehen, was das Geräusch verursachte. Also öffnete sie vorsichtig die Tür. Doch das, was sie auf der anderen Seite erwartete, konnte sie auf keinen Fall ahnen, denn es war nahezu unaussprechlich. Der widerliche Anblick eines zuckenden, schleimtriefenden, völlig deformierten Fleischhaufens, der sich langsam quälend über das teure Parkett schleppte, wobei er eine blutige Schleimspur hinterließ und stöhnende Geräusche von sich gab, bei denen weiterer Blutschleim kam. Was war das für ein abscheulicher Anblick? Sollte dies etwa Jose sein oder zumindest das, was von ihm und seinem durch die Krankheit völlig deformierter Leib noch übrig war? Als sie diese Masse, die mal ihr Vater war, erblickte, schrie sie sofort panisch und völlig hysterisch los. Daraufhin kam Giro besorgt angerannt. Jedoch war er nicht der Einzige, der von ihrem panischen Schrei angelockt wurde, denn im selben Moment wendete das widerliche Etwas seine blutunterlaufenen, aus dem Schädel quellenden Augen auf sie. Alles an dem, was einmal Jose war, sah tot aus, auch seine Augen wirkten wie die eines Toten. Die vielen Ekzeme und Läsionen hatten ihn bis zur Unkenntlichkeit entstellt. Das keuchende Schnaufen, das nur noch dazu diente, die schleimige Blutmasse zu verteilen, schien nichts mehr mit Atmen zu tun zu haben. Naomi kam gar nicht mehr aus dem Schock heraus und schrie weiter in völliger Panik. Als Giro bei der völlig aufgelösten jungen Frau ankam, um ihr zu Hilfe zu eilen, kam er gar nicht mehr dazu, sich einen Überblick zu verschaffen, da der verunstaltete Körper auf einmal einen unkontrollierten Satz machte, wobei er anstelle der jungen Frau ihn erwischte. Dabei stürzten beide über das Geländer des Treppenhauses und landeten unsanft auf dem harten Marmorboden der pompösen Eingangshalle. Bei diesem harten Sturz ging ziemlich viel Glas zu Bruch, da die Eingangshalle voll mit teurem gläsernem Kitsch war. Giro war hart mit dem Hinterkopf aufgeschlagen, wobei nicht nur der teure Marmorboden einen Sprung abbekam, denn hinter seinem rechten Ohr klaffte, durch seinen Irokesen-Haarschnitt gut sichtbar, eine stark blutende Platzwunde. Giro war durch den harten Aufprall ziemlich benommen und kam nur mühsam wieder auf die Beine. Nachdem er sich wieder aufgerappelt hatte, sah er, wenn auch nur verschwommen, das unförmige Etwas an, das ihn zuvor über das Geländer befördert und somit auch den schmerzhaften Sturz ausgelöst hatte. Dieses Etwas bewegte sich trotz sichtlich gebrochenem Genick und schief hängendem Kopf noch. Jedoch wirkten diese Bewegungen unkontrolliert und spastisch, fast wie erzwungene Muskelzuckungen. Das einzige, noch als menschlich Wahrzunehmende daran waren die Boxershorts, die darauf hinwiesen, dass dies mal ein Mensch war, in diesem Fall Jose Diaz. Da um Giro herum so gut wie alles aus Glas war und sich nichts davon wirklich als Abwehrwaffe eignete, hob er, noch sichtlich benommen, seine Fäuste. Als das Etwas schließlich einen unkontrollierten Sprung in seine Richtung machte und er zum Gegenschlag ausholte, explodierte auf einmal der Schädel des unförmigen Körpers. Die blutige Schädelmasse und spritzte bei der Explosion durch die Eingangshalle, wobei sie sich überall an den Wänden sowie auf dem weißen Marmorboden niedersetzte. Durch das Pfeifen in seinen Ohren hatte er den lauten Knall, der die Explosion begleitete, nicht vernehmen können. Anscheinend litt er an einem Gehörsturz, der durch den Aufprall ausgelöst wurde. Sonst hätte er mitbekommen, dass die Schädelsprengung einfach durch einen gezielt ausgeführten Schuss mit einer Pumpgun ausgelöst wurde. Dieser Kopfschuss kam von Ruben, der zwischen den Bogen im Wohnzimmer stand. Dieser übernahm dann gezwungenermaßen auch das Kommando und beschloss, dass es das Beste sei, wenn sie gleich aufbrechen würden. Da die Platzwunde hinter dem Ohr von Giro extrem stark blutete und er kaum ansprechbar war, legten sie ihn auf den Rücksitz des Geländewagens. Ruben besorgte alles, um die Wunde zu nähen und somit zu versorgen. Während seine Schwester dies fürsorglich tat und ihren Liebsten wieder zusammenflickte, war er fleißig mit Packen beschäftigt. Er lud alles in den Geländewagen, was sie brauchten, und dazu ein wenig Proviant, erst dann setzte er sich ans Steuer. Er ließ den Motor an und öffnete das Garagentor, warf jedoch noch einen Blick auf den Rücksitz, bevor er losfuhr. Auf diesem saß seine Schwester und neben ihr lag schlafend Giro mit seinem Kopf auf ihrem Schoß, wobei sie ihm zärtlich mit der Hand über die Stirn strich. Die starken Schmerzmittel und der harte Aufprall hatten ihn völlig ausgeknockt. Als sie sah, dass ihr Bruder ihr über den Rückspiegel einen besorgten Blick zuwarf, blickte sie ihn nur mit leeren Augen an. Da wusste er, es gab keinen anderen Weg, und fuhr entschlossen los in Richtung Alaska.

So endete der erste Teil der langen Reise, doch die wahren Herausforderungen warteten noch auf den einzigen Träger des

Gens B89 und die Schlacht hatte erst begonnen. Ob Giro nun wollte oder nicht, am Ende würde ihm wahrscheinlich gar keine andere Wahl bleiben, als sich seinem Schicksal zu fügen. Doch wie würde dieses aussehen und wie würde es nun weitergehen?

Mit seiner Geburt 1992 hatte für ihn alles begonnen und nun, 22 Jahre später, war die befürchtete Katastrophe eingetreten, wobei ihm noch immer nicht bewusst war, welche wichtige Rolle er eigentlich spielte.

Auf den noch nassen Straßen war keine Menschenseele unterwegs und es herrschte eine unangenehme Stille. Entweder waren alle schon aus ihren Häusern geflohen oder sie hatten sich in ihnen verschanzt, denn anders war die bedrückende Ruhe nicht zu erklären. Die sonst so bunte, belebte Stadt Las Vegas schien wie ausgestorben, außer den Kasinos. Diese schienen von der Panik zu profitieren und den Leuten die Taschen noch ein letztes Mal zu leeren. Auf den Straßen jedoch begegneten sie außer mehreren Militärfahrzeugen und ein paar Polizisten auch einigen, die plünderten. Doch welche Katastrophe zog schon keine Randalen mit sich, und dass Chaos herrschen würde, war schon voraussehbar. Denn eines stand fest, die Welt würde sich nun verändern und dies drastisch, wobei auch neue Regeln gelten würden. Doch diese mussten sie zuerst lernen. Für Ruben war jedoch eines sicher, nichts und niemand würde ihn mehr von seinem Ziel abbringen. Er würde alles dafür tun, um den Impfstoff sowie die zusammengetragenen Forschungen schnellstmöglich an ihren Bestimmungsort zu bringen. Doch zwischen ihnen und dem Ziel lagen noch etliche Kilometer und dabei würden ihnen noch einige Hindernisse im Wege stehen. Ob sie diese überwinden könnten oder an ihnen zugrunde gingen, war zurzeit mehr als ungewiss.

Als die eifrige, junge Wissenschaftlerin seinerzeit ein medizinisches und genetisches Wunder erschuf, konnte sie nicht ahnen, was dies alles nach sich ziehen würde. Da auf ihre brillante Entdeckung leider nicht nur die Medizin aufmerksam wurde, sondern auch Konzerne, die darin eine potenzielle Waffe zu schrecklichen Kriegszwecken sahen, gab es für sie keine andere

Möglichkeit, als das Gen B89 verschwinden zu lassen. So beschlossen sie und ihre Mitstreiter, dass es das Beste sei, wenn sie den Impfstoff dazu erst im Falle einer wirklich schlimmen Krankheitsepidemie entwickeln würden. Ansonsten sollte das Gen B89 geheim bleiben und alle sollten es vergessen. Ruri musste leider schmerzlich erfahren, dass die Menschen zu selbstsüchtig und machtgierig waren, um mit so einem unglaublichen Heilmittel richtig umzugehen. Denn egal, wie sie es auch drehte und wendete, ohne Krankheiten würde das gesamte Gleichgewicht der Welt aus den Fugen geraten, wobei eine Überbevölkerung eine andere Art von Katastrophe auslösen würde.

Doch nun, da ein tödliches und noch völlig unbekanntes Virus die Weltbevölkerung heimsuchte, musste der Impfstoff entwickelt werden, und zwar möglichst schnell, denn sonst würde höchstwahrscheinlich das Virus gewinnen.

So befanden sich nun, wie vom Schicksal zusammengeführt, die drei auf dem ungewissen Weg in ihre unklare Zukunft. Jeder von ihnen hatte seine eigene Vorgeschichte, jedoch hatten sie alle eines gemein, nämlich das Gen B89. Auch wenn es für jeden eine andere Rolle spielte, führte es sie trotzdem zusammen wie ein Band, das sie umschlang.

Ruben war fest entschlossen, das Richtige zu tun. Auch wenn er seinen Vater offensichtlich verachtete und persönlich wenig von dem Wissenschaftler hielt, wollte er trotz allem dessen Plan umsetzen. Wobei er durchaus dessen Forschungen Glauben schenkte und deren Wichtigkeit erkannte. Was Ruben jedoch allen bisher verheimlicht hatte, war die Tatsache, dass er bis vor zwei Jahren noch für das US-Militär tätig gewesen war, wobei er einer geheimen Einheit im Irak diente. Nach den insgesamt drei Jahren im Dienst und einigen unwahrscheinlich grausamen sowie auch seine Persönlichkeit verändernden Erlebnissen war er ein emotionales Wrack. Doch dies verbarg er tief in seinem Inneren, noch tiefer als den Hass gegen seinen Vater. Dieser trug seines Erachtens die Schuld an fast all seinen schrecklichen Erlebnissen, so auch an denen im Irak. Denn sein Vater selbst hatte ihn gezwungen, dies zu tun und in den Irak zu ziehen, da er nebenbei als Spion fungieren sollte, der Informationen an die CIA weiter-leitete, was er auch tat. Bis sein Vater bei seiner Arbeit vor nun etwa zwei Jahren wie zufällig auf seine Schwester Naomi und dazu auch noch auf den Träger des Gens B89 stieß, wobei es ihm gelang, Naomi aus dem Labor zu befreien. Doch den Träger des Gens B89 hatten sie gut unter Verschluss gehalten, bis vor zwei Wochen ein Spezialteam der W-Global Eta Korporation den Träger, also Giro, aus der Geheimbasis der CIA holte. So war es ein Leichtes für Ruben gewesen, sich als Pfleger einzuschleusen und ihnen den Träger gleich unter der Nase wegzuschnappen, was er auch tat. Denn sein Vater Jose wollte im Gegensatz zu Ruri schon immer den Impfstoff entwickeln und dies, ohne die Konsequenzen zu fürchten, so viel stand fest.

Naomi, die, ohne es zu ahnen, einen wichtigen Teil zur Her-stellung des Impfstoffes in sich trug, ließ sich hauptsächlich von ihren Gefühlen durchs Leben leiten. Diese plagten sie jedoch meist und machten ihr das Leben schwerer, als sie sich anmerken ließ. In ihr tobte ein stiller Krieg, doch diesen trug sie heimlich und still mit sich selbst aus.

Sie hatte schon mehr als einmal schmerzlich ihre Familie verloren. Auch wenn sie selbst ihre Haut immer knapp retten konnte, galt dies leider nie für ihre Liebsten. Dabei verlor sie jedes Mal alles und jeden. Wie etwa an dem verhängnisvollen Tag, als Tante Mirja auf grausame Weise starb und mit ihr alle, die Naomi damals etwas bedeuteten. An jenem Abend im Lade-raum des Lasters auf ihrer Fahrt ins Ungewisse stand sie wie am Tag ihrer Geburt wieder komplett allein und mit nichts da, außer dem, was sie am Leibe trug. Diese einschneidenden Erlebnisse prägten sie stark und sie würde wie ein Löwenherz kämpfen, um ihre Familie diesmal nicht wieder komplett zu verlieren. Doch jetzt war es nicht wie in den letzten ungewissen zwei Jahren, in denen sie auf die Rückkehr von Giro gewartet und gedacht hatte, sie sei wieder allein irgendwo gestrandet. Denn nun war er zurückgekehrt, was ihr Hoffnung gab, dass es diesmal doch ein besseres Ende nehmen würde. Nun mussten die beiden nur noch Sunny und Großvater Dong wiederfinden. Wobei sie fest hoffte, dass es den beiden zu Hause in der Mongolei gut ginge und sie sich dort in Sicherheit befänden.

Eins stand für sie fest, sie würde alles tun, um dieses Ziel zu erreichen und mit Giro wieder nach Hause nach Ulaanbaatar zu gelangen, wo sie einfach hingehörten.

Giro, der sich nur schwer mit seinem Schicksal abfinden konnte und nur widerwillig seiner Bestimmung Folge leistete, war wie so oft zwiegespalten. Er konnte die Hürden gar nicht mehr zählen, die sich ihm schon im Verlaufe seines gesamten Lebens in den Weg gestellt hatten und dies in Form eines blutgetränkten Fadens. Er wurde stets wortlos, jedoch mit genügend Nachdruck regelrecht dazu gezwungen, schreckliche Dinge zu tun, die seiner Natur eigentlich widerstrebten. Doch diese teils unaussprechlichen Dinge hatten am Ende nur einem Zweck gedient, seinem Überleben und dem seiner Liebsten.

Sein Leben begann sprichwörtlich auf einem Stück Treibholz. Dieses trieb inmitten des Totenmeers und er besaß keinerlei Paddel oder Navigation. Er war der unberechenbaren Strömungen wehrlos ausgeliefert und besaß meist keinerlei Orientierung mehr. Doch dieser Kurs, auf dem er trieb, schien endlos und voller neuer schrecklicher Entdeckungen, die er stets ohne sein Zutun erleben musste. Dies machte ihn eher gefühlskalt und er war stets bereit, alles zu tun, wenn es sein musste, um sich und seine Liebsten zu schützen. Auch jetzt, wo die Menschen qualvoll an dem Virus starben, kümmerte ihn nur eines. Er wollte Naomi und natürlich seinen kleinen Bruder Sunny in Sicherheit wissen, wobei ihm, da er Naomi zurzeit sicher bei sich wusste, mehr an dem Auffinden seines Bruders lag. Die Unsicherheit, was dessen Wohl betraf, brachte ihn fast um den Verstand und er hatte nur ein Ziel vor Augen, die Mongolei heil zu erreichen.

So begann nun ihre gemeinsame Reise ins Ungewisse, wobei jeder seine eigenen, teils einschneidenden und prägenden Erlebnisse mit sich brachte. Diese führten sie jedoch auch zusammen und ließen sie ihre schicksalshafte Reise antreten.

EIN HERZ FÜR AUTOREN A HEART FOR AUTHORS À L'ÉCOUTE DES AUTEURS MIA KAPΔIA ΓΙΑ ΣΥΓΓΡΑΦΕΙΣ UN CORAZÓN POR LOS AUTORES YAZARLARIMIZA GÖNÜL VEREL ... ... PER AUTORI ET HJERTE FOR FORFATTERE EEN HART VOOR SCHRIJVERS TEMOS OS ... ... INKERT SERCE DLA AUTORÓW EIN HERZ FÜR AUTOREN A HEART FOR AUTHORS À L ... ... ВСЕЙ ДУШОЙ К АВТОРАМ ETT HJÄRTA FÖR FÖRFATTARE À LA ESCUCHA DE LOS ... ... MIA KAPΔIA ΓΙΑ ΣΥΓΓΡΑΦΕΙΣ UN CUORE PER AUTORI ET HJERTE FOR FORFATTER ... ... INKÉRT SERCE DLA AUTORÓW EIN HE ... ... ВСЕЙ ДУШОЙ К АВТОРАМ ETT HJÄR

Die Autorin

Delia Konzi wurde 1989 in Basel geboren. Ihre
Mutter stammt aus der Schweiz, ihr Vater aus
dem Kongo. Sie wuchs in Basel auf, besuchte die
Schule bis zur 10. Klasse und machte dann eine
Ausbildung zur Kauffrau, die sie aufgrund etlicher
Umstände abbrach. Im Anschluss besuchte sie eine
weiterführende Schule und arbeitete ein Jahr lang
für eine soziale Einrichtung. Es folgte eine Tätigkeit
im Einzelhandel, und zurzeit besucht sie außerdem
eine Abendschule.
Die Krebserkrankung und der Tod ihrer Mutter
war für Delia Konzi ein einschneidendes Erlebnis.
Um den schweren Verlust zu verarbeiten, fing sie
an zu schreiben; dabei entstand auch dieses Buch.
Sie sagt: „Schreiben ist eine der besten Therapien
um etwas zu verarbeiten und dabei seine Gefühle
klarer widerzuspiegeln."
Neben dem Schreiben liebt sie Tiere und die Natur.
Sie geht gerne reiten und genießt die Sonne, so oft
sie kann. Auch ihre zwei Hunde sind ein wichtiger
Teil ihres Lebens.

Der Verlag

*Wer aufhört
besser zu werden,
hat aufgehört
gut zu sein!*

Basierend auf diesem Motto ist es dem novum Verlag
ein Anliegen neue Manuskripte aufzuspüren, zu ver-
öffentlichen und deren Autoren langfristig zu fördern.
Mittlerweile gilt der 1997 gegründete und mehrfach
prämierte Verlag als Spezialist für Neuautoren in
Deutschland, Österreich und der Schweiz.

**Für jedes neue Manuskript wird innerhalb
weniger Wochen eine kostenfreie, unverbind-
liche Lektorats-Prüfung erstellt.**

Weitere Informationen zum Verlag und
seinen Büchern finden Sie im Internet unter:

www.novumverlag.com